近代名家史話詩話

郭偉川 ／ 著

開明書店

自　序

　　這本小書是我撰寫近代歷史人物相關文章的結集,主要涉及史話和詩話的內容。其中有部分曾在香港大公報的《藝林》發表過,當年該報的編者和讀者對拙文的關注和喜愛,令我甚感欣慰。但後來不知是何原因,《藝林》竟然停刊,令我內心頗為失落,至今猶有憾焉。

　　記得那時《藝林》已出版了許多年,一週一次,逢星期五刊出,匯文學、藝術、學術於一版,很有水平,是極受文化學術界和廣大讀者歡迎的週刊。其時我工作之餘,喜歡讀報,尤愛《藝林》,有時也讀《明報月刊》。記得華裔美籍學者夏志清教授於公元二○○○年光臨香江,在香港科技大學作《在美國教中國文學》的講演,並作為特稿登載在 2001 年 1 月份的《明報月刊》上。

　　夏志清的名氣和架子大得很,我早已有所耳聞,因此對他的這篇特稿很感興趣。但披閱之下,卻甚感意外:這位在美國哥倫比亞大學教中國文學的大教授對本專業的認識原來竟如此偏頗,對中國古代文學的看法是如此片面,而論說又如此武斷,這不能不令我大感驚訝!

　　何以如此說? —— 大家看夏氏特稿中的一段就知道,原文如下:

　　　……除了最傑出的詩人、劇作家和小說家以外,不該

把中國古典文學評價得太高，否則會忽略中國文學的一個特點，那就是中國文學的題裁比較貧乏。許多詩人寫仕途坎坷、沉迷醉鄉、與朋友飲酒、去青樓與名妓飲酒等等。我認為相當大部分中國文學不是名副其實的文學……春秋戰國的中國文學和哲學成就都高，在秦始皇、漢武帝之後卻僵化了，不常令人覺得新鮮。

夏志清並以漢賦為例，來證明他的看法：

> 我什麼課都教過，可是沒有教過漢賦。我害怕漢賦。它列出長長的清單，讀賦蠻有趣，但有什麼意思呢？司馬相如、班固等人寫賦來炫耀自己字彙的豐富，說皇帝的京都如何富麗宏偉，珍奇的動植物應有盡有。除了把它叫做美化了的辭典以外，還能說什麼呢？

我對夏志清的看法大不以為然。因此，於 2001 年 2 月初寫了一篇《就中國文學問題與夏志清先生商榷——〈在美國教中國文學〉讀後》的文章，投給大公報《藝林》，很快獲其採用，分兩次於 2001 年 3 月 2 日及 9 日刊出，當時在香港文化學術界造成頗大的影響。饒師選堂先生讀到刊於《藝林》上的拙文後，非常贊同我的觀點。拙文根據中國文學史結合先秦兩漢史的事實，駁斥了夏志清的謬論。至於夏氏讀後是否有所觸動，我不知道。不過，後來聽選堂先生說，自此事之後，夏志清好像有好幾年不敢回香港。這樣看來，拙文顯然令歷來目空一切的夏先生狂妄的自尊心受到不小的打擊，他此次在香港遭遇滑鐵盧，在文化學術界大失顏面，可謂咎由自取。本來，我這篇區區小文只不過根據歷史事實，為中國古典文學說了幾句公道話，並指出夏氏錯誤之處。那麼，內中究竟說了什麼話令他如此「刻骨銘心」？——文章附在書中，大家讀讀就知道。

此文發表後，我與《藝林》隨之結緣。說起來，那時我較少

在報刊露面，與《藝林》的責編也素不相識。只是長期閱讀，知此版學術與藝術並重，尤其注重文章的可讀性。及後我撰寫的有關林則徐、洪秀全、曾國藩、左宗棠、李鴻章、丁日昌、康有為、孫中山、梁啟超、王國維、陳寅恪等清末民初乃至晚近一些歷史人物的相關稿件，便注重文史結合，並秉持自己的獨立見解和個人的文字風格，力求言之有物。大概編者閱之合目，幾乎逢投必登。

我之所以選擇近代一百多年來的一些歷史人物來寫，是因為他們的行狀事功與詩文儻論的內容，可謂中國近代史的縮影。這些人中，有政治家、革命家、文學家、史學家、學者和詩人等，家家都很有名，姑且稱為「近代名家」吧。

只是報紙文章，篇幅所限，大多只能出以短什，稍長一點的就要連載。比如我寫的《略談饒宗頤先生〈瑤山集〉的時代精神與風骨》和《〈榆城樂章〉與〈枡欄詞〉——選堂先生與張充和女士的詞壇佳話》等文章，就曾分別在《藝林》分多次刊出。後來《略談饒宗頤先生〈瑤山集〉的時代精神與風骨》一文補充了若干重要的材料，以考正個別學者對當年選堂先生何以從粵東至桂林並進入無錫國專任教等相關人物史事的錯誤說法，故收進本書時，該文便改名為《饒宗頤先生抗戰時期的西南行與〈瑤山集〉》，這是要加以說明的。

大公報《藝林》是香港和內地學、藝兩域人士的文化園地，甚具特色，廣受海內外文化人的關注和喜愛。那時我所寫的文章不時刊諸其上，作為作者和讀者，感受實在非同一般。不料 2003 年 5 月該版主編關禮光先生退休，《藝林》也就「人走茶涼」，竟至於停版，實在令人惋惜！關先生退休時給我寫過一封信，他主編《藝林》時一絲不苟，退休之際也善始善終，是一位具有專業修養和敬業精神的好編輯，許多《藝林》的作者都很敬重他，其中就包括我。

這些刊於《藝林》的拙作，篇幅所限，自然文短。但書中收入

的幾篇長文，說來都是事出有因。

比如寫曾國藩，報端文字固有所限，像談其詩文與處世之道一類，可以長話短說，應止即止。但 2002 年末，我應邀參加香港大學中文系主辦的「明清學術國際研討會」，寫了一篇《曾國藩的禮治思想與同治中興》的文章參加討論。蓋與本港和來自內地以及國際學術界的袞袞諸公坐而論道，難免引經據典，「長篇大論」，當然短不了。這篇寫曾氏的文章，此次也收進集子。

還有丁日昌，他是清季海防和洋務運動的中堅人物。丁氏關心民瘼，忠心謀國，事功殊多，很受曾國藩、李鴻章兩人的賞識。那時我撰寫了《丁日昌與台灣》一文，登在《藝林》上。其後，我又應邀參加由香港浸會大學和香港歷史學會等機構舉辦的一次關於「近代海防」的學術會議，寫了《丁日昌在清季海防和洋務運動中的歷史作用》的論文，這次也一併收進書中，使讀者對這位中國近代史上的重要歷史人物，有比較全面的認識，也可以藉之了解清季之際丁日昌等官員是如何通過引進外國先進軍事設備以加強國防，來進行「以夷制夷」的。

如前所說，我在《藝林》上曾發表了與夏志清就中國文學相關問題進行商榷的文章，但時間久了，也漸漸淡忘。不料在 2004 年前後，友人送了唐德剛所寫的幾部著作給我，其中包括了《晚清七十年》、《胡適雜憶》和《胡適口述自傳》等，而《胡適雜憶》中就多次提到夏志清，於是又想起這位甚為自負的美籍大教授，以及我批他的那篇文章。

至於唐德剛，以前我就讀過他寫的《李宗仁回憶錄》，很欣賞其文、白相間的文筆與莊、諧並具的文風。不過，讀了他的《晚清七十年》一套書，發覺其中唯一一篇對古史進行學術考證的文章《中國郡縣起源考》存在嚴重的原則性錯誤，於是就寫了《古「縣」新考——與唐德剛教授商榷》一文，登在《汕頭大學學報》2005

年第二期上。此次略作刪節修改，收入本書中。

2007 年初，友人影印了胡適長達五萬餘字的《說儒》及其姐妹篇 —— 傅斯年的《周東封與殷遺民》送給我。兩文原來一同發表於 1934 年北京大學的《國學季刊》上。胡、傅在新文化運動中領袖羣倫，事功甚多，也曾宣揚打倒儒家祖師爺孔子及其「孔家店」。後來學術界又提倡「整理國故」，兩人也參加進來。胡適就華洋結合，寫了這篇《說儒》，意欲為「儒」的來源、儒家文化和孔子的事功定義；而傅斯年的《周東封與殷遺民》實際在學術理念上支持了胡適的看法。不過，當年郭沫若和錢穆等人曾先後撰文駁斥。但胡適不為所動，認為郭、錢諸文的內容和觀點都駁不倒他。二十多年後，胡氏在唐德剛所寫的《胡適口述自傳》中，仍然意滿志得地自誇其《說儒》和傅斯年的《周東封與殷遺民》，說：

> 我個人深信，這幾篇文章實在可以引導我們對於公元前一千年中（自殷商末年至西漢末年）的中國文化、宗教和政治史的研究，走向一個新方向。

作為胡適的同鄉兼學生，唐德剛更是對老師的這篇文章崇奉備至，在《胡適口述自傳》的相關注文中說：

> 適之先生這篇《說儒》，從任何角度來讀，都是我國國學現代化過程中，一篇繼往開來的劃時代代表作……適之先生這篇文章之所以不朽，便是他雜糅中西，做得恰到好處。再者，胡氏此篇不特是胡適治學的巔峰之作，也是中國近代文化史上最光輝的一段時期，所謂「三十年代」的巔峰之作。

本來，我內心對胡適之、傅斯年等新文化運動的領袖人物早存敬意，再經胡氏本人充滿自信的現身說法和唐德剛的生花之筆如此一寫，更加肅然起敬。但令我失望的是，讀了胡、傅兩文之後，發

覺其中的內容和觀點錯誤甚多，有的甚至錯得很離譜，與儒家經學
原義和歷史事實相去甚遠。這樣，事情顯然就非常嚴重！因為儒學
乃中國傳統文化的主體，是中華民族文化精神之所在。因此，「儒」
的定義和以孔子為代表的儒家文化這一重大的學術命題，若經像胡
適、傅斯年這樣名聞世界的大學者錯誤的解讀並加以傳播，其流弊
所及和負面影響之大，概可想見。於是乃不揣淺陋，窮數月之功，
旁搜博採，力求融通經史，撰成了《古「儒」新說 —— 胡適之、
傅斯年二先生論說考正》六萬字長文，內中根據經學原義和歷史事
實，對胡、傅兩文的核心內容和主要觀點進行深度的解剖和考正，
而且老實不客氣地作了實事求是的批駁。

　　拙文發表後，選堂先生大加讚賞，而學界中人也多予肯定。多
年來，海內外學術界也未見有人著文反對我的意見。記得近年只見
過內地網上一篇有關 60 年（1934—2014）來學者對胡適之《說儒》
研究論文的評述文章，在寫到拙文時，對我的學術觀點並沒有提出
什麼異議，只說我「對胡、傅之說缺乏同情的理解」。言下之意，
好像是我把胡、傅兩文批得體無完膚，很不給兩位大師留情面。其
實，我與他們之間的學術之爭，着眼點全在於廓清中國傳統文化重
大學術問題上的大是大非。那麼，對觀點錯誤的一方進行論證批駁
時，究竟要如何對其表示「同情」呢？ —— 這實在令人非常費解。
其實，像這類所謂評述文章，作者往往囿於己見，又限於個人的史
識學養，聊聊幾句不痛不癢的話，水平不高，缺乏參考價值。

　　在此之前，我還寫了《略談周策縱所推崇的「朦朧詩」與唐
代詩人李賀》一文，對「朦朧詩」表達了個人的看法。因為我年輕
時喜歡文學，舊詩、新詩都寫。改革開放後，內地曾掀起一股討論
新詩的熱潮，而旅美學人周策縱教授其時返國內作文化交流，期間
曾與艾青對談，還以唐代詩人李賀為例，鼓吹內地青年人寫「朦朧
詩」。我認為其觀點實在欠妥，因此便寫了這篇文章。

　　及至讀完唐德剛先生的《胡適雜憶》、《胡適口述自傳》等著作之後，方知唐德剛與胡適關係極為密切，既是安徽同鄉，又是誼同子姪的學生輩；而周策縱、夏志清二位都與唐是至交好友，與胡氏之間，可謂亦師亦友的關係，兩人都曾經為唐德剛所寫的《胡適雜憶》撰序。他們四人與美國哥倫比亞大學有很深的淵源，胡適之、唐德剛先後為哥大博士，唐與夏志清還是哥大教授，周策縱則為哥大榮譽研究員。當然，在輩份及名位上，胡氏是精神領袖。他們幾位，記得有人稱之為「哥大四劍客」，一聽就知道何等的不得了！——只是我萬萬沒有想到，自己竟然在不同的時空，與「四劍客」不期而遇，從古代文史到新詩，無論彼此學術觀點的分野，或是思想火花的碰撞，我與他們每一位幾乎都有文字的交集，只不過有的在其生前，有的則在其身後。而我寫的這四篇文章，前後相距幾近十年之久，且當初，寡聞如我，根本就不知道他們四人之間的關係，更不知世上還有堂堂的「哥大四劍客」！而我的筆鋒和四大俠的「劍鋒」竟先後發生碰撞，而且擦出很大的「火花」。真沒想到，世事竟是如此奇妙！思之不禁令人莞爾。

　　由於此事十分有趣，而且「哥大四劍客」的關係既如此密切，所以我遂將當年登在《藝林》上與夏志清商榷的文章，連同與胡、唐、周三位論辨之文一併收進書中。論胡、唐二文，應屬於史話；談周、夏二篇，則類於詩話，與本書的整體內容，並無違和感。不過，論胡《說儒》的文章實在太長，這裏僅節選一部分，撮其大要，並對一些章節段落的前後次序作了適當的調整和刪補，稍加潤飾，題目改成《為被胡適〈說儒〉歪曲的儒家文化和孔子「正名」》，希望能突出主要觀點，做到言簡意賅，以饗讀者。不過，如此一來，後之好事者或許會戲說這是「某某人大戰哥大四劍客」。——我希望他們不只是看熱鬧，還要從嚴肅的學術論辨中看清是非，使歷史本源和學術真義得以彰顯，這才是我的初衷所在。

這本書中涉及的近代歷史人物及其相關的史話或詩話，其中筆墨輕重，各有原因；長篇短什，不一而足。如今將其結集出版，希望作為那一時期我個人思想歷程和文化創作的歷史見證，也聊作當年我與《藝林》結緣的一種紀念。

此次拙著《近代名家史話詩話》一書承蒙中華書局（香港）侯明總編輯及所屬開明書店王春永、蕭健二位先生鼎力支持，得以順利出版，並此致以衷心謝忱！

2023 年 4 月 17 日

目　錄

從林則徐詩文略談其家國情懷 …………………………001

風雷激浪　飛龍在天 ……………………………………007
　　——洪秀全的述志詩與太平天國的興亡

曾國藩的禮治思想與同治中興 …………………………016

曾國藩與晚清學術風氣 …………………………………042

從古精誠能破石　薰天事業不貪錢 ……………………054
　　——從詩文家書略談曾國藩的人格襟懷

說「氣」論左宗棠 ………………………………………063

說「勢」論李鴻章 ………………………………………069

丁日昌與台灣 ……………………………………………074

附：台灣今昔談 …………………………………………079

丁日昌在清季海防和洋務運動中的歷史作用 …………082

變法最烈　保皇最頑 ……………………………………123
　　——略談康有為政治哲學的歷史本源

孫中山先生與晚晴園 ……………………………………143

舞一筆而動天下 ………………………………… 165
　　——略談梁啟超的歷史貢獻

清末民初政治亂局中的梁啟超 ………………… 171

從觀堂詩詞窺其易代之際的心跡 ……………… 183

陳寅恪父子的高風亮節 ………………………… 188

略談陳垣的學術貢獻與晚年遭遇 ……………… 191

從鄧拓的瀾江詩談起 …………………………… 197

饒宗頤先生抗戰時期的西南行與《瑤山集》… 201

《榆城樂章》與《枅櫚詞》…………………… 224
　　——選堂先生與張充和女士的詞壇佳話

為被胡適《說儒》歪曲的儒家文化和孔子「正名」… 236
　　——兼論傅斯年《周東封與殷遺民》一文的謬誤

唐德剛《中國郡縣起源考》評議 ……………… 274

略談周策縱所推崇的「朦朧詩」與唐代詩人李賀 … 289

就中國文學問題與夏志清先生商榷 …………… 298
　　——《在美國教中國文學》讀後

附錄：郭偉川著作名錄 ………………………… 305

從林則徐詩文略談其家國情懷

年前曾有武夷山之遊，其時道經福州，我知道民族英雄林則徐為侯官人，即今福州之地，聞其紀念館在西湖之濱，乃前往拜謁。

時在孟春三月，步入福州西湖，但見粼粼波光，依依岸柳，風清氣爽，拂煦遊人。「林則徐紀念館」在湖區內，前往瞻仰者絡繹不絕。事實上，在我國，各地以「西湖」命名者多不勝數，但以杭州西湖和福州西湖最為出名，其原因除湖大水美外，前者有「岳王墓」，後者則有「林則徐紀念館」，浙、閩兩西湖有民眾極為欽仰的兩位民族英雄的英靈浩氣凝聚的歷史勝跡，而令湖光增色。

我懷着欽敬肅穆之心，參觀「林則徐紀念館」。入室撲面而來者，乃懸掛於林則徐畫像兩側由其手書的「苟利國家生死以，豈因禍福避趨之」的詩聯，使我端注良久，留下極為深刻的印象。尤其詩聯中流露出林則徐臨艱危而不改其盡忠報國的高尚情操和豁達襟懷，使我深受感動，至今久久不忘。

林氏詩聯出自其《赴戍登程口占示家人》一詩，茲錄如下：

> 力微任重久神疲，再竭衰庸定不支。
> 苟利國家生死以，豈因禍福避趨之？
> 謫居正是君恩厚，養拙剛於戍卒宜。
> 戲與山妻談故事，試吟斷送老頭皮。

林則徐《赴戍登程口占示家人》共二首，此錄其一。事關道光

二十一年（1841）五月初十日道光皇帝將鴉片戰爭失敗後的連番恥辱歸罪於林則徐，下旨將其從重發配新疆伊犁「效力贖罪」，此即所謂充軍問流也。詩作於領旨服罪、啟程赴新疆戍所與妻兒話別之時。但林則徐不以一己禍福縈懷，不計委屈，直面艱危，決意以死許國，遂吟出「苟利國家生死以，豈因禍福避趨之」這一勵志報國的千古絕唱。

　　林則徐（1785－1850）字元撫，又字少穆，福建侯官人。林氏出身清寒，少負奇志，精研經世致用之學，深佩李綱、岳飛、文天祥等民族英雄，早具立志報國之心。嘉慶十六年（1811）中進士，選庶吉士，先後任翰林院編修、國史館編修、撰文官、緝書房行走及清祕堂辦事，涉獵清室典藏祕籍及內閣文書檔案，令其文史知識大進，並接觸和思考國計民生等社會問題。居京師前後十年，為其積學及施政打下堅實的基礎。期間曾一度參加宣南詩社，與志同道合的朋友互相唱和。上引一詩，可見其功力。

　　嘉慶二十五年（1820）之後，林則徐轉任地方職務，歷任浙江杭嘉湖兵備道、署浙江鹽運使、江蘇按察使、布政使及東南河道總督，奔走於浙江、江蘇、陝西、湖北、河南、山東等地，所至之處，修水塘，興水利，救災恤難，興利除弊。凡事不辭勞苦，親力親為，關心民瘼，政績斐然，「一時賢聲滿天下」（金安清語），連道光皇帝都耳聞其吏治之賢而讚其「官聲頗好」。[1]

　　道光十二年（1832）二月林則徐升任江蘇巡撫，到任不久，恰逢英國間諜船「阿美士德號」竄犯吳淞口，林則徐急令署江南提督關天培派水師將英船驅逐出境，並推測該船可能係鴉片走私船，建議如再停泊江蘇海口，即派員登船搜查。清廷怕此事別生枝節，嚴

1　引自胡禮忠、戴鞍鋼《晚清史‧林則徐傳》。

加禁止。清廷的軟弱，使英國鴉片煙商變本加厲向中國輸入鴉片，掠走白銀，既害民生，又害經濟，使中國社會遭受重大的損害。

道光十七年（1837）三月林則徐升任湖廣總督，對鴉片於國計民生的殘害有切膚之痛，翌年五月上《籌議嚴禁鴉片章程摺》，提出六條禁煙的措施，並率先在湖廣地區展開禁煙運動，廣貼禁煙告示，收繳並公開焚毀吸煙器具，緝捕開館和吸煙之人。繼之再上《錢票無甚關礙宜重禁吃煙以杜弊源疏》密摺，痛陳鴉片摧殘我國計民生之巨大危害，其辭甚為激切：

> 吸鴉片者，每日除衣食外，至少亦須另費銀一錢，是每人每年，即另費銀三十六兩；以戶部歷年所奏，各直省民數計之，總不止於四萬萬人，若百分之中僅有一分之人吸食鴉片，則一年之漏卮，即不止於萬萬兩，此可核數而見者……當鴉片未盛行之時，吸食者不過害及其身，故杖徒已足蔽辜。迨流毒於天下，則為害甚巨，法當從嚴。若猶泄泄視之，是使數十年後，中原幾乎無可禦敵之兵，且無可以充餉之銀。興思及此，能無股栗？夫財者，億兆養命之原，自當為億兆惜之。果皆散在內地，何妨損上益下，藏富於民。無如漏向外洋，豈宜藉寇資盜，不亟為計。臣才識淺陋，惟自念受恩深重，備職封圻，睹此利害切要關頭，竊恐築室道謀，一縱即不可復挽。[2]

道光帝亦知此乃關係國家安危，事關重大，乃宣召林則徐進京獻策。在京八日，道光帝連續召見其八次，面詢應付鴉片危害及治理國計民生之道，並賜其於紫禁城內騎馬乘轎之殊榮，顯見對其倚重之殷。道光十八年（1838）十一月十五日頒發諭旨，特命林則徐為欽差大臣，赴廣東辦理禁煙事宜。林則徐於道光十九

2　載《林文忠公政書》卷五，中國青年出版社 1991 年出版。

年（1839）正月二十五日抵廣州，通過明查暗訪，查明鴉片走私的來龍去脈，源頭乃在以英商為主的外國鴉片販賣集團。於是限期強行收繳鴉片，以杜毒害之源，將收繳的一萬九千一百八十七箱加二千一百一十九袋，公開焚於虎門，令人心大快。

英國人對此恨得咬牙切齒，圖謀報復。該國駐廣州商務監督義律率英國兵船先後在九龍海面和穿鼻洋面向中國守軍發動炮擊，為中國軍隊擊退。英廷遂計劃向中國發動大規模的進攻，鴉片戰爭爆發！

其實，英國侵華之野心非自道光年始，在尚稱鼎盛的乾隆年代，來華的英國特使已負有刺探中國國情軍情的使命，在其上英廷的報告中，已指出用刀槍武裝的中國舊式軍隊實在不堪一擊。至道光之年，中國益見衰弱。但是，如果容忍以英國為首的外國列強以鴉片毒害中國人民，又掏空中國經濟，中國將會緩慢流血而死。所以，禁煙之舉是中國的自保之道，是掙扎求存，是一個國家保護人民和本國利益的最起碼權利。但英國卻以此為啟釁的藉口，肆行其蓄謀已久的侵略野心，遂於道光二十年（1840）五月底，派遣其遠征軍總司令兼全權代表懿律率領由四十餘艘戰艦和運輸船所組成的聯合艦隊，遠涉重洋，列陣於廣東海面耀武揚威，悍然挑起侵華戰爭。

但林則徐和廣東軍民早有防備，在虎門、澳門、九龍尖沙咀等要隘加固和增築炮台，在海面設置木排鐵煉，江底釘插暗椿，以阻止英艦竄入內河，並發動漁民及沿海民眾組織團練抗擊侵略者。可知今日之港九、澳門等地，其時皆為對英作戰的海防前線。

在鴉片戰爭期間，林則徐還曾多次向清廷上章專奏有關九龍及澳門之防務及抗夷事略，其中有：《會奏九龍洋面轟擊夷船情形摺》、《會奏巡閱澳門情形摺》、《會奏穿鼻、尖沙嘴迭次轟擊夷船情形摺》、《會奏請將高廉道暫駐澳門查辦夷務片》、《尖沙嘴、官

涌添建炮台摺》及《請改大鵬營營制摺》等,俱存於《林文忠公政書》之中。林則徐上奏清廷的上述諸多文件,無疑是港澳近代史極其重要的珍貴史料。

鴉片戰爭爆發之際,因為林則徐早有防備,英國艦隊攻不破廣東虎門和九龍、澳門的海上長城,乃捨嚴防的廣東而北上陷定海,指津沽,直逼京師。道光皇帝大為震驚,加上羣臣顢頇,一籌莫展。本來,中國過去二三千年間,長期保持和平的海洋政策,在歷史上也未受過海洋國家大規模的侵犯(按:只有明代倭寇的騷擾),所以在國防策略方面,幾乎毫無海防可言。而今面對英國的炮艦政策,造成落後捱打。於是清廷畏敵如虎,被逼訂城下之盟,香港被割於是役。至此,中國的大門終於被英國艦隊用大炮轟開。於是列強紛至沓來交相侵凌,其後國恥一椿接一椿,溯其源頭,應始於1840年英國發動的鴉片戰爭並強割香港。

其時清政府腐敗無能,在以英國為首的列強炮艦政策的威逼恐嚇下,把以國計民生為念並捍衞國家主權而功勳卓著的林則徐作為替罪羊,於道光二十一年(1841)五月將其發配至新疆伊犁。老實說,林則徐是不可多得的棟樑之才,而且做的全是護國保民之事,這一點道光皇帝自己心知肚明,但英國侵略者挾戰勝之淫威,要追究他的責任,朝廷這樣做也是逼不得已,是做給洋人看的。

林則徐在新疆伊犁度過了幾年的光景,至道光二十五年(1845),清廷決定重新起用他,道光帝仍然委以封疆大吏重任,先後調任陝甘總督、陝西巡撫和雲貴總督之職。林則徐忠心謀國,不辭辛勞,數年之間,從西北至西南,擔負艱巨,至道光二十九年(1849)秋,因勞瘁過度,終至病倒,道光帝准其開缺回福建侯官原籍調養。沒想到中國其時內外交煎,外侮未已,民變又起。此時廣西因出現大饑荒,在天地會的鼓動下,飢民紛紛起事攻佔城池,殺官搶糧。翌年(道光三十年,1850)7月洪秀全在廣西利用拜上

帝會組織武裝了「金田團營」，隊伍達到兩萬人，與清軍對抗，一時風起雲湧，聲勢十分浩大。道光帝非常恐懼，也顧不得林則徐在籍養病，於道光三十年（1850）九月十三日急急下旨，特命他為欽差大臣兼廣西巡撫，督理廣西軍務，克日赴任，以應付極為危急的廣西局勢。其時林則徐尚未康復，但軍情十萬火急，他憂心如焚，決定從速赴任。不過，從福建侯官至廣西，中間隔着廣東，尤其閩南粵東的山地特多，路險崎嶇，令有病在身的林則徐身心勞頓，備受折磨。但他報國心切，堅持上路，日夜兼程，加上舊病未已，又添新疾，而且來勢甚急，到達潮州普寧時，已剩半條命。據我師饒宗頤先生總纂的民國《潮州志》中記載：

> （林則徐）於九月二十八日在侯官奉到上諭，至是力疾上道，粵民相慶，秀全怖，謀遁海。則徐臥輿兼程，日行百里，其子編修汝舟隨侍，勸節勞暫息。則徐慨然曰：「二萬里冰天雪窖，執戟荷戈，未嘗言苦，此時反憚勞乎！？」口占一聯曰：「苟利國家生死以，豈因禍福避趨之。」於是仍星馳不止，病益劇。十月十九日行次潮州之普寧縣，疾甚，卒於普寧行館，年六十六。」[1]

林則徐為國家大事，力疾從公，病亡道上，可謂鞠躬盡瘁，死而後已，用生命踐履了其「苟利國家生死以，豈因禍福避趨之」的誓言。尤其想到這位民族英雄最後身故之地，竟是我的家鄉潮汕，內心更是慨歎再三，百感交集。

1　見饒宗頤總纂《潮州志彙編》之《叢談志．人部》，香港龍門書店 1965 年出版。

風雷激浪　飛龍在天
—— 洪秀全的述志詩與太平天國的興亡

　　洪秀全（1814—1864），廣東花縣（今花都）人。自幼習文尚武，素有抱負，及長胸懷奇志，從其述志詩可見其氣魄之大：

> 手握乾坤殺伐權，斬邪留正解民懸。
> 眼通西北江山外，身振東南日月邊。
> 展爪尚嫌雲路小，騰身何怕漢程偏。
> 風雷鼓舞三千浪，易象飛龍定在天！

　　所謂「述志詩」者，大凡作於其人鬱鬱不得志之時。洪秀全原也熱衷科舉，惟屢試不第，是個典型的失意文人，難免對清朝的專制統治強烈不滿。事實上，以少數的清朝貴族統治數以億計的漢族人民，以極少治極眾，這種不合理的現象所醞釀的矛盾，終會激化爆發，只是遲早的問題而已。而鴉片戰爭後，清廷在外國列強堅船利炮威逼下所暴露出來的軟弱無能，也令民間反對清朝貴族統治的思潮，再度升騰而起。其時欲集合漢族羣眾力量，以推翻清朝政權，作改朝換代的真龍天子者，大有人在，洪秀全就是其中最具雄心壯志的一個。「展爪似嫌雲路小，騰身何怕漢程偏。風雷鼓舞三千浪，易象飛龍定在天。」—— 他決心要在亂世中做真龍天子，是毫無疑義的。道光二十三年（1843）鴉片戰爭爆發後的第三年，洪秀全於廣州四試不第，激憤之餘所賦之七絕詩，更顯示其要做真

龍天子的封建帝王思想，詩云：

> 龍潛海角恐驚天，暫且偷閒躍在淵。
> 等待風雲齊聚會，飛騰六合定乾坤。

那麼，洪秀全究竟要如何等待風雲聚會，去實現他飛龍在天以定乾坤六合、做真命天子的理想呢？——說來他真有兩手：一曰文，一曰武。

「文」的一手，正如洪秀全自己所認為的，欲飛龍在天，必須等待風雲際會，這就需要在文宣方面，鼓動羣眾追隨他推翻清朝的統治，以奪取政權。他所憑藉的「寶書」，竟是一本宣揚基督教教義的《勸世良言》，是一個叫梁發的華人牧師編寫的，裏面宣揚包括中國天上諸神在內的偶像都是無用的異教，唯有上帝才是真正的救世主，天父是如何偉大，耶穌是怎樣捨身救人。洪秀全思想深處就是以救世主自居的，而且一早就立志要做「真龍天子」，所以認為耶教教義大可借重利用，自己的理想也可假天父之說去實現。

於是洪秀全與表弟馮雲山和族弟洪仁玕乃於家乡附近的石角潭，仿照《勸世良言》所介紹的儀式自行洗禮，創立拜上帝會，並先後摒棄家族中諸神偶像和私塾中孔子牌位，意在與中國傳統宗教和傳統文化決絕。他往來於兩廣之間進行傳教，鼓動及聚集信眾，大力宣揚上帝救世人，到處勸人別再信奉孔子和中國諸神的「邪教」，要人們一心一意敬拜上帝。在道光二十五年至二十六年間，洪秀全先後撰寫了《原道救世歌》和《原道醒世訓》等宣傳作品，鼓吹「開闢真神惟上帝，普天之下皆兄弟，靈魂同是天上來，上帝視之皆赤子」，內容非常接地氣且富於煽動力，意在吸引民眾入教，

1　胡禮忠、戴鞍鋼編撰《晚清史・洪秀全傳》，中華書局 1998 年。

將他們統合在上帝信仰之下，以作為其起事的羣眾基礎。為了親炙上帝的靈光，道光二十七年（1847）二月，洪秀全特意到廣州禮拜堂師從美國牧師 I. J. Roberts（按：中文名羅孝全）學習耶穌教義，得讀新舊約聖經。至此，他正式皈依西方宗教，更堅定了對上帝的信仰。

在此前後，洪秀全又編寫了《原道覺世訓》，以先知先覺自居，號召上帝會的兄弟姐妹和百姓及早覺醒，羣起行動，共擊清帝「閻羅妖」。至此，他已經將推翻清朝統治奪取政權的行動綱領，推向實施的階段。而這幾部上帝書，就成為其文宣的寶典和號召羣眾造反的宣傳工具。

就歷史事實而論，當年在洪秀全等人鼓動下而入上帝會者甚眾。但這些人大部分是沒有文化的山民和低層民眾，出身赤貧，處於飢寒交迫之中，他們共同的特點是對清朝統治者心懷不滿和仇恨，因此存在着改朝換代的心理期待，希望藉此改變自己的命運。中國歷來具多神的信仰崇拜，一般老百姓又非常迷信，那個神能保佑自己，給生活帶來希望，甚至能改變自己苦難的命運就信那個神。至於上帝是什麼東西，耶穌是何方來頭，他們是不大計較的。

於是洪秀全的信眾日多，可以說，他在這方面顯然做得十分得心應手。他利用上帝代言人的身份到處鼓動民眾，使廣大百姓的情緒從不滿現實到走向造反，以顛覆清朝政權，自己可取而代之，做「真龍天子」。他在兩廣大規模擴建拜上帝教分會，並四處聯絡會眾，積極宣揚耶教教義。經過謀劃多年，洪秀全從宣傳到行動，逐步實施其準備造反和改朝換代的既定方略。

實事求是而言，就洪秀全上述在文宣方面的所作所為而言，他顯然不像是個「農民領袖」。實際上，他是利用西方宗教的組織形式和教義，糾合會眾，鼓動百姓，來摧毀中國固有的社會制度和傳統文化，從而達到奪取政權的目的。因此，從社會學和政治學的角

度，按照現在流行的說法，在本質上，洪秀全更像是一個利用西方宗教及其教義進行「顏色革命」的野心家，這更符合歷史事實。

洪秀全「武」的一手當然十分厲害，他的述志詩首句「手握乾坤殺伐權」，已經滿紙殺氣了！道光三十年（1851）農曆十二月十日洪秀全在廣西發動金田起義，開啟其武裝奪取政權之路。翌歲二月二十一日在廣西武宣東鄉自稱「天王」，是為太平天國「辛開」元年，並定是日為「登極節」。是年按傳統干支，應為「辛亥」年，其改元「辛開」，應含有「辛亥開國」之意。其定此日為「登極節」，所走完全是封建帝皇一路。國號既名「天國」，王制又稱「天王」，其後又建都「天京」（即金陵，今南京）；而時時顯靈以傳達天意的唯一之神是「天父」，（按：他們共奉上帝為天父，耶穌為長兄，洪秀全為次兄。）還有不倫不類的「天兄」之類。總之一切皆假「天」的名義行事，在客觀上顯露其封建、專制、導人迷信和欺騙大眾的事實。溯其根源，這實在與洪秀全當年立志「易象飛龍定在天」的理想，有極大的關係。

太平天國既立，洪秀全乃封楊秀清為左輔正軍師，領中軍主將；蕭朝貴為右弼又正軍師，領前軍主將；馮雲山為前導副軍師，領後軍主將；韋昌輝為後護又副軍師，領右軍主將；石達開為領左軍主將，確定了太平天國前期五軍主將制度。定都南京後，五人皆封王。

正如前文所述，在洪秀全的主導下，太平天國武裝奪取政權的舉動，一切皆假「天」的名義進行；另一方面就是利用以漢族為主體的各族人民對清皇朝腐敗無能的強烈不滿，煽動他們追隨太平天國造反，從《奉天誅妖救世安民諭》、《奉天討胡檄布四方諭》及《救一切天生天養中國人民諭》三篇著名的檄文，可見彼等文攻的厲害。於是一呼百應，風起雲湧，義旗舉處，勢如破竹。太平軍出湖南，定武漢，順流而東下，所向披靡，於咸豐三年（1853）二月

初十日攻佔金陵，作為定都之地，改稱「天京」。洪秀全當年所詠寄的「等待風雲齊聚會，飛騰六合定乾坤」的豪情壯志，似乎已接近事實。之所以只能說「接近事實」，是因為洪氏並沒有真正定乾坤六合，他實際的有效統治範圍只在「天京」及其周邊，江山還稱不上「半壁」。然而他在巍峨壯麗的「天王府」中，過着半神半王的生活，對他來說，似乎壯志已酬了。太平天國歷時十四載，勢及十八省，「易象飛龍」，板盪河山，動搖了清皇朝的統治，也將中國鬧得地覆天翻。但最終仍歸於失敗。

讀太平天國的興亡史，看洪秀全的功過成敗，頗可予人以啟迪。

首先，漢民族復興的思想，終清朝一朝，是綿延不絕的。清皇朝的封建專制已達到極點，其對漢族人民的殘酷盤剝，從其立國後（康熙八年之前）的圈地政策可見一斑；至於大規模禁書，屢興文字獄，無情打擊漢族知識分子，對反清思想防範和壓制極為苛嚴，更是眾所周知的事實。但鴉片戰爭的失敗充分暴露了清皇朝的腐朽與無能，於是漢民族重燃復興的希望之火。尤其道、咸之際，鴉片氾濫流毒無窮，白銀大量流失，城鄉經濟備受影響，貧苦人民大眾生活於水深火熱之中，對清朝統治者的不滿日甚一日，怒火的爆發就在須臾之間。因此，洪秀全領導的金田起義可謂適時而興，應該說是順應歷史潮流，合乎天道人心。觀其提出的「誅清妖」、「討胡賊」的口號對廣大漢族民眾的鼓動，可謂登高一呼，八方響應；鋒鏑所指，勢不可擋。所以不數年就定都金陵，建立太平天國。其所以能如此，我認為實借漢民族復興的大勢，以及廣大的貧苦民眾對清朝政府的腐朽統治的強烈不滿，因而紛紛起而反抗，終成沛然之勢，有以致之。

但是，洪秀全早存「真龍天子」之壯志，在封建時代，「王侯寧有種乎！」他有濃厚的帝王思想，希望自己取清室而代之。所以

太平天國立國後，他自封「天王」，其政權的封建專制本質，是不言而喻的。

更有甚者，在洪秀全、楊秀清的主導下，太平天國一開始在立國思想的確立方面已充分表露出其旁門左道、一派邪氣的本質。他們利用上帝教的某些內容任意加以詮釋，作為武裝奪取政權的工具；進而以西方宗教立國，奉上帝為天父，而洪秀全則與耶穌稱兄道弟，耶穌立為「天兄」，他自己為「次兄」，彼此無分軒輊，甚至他的權力凌駕於耶穌之上。在太平天國初期，「天父」、「天兄」都是他的袖裏乾坤，在需要的時候要他們下凡就下凡；晚期洪氏在需要的時候，隨時可上天「覲見天父」，傳達意旨，其實全都是他自己的想法。

不過，裝神扮鬼久了，洪秀全也感到厭煩，於是決定根據其他諸王在封建專制王朝中爵位的高低與宗教地位掛鈎，建立「代言人」制度。如東王楊秀清是「天父」的代言人，西王蕭朝貴是「天兄」的代言人。後來楊秀清的權力一大，他在上帝教團中的地位也一路飆升，先後加上「勸慰師」、「聖神風」的銜頭，並晉升與洪秀全同級，與耶穌也是「同胞兄弟」。於是天國裏煞是熱鬧，終於演出了「兄弟鬩牆」的一幕。

所以，在中國的政制史上，太平天國可說是獨一無二的。在王制上，它完全是封建專制的本質；而一經與西方上帝教結合，便是一個政教合一、半洋半中的政治怪物。它注定要失敗，是勢所必然的。

由於洪秀全在其所作的《原道救世歌》和《原道醒世訓》中宣揚「開闢真神惟上帝」，因此太平天國獨尊上帝洋宗教，而排斥中國傳統宗教。在太平天國早年發佈的文告，反覆申明：上帝怒世人拜邪教，行邪事，大犯天條，所以命天王誅妖，作主救人，說：

天既生真主以御民，自必扶真主以開國。縱妖魔百萬，詭計千端，焉能同天打鬥乎？……爾等凡民，亟早回頭，拜真神，丟邪神；復人類，脫妖類，庶幾常生有路，得享天福。[1]

太平天國既獨尊上帝洋宗教及其教義，不僅以中國傳統宗教為敵，而且以中國傳統文化為敵。洪秀全在起事之前，已有搗毀鄉里和族中神像之舉。起兵之後，所至必擇一寬廣處所禮敬上帝，高呼殺盡妖魔。儒、道、釋所崇奉的廟寺道觀，盡予焚毀。寺宇林立的南京，更是片瓦不存，包括名聞中外的琉璃塔。[2] 對中華文物的破壞摧殘，達到無以復加的程度。中國以儒立國，漢後歷朝皆尊導人正道的孔子為「萬世師表」、「至聖先師」，但洪氏等人對孔子極度詆毀，因為若不誹毀孔子則無以確立「天父」、「天兄」的地位。因此所至之處，將學宮盡行拆毀，使莘莘學子羣聚潛修之地盡化為瓦礫，其對中國文化教育的摧殘，造成空前的浩劫。而且他們是假西方上帝的名義對本國的傳統文化和宗教誅絕滅裂，更是史所未有。他們對中華文物典籍的破壞摧殘，不是一般戰爭行為引致的結果，而是處心積慮進行有計劃的大規模焚書毀物。咸豐三年（1853）攻佔南京之後，宣佈所有孔孟諸子百家為妖書邪說，盡行焚毀。如有敢念誦教習者，一律問斬。因此太平天國管治區域的名家藏書，非付之一炬，即用作燃料。鎮江文宗閣、揚州文匯閣所藏《四庫全書》焚毀殆盡。洪、楊等人喪心病狂的行為，對中國文化犯下了滔天大罪。他們既與中國傳統文化為敵，也等如與中國人民為敵。及後太平天國終至窮途末路而歸於覆滅，其失盡民心，應是根本的重要

1　郭廷以《太平天國史》，載郭氏所著《近代中國的變局》一書，台灣聯經出版事業公司 1993 年。
2　同上。

原因。

洪秀全述志詩首句「手握乾坤殺伐權」，至其成為太平天國的「天王」後，他的詩真沒有白寫，這「殺」字可來得狠！太平軍每「攻佔城池之後，必大殺三日，遇害者不盡為清朝官兵。晚期變本加厲，忠王李秀成號稱治軍嚴明，咸豐十年在江蘇無錦城廂內外，屠戮男婦老幼十九萬七千八百餘口；常熟的倔強抗拒者，概殺無論。咸豐十一年江西瑞江遭受焚掠，成為焦土。忠王部下如此，其他可知。此固由於軍風紀的敗壞，亦為恐怖政策的擴大。」[1]

洪秀全充滿殺氣的詩，後來都變成恐怖事實。歷史上，以詩抒發其嗜殺之志者，明末張獻忠著名的「七殺」詩差可比擬。其詩云：

天生萬物以養人，人無一物以報天。殺殺殺殺殺殺殺！

張獻忠也是一個「實踐家」，結果其兵馬所至之處，真是尸橫遍野，血流成河。

洪秀全對自家人的殺戮，也是絕不手軟的。在太平天國上帝教團中，他與東王楊秀清份屬天父的兒子、耶穌的弟弟，而且更是共同起事打天下的「同志加兄弟」，本來彼此應該相親相愛。然而，他們愛上帝，但他們更愛權力。

顯然，上帝信仰並沒有使這幫天國信徒的人性變得良善，相反，自私的本性和爭權奪利的邪惡本能使他們在利益衝突面前變得十分兇殘。這些人認為自己是上帝的子民，自以為先知先覺，高人一等，處處顯示比別人優越。為此可以不擇手段駕馭別人、霸凌別人甚至侵害別人。上述現象，無論古今，無論西方和東方，這些上帝的不肖信徒在本質上可謂毫無二致。他們都很偽善，有很大的

1　郭廷以《太平天國史》，載郭氏所著《近代中國的變局》一書，台灣聯經出版事業公司 1993 年。

欺騙性和鼓動性，而品格則十分卑劣，甚至具有動輒殺人的邪惡動機。太平天國上帝教團的首席代表洪秀全，就是這樣的人物。

當年的歷史事實是，作為天父的兒子、耶穌「次弟」的天王洪秀全，自以為「飛龍在天」，高高在上，權力至上，不可動搖；而擁有實權的東王楊秀清則得寸進尺，且自恃與天王一樣，同為天父的兒子、耶穌的弟弟，其內心遂以天國天然的接班人自居，於是目中無人，日益驕縱。這說明權力不僅使人腐化，權力也使人狂妄。楊秀清如此強橫，北王韋昌輝內心不服，彼此矛盾日劇。於是韋氏進讒言於天王，從中挑撥離間，導致天王與東王嫌隙日深。

只是楊秀清萬萬沒有想到，自己的狂妄會惹來殺身之禍。天王豈是等閒之輩！他是個「手握乾坤殺伐權」的人，且生性多疑。他既疑東王有僭位之心，遂先下手為強，乃密令北王韋昌輝會同秦日綱以三千兵士闖入東王府，盡殺楊秀清及其親屬部眾，又誘殺楊氏之親信部下，其時東王府與將軍府到處血肉橫飛，前後死者達兩萬餘人。這種封建專制引起的極權鬥爭所造成的大規模自相殘殺，其手段之毒辣，實在令人怵目驚心！及後韋昌輝又殺石達開全家，石領兵臨天京逼天王殺韋昌輝。其時天京一片刀光劍影，城中到處腥風血雨，天國並不太平！

更不幸的是，其後天王又猜忌翼王石達開，圖謀加害，石聞訊乘夜縋城出走安慶，帶兵西去，從此與洪秀全分道揚鑣，造成太平天國內部的四分五裂而土崩瓦解，並最終導致其滅亡。溯其源頭，與洪秀全首先十分殘忍地對自己上帝教團的「同志加兄弟」大加殺戮有莫大的關係。他動輒使用「乾坤殺伐權」，到頭來害人害己，這是洪秀全領導太平天國失敗的另一重要原因。

曾國藩的禮治思想與同治中興

　　自 1840 年中英鴉片戰爭之後，清廷在西方列強堅船利炮威逼下充分暴露出來的軟弱無能，令歷來自以為天朝上國的中華國威掃地殆盡，中國面臨數千年未有的變局。本來，自明亡後，清朝立國，自此反清的思潮久蘊於民間；尤其乾嘉而後，至道光之世，清朝貴族日見腐朽，殘酷的盤剝掠奪，令廣大的漢族民眾積怨日深，「反清復漢」的怒火，至此已達總爆發之期。因此，鴉片戰爭後十年，洪、楊即率眾在金田起事，並提出「誅清妖」、「討胡賊」的口號，義旗舉處，八方響應；鋒鏑所指，勢如破竹。不數年即定都金陵，建立太平天國。此實乃藉助漢民族復興之大勢，有以致之。

　　但洪、楊等人利用西方天主教的某些教義，任意加以歪曲詮釋，假「上帝」的名義，利用貧苦百姓欲擺脫苦難生活的要求，作為武裝奪取政權的工具，並進而將「上帝教」立為國教，不僅視中國傳統宗教為仇敵，而且視中國傳統文化為仇敵，對中華文物典籍進行滅絕人性的摧殘破壞，知識分子從肉體到精神都飽受傷害與威脅，中華民族的整體利益及其精神文明遭受了空前的浩劫。

　　其時交織着貧富矛盾、民族矛盾、國家主權和整體利益受到外國列強瘋狂侵掠與威脅、中外文化衝突等因素，業已影響到國家的生死存亡。在此關係中華民族及其傳統文化危難絕續之秋，曾國

藩以一在籍守制的官員，奮起率民兵守土衞民；並進而奉命領軍平亂，歷盡艱險，其目的就是要為保衞中華傳統文化而戰。在《曾文正公詩文集》中，有《討粵賊檄》一文，便十分確明地表達他的這一思想，內中指出：

> ……舉中國數千年禮義人倫、詩書典則，一旦掃地蕩盡，此豈獨我大清之變，乃開闢以來名教之奇變！我孔子、孟子之痛哭於九原，凡讀書識字者，又烏可袖手安坐，不思一為之所也？

正是本於上述宗旨，曾國藩奮起捍衞中國傳統文化，扶持名教，救生民於水火，不僅制止中華民族內部在列強環伺的情況下進一步分裂，而且使中華文化與民族精神得以保存並重新勃發，從而促成了同治中興。作為此一歷史時期的關鍵人物，曾國藩的禮治思想發揮了極為重要的作用。

一、曾國藩研修儒經尤重禮學

曾國藩（1811—1872），湖南長沙府湘鄉縣人氏，字伯涵，號滌生。父為鄉間塾師，頗有家學。曾氏自幼好學不倦，善思辨。九歲讀畢五經，十歲為文已頗見義理；十四歲以《共登青雲梯》律詩為世交長輩歐陽滄溟所激賞，謂其「是固金華殿中人語也」[1]。因以女妻之，此即曾國藩正室歐陽夫人。二十歲時，曾氏先後赴衡陽唐氏家塾和湘鄉漣濱書院求學，中秀才後，入讀著名的長沙嶽麓書院，頗傾心於程朱理學。他對科舉考試束縛思想，窒息讀書人靈感智慧

1　引自何貽焜《曾國藩評傳》上冊，第 49 頁，中國社會出版社 1999 年。

的八股文是心存格拒的，曾有發自內心的自述：

> 自束髮受書，則有事舉子帖括之業。有司者割截聖人
> 之經語，以試其能，偏全虛實斷續鈎聯之際，銖有律，黍有
> 程，而又雜試以詩賦經義策論，其為品目，固已不勝其繁
> 矣……故僕曾謂末世學古之士，一厄於試藝之繁多，再厄於
> 俗世評點之書，此天下之公患也。[1]

然而，「學而優則仕」乃封建時代讀書人謀取前途和立志報國
必經之路，曾國藩當然也不能例外。在考取舉人後，他同年赴京考
進士，首試不中；嗣於道光十八年（1838）再試中式。旋入翰林，
大覽羣籍，頗有治天下以濟蒼生之志。

在學術觀念和文學思想上，曾國藩並不欣賞乾嘉學派終日埋
首於舊紙堆，考一字而累千言的學風，對其成為時代學術思潮甚不
以為然，而推崇姚鼐堅持義理、考據、辭章三者不可偏廢的主張，
認為：

> 舉天下之美，無以易乎桐城姚氏者也。當乾隆中葉，海
> 內魁儒畸士，崇尚鴻博，繁稱旁證，考證一字，累數千言不
> 能休，別立幟志，名曰漢學，深擯有宋諸子之說，以為不足
> 復存，其為文尤蕪雜寡要。姚先生獨排眾議，以為義理、考
> 據、辭章三者不可偏廢，必義理為質，而後文有所附，考據
> 有所歸。[2]

而在文風上，曾國藩反對明代以來制義家之治古文，以復古相
標榜，以晦澀為高深，而服膺桐城派之文學風格，受其影響極大。
誦曾氏之文章，確乎抑揚頓挫，文義高標特達，沛然有不能御之正

1　曾國藩《黃仙嶠前輩詩序》，載《曾文正公詩文集》，台灣商務印書館1971年。
2　曾國藩《歐陽生文集序》，載《曾文正公詩文集》。

氣；而動情之處，往往感人至深。他實際上是桐城派的中興者，確非一般文章家所能望其項背。

在經學觀念上，曾國藩以孔、孟之學為源，以漢、宋之學為流，尤其以程、朱理學為榜樣。其《送唐先生南歸序》，系統地表達他對中國傳統文化整體學術觀念的認知，內中說：

> ……周衰教澤不下流，仲尼干諸侯，不見用，退而講學於洙泗之間，從之遊者如市，師門之盛，振古無儔。……仲尼既沒，徒人分佈四方。吾家宗聖公（按：即曾參）傳之子思、孟子，號為正宗。其他或雜道而轉趨於藝。……是以兩漢經生，各有淵源，源遠流歧，所得漸纖，道亦少裂焉。有宋程子、朱子出，紹孔氏之絕學，門徒之繁，擬於鄒魯，反之躬行實踐，以究羣經要旨，博求萬物之理以尊聞而行知，數百千人粲乎彬彬。故言藝，則漢師為勤；言道，則宋師為大，其說允矣。元明及我朝之初，流風未墜。……《詩》曰：「風雨如晦，雞鳴不已。」誠珍之也。今之世，自鄉試、禮部試舉主而外，無復所謂師者。間有一二高才之士，鈎稽故訓，動稱漢京。聞老成倡為義理之學者，則罵譏唾侮；後生欲從事於此，進無師友之援，退犯萬眾之嘲，亦遂卻焉。[3]

在上文中，我們了解到令人吃驚的事實：乾、嘉而後，道、咸之際，學者以考據為務，不僅輕視義理，而且唾棄義理，其結果造成中國傳統文化和倫理道德不彰，吏治腐敗，社會正氣不振，人心大壞。

對此，曾國藩痛心疾首，決心以弘揚傳統文化為務。而他認為在所有的國學中，以儒家禮學最為重要：

---

3 載《曾文正公詩文集》。

　　蓋古之學者無所謂經世之術也，學禮焉而已。《周禮》一經，自體國經野以至酒漿廛市、巫卜繕稿、夭鳥蠱蟲，各有專官，察及纖悉。吾讀杜元凱《春秋釋例》，歎丘明之發凡，仲尼之權衡萬變，大率秉周之舊典，故曰：「周禮盡在魯矣」！自司馬氏作史，猥以《禮書》，與《封禪》、《平準》並列，班、范而下，相沿不察。唐杜佑纂《通典》，言禮者居其泰半，始得先王經世之遺意，有宋張子、朱子益崇闡之。聖清膺命，巨儒輩出，顧亭林氏著書，以扶植禮教為己任。[1]

　　曾國藩簡述了自孔子以來至漢後歷代禮學研究的源流及重要的相關學者，從中可以看出他對禮學重視的程度，其學術修養之深，堪稱禮學專家。

　　眾所周知，王夫之是明末清初我國傑出的學者和思想家，對傳統的儒家學說，屢發新見，其政治哲學的前瞻性，驚世駭俗，當日不合時流，其論說則為後世所稱道。而王夫之對儒家傳統學說繼承並弘揚最力者，正是禮學。對這一點，曾國藩極為推崇，在《王船山遺書序》中，對禮與仁之說，闡述獨多。內中說：

　　昔仲尼好語求仁，而雅言執禮，孟氏亦仁禮並稱，蓋聖王所以平物我之情而息天下之爭，內之莫大於仁，外之莫急於禮。自孔孟在時，老、莊已鄙棄禮教；楊、墨之指不同，而同於賊仁。厥後眾流歧出，載籍焚燒，微言中絕，人紀紊焉。漢儒掇拾遺經，小戴氏乃作記以存禮於什一。又千餘年，宋儒遠承墮緒，橫渠張氏乃作《正蒙》，以討論為仁之方。船山先生注《正蒙》數萬言，注《禮記》數十萬言，幽以究民物之同原，顯以綱維萬事，弭世亂於未形。其於古昔明

---

[1]　曾國藩《孫芝房侍講〈芻論〉序》，載《曾文正公詩文集》。

體達用，盈科後進之旨，往往近之。[2]

在中國傳統的儒家學說中，禮學是最重要的核心部份，而且具有經世的效用。禮學的內容，在國家則為典章制度，在閭里家族則為鄉約宗法，在個人則為修、齊、治、平。禮學綜貫了個人與社會、國家的關係，以及人與人之間相處的關係。在古代，儒家提倡對於國於民有利的國家制度和社會秩序的尊重並予以遵行，這就是「禮治」的精神。如《論語．八佾》中，孔子說：

> 周監於二代，郁郁乎文哉！吾從周。

顯示孔子尊重周初周公制定的禮樂制度及其對國家社會的治理，這就是「禮治」的精神。除此之外，儒家還主張輔以仁義忠孝的道德教育，如此社會始能臻於和諧。講求並闡發儒家經學的上述精義，這就是所謂「義理」。

但是，正如曾國藩所言，在他所處的時代，士大夫並不講求義理，而醉心於訓詁考據。當然，這種風氣的形成，自有其歷史的原因。但一個社會若不重視倫理道德，不講求傳統文化的真義和思想道德等方面精神哲學的昇華，勢必造成士大夫階層的墜落，造成吏治的腐敗，導致人民大眾的不滿，人與人之間關係的疏離，矛盾衝突的不斷產生，這是一個國家和社會走向沉淪的必然過程。

曾國藩正是看到這一深重的社會危機，所以才大力提倡禮學，弘揚儒家義理，力求以中國傳統文化的精神挽救世道人心。然而，此時中國外受列強侵凌，內則洪、楊發動大規模暴亂，社會危機終於總爆發，國家經濟不僅受到空前的破壞，人民的生命財產也受到

2　載《曾文正公詩文集》。

極大的損失。在內外交煎的情況下，中國傳統文化面臨前所未有的挑戰，遭受了空前的浩劫。

二、洪、楊起事對中國傳統文化的摧殘破壞

如前所述，洪、楊起事有其歷史背景，其時中國外受列強的軍事、政治、經濟和宗教文化的全面侵略，內則清朝政府的殘酷壓迫和經濟上的無情盤剝，促使民族矛盾、貧富矛盾、官民之間的矛盾急速加劇，令底層的漢族百姓燃起反清的怒火，一經洪、楊登高一呼，民眾羣起響應，不旋踵即形成燎原之勢。

作為起義軍首領的洪秀全，本身原為一落魄文人，其實是一個滿腦子充滿真龍天子帝王思想的人，起事前，他寫的一首《述志詩》，反映了其要改朝換代的雄心壯志，其中有句云：「展爪尚嫌雲路少，騰身何懼漢程偏。風雷鼓舞三千浪，易象飛龍定在天。」──充分表達其要做真龍天子的野心。

原來，洪秀全本也熱衷科舉，惟屢試不第，因此對清朝統治者心懷不滿。事實上，以少數的清朝貴族用高壓殘酷的手段統治數以億計的漢族人民，這種不合理的現象所激化的矛盾遲早會爆發，此乃必然的事。何況清八旗兵、綠營兵在外國軍隊的槍炮下潰不成軍，屢戰屢北，令漢族人民鄙視其統治權威，因而重新燃起收拾舊山河的願望，尤其受壓迫的窮苦百姓普遍存在改朝換代的心理期待。

其時大勢如此，人心如此，這樣就給滿腦子想造反做皇帝的洪秀全，提供了千載難逢的機會。他的《述志詩》中的所謂「漢程」，正是利用當時社會大眾普遍存在「反清復漢」的思潮，來實現其當真龍天子即封建帝王的野心。

　　經過一番深思熟慮和長期的謀劃，洪秀全決定利用拜上帝的教會組織和教義，鼓動民眾，以達到奪取政權的目的。洪秀全憑藉一本旨在宣揚天主教教義的《勸世良言》，是一個叫梁發的華人牧師編寫的，梁顯然是西方傳教士培養出來的中國傳教人。當時中國城鄉窮苦老百姓成千上萬，食不果腹，謀生無門，而教會勢力極大，因此在華洋傳教士的鼓動下，入教的人多不勝數。洪秀全思想深處早就以救世主自居，而且一早就立志要做「真龍天子」，所以認為大可利用耶教教義鼓動羣眾，壯大自己的力量，自己的理想也可假上帝的名義去實現。可以說，洪秀全為了實現自己的野心，是無所不用其極的。

　　因此，洪秀全皈依上帝後，就摒棄家中諸神偶像及孔子牌位，意在與中國傳統文化決絕。顯然，洪秀全在其《述志詩》中所說的「斬邪留正」，被他視為「邪」而要「斬」的，是以孔子為代表的儒家傳統文化和中國民眾千百年來所信奉的多神文化；而被他奉為「正」的，竟是西方的上帝。為此，他頻繁往來於兩廣之間，大力宣揚上帝救世人，到處勸別人勿再信奉「邪教」—— 也即中國士大夫和讀書人千百年來的崇奉孔子，乃至老百姓平時信奉的天上諸神菩薩和地上的城隍老爺，而要一心一意敬拜上帝「正教」。

　　在道光二十五至二十六年（1845—1846）間，洪秀全先後撰寫了《原道救世歌》及《原道醒世訓》等宣傳作品，鼓吹「開闢真神惟上帝，普天之下皆兄弟，靈魂同是天上來，上帝視之皆赤子。」[1]意在鼓動民眾加入「拜上帝會」，以作為其策動信眾起事的會黨組織。

　　道光二十七年（1847），洪秀全又編寫《原道覺世訓》，號召

---

[1]　引自胡禮忠、戴鞍鋼編撰《晚清史・洪秀全傳》，中華書局 1998 年。

上帝會的兄弟姐妹羣起行動，共擊清帝「閻羅妖」。至此，洪秀全已將推翻清朝政權作為其政治行動綱領。而上述這幾部將耶教稱為「原道」的上帝書，就成為其文宣的「寶書」和煽動羣眾造反的輿論工具。

在洪秀全等人的鼓動下，當年加入「上帝會」的人確實很多。這些人大部分是沒有文化的山民和城鄉赤貧，是受壓迫剝削最重，經常處於飢寒交迫中的一幫人。他們對清朝統治者及貪官污吏懷有刻骨的仇恨，都希望推翻清朝政權，通過改朝換代來改變自己的命運。

至於宗教方面，中國民間歷來為多神信仰，一般老百姓又十分迷信，除本土的道教和天上諸神外，佛教也是外來宗教，中國人照信不誤。那麼再來個天主教、基督教之類又如何？── 中國文化有容乃大，在本來已滿天神佛的神壇上，再來一兩個西方的洋神，照樣來者不拒。有關這一點，我認為與東漢以來中國的統治者崇奉佛教，迷信「西方有真經」的觀念大有關係；唐代高僧玄奘不正是經歷千辛萬苦到西天去取經的麼？再加上《西遊記》的大力渲染，於是「西方神佛最得道」的說法在民間長久流傳，造成廣泛的巨大影響。只是沒想到，到了近代，西洋的上帝教比先來的佛教更加厲害，不僅組織能力強，其說更能迷惑人，故傳播更快更廣，影響力更大。而洪、楊正是瞅準這一點，加以組織、宣傳、利用，作為奪取政權的工具。至於中國平民百姓對天上諸神的祈求，現實點說，只要誰能庇祐自己，甚至能改變自己苦難的命運，那麼便相信誰。至於上帝、耶穌是啥東西，他們是不大理會的。

道光三十年（1850）農曆十二月十日洪秀全在廣西發動「金田起義」，其時登高一呼，羣情洶湧，響應甚眾。於是起義軍殺官府，搶皇糧，劫富戶，迅速成為聲勢浩大的隊伍。翌歲（1851）二月二十一日，洪秀全在武宣東鄉宣佈成立太平天國，自稱「天王」，

定是年為太平天國「辛開」元年，是日為「登基節」，搞的完全是封建專制帝皇的那一套。

毫無疑問，太平天國在本質上是一個政教合一、王權專制的封建政體。在政治宗教哲學上，是一個華洋結合的不倫不類的政治怪物：上帝教既是太平天國的國教，也成為洪秀全自己的工具。他既為太平天國的最高首領，同時又作為國教上帝教的「教主」，既是地上之王，又代表天上的上帝。所以，此一政教合一的政體是中國史所未有的。

在太平天國初期，為了蠱惑人心，洪秀全裝扮成「天父」或「天兄」下凡時，與神棍扶乩時打個冷顫裝神扮鬼一模一樣；太平天國晚期，洪秀全在需要的時候，隨時可上天「覲見天父」，然後向信徒部眾傳達「上帝的意旨」，其實都是自己想說的鬼話。

後來洪秀全顯然認為自己貴為天王，老是親自裝神扮鬼實在有點不妥，既有失身份，而且扮多了自己也覺得厭煩，他更希望盡情地享受自己的帝王生活。於是，他從神權與政權相結合的角度，根據專制王朝爵位的高低與宗教地位高低掛鈎，在太平天國內部建立一套「代言人」制度，如東王楊秀清是「天父」的代言人，西王蕭朝貴是「天兄」的代言人，自己原本的「教主」角色由這兩人分擔，實際上等於自削在教團中的職責。如此一來，洪秀全的權威便受到削弱。因為太平天國既是一個政教合一的政體，沒有了「教主」的角色，「天王」的權威事實上便不完整，甚至造成大權旁落。後來的事實證明，東王楊秀清既為「天父」的代言人，這一特殊的身份，使他在太平天國內部的上帝教團中的地位一路飆升，被先後加上「勸慰師」和「聖神風」的銜頭，並自我晉升至與洪秀全同等地位，說他與耶穌也是同胞兄弟。這樣，在太平天國內部，實際上便等於有「兩個太陽」。後來太平天國由於權力鬥爭而造成分裂，成為其最終失敗的主要原因之一。究本窮源，這與當初洪秀全一開始在立

國思想上走政教合一的邪路，有不可分割的關係。

　　但是，洪秀全既奉西方的上帝教為國教，以上帝為唯一真神，因而歧視、排斥、摧殘甚至企圖消滅包括中國固有民間宗教信仰在內的幾千年的華夏傳統文化，對國人的傳統信仰大加撻伐，說：

> 天既生真主以御民，自必扶真主以開國。縱妖魔百萬，詭計千端，焉能同天打鬥乎？……爾等凡民，亟早回頭，拜真神，丟邪神；復人類，脫妖類，庶幾常生有路，得享天福。[1]

　　洪秀全虔誠禮拜上帝，奉其為「唯一真神」；另一方面，又鼓動徒眾高呼殺盡妖魔，矛頭既直指清廷和官府，又針對被視為邪教的儒、道、釋等中國傳統學術文化。在洪秀全的主導下，太平軍所到之處，孔廟、道觀和佛寺盡行焚毀。太平天國定都金陵之後，原本寺宇林立的南京，更被摧殘得片瓦無存，包括名聞中外的琉璃塔。[2]

　　在歷史上，中國自漢後以儒立國，歷代皇朝自皇帝至臣民，皆尊孔子為「萬世師表」、「至聖先師」，但洪、楊卻對孔子極度詆毀，妄說「孔子聲名反大過上帝」，「妖魔作怪之由，總由孔丘教人之書多錯」。[3] 所以將孔子視為「妖魔」，將儒家著作視為「妖書」。他們到處焚燒孔子牌位，搗毀孔子及配祀諸聖哲塑像，孔廟也即學宮盡行拆毀，使莘莘學子讀書之地全化為廢墟瓦爍。同時有計劃大規模地銷毀焚燒孔孟和諸子百家的一切著作典籍，規定凡擁有上述相關書籍而不奏報、私藏誦讀者皆問罪。在太平天國的管轄範圍，其律令明文規定：

1　郭廷以《太平天國史》，載氏著《近代中國的變局》，台灣聯經出版事業公司1993年。
2　同上。
3　同上。

　　凡一切妖書，如有敢念誦教習者，一概皆斬。[4]

　　毫無疑問，洪、楊的上述暴行，意在徹底消滅中國傳統的學術文化，可謂達到喪心病狂的程度。在這一文化浩劫中，鎮江文宗閣、楊州文匯閣所藏的《四庫全書》都慘遭焚毀，造成中國典籍文獻無可彌補的損失。同時對知識分子肆意摧殘，極力壓制，甚至虐待致死。李秀成明言：「天王不用讀書人。」[5]

　　洪、楊等人一方面瘋狂毀滅中國固有的傳統學術文化和宗教文化，而刻意以其所崇奉的西洋上帝文化取而代之，以便蠱惑人心，顛覆天下。在其統治區域，依照太平天國的制度，每二十五家應設有一所禮拜堂，各家幼童及少年必須每天接受洗腦，向他們灌輸《太平救世歌》、《醒世文》、《天父詩》、《天情道理書》、《舊遺詔聖書》、《新遺詔聖書》及洪秀全的《天命詔書》，並將上文諸篇合稱為《真道書》，加上《天條書》、《天道詔書》、《天父下凡書》，強迫知識分子誦習。其中除新舊《遺詔書》外，全為洪秀全等人所杜撰，[6]充滿了濃厚的邪教意味。其目的全在欺騙人民，以便作其武裝奪取政權的工具，並順從其統治而已。他們企圖以其上帝教取代中國的傳統宗教，以其蠱惑人心的邪說取代中國的傳統文化，並以其政教合一的專制政體統治全中國。而在太平天國統治的區域內，他們確實是如此推行的。他們對流露不滿或稍有反抗者，則進行殘酷的屠殺，其中包括許多無辜的老百姓。彼等屠城之慘烈，大量濫殺無辜民眾的暴行，近代史去今不遠，讀之令人觸目驚心：

　　（太平軍）每攻佔城池之後，必大殺三日，遇害者不盡為

4　同上。
5　同上。
6　同上。

滿清官兵。晚期變本加厲，忠王李秀成號稱治軍嚴明，咸豐
十年在江蘇無錫城廂內外，屠殺男婦老幼十九萬七千八百餘
口；常熟的倔強抗拒者，概殺無論。咸豐十一年江西瑞州遭受
焚掠，成為焦土。忠王部下如此，其他可知。此固由於軍風
紀的敗壞，亦為恐怖政策的擴大。[1]

洪、楊為首的「天國」暴徒所幹的滅絕人性的滔天罪行，與他
們所標榜的「太平」，相去何止十萬八千里！他們在神州大地到處
倒行逆施，只獨尊洋人的「上帝教」，而視中國數千年的傳統學術
文化為邪說，視民間歷來崇奉的宗教信仰為異端，視中國無數的知
識分子和同胞百姓為寇仇，而加以無情的摧毀和殘酷的屠殺。洪、
楊等人的所作所為，實際上也等如與全體中國人民為敵。那麼，在
這空前的浩劫和生死存亡的危急關頭，每一個中國人，究竟何去何
從，必然面臨嚴峻的歷史抉擇。

三、曾國藩的禮治思想所發揮的歷史作用

曾國藩作為學養深醇的儒家學者，國學精湛；作為禮部侍郎，
他對禮學的研究尤有心得，認為國家的典章制度和社會的倫理制度
十分重要。

如前所述，曾國藩原本對當時的社會不講求倫理道德，只重考
據不重義理的學風，深感憂慮。因為鴉片戰爭後，西方列強紛紛挾
堅船利炮而來，對中國的逼迫日甚，而知識分子依然埋首於舊紙堆
裏訓詁名物，對國家民族的生死存亡毫無危機意識，對社會大眾的
甘苦漠不關心，對儒家提倡的「修、齊、治、平」的義理毫無追求

1 　郭廷以《太平天國史》，載氏著《近代中國的變局》，台灣聯經出版事業公司
　　1993 年。

或妄加歪曲。對此，曾國藩不止一次地嚴正的批評，說：

> 嘉、道之際，學者承乾隆季年之流風，襲為一種破碎之
> 學，辨物析名，梳文櫛字……，張己伐物，專詆古人之際；
> 或取孔孟書中心性義理之文，一切變更故訓，而別創一義，
> 羣流和附，堅不可易。有宋諸儒周、程、張、朱之書，為世
> 大詬，間有涉其說者，則舉世相與笑譏唾辱。[2]

由此可知，嘉、道年間所滋生的「疑古」和謗聖誹賢的風氣，已構成中國傳統文化的信心危機。其時國人既對自己的民族文化缺乏自信，陰謀家及狂悖之徒，乃得以利用外來文化乘虛而入。洪、楊等人正是攫取西方上帝教某些內容加以任意詮釋或歪曲，煽動部分民眾獨尊上帝教而排斥中國傳統的宗教文化，實有其深刻的歷史背景和社會原因，否則便不可能有千萬民眾信其邪說，追隨其出生入死，板盪半壁江山。當然，洪、楊同時還利用漢族人民對清皇朝的殘酷統治和貪官污吏的強烈不滿，這兩方面的結合，使洪、楊起事之後，始有風捲雲湧之勢。

但是，客觀而論，當時中華民族的主要危險，仍然是面對西方列強企圖以武力瓜分中國的威脅。因此，如何抵禦西方列強的侵凌，使中國免於淪亡，這是包括漢、滿、蒙、回、藏以及其他各族人民在內的中華民族的共同使命，這也是從大歷史着眼的主要矛盾所在。

然而，在中國面臨外敵武力侵凌、逼迫和瘋狂掠奪的嚴峻情況下，竟發生了太平天國長達十四年、波及十八省的大規模內亂，使中國東南富庶之地受到極大的摧殘，生產力遭受長期的破壞。如此嚴重的內耗，客觀上極大削弱了中國自強之本和抵禦外侮的能力。以咸豐十年（1860）為例，李秀成率太平軍攻打上海之日，正是英、法聯軍

2　曾國藩《朱慎甫遺書序》，載《曾文正公詩文集》。

侵掠北京之時，作為中國一代名園的圓明園毀於英、法侵略者的瘋狂劫火之中，無數的中華瑰寶和珍貴典籍被搶劫殆盡，造成我中華文物無可彌補的損失。如此內外交煎，中國處於空前浩劫之中。

　　尤其可怕的是，在西方列強和太平軍的交相打擊下，不僅中國的整體經濟和人民的生命財產受到重大的損失，而且中國的傳統文化和民間的宗教信仰更遭到獨尊上帝教的太平天國暴徒的嚴酷摧殘。在這一方面，曾國藩的感受特別深刻。他所景從的桐城派宗師姚鼐的著作和庋藏的文獻典籍，以及其所在的桐城文物和藏書，都毀於太平軍兵火。對於洪、楊企圖滅絕中國傳統學術文化的罪行，曾氏有一系列如實的記載：

> 　　自洪、楊倡亂，東南荼毒，鍾山石城，昔時姚先生撰杖都講之所，今為犬羊窟宅，深固而不可拔。桐城淪為異域，既克而復失，戴鈞衡全家殉難，身亦歐血死矣。余來建昌，問新城南豐兵燹之餘，百物盪盡，田荒不治，蓬蒿沒人。一二文士，轉徙無所。而廣西用兵九載，羣盜猶洶洶，驟不可爬梳。[1]

　　曾國藩所景仰的鄉賢、明末清初的大學者王夫之，其裔孫曾於道光十九年將其遺著刊刻一百五十卷，「咸豐四年，寇犯湘潭，板毀於火。」[2] 太平軍可說去到那裏就燒到那裏，尤其針對儒家的文物典籍，絕不放過。在這一方面，作為古都的南京，包括孔廟、寺院、道觀，都遭受太平軍的摧殘破壞，達到令人髮指的程度，甚至連道士、和尚等出家人都被消滅。而被他們視為唯一真神的上帝，則教堂不僅受到保護，而且「每食必祝」。對此，曾國藩也有確切

1　曾國藩《歐陽生文集序》，載《曾文正公詩文集》。
2　曾國藩《王船山遺書序》，載《曾文正公詩文集》。

的記載：

> 咸豐三年，粵賊洪秀全等，盜據金陵，竊泰西諸國餘
> 緒，蟠燒諸廟，羣祀在典不在典，一切毀棄。獨有事於其所
> 謂天（帝）者，每食必祝。道士及浮屠弟子，並見摧滅。金陵
> 文物之邦，淪為豺狼窟穴；三綱九流，掃地盡矣。[3]

從上述可知，太平天國所崇奉、所消滅的對象是清清楚楚的。
他們崇洋滅中，意圖摧毀中國傳統文化，達到喪心病狂的地步。歷
史事實證明，洪、楊等人的所作所為，不啻為中華民族的千古罪
人！因此，在曾國藩的心目中，起而討伐，以捍衛中華文明立國之
本，是每一個中國人應盡的責任。

咸豐二年（1852），曾國藩在禮部右侍郎署兵部右侍郎任上丁
母憂回籍守制。時洪、楊起事已三年，太平軍正兵出廣西，進攻湖
南，先後佔領道州、郴州，並於是年九月圍攻長沙。曾國藩故土湘
鄉縣隸屬長沙府，可謂兵臨城下，導致人心惶惶。其時湖南地方為
求自保，乃紛紛組織民兵鄉勇，以抵抗太平軍的殺掠。咸豐三年，
曾國藩在籍也號召民眾組成「湘鄉練勇」，不久清廷命其幫同湖南
巡撫張亮基辦理湖南省團練鄉民。曾國藩乃坐鎮長沙，以「湘鄉練
勇」為基本骨幹，並在湖南各縣抽調壯實鄉勇組成團隊加以軍訓，
後又招募兵員，集中操練，成為湘軍，從此開始了曾國藩的軍旅
生涯。

咸豐四年（1854）春，曾國藩率湘軍討伐洪、楊，師出之日，
發檄文昭告天下，歷數事實，說明自己所以起兵的原因，堪稱一篇
重要的歷史文獻。內云：

---

3 曾國藩《江寧府學記》，載《曾文正公詩文集》。

為傳檄事：逆賊洪秀全、楊秀清稱亂以來，於今五年矣！荼毒生靈數百餘萬，蹂躪州縣五千餘里，所過之境，船隻無論大小，人民無論貧富，一概搶掠罄盡，寸草不留。其擄入賊中者，剝取衣物，搜括銀錢，銀滿五兩而不獻賊者，即行斬首。男子日給米一合，驅之臨陣向前，驅之築城浚濠；婦人日給米一合，驅之登陴守夜，驅之運米挑煤。婦女而不肯解腳者，則立斬其足以示眾婦；船戶而陰謀逃歸者，以倒掛其尸以示眾船。粵匪自處於安富尊榮，而視我兩湖三江被脅之人，曾犬豕牛馬之不若。此其殘忍慘酷，凡有血氣者，未有聞者而不痛憾者也！自唐虞以來，歷世聖人扶持名教，敦敘人倫，君臣父子，上下尊卑，秩然若冠履之不可倒置。粵匪竊外夷之緒，崇天主之教，自其偽君偽相，下逮兵卒賤役，皆以兄弟稱之，謂惟天可稱父，此外凡民之父，皆兄弟也；凡民之母，皆姐妹也。農不能自耕以納賦，而謂田皆天王之田；商不能自賈以取息，而謂貨皆天王之貨；士不能誦孔子之經，而別有所謂耶穌之說、新約之書。舉中國數千年禮義人倫詩書典則，一旦掃地盪盡，此豈獨我大清之變，乃開闢以來，名教之奇變！我孔子、孟子之痛哭於九原，凡讀書識字者，又烏可袖手安坐、不思一為之所也！自古生有功德，沒則為神，王道治明，神道治幽，雖亂臣賊子窮凶極醜，亦往往敬畏神祇。李自成至曲阜，不犯聖廟；張獻忠之梓潼，亦祭文昌。粵匪焚郴州之學宮，毀宣聖之木主，十哲兩廡，狼籍滿地。嗣是所過郡縣，先毀廟宇，即忠臣義士，如關帝、岳王之凜凜，亦皆污其宮室，殘其身首；以至佛寺、道院、城隍、社壇，無廟不焚，無像不滅，斯又鬼神所共憤怒，欲一雪此憾於冥冥之中者也。本部堂奉天子命，統師二萬，水陸並進，誓將臥薪嘗膽，殄此凶逆，救我被擄之船隻，拔出被脅之民人；不特紓君父宵旰之勤勞，而且慰孔孟人倫之隱痛；不特為百姓生靈報枉殺之仇，而且為上下神祇報被辱之憾！[1]

1　曾國藩《討粵賊檄》，載《曾文正公詩文集》。

　　曾國藩在檄文中明確地指出，洪、楊為首的太平天國獨尊天主洋教而摧殘滅裂中國的社會秩序和倫理道德，他們不僅針對清皇朝，更針對數千年的中國傳統文化和民間的宗教信仰，而且對孔廟、佛寺、道觀進行大規模的焚毀，勢欲加以滅絕而以洋教取而代之，又搶掠殘殺大量無辜民眾，引起神人共憤！因此，洪、楊等人的所作所為，無異與全體中國人民為敵。故曾國藩在檄文中，號召全體國人奮起平亂，救生民於水火，捍衞中國傳統的學術文化和人民固有的宗教信仰，扶持名教，可謂名正言順，理直氣壯。

　　實事求是而言，洪、楊等人獨尊天主洋教而力圖消滅儒、道、釋三教，無異要扼殺中華民族的精神文明，並進而企圖在意識形態上奴役全體中國人民，其引起國人的公憤和強烈反對，是理所當然的。因此，曾國藩以「護衞名教」也即中國固有的傳統文化和宗教信仰為旗幟，因而得到廣大民眾的普遍支持，並最終獲得平亂的勝利，這絕不是偶然的。從大量湘鄉子弟兵長期追隨他出生入死，前仆後繼，可見「護衞名教」的正義事業確實獲得死士的忠心和民眾的擁護。對此，曾國藩在所撰的《湘鄉昭忠祠記》中，有十分感人的表述：

　　　……東南數省，莫不有湘軍之旌旗，中外皆歎異焉！……一縣之人，征伐遍於十八行省，近古未嘗有也。當其負羽遠征，乖離骨肉或苦戰而授命，或邂逅而戕生，殘骸暴於荒原，凶問遲而不審，老母寡婦，望祭宵哭，可謂極人世之至悲！然而前者覆亡，後者繼往，蹈百死而不辭，困厄無所遇而不悔者，何哉？豈皆迫於生事，逐風塵而不返與？亦由前此死義數君子者為之倡，忠誠所感，氣機鼓動，而不能自已也。君子之道，莫大乎以忠誠為天下倡。[2]

2　曾國藩《湘鄉昭忠祠記》，載《曾文正公詩文集》。

由此可知，當年與太平天國對抗的，並不是少數幾個人，而是包括中國廣大的知識分子和人民大眾。因為洪、楊為首的太平天國獨尊上帝教而毀棄摧殘中國固有的傳統文化、宗教信仰和無數的文物瑰寶，瘋狂屠城屠鄉，公然與全體中國人民為敵，是以大失民心，大犯眾怒，當年自發奮起參與平亂者，有東南數省的無數仁人志士和廣大的人民大眾，尤其以曾國藩的湘鄉子弟兵為骨幹的湘軍，更是捨生忘死，衝鋒陷陣，前仆後繼，成為平亂的主力。因此，在曾國藩等人戮力同心和廣大兵民的支持下，洪、楊為首的太平天國最終滅亡，這是人心所向，是歷史的必然結果。

在殄平太平天國暴亂的過程中，曾國藩之所以能夠領袖羣倫，獲得袍澤和廣大士兵和民眾的支持，正是由於他具有禮治思想並坐言起行，領導大家起而捍衛中國傳統文化，這一正義的行動，反映了無數知識分子和廣大民眾的心聲。

在曾國藩的心目中，他始終認為，社會要安定，必須重視禮學教育，重視社會和家庭倫理道德的弘揚，以重振中國傳統文化，否則如《孟子‧離婁上》所說：「上無禮，下無學，賊民興，喪無日矣。」在《江寧府學記》中，曾國藩系統的闡述了他的禮治思想，該文可謂是一篇重要的禮學文獻。內云：

> ……原夫方士稱天，以侵禮官，乃老子所不及料。迨粵賊稱天，以恫羣神而毒四海，則又道士輩所不及料也。聖皇震怒，分遣將帥，誅殛凶渠，削平諸路，而金陵亦以時戡定。乃得就道家舊區，廓然宏規，崇祀至聖暨先賢先儒，將欲黜邪慝而反經，果操何道哉？夫亦曰隆禮而已矣。先王之制禮也，人人納於軌範之中，自其弱齒，已立制防，灑掃沃盥有常儀，羹食肴殽有定位，綏纓紳佩有恆度。既長，則教之冠禮，以責成人之道；教之昏禮，以明厚別之義；教之喪祭，以篤終而報本。其出而應世，則有士相見而講讓，朝

觀以勸忠。其在職，則有三物以興賢，八政以防淫。其深遠者，則教之樂舞，以養和順之氣，備文武之容；教之《大學》，以達於本末終始之序，治國平天下之術；教之《中庸》，以盡性而達天。故其材之成，則足以輔世長民，其次亦循循繩矩，三代之士，無或敢遁於奇衺者。人無不出於學，學無不衷於禮也……莫若就民生日用之常事為之制，修焉而為教，習焉而為俗。俗之既成，則聖人雖沒，而魯中諸儒，猶肆鄉飲、大射禮於塚旁，至數百年不絕，又烏有窈冥誕妄之說，淆亂民聽者乎？吾觀江寧士大夫，智材雖有短長，而皆不屑詭隨以循物，其於清靜無為之旨，帝天祈禱之事，固已峻拒而不惑。孟子云：「無禮無學，賊民斯興。」今民革已息，學校新立，更相與講明此義，上以佐聖朝匡直之教，下以闢異端而迪吉士。蓋廪廪乎企向聖賢之域，豈僅人文彬蔚、鳴盛東南已哉！[1]

所謂「江寧府學」，實際上就是南京地區官辦的最高學府。太平天國之亂既已平定，「天京」又恢復為江寧府，其時百廢待興，除安定民生、重振經濟外，曾國藩最重視的是重建孔廟，迅速恢復學校的儒學教育，而他指出最重要的是禮學教育，並縷述了一系列禮學教育的具體內容。曾氏特別引用孟子「無禮無學，賊民斯興」的意旨，說明過去正是由於社會不重視禮學教育，才導致部分民眾誤信邪教邪說而走上邪路。

曾國藩的禮治思想，也體現在以禮治軍上，這實際上也是他克敵制勝的關鍵所在。雖然古代涉及軍禮的相關文獻典籍大體已經亡佚，無從稽考。明代戚繼光治軍之法也只重在行伍進退之號令，如何以禮治軍，也未明言。曾國藩決心「創立規制，化裁通變」，首創以禮治軍之法。曾氏指出：

1　曾國藩《江寧府學記》，載《曾文正公詩文集》。

軍禮既居五禮之一，吾意必有專篇細目，如戚元敬氏
所紀各號令者，使伍兩卒旅有等而不干，坐作進退率循而不
越。今十七篇獨無軍禮，而江氏、永泰氏蕙田所輯，乃僅以
兵制、田獵、車戰、舟師、馬政等類當之，使先王行軍之
禮，無緒可尋。……所貴乎賢豪者，非直博稽成憲而已，亦將
其所值之時，所居之俗，而創立規制，化裁通變，使不失三
代制禮之意。[1]

所謂「軍禮」者，應指軍隊的軍容、制度、秩序、紀律及相應
的儀式。但曾國藩認為，除此之外，帶兵之人還必須有愛兵之心，
即「仁心」。所以，曾氏治兵之法，是禮與仁並重的。他說：

帶勇之法，用恩莫如用仁，用威莫如用禮。仁者，即
所謂欲立立人，欲達達人也。待弁勇如待子弟之心，常望其
成立，望其發達，則人知恩矣。禮者，即所謂無眾寡，無小
大，無敢慢，泰而不驕也。正其衣冠，尊其瞻視，儼然人望
而畏之，威而不猛也。持之以敬，臨之莊，無形無聲之際，
常有懍然難犯之象，則人知威矣。守斯二者，雖蠻貊之邦行
矣，何兵勇之不可治也。[2]

曾國藩創立軍禮並付之實施，可謂巨細無遺，不僅體現在軍
訓、軍令和紀律上，同時時刻不忘愛兵如子的原則。他說：

新募之勇，全在立營時認真訓練。訓有二：訓打仗之法，
訓作人之道。訓打仗，則專尚嚴明，須令臨陣之際，兵勇畏
主將之法令，甚於畏賊之炮子。訓作人，則全要肫誠如父母
教子，有殷殷望其成立之意，庶人人易於感動。練有二：練隊
伍，練技藝。練技藝，則欲一人足禦數人；練隊伍，則欲數百

1　曾國藩《書札》卷 27。引自何貽焜《曾國藩評傳》，中國社會出版社 1999 年。
2　《曾國藩日記》：己未 8 月 3 日。

人如一人。[3]

　　曾國藩以「禮」與「仁」治軍，重視民心、軍心，既嚴禮法，又結合人性化的管理，所以深得兵民之心，得他們效死力衝鋒陷陣，因而取得一個又一個的勝利。尤其他深諳得民心者得天下的道理，知道要戰勝洪、楊為首的太平天國，沒有廣大民眾的支持，是絕不可能的。因此，曾氏「以禮治軍」最大的特點，便體現在他諄諄告誡士兵要愛護老百姓，以不擾民為本這一點上。咸豐八年（1858）曾國藩統軍於江西建昌大營，親作《愛民歌》共八十句，說的全是軍愛民、兵民一家親的大道理，歌詞簡樸明瞭，朗朗上口，顯欲士兵時時歌於口而存於心。為進一步了解曾氏「以禮治軍」和「以民為本」的思想，茲將《愛民歌》摘錄如下：

> 三軍個個仔細聽：行軍先要愛百姓。
> ……
> 第一紮營不貪懶，莫走人家取門板。
> 莫拆民房搬磚石，莫踹禾苗壞田產。
> 莫打民間鴨和雞，莫借民間鍋和碗。
> 莫派民伕來挖壕，莫到民家去打館。
> ……
> 第二行路要端詳，夜夜總要支帳房。
> 莫進城市佔鋪店，莫向鄉間借村莊。
> ……
> 第三號令要嚴明，兵勇不可亂出營。
> 走出營來就學壞，總是百姓來受害。
> 或走大家偽錢文，或走小家調婦女。
> ……

---

3 《曾國藩全集 · 批牘》卷 2。

若是官兵也淫搶，便同賊匪一條心。

官兵與賊不分明，到處傳出醜聲名。

⋯⋯

愛民之軍處處喜，擾民之軍處處嫌。

我的軍士跟我走，多年在外名聲好。

如今百姓更窮困，願我軍士聽教訓。

軍士與民是一家，千記不可欺負他。

日日熟唱愛民歌，天和地和又人和。[1]

　　實事求是而言，歷史上的曾國藩，在帶領湘軍鎮壓太平軍的過程中，是絕不手軟的。因為洪、楊為首的太平天國奉洋教為國教，以中國固有的傳統文化和宗教信仰為敵，摧殘滅裂我中華寶貴的典籍文物，進行殘酷的屠城屠鄉。因此，曾國藩當然視洪、楊為首的太平軍為死敵，其誅殺之酷，以致時人有「曾剃頭」之稱，這是不可抹殺的歷史事實。另一方面，曾國藩以禮治軍，他的《愛民歌》倡導以民為本和兵愛民、軍民一家的思想，使湘軍成為一支紀律嚴明、民眾支持的強大軍隊，最終戰勝太平天國，這同樣也是不可否認的歷史事實。所以，曾國藩平定太平天國之亂的勝利，實際上也是中國傳統文化的勝利，歸根到底是大得民心，是廣大民眾和知識分子普遍支持的結果。

　　當年曾國藩所作的《愛民歌》在湖南一帶流傳，可謂家喻戶曉；後來收進《曾文正公詩文集》加以印行，流傳既廣，影響更大。從清末至民初，湖南人都因出了個中興名臣曾國藩而感到驕傲。湘潭與湘鄉毗鄰，同屬長沙府，青年時期的毛澤東曾至湘鄉求學，受這位鄉前輩曾文正公影響甚大，在一篇文章中頗致景仰之忱。內

1　曾國藩《愛民歌》，載何貽焜《曾國藩評傳》下冊，第 758 頁，中國社會出版
　　社 1999 年。

中說：

> 愚於近人，獨服曾文正。觀其收拾洪、楊一役，完滿無
> 缺。使以今人易其位，其能如彼之完滿乎？[2]

因此，時至今日，客觀而言，經過百餘年的歷史沉澱，歷史人物的功過是非逐漸分明，事實證明當年曾國藩為捍衛國家民族的文化命脈而奮起平定洪、楊借洋教發起的大規模暴亂，是正義之舉，功不可沒；也證明青年時期的毛澤東對他的鄉前輩曾國藩的上述歷史評價，是十分正確的。

我認為曾國藩之所以取得如此巨大的歷史成就，與其禮治思想是分不開的。

曾國藩不僅以禮治軍，也以禮治政、以禮治學；不僅以禮律己，也以禮治人。曾氏在其筆記中，有專門言「禮」之條目，內中云：

> 古之君子之所以盡其心、養其性者，不可得而見。其修身、齊家、治國、平天下，則一秉乎禮。自內焉者言之，舍禮無所謂道德；自外焉者言之，舍禮無所謂政事。故六官經制大備，而以《周禮》名書。春秋之世，士大夫知禮，善說辭者，常足以服人而強國。戰國以後，以儀文之瑣為禮，是女叔齊之所譏也。荀卿、張載兢兢以禮為務，可謂知本好古，不逐乎流俗。近世張爾岐氏作《中庸論》，亦有以窺見先王之大原。[3]

曾國藩對乾、嘉以來之學風深為憂慮，認為必須以禮學加以匡

---

2 《毛澤東早期文稿》，第 85 頁，湖南出版社 1990 年。
3 《曾國藩全集·雜著》卷 2。

正。他在覆夏弢甫函中，說：

> 乾、嘉以來，士大夫為訓詁之學者，薄宋儒為空疏；為
> 性理之學者，又薄漢儒為支離。鄙意由博乃能返約，格物乃
> 能正心。必從事於《禮經》，考核三千三百之詳，博稽一名一
> 物之細，然後本末兼賅，源流畢貫。雖極軍旅、戰爭、食貨
> 凌雜，皆禮家所應討論之事。[1]

曾國藩對漢學、宋學和清代學術的看法，是客觀和準確的。
而他認為無論政治、軍事和經濟，都可以從禮學的角度加以探討。
總之，曾氏以禮治一切事，乃至以禮修身、以禮治家，從其大量的
日記及家書中，可見其坐言起行，後世譽為「完人」。至其以禮待
朋友、部下和學生，更是推心見誠。曾氏常功歸別人，咎責自己，
胸襟博大，忠誠謀國。他求賢若渴，知人善任，為國家羅致大量人
才。咸、同之際，許多特出魁傑之士，無不受他栽培和影響。清季
著名詩人郭嵩燾對曾國藩有如下剴切的評價，云：

> 自昔風會氣運之成，蓋莫不由人焉。曾文正公以道德風
> 義倡，天下名賢碩德，蔚起湖、湘間，電發飆舉，斯亦千載
> 一時之會也。校其事功，則輝潤六合；挹其言論，則沾需寸
> 心。[2]

清同治年間中興名臣薛福成在為李鴻章代擬的奏疏中，追述曾
國藩的功績與風範，內云：

> 曾國藩總持全局，會商機宜，折衷至當。數年內軍情
> 變幻，奇險環生，風波疊起，其籌兵餉，汉剿議防，憂勞情

1　曾國藩《覆夏弢甫》，載《曾國藩全集・書札》卷 13。
2　郭嵩燾《養知書屋文集》卷 7。

狀，迨難縷述。⋯⋯曾國藩知無不言，言無不盡。聖明鑒其
忠悃，每有論奏，立見施行，用能庶政一新，捷音頻奏。議
者以為戡定粵逆之功，惟曾國藩實倡於始，實總其成。其
沉毅之氣，堅卓之力，深遠之謀，即求之古名臣，亦所罕觀
也。⋯⋯平時制行甚嚴，而不事袞襮於外，立心甚恕，而不
求備於人。故其道大而能容，通而不迂，無前人講學之流
弊。繼乃不輕立說，專務躬行，進德尤猛；其在軍在官，勤
以率下，則無間昕宵；儉以養身，則不殊寒素，久為眾所共
見。⋯⋯與人共事，論功則推以讓人，任勞則引為己責。盛
德所感，始而部曲化之，繼而同僚諒之，終而各省從而慕效
之，所以轉移風氣者在此，所以宏濟艱難者亦在此。[3]

　　由此可知，曾國藩以其忠誠謀國一心為民的精神，海涵山負的
氣度，廉潔克己的作風，贏得了同代人的景從、後來者的敬仰。其
人格魅力及其所倡導的以禮學為核心的中國傳統文化的精神，影響
了一代之風氣，始有同治中興之歷史氣象。而其典範垂之後世，實
有其不可磨滅的教育意義。而這所有的一切，與曾國藩的禮治思想
是分不開的。

3　薛福成《代李伯相擬陳督臣忠勛事實疏》，載《庸庵文編》。

曾國藩與晚清學術風氣

眾所周知，清乾隆皇帝治下稱盛世，他也頗矜於自己的文治武功與多才多藝，自詡為「十全老人」。但他在所謂「盛世」美名的掩蓋下，對漢族知識分子的打壓和文化學術思想的箝制十分嚴厲，絕不心慈手軟，尤其對明朝有故國之思，或含有反清復明思想的著作，更是十分敏感，防範甚嚴。為此，乾隆年間屢興文字獄，禁書特多。我手頭就有一部《清代禁書總述》，裏面對各類禁書羅列備至。內中有《纂輯禁書目錄》，記載乾隆年間禁書的內容，此處僅引乾隆四十二年（1777）十月三十日御准的禁書為例：

> 四庫全書處諮查應毀違礙書籍二百四十三種，計開一本，內載計開各省諮查應禁各書：順天府、兩江、江蘇、安徽、江西、浙江、山東、山西、河南、陝甘、陝西、兩廣、廣西、福建、四川、雲南、貴州、湖南、湖北諸省諮查應毀違礙書籍，計約一千五百餘種。[1]

《纂輯禁書目錄》一書為乾隆間刊本，現藏於中國科學院圖書館。就內中所載可知，乾隆年間禁書之多，達到令人吃驚的程度，可見其時盛世光影下的文化桎梏，是何等沉重！

---

1 王彬主編《清代禁書總述》，中國書店 1999 年出版。

　　乾隆皇帝不僅大規模禁書，而且製造「文字獄」，這一方面，尤過於其老子雍正皇帝。我手頭有一本 1986 年由上海書店影印行世的《清代文字獄檔》，此書原係北平故宮博物院文獻館編，內中輯錄了雍正、乾隆兩朝六十五起文字獄的源文件材料，包括承辦案件諸臣奏摺、「案犯」口供、雍正和乾隆的諭旨等文件。就雍、乾父子的御批可知，他們對漢族「反清」思想的防範、對製造「文字獄」的認真程度，是一點不含糊的。因為在他們看來，不製造點「文化恐怖」的氣氛，不足以震懾漢族知識分子。

　　其後，嘉慶皇帝又繼承乾隆的衣缽，繼續製造「文字獄」。所以，經雍、乾、嘉這父子祖孫三代近百年持續對漢族知識分子實施高壓政策，其時傳統文化思想受到嚴重束縛，結社的自由和知識的傳播受到嚴格控制，學術界出現十分肅殺的局面。對此，晚清學者皮錫瑞曾據實指出：自乾隆、嘉慶之後，因朝廷禁止「立會立社」，學者只能埋頭著述，不敢講學。[2]

　　談到「著述」，其時顯然也受到箝制，因為在著述中，講「義理」容易賈禍，只有做「小學」的古文字研究，才不會招惹麻煩。所以，乾、嘉之後清廷對漢族知識分子長期採取高壓政策的結果，造成了只重考據、不講義理的學術風氣。其時讀書人都鑽進舊紙堆搞古文字考證，訓詁名物，考一字而累數千言，把精神都用於純文本學的研究上，如此既不容易罹罪，清廷也很放心。而學者的著作一旦涉及儒家「義理」，內容就多種多樣，其中既大講忠君愛國的觀念，當然也難免會講到「正統」、「偏統」和「夷夏之辨」的問題。講「忠君愛國」的話，清朝統治者固然喜歡聽；但若牽涉到「夷夏之辨」的民族問題，其所懼者，就是怕自己在漢族知識分子的正統

2　引自鄧潭洲《為改革而獻身的潭嗣同》，嶽麓書社 1998 年出版。

觀念中，最終被辨到「夷」的一方，而成為被反對的對象，這是清朝貴族所深防而大忌者。所以雍、乾、嘉三朝除長期大規模禁書和大興「文字獄」外，學者講述或研究經學「義理」也可能會招致不測之禍。所以皮錫瑞說乾、嘉之後學者「不敢講學」，完全符合當年的歷史事實。

　　曾國藩身處道、咸之際，其時社會上仍承乾、嘉學術風氣之餘緒，讀書人依然以鑽舊紙堆、矻矻以古文字考據為務，而忘記儒家重視義理和積極入世的觀念。所以，曾國藩對乾嘉之際這種只重訓詁，以考一字累數千言而自炫鴻博的學風的影響，是很不以然的。相反，他十分推崇桐城派宗師姚鼐堅持義理、考據、辭章三者不可偏廢的主張，說：

> 當乾隆中葉，海內魁儒畸士，崇尚鴻博，繁稱旁證，考證一字，累數千言不能休，別立幟志，名曰「漢學」，深擯有宋諸子義理之說，以為不足復存，其為文尤蕪雜寡要。姚先生獨排眾議，以為義理、考據、辭章三者不可偏廢。必義理為質，而後文有所附，考據有所歸。[1]

　　事實上，曾氏除衷心擁戴姚鼐主張義理、考據、辭章三者不可偏廢的觀點外，他本身也不啻為桐城派的健筆。誦其文章，確乎抑揚頓挫，文義高標特達，文氣有沛然不能御之勢。而曾氏在鴻文中，不遺餘力地推崇儒家義理，而對乾嘉以來偏頗的學術風氣進行十分嚴厲的抨擊。

　　曾國藩所處的時代，可謂為中國歷史上前所未有的嚴峻時代。他親身感受到自一八四〇年鴉片戰爭以來中國戰敗的奇恥大辱，西

1　曾國藩《歐陽生文集序》，載《曾文正公詩文集》，台灣商務印書館 1971 年出版。

方列強紛紛倚仗堅船利炮威逼中國，清廷不是割地就是陪款，而鴉片毒禍橫行，白銀不斷流失。外侮日亟，中國確實處於數千年未有的大變局之中。

另一方面，在中國內部，清朝貴族與廣大漢族民眾之間的民族矛盾，清朝政府的殘酷盤剝與貧苦百姓之間的矛盾也日益激化，其時經濟凋蔽，農村破產，民變紛起，社會潛伏着極大的政治危機。而歷來引領社會思想風氣的文化學術界和士大夫階層，許多人卻對這種「山雨欲來」的局勢缺乏清醒的認識，他們依然熱衷於鑽到象牙塔裏訓詁名物，並以此互相標榜，完全缺乏國家觀念和危機意識，對民間疾苦視若無睹，對儒家義理所提倡的讀書人應具的憂國憂民之心拋諸腦後。更尤甚者，他們自己不僅摒棄對儒家義理的追求，而且還譏笑、辱罵別人學習義理。對此，曾國藩有十分痛切的陳述：

> 《詩》曰：「風雨如晦，雞鳴不已。」……今之世，自鄉試、禮部試舉主而外，無復所謂師者。間有一二高才之士，鈎稽舊訓，動稱漢學。聞老成倡為義理之學者，則罵譏唾侮；後生欲從事於此，進無師友之援，退犯萬眾之嘲，亦遂卻焉。[2]

從曾國藩的上述所言，我們了解到當年令人吃驚的事實：原來乾、嘉而後，迄道光之際，學者不重視經義，不僅歧視義理，而且唾棄義理，形成彼時的社會思想風氣。其結果導致中國傳統學術文化和倫理道德不彰，造成社會深重的文化危機和信仰危機，以致道德淪喪，人心大壞。

另一方面，由於乾嘉之際，學者在著述上不敢宣揚義理，只好

---

2 曾國藩《送唐先生南歸序》，載《曾文正公詩文集》。

專心於「小學」，注重考據，以訓詁名物、深究字源字義為樂事，於是在百年間蔚成風氣，所以，我認為「乾嘉學派」之所以形成，其原因正在於此。

但是，在中國傳統文化中，如果只一味做文字訓詁的功夫，而不講求「義理」，儒家文化便失去內核和靈魂，這也正是曾國藩十分憂慮、心為之危的地方。

那麼，究竟什麼是「義理」呢？

原來，「義理」一辭，見諸《禮記·禮器》：「義理，禮之文也。」及後，學者衍伸其義，泛指在研讀儒家經典時，應闡釋其經義以明其理，合之便稱「義理」。

毫無疑問，「義理」並不是一個抽象的概念，自先秦兩漢時代，它就存在於儒家的經典著作和中國人的社會觀念之中。直至兩宋之際，周敦頤、二程、張載、朱熹在儒學研究上，一方面更着重於對經典「真義」的尋求，另一方面更強調儒學中的倫理秩序和國家觀念。尤其在經典釋義方面有更多的闡發，同時發展了前賢性、理、氣的學說，並將其哲理化和系統化，以之解釋經義和天道人事。所以宋儒對「義理」之學是有所發展的，宋代理學的由來，與此有極大的關係。

總之，「義理」的觀念幾乎貫穿了儒家文化中的政治倫理、社會倫理和家庭倫理的整個內容，因此具有極為豐富的文化內涵和歷史內涵。

正因為「義理」如此重要，所以，曾國藩對乾、嘉以來乃至道光之初，社會上仍然只重文字訓詁和名物考據，而不講求「義理」甚至鄙視「義理」的學風，十分憂慮，屢予嚴厲的批判。他在《朱慎甫遺書序》中據實指出：

嘉、道之際，學者承乾隆季年之流風，襲為一種破碎之學，辨物析名，梳文櫛字，剌經典一二字，解說或至數千、萬言，繁稱雜引，遊衍而不得所歸。張己伐物，專詆古人之隙；或取孔孟書中心性義理之文，一切變更故訓，而別創一義，羣流和附，堅不可易。有宋諸儒周、程、張、朱之書，為世大詬。間有涉其說者，則舉世相與笑譏唾辱，以為彼博聞之不能，亦逃之性理空虛之域，以自蓋其鄙陋不肖者而已矣。[1]

曾國藩在《序》中所說的「嘉、道之際」，正是行將爆發中英鴉片戰爭和太平天國長期暴亂的前夜。當時整個中國的社會危機深重，清朝貴族和貪官污吏對民眾的盤剝日酷，貧苦百姓的不滿和反抗情緒日劇。但是，正如曾國藩所指出的，當時的文化學術界卻仍然歧視義理而沉迷於在舊紙堆裏找考據，實際上已罔顧國家民族大義。這就造成許多知識分子忘記自己本應肩負的社會責任。他們既輕視自己國家的傳統文化，而長期不講求和傳播儒家義理的結果，社會民眾更存在信仰危機。

及至清廷於一八四○年在鴉片戰爭中戰敗，列強交相侵凌，西方宗教思想也大規模乘虛而入並迅速傳播，傳教士憑其三寸不爛之舌，並以小恩小惠作誘惑，鼓動城鄉廣大民眾入教拜上帝，同時將中國民間的多神信仰斥為異教或「邪教」。而民眾入教成為教徒後，便變成上帝的子民，負有「傳、幫、帶」其他人入教的義務，如此一傳十，十傳百，百傳千……，這就為其後洪秀全藉助教會的組織和教義進行宣傳，打下了羣眾基礎，從而釀成太平天國長達十四年的大規模暴亂，既動搖了清廷的統治，又嚴重損害了

1　曾國藩《朱慎甫遺書序》，載《曾文正公詩文集》。

中國的經濟和廣大民眾生命財產的安全。而洪秀全造反之初，就是以在家鄉砸孔子牌位和神像開始的，表示要與中國傳統文化決絕，這在漢後二千多年提倡尊孔重儒的中國社會，是駭人聽聞和難以想像的。洪秀全為什麼會如此對待孔子及其學說呢？——我認為這與洪秀全之前近百年間清皇朝大規模禁書和大興文字獄，對漢族知識分子實行殘酷的無情打壓，導致文化教育界長期不敢講求儒家義理的結果。而儒家義理被壓制，孔子的形象便失去光彩。且看洪秀全自己科舉考不上，便遷怒於孔子，把他的牌位和塑像都砸了；及後太平軍所到之處，更是大砸特砸。其流風所及，民國初年的「打倒孔家店」，不少人都加入砸孔子牌位的行列。其所以如此，溯其初源，乃始於洪秀全首先在鄉里的驚天一砸，而其遠禍則肇自乾嘉時代迄至道光之際，清朝政府對漢族知識分子實行文化禁錮和高壓政策，導致孔子和儒家「義理」不彰的結果。

　　有關「義理」的重要性，其實，在曾國藩之前，戴震在其著作中就曾再三強調，並指出：

> 　　義理不可空憑胸臆，必求之古經。……義理非他，存乎典章制度者也。……義理不寓乎典章制度，勢必流入於異學曲說而不自知也。[1]

　　其後，桐城派領袖姚鼐也強調義理的重要性，指出義理、考據、辭章三者不可偏廢。但是，其時學術界中人當戴、姚之言為耳邊風，許多學者仍以鑽舊紙堆訓詁名物為樂事，歧視儒家經學義理之風依然如舊。

　　那麼，到了曾國藩所處的道光末年，尤其到咸、同之際，他為

---

[1] 見《戴東原先生全集》民國影印本。

什麼敢於批評乾嘉時代政治高壓下讀書人只重考據的學術風氣，而竭力為儒家義理伸張正義並加以弘揚呢？

究其原由，我認為因為當時形勢不同，世局大變了！

首先，清朝政府在鴉片戰爭中被英國人打敗，割地賠款，喪權辱國；列強利用堅船利炮交相侵侮，清廷的威權在以漢族為主體的國人面前，可謂一落千丈。因此漢族要復興的思潮，也隨之活躍起來，其時民心思變，大有風起雲湧之勢。洪秀全領導金田起義，正是順應這種時代潮流，所以民眾羣起擁護，聲勢十分浩大，不數年而定都天京，建立太平天國。

因此，在外有列強侵凌、內有大規模社會動亂的情況下，清朝貴族坐天下的根基受到根本動搖。在這種情況下，他們已是泥菩薩過江，無暇顧及什麼禁書和文字獄了。另一方面，清八旗軍在戰爭中屢次為太平軍打敗，清朝統治者只好依靠像曾國藩、胡林翼、左宗棠、李鴻章這樣的漢族知識分子領兵平亂，他們已有點「求人」了，還敢繼續打壓漢族知識分子嗎？──當然不敢！

還有一點必須指出，當時外國列強侵華，英夷、法夷、美夷、日夷等「番夷」，在全體中國人民的心目中，才是真正的「夷」。毫無疑問，隨着形勢的改變，其時中國傳統文化中「夷夏之辨」的內容，顯然已經有了根本的改變。於是，清朝貴族認為自己坐中華之國而以「正統」自居，再也不用害怕「夷」到自己的頭上，當然也就毋懼儒家經學義理中的「夷夏之辨」，於是其時的文化政策也就隨之寬鬆。

在這種情況下，曾國藩乘時乘勢，他利用自己在士大夫階層和知識分子中的崇高威望，力求扭轉乾嘉以來只重考據而偏廢義理的學術風氣，而引領中國傳統文化重回儒家經學的正軌。在領導湘軍攻破天京之後，金陵地區的治安綏靖之初，曾國藩所急切去做的第一件大事，就是重振教育，恢復在學校施教經學尤其是義理。而府

學、縣學也即孔廟之所在，他認為挽救人心必須首重教育，建學校的目的，就是為了大力崇奉孔子和弘揚以儒家禮學為主體的經學義理。他在所撰的《江陵府學記》中說：

> ……廓起宏規，崇祀至聖暨先賢先儒，將欲黜邪慝而反經。[1]

毫無疑問，曾國藩在這裏除了表示要崇奉至聖先師孔子和先賢先儒外，還直言不諱地表示要在學校中罷黜其他邪說，恢復儒家的經學教育，此即「黜邪慝而反經」的真意所在。蓋「反經」者，「返經」也（按：「返」之古字即「反」），即重返研讀儒經的中國傳統文化之路。曾國藩此舉顯然在於撥亂反正，意欲糾正乾嘉之際的偏頗學風。

與此同時，曾國藩引領學術風氣，在其主導下，廣大轄區除大建學校施行儒學教育外，還大量整理印刷出版儒家著作，他和弟弟曾國荃出資刻印了其湖南鄉賢、明儒王夫之的《船山先生全集》等書，使莘莘學子有儒家經典和名家著作可讀。他還用自己的薪俸養士，羅致大量知識分子從事中國傳統文化的復興事業，影響極大，蔚成風氣。據《清史稿·曾國藩傳》說：

> （曾國藩）晚年頗以清靜化民，俸入悉以養士。老儒宿學，羣歸依之。尤知人，善任使，所成就薦拔者，不可信數。

曾國藩求賢若渴，左宗棠、李鴻章等人之得以大用，無一不出於其薦引提拔。後來這些人都成為封疆大吏，由於他們受曾國藩影響，而且同具振興中國傳統文化之心，所以也在各自的轄區一省或

1　曾國藩《江寧府學記》，載《曾文正公詩文集》。

數省之內，廣建學校，尊孔崇儒，大興文教。至同治之際，學習儒
家經學尤其是禮學之風也隨之勃興，已形成「經學昌明」的氣象。
──這一結論，我從曾國藩日記中，找到了確鑿的證據。

原來，曾國藩最重視儒家的禮學教育，他晚年還潛心研習《儀
禮》。根據《曾國藩日記》丁卯二月所書：

> 本朝經學昌明之後，窮此經（按：指《儀禮》）者不下數
> 十人，有蒿庵之句讀、張皋文之圖，康莊共由之道，而又有
> 人以扶掖之，則從事甚易矣。[2]

「丁卯」即清同治六年，此時已經「經學昌明」，說明其時讀經
和重義理的學風已佔據主導地位，這與乾嘉時代至道光之際，學者
被逼鑽舊紙堆專務訓詁名物而歧視經學義理之風已大異其趣。可見
在曾國藩等人的努力下，至同治之世，中國的社會思潮和學術風氣
得到根本的扭轉，終於重回中國傳統文化的正軌。

對於曾國藩在引領時代思潮和學術風氣方面的歷史作用和重要
貢獻，中興名臣薛福成在《代李伯相擬陳督臣忠勛事實疏》中指出：

> 曾國藩總持全局，會商機宜，折衷至當。……故其大道能
> 容，通而不迂，無前人講學之流弊。……盛德所感，始而部曲
> 化之，繼而同僚諒之，終而各省從而慕效之。所以轉移風氣
> 者在此，所以宏濟艱難者亦在此。[3]

清季著名外交家兼詩人郭嵩燾有如下評說：

> 自昔風會氣運之成，蓋莫不由人焉。曾文正公以道德風

2 《曾國藩家書、家訓、日記》，北京古籍出版社 1994 年出版。
3 載薛福成《庸庵文編》。

義倡，天下名賢碩德，蔚起湖、湘間，電發飆舉，斯亦千載
一時之會也。[1]

　　曾國藩在咸同之際力挽狂瀾和扭轉學術風氣的影響無疑是巨大
的。錢穆先生在其《中國學術通義》一書中曾說：「晚清末，國事日
非，一時學者，競思學以致用，乃頗好言諸葛亮、王陽明、曾國藩
三人。」又說：「若論近代人論學，能有親切的指點者，在前清有湘
鄉曾氏。」

　　從晚清至民國，連國、共兩黨的領袖蔣介石和毛澤東，都無一
不受其影響。蔣介石是終生學習曾文正的。毛澤東則是在青年時期
於尋找救國真理的過程中研習曾氏的著作，蓋湘潭與湘鄉同飲一江
水，當年曾文正公是人人欽仰的鄉賢，青年毛澤東很難不受他的影
響。據 1991 年湖南出版社出版成曉軍先生所著《曾國藩與中國近
代文化》一書的記述：

　　　　曾在湘鄉等地求過學的青年毛澤東，在他由民主主義者
　　轉變為馬克思主義者、其世界觀由唯心主義轉變為唯物主義
　　之前，就曾立下「改造中國與世界」的宏偉志願。他認為，要
　　改造國家社會，就必須人各樹立遠大的人生抱負，去掌握宇
　　宙的「大本大源」。什麼是宇宙的「大本大源」呢？毛澤東指
　　出：即「宇宙之真理」。這種「宇宙之真理，各具於人人之心
　　中」。因此，只要通過「內省」認識了這種「大本大源」，就
　　可以成大事業。他還認為，近世以來真正樹立了「救世」人生
　　觀，並且在行動上真正探索「大本大源」的人只有曾國藩。他
　　說：「愚於近人，獨服曾文正，觀其收拾洪、楊一役，完滿無
　　缺。使以今人易其位，其能如彼之完滿乎？」[2] 從而，他決心效

1　郭嵩燾《養知書屋文集》卷七。
2　《毛澤東早期文稿》，湖南出版社 1990 年出版。

法曾國藩,「以大本大源為號召」,去實踐和闡發他那改造中國和世界的宏偉人生抱負。

由此可知,曾國藩不僅在晚清引領了一代的思想風氣,在他的身後,其政治思想哲學、事功著述和處世為人也能感動人心、沾溉人心和改造人心。迄至民國和大革命時期,受其影響而決心「救世」者,不少都是開天闢地的英雄人物,他們其後都各自取得了劃時代的成就,建立了不世之功業。可以說,曾國藩是中國近代史上具有巨大影響力的歷史人物,時至今日,他的詩文、家訓、日記和處世哲學,仍然在影響着世道人心,這都是毋可否認的歷史事實。

從古精誠皞破石
薰天事業不貪錢
—— 從詩文家書略談曾國藩的人格襟懷

　　曾國藩詩才文筆都非常好，他也常常藉之抒寫襟懷。說起來，曾國藩的性情行事，其實有自己的一套人生哲學。他為人剛毅內斂，但當國家大難來臨，則勇於任事，敢於慨然任道；至大亂既平，朝野稱頌，則功高不居，謙遜禮讓。讀曾氏詩文家書日記，可窺見其常懷戒慎戒懼之心，早萌急流勇退之念。

　　其實，曾國藩對晚清官場爭權奪利和貪污腐敗之風是十分厭惡的，早在道光年間其任職京師時，對此已有所流露。如其《送梅伯言歸金陵》一詩，云：

> 金門混跡髮蒼蒼，從此菰蒲歲月長。
> 人世正酣爭奪夢，老翁已泊水雲鄉。
> 自翻素業衡輕重，久覺紅塵可憫傷。
> 祇恐詩名天下滿，九州無處匿韓康。

　　曾國藩送梅伯言歸金陵詩共三首，此錄其一。梅伯言名曾亮，宣城人，與曾國藩為文字交，為桐城派之後起，曾氏許其「古文詩篇，一時推為祭酒。」[1] 他作詩為梅伯言送行，應在道光末年。那

1　見《曾文正公集 · 雜著》卷二《世澤》。

時他在京師歷任禮、兵、工、刑、吏諸部侍郎，在長期的仕宦生涯中，對於當時吏治的腐敗和官場中的傾軋頗感厭倦。故詩中除了稱羨和推許梅氏詩名滿天下和淡泊名利的人生態度外，也有自己頗深的寄意在。其中「人世正酣爭奪夢，老翁已泊水雲鄉。自翻素業衡輕重，久覺紅塵可憫傷」之句，既為梅氏詠歎，也未嘗不是自己的內心獨白與夫子自道。

送走了梅伯言之後，不久洪、楊起事，天下大亂。其時曾國藩丁母憂回籍守制，兵禍至湖南，他領導湘鄉民眾組織團練，奮起守衛鄉土，及後奉命討伐洪、楊。當年兩軍對壘，可謂你死我活。因為在客觀上，洪、楊要毀滅中國固有的制度秩序、禮教文化和傳統宗教，而曾國藩則高舉「扶持名教」的旗幟，捍衛中國傳統文化，可謂針鋒相對，故雙方在戰爭中互相殺戮十分殘酷。

本來，曾氏原非武夫，作為一介文人，殺戮本非其所願。他在給其弟曾國荃的信中，表示對戰爭中大量殺人感到「寒心」，流露出其心存惻隱的本性。信中說：

> 吾輩不幸生於亂世，又不幸而帶兵，日以殺人為事，可為寒心。惟時時存一愛民之念，庶幾留心田以飯子孫耳。[2]

曾國藩這番發自內心愛民的話，並不是說說而已。咸豐八年（1858）他帶兵在江西和太平軍打仗，曾在建昌大營作《愛民歌》共八十句，教士兵傳唱，內容全講軍愛民的道理，簡樸明瞭。他要求兵士句句入心，遵循執行。有關《愛民歌》的內容，我在前文已有詳述，這裏不再多說。

曾國藩也曾在詩中流露出對戰爭的殘酷感到憂傷和厭惡，而嚮往和平寧靜的歸隱生活。其感懷述事詩云：

---

2 《曾國藩家書》卷七，咸豐十年六月初十日。

慘淡兵戎春復秋，濁醪誰信遣千憂。

戰場故鬼招新鬼，世事前漚散後漚。

馳逐幾同秦失鹿，劬勞只愧魯無鳩。

何時浩盪輕舟去，一舸鷗夷得少休。[1]

　　曾國藩於嘉慶十六年（1811）出生於湖南湘鄉縣。因湘鄉多山，所以他謙稱自己是「山縣寒儒」。曾父竹亭老人乃鄉間塾師，甚有儒學修養，家有薄田，世代耕讀，頗有家學淵源。所以，曾國藩原本確確實實就是一個讀書人，後來做的也是文官，全因洪、楊亂起，突然天降大任於斯人，而曾國藩也敢於慨然擔任艱巨，因為眼見洪、楊要毀滅中國傳統學術文化，要滅絕讀書人的文化根脈，這就逼使他奮然挺身而出，其時許多知識分子也羣起反抗。且看清末帶兵的中興名臣，除了曾國藩外，還有駱秉章、胡林翼、左宗棠、李鴻章等等，個個原本都是讀書人，他們都篤信孔孟之道和經學文化，然而，當國家處於危難絕續之秋，他們紛紛奮不顧身，擔負起護衞中華民族文化命脈的責任。

　　曾國藩精研儒經，尤其儒家的修身、齊家、治國、平天下的思想對其影響至巨。他之所以奮起衞道，目的完全在於救平暴亂，消除兵災，還百姓一個清平世界。毋庸諱言，曾國藩領導的湘軍和湘籍將領在平洪、楊之亂中發揮了重大的作用，但他並不因此而認同湖南乃地靈人傑之地的說法，而認為這只是讀書人應盡的社會責任，是湘中老百姓不惜犧牲換來了平亂的勝利。曾氏如此的襟懷，可見諸其於咸豐九年（1859）寫給同鄉老友何廉昉的感懷詩，云：

1　曾國藩《次韻何廉昉太守感懷述事十六首》，載《曾文正公詩文集》，台灣商務印書館1971年出版。

山縣寒儒守一經，出山姓字各芳馨。
要令天下消兵氣，爭說湘中聚德星。
舊雨三年精化碧，孤燈五夜眼常青。
書生自有平成量，地脈何曾獨效靈。[2]

　　這首詩，除前述的寄意外，我覺得最重要的一點，是透露了曾國藩為何以一介書生，在洪、楊發動大規模暴亂時，奮起平亂的底因。因為我在讀首句「山縣寒儒守一經」時，想起了文天祥《過零丁洋》詩首句「辛苦遭逢起一經」。很巧合，兩詩於首句皆有「一經」的提法。

　　我認為兩詩中的「一經」，應該都指儒經，即孔孟之道。

　　比如文天祥於就義前在衣帶上所書絕命辭：「孔曰成仁，孟曰取義；讀聖賢書，所學何事？而今而後，庶幾無愧。」可謂是對《過零丁洋》詩中「起一經」的最好詮釋。

　　而曾國藩於出師之日所作《討粵賊檄》中，歷數洪、楊罪狀，號召讀書人奮起衛道，內中說：「舉中國數千年禮義人倫典則，一旦掃地盪盡，此豈獨我大清之變，乃開闢以來，名教之奇變！我孔子、孟子之痛哭於九原，凡讀書者，又烏可袖手安坐，不作一為之所也！」足以為曾氏上詩中的「守一經」作腳注。

　　所以，曾國藩信守儒經，崇奉孔孟之道，即所謂「扶持名教」，是他慨然任道起兵討伐洪、楊的主要原因。他在《討粵賊檄》中明確指出，洪、楊獨尊西洋天主教而摧殘滅裂中國社會的世俗人倫，他們針對的不僅是清皇朝，更是數千年的中國文化和傳統宗教，從而與全體中國人民為敵。因此他要與廣大知識分子和民眾一道，奮起捍衛中國傳統文化，扶持名教，救生民於水火。可謂名正言

2　同上。

順，理直氣壯，其最後之所以能取得平亂的勝利，絕不是偶然的。因為正義在他這一邊，人民站在他這一邊，這都是不可否認的歷史事實。

看來，還是那句老話「時勢造英雄」說得對，老天爺確實降大任於曾國藩，造就他平定洪、楊之亂，立下了不世的功勳。

不過，對一般人而言，功勞大了，職位高了，但能否做個好官、清官，卻是另一回事。這與個人品格好壞有關。因為無論古今，本事大、功勞大的人多的是，但其中有的人未必就是好官、清官，原因是許多人都過不了錢銀這一關。

難得的是，曾國藩有大本事和大功勞，但更是個不貪錢的清官。這既緣於家教，也出於其品格的純正。他從小襟懷磊落，秉性堅毅，志向遠大，有兼濟天下的雄心。尤其他年輕時所立的志向中，最重要的一點，就是立誓做官不貪錢。從曾國藩身上，不難發現，其品性的淬煉，志向的養成，識見之遠大，與其從小受半耕半讀家風的薰陶有極大的關係。由於家學淵源，曾國藩從小便讀經書，聽嘉言，師懿行，這對其品德的陶冶，鑄就其胸懷豁達的格局，裨益甚大。

曾國藩自幼深思好學，九歲讀畢《五經》，十歲為文已頗見義理，十四歲以《共登青雲梯》律詩為世交長輩歐陽滄溟所激賞，謂其「是固金華殿中人語也。」[1] 因此以女妻之，此即曾國藩的正室歐陽夫人。二十歲時，曾國藩先後赴衡陽唐氏家塾和湘鄉漣濱書院求學，中秀才後，入讀著名的長沙嶽麓書院，大覽羣書，尤傾心於程朱理學，頗具治天下、濟蒼生之志。嗣考取舉人，及後於道光十八年（1838）中進士，入翰林院，並在政府多個部門任職，至道光

1　引自何貽焜《曾國藩評傳》上冊，頁 49，中國社會出版社 1999 年出版。

二十九年（1849）擢升禮部右侍郎。看來，曾國藩的舉業和仕途似乎一片青雲路，十分順利。

其實又不然。原來，曾國藩在科舉之途上也遭受過挫折，他於道光十五年（1835）第一次赴京考進士是不第的。那年他二十四歲，雖然名落孫山，但並不灰心，他堅信自己的抱負終有實現的一日。此可見其翌年所作之述志詩，足可窺其胸懷豁達，充滿自信。詩云：

> 去年此際賦長征，豪氣思屠大海鯨。
> 湖上三更邀月飲，天邊萬籟挾舟行。
> 竟將雲夢吞如芥，未信君山鏟不平。
> 偏是東皇來去易，又吹草綠滿蓬瀛。

曾國藩此詩有氣吞山河之概，顯示其襟懷具浩然之志。雖去歲未登高第，但詩中毫無消沉之氣，也沒有怨天尤人和憤恨不滿，而認為春風年年吹，江南年年綠，機會多的是，就只待自己的努力了。全詩所流露的是一派積極進取的精神。

在封建社會，讀書人如果希望為國家民眾服務，要想實現自己的政治抱負，就只有參加科舉一途，曾國藩當然也不例外。他第二次赴京會考終於中式，入翰林院，並任職諸部歷練，做了京官多年；後來一度外放蜀、贛當主考官。外放可多得錢，素為官場所喜。但曾國藩有自己做官的宗旨，他於道光二十九年（1849）三月二十一日致其弟函中，對做官與發財一事有極為剴切的剖白：

> 予自三十歲以來，即以做官發財為可恥，以官囊積金遺子孫為可羞可恨。故私心立誓，總不靠做官發財以遺後人。神明鑒臨，予不食言！[2]

---

2 《曾國藩家書》卷三。

　　曾國藩要做清官的素志是其來有自的，早在道光二十七年
（1847）六月二十七日致其弟之函中，即有具體而微的闡述，其宗旨
就是：不輕受人的恩惠。因為貪贓枉法，往往就因此而起。函中說：

> ……將來萬一作外官，或督撫，或學政，從前施情於我
> 者，或數百，或數千，皆釣餌也。渠若到任上來，不應則失
> 之刻薄，應之則施一報十，尚不足以滿其欲。故兄自庚子到
> 京以後，於今八年，不肯輕受人惠，願人佔我的便益，斷不
> 肯我佔人的便益。將來若作外官，京城以內無責報於我者。[1]

　　在京師，曾國藩做清官是表裏一致、言行一致的。洪、楊之
亂平後，他因功任封疆大吏，官至兩江總督，管理天下最富庶的地
區，甚至統理蘇、皖、贛、浙四省軍政財權。但曾國藩早年就發誓
做官不貪錢，如今權傾天下，他對此矢志不移，將「不貪錢」的原
則貫徹到底。從咸豐九年（1859）的述志詩，可窺見其襟懷：

> 濫觴初引一泓泉，流出蛟龍萬丈淵。
> 從古精誠能破石，薰天事業不貪錢。
> 腐儒封拜稱詩伯，上策屯耕在硯田。
> 巨海茫茫終得岸，誰言精衛恨難填。[2]

　　曾國藩認為自己為國為民的一片精誠，始終會被世人所認知；
而他也確然兌現自己做官不貪錢的諾言，踐行了他年輕時許下的終
生廉潔的誓願，實在難能可貴，值得後人效法。

　　尤其令人讚佩的是，曾氏為人不做表面功夫，不會當面一套，
背後一套，而是台上台下、人前人後表裏如一，貫徹始終，決不弄

---

1 《曾國藩家書》卷三。
2 曾國藩《次韻何廉昉太守感懷述事十六首》，載《曾文正公詩文集》，台灣商
　務印書館 1971 年出版。

虛作假以搏得生前身後名。而最能見其真性情者，可從長達數十年
他對待妻兒和手足兄弟的真實態度和做法看出來，因為在至親骨肉
面前，是毋須矯情也無法矯情的。

　　曾國藩自昔立下宏願，自己出來做事，必須做清官，而且要做
一世的清官；不僅自己做清官，而且要求諸弟也必須做清官；同時嚴
格要求妻兒、子姪以勤儉為本，不准驕奢淫佚，不准收人財物，不准
恃官勢壓人。他要做到自己乾乾淨淨，家屬也乾乾淨淨。後來他的官
越做越大，可謂威震天下，也德滿天下。所以詩中吟出「從古精誠能
破石，薰天事業不貪錢」之句，完全是其豁達襟懷的真實寫照。

　　曾氏做官多年，對於宦海浮沉、仕途險惡，深有體會。他官做
得越大，越是如履薄冰，小心謹慎。其實，他並不戀棧權位，早存
歸隱林下筆耕硯田之心，故詩中「巨海茫茫終得岸」、「上策屯耕在
硯田」的吟詠，可謂是曾氏自抒胸臆之句。

　　其實，曾氏的家教，對做官是戒慎戒懼的。他的父親竹亭老人
在咸豐四年（1854）親撰對聯，命曾國藩手書。聯云：

> 有子孫，有田園家風，半讀半耕，但以箕裘承祖澤；
> 無官守，無言責世事，不聞不問，且將艱巨付兒曹。

　　竹亭老人昔為塾師，如今兒子做了大官，他全無「父憑子貴」
的沾沾自喜，而是謹守本份，以自己的人生經驗和處世之道諄諄告
誡兒孫，這對曾國藩肯定有深刻的影響。正是由於家風的承傳，所
以，曾國藩一再在家書中教導子姪，而且關切入微，巨細無遺。其
中說：

> 吾家現雖鼎盛，不可忘寒士家風味，子弟力戒傲惰。[3]

---

3 《曾國藩家書》卷十，同治六年正月初四日。

又說：

> 吾家子姪，半耕半讀，以守先人之舊，慎勿存半點官氣，不許坐轎，不許喚人取水添茶等事，有拾柴收糞等事，須一一為之；插田蒔禾等事，亦時時習之，庶漸漸務本而不習於淫佚也。[1]

曾國藩還要求在家鄉的妻子、女兒、媳婦參與家務勞動，在給兒子曾紀澤的信中對此也有述及：

> 家中興衰，全繫乎內政之整飭。爾母率二婦諸女，於酒食紡織二事，斷不可不常常勤習。[2]

對自己的家屬管得嚴，這是避免自己貪污納賄的一大要素。古今中外許多政治人物，本身原來並非大貪巨惡，但往往就敗在放縱自己的家人這一點上，最後掉進法網，落得身敗名裂，這是頗能發人深省的。

中華民族的特出魁傑之士，是要經過歷史無數次的大浪淘沙淘洗出來的。時間已過去一百七十多年，經過長久的歷史沉澱，人們越來越認識到，曾國藩確實是中國近代史上貢獻巨大、影響深遠的歷史人物，堪稱一代完人。記得前些時文化界出版了他的詩文、家書、家訓、日記等大量著作，社會上還掀起了一股學習曾國藩的熱潮。老實說，這是正道的表現，是好現象。別的不說，在任何朝代，如果有點權的人能認真學一學曾國藩對待錢銀的態度，並管好自己的老婆子女，相信社會上便會少些貪官。

---

1 《曾國藩家書》卷四，咸豐四年四月十四日。
2 《曾國藩家訓》卷下，同治五年十一月初三日。

說「氣」論左宗棠

　　「氣」與「勢」在中國是大學問，古今就此二題作專論者甚多。本文以「氣」論左宗棠，主要品評他因個人的性格脾氣影響了其與朋僚的關係；另一方面，也正因為他胸懷中華民族權益的磅礡大氣，因此在國家危難之際，能夠挺身而出，奮然赴義，造就其民族英雄的功業。

　　左宗棠（1812－1885）字季高，湖南湘陰人，與湘鄉曾國藩是鄰縣的大同鄉，與毛澤東的籍貫湘潭也是毗鄰的縣份，故近代史上，湖南三湘之地，可謂英雄輩出。毛氏青少年時期，對這二位鄉前輩是極為仰慕的。

　　左宗棠之父原為湘陰鄉間塾師，後舉家遷居長沙。他稍長就讀長沙城南書院，二十一歲中舉，但進士試則不第。左宗棠歷來自視甚高，落第使他心裏始終有點不平衡，造成他後來頗歧視進士出身的僚屬，這是他脾氣古怪的一面。

　　咸豐二年（1852）太平軍進攻湖南，左宗棠佐幕湖南巡撫張亮基抵抗太平軍有功，擢知縣加同知銜。張亮基調山東，未隨前往。咸豐四年，左宗棠入湖南巡撫駱秉章幕，備受器重。其時曾國藩率湘軍對抗太平軍，功業重朝野，清廷倚為統帥。曾氏知人善任，對左宗棠甚為賞識，咸豐十年保舉其以四品卿銜襄辦皖南軍務。左宗棠受命組織「楚軍」，屢建戰功，升為太常寺卿。翌歲曾國藩認為他才堪大用，再薦其為浙江巡撫，使他一下子成為封疆大吏，這是

其仕途上的一大轉折點。至同治二年（1863），左宗棠更升任閩浙總督兼巡撫，平定浙江，賞加太子少保銜，並賞穿黃馬褂；繼又統軍平閩，追擊太平軍殘部至廣東境內，於同治五年擊滅於粵東嘉應州（今梅州市），立了大功，被清廷賞戴雙眼花翎。

左宗棠才識過人，功勳卓著，但心高氣傲，剛愎凌人。論其仕途之發軔，曾國藩、胡林翼之薦舉至為關鍵。但他自視過高，常自比諸葛亮，說曾、胡對他並不了解，遑論其他。郭嵩燾、崑燾兄弟與他同為湖南湘陰人，早期許為相知，在書信往來中頗吐露其胸中塊壘。左宗棠先前在襄辦曾國藩軍務時，曾給郭嵩燾去過一信，內中說：

> 滌公謂我勤勞異常，謂我有謀，形之奏牘。其實亦皮相之論。相處最久，相契最深如老弟與詠公，尚未能知我，何況其他？此不足怪。所患異時形諸記載，毀我者不足以掩我之真，譽者轉失其實耳。千秋萬世名，寂寞身後事，吾亦不理。但於生前自謚「忠介先生」可乎？[1]

滌公指曾國藩，詠公即胡林翼，都是左宗棠的上司，也是他的伯樂，否則他這匹千里馬也不可能脫穎而出。但他後來卻不大承認二人薦舉之功，而且頗語多不遜。在給郭崑燾的信中，如是說：

> 閣下生平惟知有曾侯、李伯及胡文忠而已，以阿好之故，並欲擠我於曾、李之列，於不佞生平志事，若無所窺，而但以強目之，何其不達之甚也。[2]

郭崑燾將左宗棠與當時功勳德望俱隆的曾國藩、李鴻章並列而

1　高伯雨《中興名臣曾胡左李》，香港波文書局 1977 年。
2　同上。

相提並論，本來出於一片好意，但左宗棠卻大有不屑之概，不但不領情，而且對郭崑燾還很不客氣的奚落一番。其自負桀驁之氣，實在令人十分難頂。

郭嵩燾與左宗棠份屬湘陰同鄉，既為老朋友，更是姻親。昔年左宗棠未得意時，因事受主官糾劾，幸好郭嵩燾向大臣緩頰而得以轉圜。但左氏不僅不念舊德，日後且對郭嵩燾連番打擊。所以導致如此，原因是郭嵩燾於同治二年（1863）官拜廣東巡撫，其時家鄉湘陰的孔廟恰巧生了一株靈芝，嵩燾之弟崑燾寫信謂此乃吾家之瑞，不外戲言而已。但左宗棠聞知極不高興，認為靈芝之生，乃為其封一等恪靖伯而報瑞，不關嵩燾的事。由是心生芥蒂，故意在官場上給郭嵩燾製造麻煩，多番加以排擠打擊。此事郭嵩燾曾寫信給老友丁日昌大吐苦水。該信函為歷史學家丁文江所收藏，黃秋岳曾抄錄入其隨筆中。秋岳引其全文後，評論兩人齟齬緣故，說：

> ……蓋文襄（即左宗棠）與筠仙（郭嵩燾字）仇隙至深，欲孤其勢，促其行，未幾筠仙卒罷去。文襄以其親信蔣益澧代郭撫粵。……此實文襄褊隘處，筠仙終生憾之，宜也。……余始頗疑筠仙右曾文正，故文襄恨之。嗣聞方叔章談左郭隙末之由，乃以同治二年湘陰文廟忽產靈芝，是年郭嵩燾拜廣東巡撫之命，而七月左文襄以功封一等恪靖伯。筠仙之弟意城（即崑燾）致書其兄，謂文廟產芝，殆吾家之祥，蓋戲辭也。左聞之大不懌，謂湘陰果有祥瑞，亦為吾封爵故，何預郭家事乎？乃以千金延周荇農（壽昌）侍郎，為《瑞芝頌》，稱述左之功德。今文襄集中，猶載謝周荇農書，即此事。文襄意終不釋，復致書筠仙讓之，往復相稽，以茲小故，寖成大隙。[3]

3　同上。

　　左宗棠為靈芝報瑞一事小題大做，在官場上做對不起同鄉老友郭嵩燾的事，而且做得十分絕情，連《清史稿・郭嵩燾傳》也批評左宗棠有負於郭嵩燾，內中述及：

> 初，毛鴻賓督粵，事皆決於幕僚徐灝。瑞麟既至，灝益橫，嵩燾銜之，上疏論軍情數誤，劾逐灝，並自請罷斥。事下左宗棠。宗棠言其跡近負氣，被呵責。左郭本姻家，宗棠先厄於官文（滿人，時任湖廣總督），罪不測，嵩燾為求解畫順，並言於同列潘祖蔭，白無他，始獲免。至是宗棠竟不為疏辯。

　　已故香港文化界同鄉前輩、澄海高伯雨先生在其著作《中興名臣曾胡左李》一書中，亦為郭嵩燾大鳴不平：

> 老實說，這件事是左宗棠對不起郭嵩燾的。郭是為了公事，而左則在安置私人，要把郭排出，而以蔣益澧繼其任。郭感於督撫同城，事事受制，故索性辭職。左郭皆同鄉里，郭之女嫁左之姪，又娶左的孫姪女為孫婦，而宗棠不顧一切，一定要迫害他。左郭的鄉後輩章士釗先生，嘗論二公晚年失和，謂「筠仙以曠代通才，而生平屢為同鄉所厄，其厄於彭雪琴者小，厄於左季高者大。」（見章氏所撰《彩鳳隨鴉》一文，刊香港大公報《藝林》週刊）[1]

　　所以，論者謂左宗棠傲氣太甚，自視過高，又意氣用事，不能容物，在處世為人方面，缺乏雅量，氣度與曾國藩相差遠甚。實事求是而言，左宗棠這種性格難免影響了人際關係，其時被他得罪的，又豈止郭嵩燾一人！因此，當時及後世批評他的不在少數，說的都是實情，這只能怪左氏自己的臭脾氣累事。

1　高伯雨《中興名臣曾胡左李》，香港波文書局 1977 年。

　　但是，我認為左宗棠有一「氣」不能不提，那就是他的民族氣節和英雄氣概。他任陝甘總督期間，新疆出現叛亂，形勢十分危急。事緣同治三年（1864），新疆庫車、伊犁等地出現一系列騷亂，中亞浩罕汗國軍官阿古柏趁火打劫，乘機入侵南疆，肆行殘酷的統治和掠奪。接着，同治十年，沙俄悍然出兵強佔我伊犁地區。原來，早在是年六月，沙俄乘阿古柏侵佔烏魯木齊並向東進犯之際，乃藉口「安定邊境秩序」，派郭爾帕科甫斯基率兵長驅直入，七月侵佔伊犁九城及附近地區。旋設官分治，移民墾殖，任意勒索新疆各族人民，勞擾不堪，在伊犁地區實行殖民統治。沙俄公使倭良嘎哩偽善地表示：俄國進軍伊犁，只是「代為收復」，待清軍收復新疆，「即行交還」。[2]

　　沙俄公使如此說辭，乃看死清廷無力收復遙遠的西北邊陲新疆。因為其時之中國，內則由於太平天國和捻軍十餘年大規模暴亂，血戰經年，兵燹交加，造成東南數省富庶之地，玉石俱焚，支離破碎；外則有西方列強和新崛起的日本虎視眈眈，以堅船利炮威脅我沿海地區。面對內外交煎，中國以久戰之疲兵，已窮於應付。於是沙俄等乃乘機侵佔我新疆大片土地，他們認為清廷已無力西顧。

　　在這一極為嚴酷的危局中，左宗棠力主收復新疆，驅逐外敵，恢復主權。光緒元年（1875）清廷命其為欽差大臣，督辦新疆軍務。左氏以湘軍子弟兵為主體，率軍克服千艱萬險，長途西征新疆。他採取「先北後南」的戰略，奮戰經年，在新疆民眾的支持和配合下，西征軍相繼收復了烏魯木齊、瑪納斯等失地，底定新疆北路。接着揮師南疆，到光緒三年底，左宗棠率軍重創並驅逐了阿古

2　張習孔、田珏主編《中國歷史大事編年》，北京出版社 1992 年。

柏軍隊，收復了除沙俄侵佔的伊犁地區以外的新疆全部。光緒十年
（1884），清廷根據左宗棠的獻議在新疆建省，確立管治制度。在力
驅外敵、恢復新疆主權一役中，左宗棠功莫大焉。對此，他也十分
自負，躊躇滿志，有詩紀其豪氣干雲之概：

> 大將籌邊尚未還，湖湘子弟滿天山。
> 新栽楊柳三千里，引得春風渡玉關。

　　回顧歷史，當年的中國，內則久經大規模暴亂，經濟民生遭
受極大的破壞和損失；而外部環境更十分惡劣，其時我國東南西
北皆有外敵從海上或陸地四面環伺，乘機侵佔蠶食我國領土。在這
種力弱勢衰的危局和極端困難的情況下，左宗棠慨然任道，挺身而
出，為收復新疆保衛中國主權而戰。當年他抱着必死的決心，帶棺
同行，以一往無前的勇氣，長驅黃沙萬里，鏖戰經年，終於復疆建
省，才有今日之局面。以此而論，他的歷史貢獻可謂十分巨大，影
響極為深遠！試問當年的清廷朝野，有此大勇氣、大魄力者，究竟
能有幾人？老實說，比之左宗棠正氣薄雲天，在保衛國家主權和領
土完整的大是大非面前所做的驚天地、泣鬼神的英雄事業，那麼，
其意氣用事造成私交齟齬的那些缺點，便顯得瑕不掩瑜了。

說「勢」論李鴻章

　　中國近代史上，無論毀譽，都不能不提到李鴻章，因為他是近代中國面臨外國列強交相侵凌這種亙古未有的大變局中，一個肩負應付歷史巨變責任的關鍵人物。在曾國藩死後近三十年間，他幾乎執中國政壇之牛耳，或戰或和，清廷皆倚重甚殷。他整軍經武，苦心經營北洋水師，希望厚積實力，蓄銳以禦敵於國門之外。然甲午一役，與久懷侵略野心的日本海軍倉促應戰，終告大敗。事實上，經過第一、二次鴉片戰爭，再加甲午之戰，說明清廷包括李鴻章等重臣，並非不想以武力捍衛疆土、抗擊強權。非不為也，是不能也，此因弱勢已成也。

　　其時，在世界範圍內，西方列強之所以「強」，是積上百年之功，是工業革命和科技進步的結果，堅船利炮促成了他們的海上擴張和掠奪。中國的「弱」也是積漸而來的，閉關鎖國，不重視工業和科技，與世界大勢脫節，以致在國防力量上被列強拋離，造成刀矛對槍炮、木船對艦艇的絕對弱勢。過去人們常稱道的所謂「康乾盛世」，其實只是農業積累和城市商業貿易的日漸繁榮，只是生活稍為富足而已，與世界範圍內那些經過工業和科技革命洗禮而在綜合國力上日益強大，尤其在軍事裝備上已經現代化的西方列強相比，實際上差距已很大。即使在乾隆的年代，中國在軍事裝備方面，實際上已是一個弱國。當年訪華的英國特使對那些用刀矛武裝起來的清朝軍隊，內心已充滿了輕視，認為不堪一擊，在上奏英皇

時，其侵略野心已表露無遺。

過去幾千年來，歷代中國皇朝自以為天朝上國，為防「四夷」，以剿、撫兩手加以應付。一般來說，歷朝於西北陸上多有防備，但東南茫茫海疆，歷來視為通商之道，在中國過去數千年歷史的大部分時間裏，因未有外敵大規模入侵，故被視為天然屏障，疏於防範。加上中國自古以農立國，重科舉而忽視工業科技，於是造成有農業經濟而無工業生產，從而也缺乏海防建設。至清朝中晚期，忽然之間，西方列強紛紛以堅船利炮踏浪而來，而中國其時可謂毫無海防可言，國門洞開，弱勢危局已成。至道光年間的中英鴉片戰爭，遂釀成被動捱打的局面，以至割地賠款；其後一敗再敗，屈辱條約接踵而來。過去的所謂「中華上國」，竟處於任人宰割的不幸境地。此即過去史家所言的「中國數千年未有之大變局」。

及後清廷雖然向外國購買了一些槍炮，但也無濟於事。因為沒有強固的工業作為基礎，沒有科技隊伍作為後援力量，就等於沒有自主的國防。很不幸，鴉片戰爭後的中國，就是這樣一個國家。執掌政權的清皇朝已十分腐朽，又兼十餘年太平天國的內亂，東南富庶之區，盡為劫灰焦土，極大地破壞了中國的經濟和生產力。外國列強又乘我之危，趁火打劫，英法聯軍攻入北京，瘋狂掠奪中國瑰寶，搶了還燒，圓明園毀於英法強盜之手，令人扼腕歎惜！道、咸年間的內外交煎，使中國弱上加弱；列強掠奪了中國無數的財富，更加武裝到牙齒，可謂強上加強。中國在現實上已面臨被瓜分的危險，這就是當年客觀的危局大勢。

在這種國弱勢危的情況下，李鴻章被清廷推出來收拾殘局。大勢如此，他究竟如何企圖力挽狂瀾以及代清廷蒙受恥辱的呢？

李鴻章（1823—1901）字少荃，安徽合肥人。少年究心經學，有志於治國之道。道光二十七年（1847）中進士，尊曾國藩為師，嗣任翰林院編修。洪、楊起事，李鴻章奉旨回鄉督辦團練，以禦太

平軍。咸豐八年（1858）入曾國藩幕，多所歷練。同治元年（1862）太平軍攻上海，李鴻章奉曾國藩命回籍招幕鄉勇團練，組成淮軍急援上海，使此一富庶之區及洋務麇集之地得以保全，立了大功。及後李氏復協助曾國藩剿平太平天國，同治三年（1864）接連擢升為江蘇巡撫，封一等肅毅伯，次年署兩江總督，已成封疆重臣。故保衞上海一役，可說是李鴻章一生事業的轉折點，而上海也是他此後經營洋務、發起自強運動的重鎮。及後曾國藩對付不了的捻軍，也由他調集淮軍赴河南與左宗棠會剿。亂平，授湖廣總督，同治九年擢升直隸總督兼北洋通商大臣。直隸總督為諸督之首，肩負拱衞京畿重任，李氏居此位歷二十五年，直接參預機要和內政外交的決策。

內亂初平，外侮日亟，尤其日本更處心積慮陰謀侵略我國。同治十三年（1874）更付諸行動，出兵侵佔我國台灣，引起朝野震動，乃命各省督撫條議海防事宜。

李鴻章對日本的侵略野心早存警惕；對天下大勢，敵強我弱，他看得很清楚。他的策略是外則和戎以爭取時間，內則變法以圖自強。為了達此目的，他與曾國藩一樣，都主張對外不輕啟釁端，隱忍不發，委曲求全；對內則必須整頓吏治，實行變法，師夷長技以制夷，如此中國才有轉弱為強之一日。事實上，這種策略也是當時的大勢所決定的，實際也是中國唯一可走之路。但仍遭到守舊大臣的激烈反對和攻擊，一方面說他軟弱，為什麼不把列強驅逐出國門之外；另一方面又攻擊他棄祖宗之法而師夷人之法，把上國天朝也夷化了。其實，這些守舊大臣根本不明當時的世界大勢，不明敵強我弱的現實情況，不明中國當時根本沒有足以與列強匹敵的堅船利炮禦敵於國門之外。他們不明白非變法自強根本只有死路一條。上述種種情形，李鴻章於光緒元年（1875）因台灣事變籌劃海防折頗有述及：

　　然則今日之所急，惟在力破成見，以求實際而已。何以言之？歷代邊備，多在西北，其強弱之勢，主客之形，皆適相垺，且尤有中外界限。今則東南海疆萬餘里，各國通商傳教，往來自如，麇集京師，及各省腹地，陽託和好之名，陰懷吞噬之計。一國生事，諸國構煽，實惟數千年來未有之變局。輪船電報之速，瞬息千里，軍器機事之精，工力百倍，又為數千年來未有之強敵。外患之乘，變幻如此，而我猶欲以成法制之。……庚申（按：即咸豐十年，公元 1860）之後，夷勢駸駸內向，薄海冠帶之倫，莫不發憤慷慨，爭言驅逐。局外之訾議，既不悉局中之艱難，及詢以自強何術？禦侮何能？則茫然靡所依據。臣於洋務，涉歷頗久，聞見較廣，於彼己長短相形之處，知之較深。而環顧當世，餉力人才實有未逮；又多拘於成法，牽於眾議，雖欲振奮而未由。《易》曰：窮則變，變則通。蓋不變通則戰守皆不足恃，而和亦不可久也。[1]

他十分剴切地指出，若不破除舊觀念而速行變法，則自強無望，中國終必沉淪。內中痛陳剴切，也說得十分沉痛：

　　近時拘謹之儒，多以交涉洋務為浼人之具；取巧之士，又以引避洋務為自便之圖。若非朝廷力開風氣，破拘攣之舊習，求制勝之實際，天下危局，終不可支。日後乏才，且有甚於今日者。以中國之大，而無自強自立之時，非惟可憂，抑亦可恥！[2]

李鴻章對變法自強，推行洋務運動，可謂身體力行，不遺餘力。有關他在這方面的功績，梁啟超在所撰的《李鴻章傳》中，曾列表縷述自同治二年（1862）至光緒二十年（1894）的三十餘年間，

1　李鴻章《因台灣事變籌劃海防摺》，載《李文忠公集》。
2　同上。

李鴻章主持督辦各項洋務及革新自強的眾多事項，茲錄要如下：

> 同治二年（1862）設外國語言文字學館於上海，四年設
> 江南機器製造局於上海，九年設機器局於天津，十年擬在大
> 沽設洋式炮台，十一年挑選學生赴美國深造，同年請開煤鐵
> 礦及設輪船招商局。
>
> 光緒元年（1875）籌辦鐵甲兵船；同年請設洋學局於各
> 省，分格致、測算、輿圖、火輪機器、兵法、炮法、化學、
> 電學諸門，擇通曉時務大員主之，並於考試功令稍加變通，
> 另開洋務進取一格。二年派武弁往德國學水陸軍械技藝，同
> 年派福建船政生員出洋學習；六年始購鐵甲船，設水師學堂於
> 天津，設南北洋電報及請開鐵路；七年設開平礦務商局，同年
> 創設公司船赴英貿易，招商接辦各省電報；八年築旅順船塢，
> 同年設商辦織布局於上海；十一年設武備學堂於天津；十三年
> 開辦漠河金礦；十四年北洋水師成軍；二十年設醫學堂於天
> 津⋯⋯。[3]

以上舉舉大者，皆李鴻章在十分困難的情況下，想方設法克
服清廷保守勢力的反對和阻攔，在軍、政、經濟、教育、科技、交
通、電訊、洋務外交諸領域的建樹，開創新局，為中國邁向現代社
會奠定了一定的基礎。

及後甲午戰敗，喪權辱國，李鴻章作為當時的主要大臣和清廷
委任的首席談判代表，在國弱勢危的情況下，承擔了歷史責任，既
代清廷受過，也令自己蒙受了歷史恥辱。但是，他在清季民族自強
運動中所作的重大貢獻和歷史作用，往史昭昭，也絕不可抹煞。

3　梁啟超《李鴻章傳》，百花文藝出版社 2000 年出版。

丁日昌與台灣

　　鴉片戰爭後，又經太平天國十餘年大規模暴亂，進一步削弱中國的國力，於是列強侵華日亟。咸、同之際，危機加劇，列強瓜分掠奪中國的威逼日甚，其中日本更是狼子野心，大肆策劃其侵華的陰謀，並逐步實施從東南、東北兩翼夾擊我國的戰略。東北者，侵佔朝鮮，再侵我東三省。東南者，則企圖染指台灣。

　　對於日本的侵略野心，清同治年間的主政大臣都有深刻的危機意識，對台灣的重要性也有足夠的認識。身預其事的軍機大臣兼總理衙門大臣文祥指出：列強中，惟防日本為尤亟。李鴻章也指出：日本志不在小，所恃以侵凌中國者是新式兵船，中國必須急起直追，充實海防。[1]

　　其實，在當時所有的官員中，江蘇布政使丁日昌對日本染指琉球、朝鮮以窺我東北，同時在東南覬覦台灣企圖逐步以兩翼侵略中國的野心看得最為透徹，他早就在上書清廷中指出：

> （日本）前年窺台南，上年逼琉球，不令進貢。今又脅高麗使與通商，彼其志豈須臾忘台灣哉！[2]

1　見《李文忠公選集》，載《台灣文獻叢刊》。
2　丁日昌《統籌台灣全局擬請開辦輪船礦務摺》，見《丁禹生政書》，志濠印刷公司 1987 年印行。

他在疏中建議創建輪船水師，並首先提出我國必須創建北洋、東洋、南洋三支艦隊，其中南洋一支即為台灣而設，重點就是防範日本。

丁日昌（1823—1882），字禹生，也稱雨生，廣東潮州府揭陽縣人。一生歷晚清道、咸、同、光四帝，受知於曾國藩、李鴻章，翊贊軍機，參與政略，屢建奇功。歷任蘇松太道、江蘇巡撫、福建船政及福建巡撫諸要職。丁氏具與時並進之思想，勇於學習西方先進事物，力主中國變革自強，故為晚清少有的精熟洋務的大臣之一。其功績犖犖大者，如江南機器製造局之創辦，第一個《水師章程》、第一個《海難救護章程》、第一個《詞訟月報冊》和《錢糧斗則簡明告示》之擬訂，第一條國人自辦自建電報線路之籌建，第一批派遣留美留歐學生之促成，第一次提出派遣駐外使節保護華僑權益之主張等等，均史有明載。[3]

對於丁日昌在這方面的才能和貢獻，李鴻章給予高度的評價，說他「洋務吏治，精能罕匹，足以幹濟時艱。」[4]晚清著名外交家郭嵩燾譽其與李鴻章、沈葆楨並稱「洋務三傑」。

事實上，丁日昌對台灣重要性之了解，較同時諸人為先。早在同治七年（1868），他向曾國藩上呈《海洋水師章程》時，即建議將台灣作為設置南洋海防的中心。直至同治十三年（1874）清廷下旨各省督撫條議海防策略，其時作為江蘇巡撫的丁日昌在上書中，不僅倡議在台灣駐泊鐵甲船，作為東南海防之樞紐，而且建議應認真經營台灣，拓展島上經濟，使其利寶日開，生聚日盛，擴大規模，將來建立行省，以加強管治。故在李鴻章的心目中，丁日昌可謂為經營台灣的最佳人選。

3　江村《丁日昌生平活動大事記》，廣東人民出版社 1988 年出版。

4　見《李文忠公選集》，載《台灣文獻叢刊》。

　　光緒元年（1875）丁日昌被委為福建巡撫，於翌年十月十五日力疾赴台，自福州五虎門渡海，東抵雞籠（基隆），歷後山蘇澳，復折回後山至郡，全台形勢，約已十得七八。及後遍巡全島，深入番區（按：即台灣土著居地），此舉令當地土人大為歡喜。這些地方，「開闢以來，向為大吏之所未到。所到之處，男婦老幼，夾道聚觀，熟番頭目，亦皆遠道迎接。」[1] 丁日昌對經營台灣有規模宏大之規劃，希望在政治、經濟、軍事、鐵路運輸、電信、工礦開發及發展農業經濟諸方面有所建樹。但計劃送上去，錢沒批下來，因清廷財政本已十分困難，加上其時中國邊警四起，當局左支右絀，窮於應付，不可能撥出巨款支持丁日昌在台灣施行各項建設，且福建總督何璟與丁氏又積不相能，處處掣肘。在極端困難的情況下，丁日昌仍勉力而為，依然有所建樹。其治台功績，大要如下：

　　一、整頓吏治，嚴懲貪官污吏，為民除害。當時的上海西報《The North China Herald》報道說：「當丁氏在該島時，所有官員都陷入極度困窘之中，任何壓榨勒索均不敢進行。」[2]

　　二、改革稅徵，豁免苛捐雜稅，減輕民眾疾苦。

　　三、妥善處理好漢民與原住民的關係，不准漢族百姓欺凌土著，鼓勵土著青少年向學，提高他們的文化程度。

　　四、丁日昌有見於台灣農業極為落後，荒地又多，乃組織漢族善農者教導土著栽種茶葉、棉花、桐樹、檀木、麻、豆、咖啡等多種經濟作物以改善生活，既有利於台灣整體的農林副業，又改善漢民與原住民的關係。與此同時，丁日昌又廣招大陸民眾至台灣墾荒，特設專門機構「招墾局」，派員至汕頭、廈門等處招人赴台灣南部進行開墾，給予房屋、耕牛、農具等，獎勵墾殖。由於這些刺

1　丁日昌《撫閩奏稿》，載《丁禹生政書》。
2　見上海西報《The North China Herald》1877 年（光緒三年）6 月 16 日報道。

激措施，當時應招渡海赴台務農的福建民眾甚多，今日台灣南部許多居民的祖輩，不少都是當年應丁日昌之招而到那裏討生活的。由於丁日昌這些切實有效的措施，大大改善了台灣整體的農業經濟。

五、重視台灣礦產之開發。丁日昌到台後的第一件事就是視察雞籠（基隆）煤礦，並飭令部下分勘硫磺、磺油、鐵礦等情況。

六、丁日昌想方設法在島內架設電線，以利信息聯繫，認為此乃軍事及政治當務之急。電線由台灣府城至旗後，繼由府城至安平，全長95公里。至於他積極建議籌建台灣鐵路、在台設鐵甲艦隊中心及訓練新式炮兵和洋槍隊的計劃，則因其時清廷缺乏軍餉而不得不暫時作罷。及後丁日昌因病渡海返籍治療，其所擬在台灣發展政、經、軍事規模宏大的計劃，只有等他的後繼者劉銘傳去付諸實施了。丁日昌在台期間，整頓吏治軍紀均頗有實效。而他本人更嚴於律己，凡往來行程所需，辦公用費，概不支公帑，也不令官府供應，均自行陪墊。[3]

但丁氏卻寬以待民，關心民瘼，實行減輕稅賦；又振興工礦事業和農業經濟，改善民生，以致他因痼疾於光緒三年（1877）七月不得不離台回籍養病之日，台灣民眾感念不已，輿論深為惋惜。當時上海《申報》曾據實報道，說：

> （丁氏）於全台利弊，洞徹胸中，慘淡經營，於全台大有生色，是於台有再造之功。台之留公，如望歲焉。自公到台，所有新政，皆實心愛民，保衛地方。所由全台感戴，民不能忘。[4]

丁日昌治台的時間雖然不長，但仍有所建樹，尤其對島上民心

3　見上海《申報》之《台灣紀事輯錄》。
4　同上。

的歸附，發揮了十分重要的作用。在近代治台的歷史上，他上承沈葆楨，下啟劉銘傳。其強國思想和治台功績，於國史與台灣地方史上，實有不可磨滅的貢獻。

丁日昌詩文俱佳，著有《百蘭山館詩文集》。在台期間，有《恆春題壁》七律二首，茲錄如下：

其一

東瀛已是天將盡，況到東瀛最盡頭。
海水自來還自去，罡風時發時復收。
徙薪曲突知誰共，銜石移山且自謀。
飽聽怒濤三百里，何人赤手掣蛟虬？

其二

人日題詩寄幾人？春風吹我到恆春。
君門萬里行何遠，夢鄉千重境未真。
瘴雨蠻煙供嘯傲，奇峰怪石亦精神。
欲書千本回心曲，遍付穿珠貫耳民。

上二首載丁日昌《百蘭山館古今詩體》中。丁氏抱病赴台，力疾從公。在十分困難的情況下，他立定「銜石移山」之志，苦心經營，盡自己的最大努力，儘量改善台灣的經濟民生和基礎建設。其時島上極為落後，罡風怒濤，蠻煙千里，丁氏以堅強的鬥志和曠達的襟懷，吟出「瘴雨蠻煙供嘯傲，奇峰怪石亦精神」的詩句。彼時丁氏認為治台之要，在於譜寫「回心曲」。今日欲島上歸心，實亦須妙彈此調。當然，如果台灣之謀獨者在外人唆擺下決意要唱「離心曲」，那就自當別論了，非用武力統一不可。否則便對不起國家民族，也對不起那些曾經為中國的台灣盡心盡力的先輩們！

附：台灣今昔談

台灣自古為中國之固有領土，三國時孫吳政權對東南海上之經略已及其地，稱為「夷州」。繼之隋煬帝拓展海疆，曾動員上萬人的海師，登陸台灣中部，其後改台灣為「流求」。中古之後，大陸漢人移居台灣者逐漸增多，南宋時已置官署於澎湖。晚明之後，由於海上不靖，至甲申之變迄明清易代之際，內亂頻仍，中央政權無暇顧及海上，台灣遂為荷夷竊據。及後鄭成功驅逐荷夷，收復台灣，以明制在台建立政權。當年追隨他到台灣的軍隊和民眾數以萬計，鄭氏政權在台治理有年，儘管其後覆滅，但影響仍極為深遠。

至清朝統一台灣，乃於康熙二十三年（1684）宣佈正式沿襲鄭氏政權在台經營多年的行政區劃，在台灣本島設台灣府（原承天府），領台灣、鳳山（原萬年州）、諸羅（原天興州）三縣及澎湖巡檢，合福建廈門置台廈兵備道及台灣總兵，隸福建省，以加強大陸與台灣的聯繫。

因此，在清初，由於有大陸中央政府的管理和大力支持，自此之後，台灣發展極為迅速，嘉義以北至台中附近，漢人至者日眾；又十餘年，北路已越過中部的大甲溪，南路直抵恆春。淡水、雞籠（今基隆）以及南部各地，蜂擁而至，成為大陸移民的樂土。因台灣土壤肥沃，陽光雨水充沛，宜於耕稼，其時主要出產水稻、甘蔗。據清初學者藍鼎元於康熙年間親臨台灣之所見，謂「開墾流移

之眾，延袤一千餘里，糖穀之利甲天下。」[1] 其物產之豐富，不愧為
我國之寶島。

康熙統一台灣後，漢民族經過三十餘年（1684—1720）的開
發，可說一日千里。至十八世紀初，即康熙末年，台灣居民（漢族）
約為六十萬人。其後經過一百多年的生聚教化，加上移台的居民
逐年增加，尤其光緒初福建巡撫丁日昌巡駐台灣期間，提倡大規模
移民以開墾荒地，發展農業，特別設立「招墾局」負責移民工作，
因為有提供房屋、耕牛、農具等優越條件，吸引了福建、廣東的大
批民眾赴台從事開墾，這是台灣近代史上一次大規模的農業移民。
至此，台灣的漢族總人口已數以百萬計。其時雖然已逐漸發展至中
部和北部，但政治、經濟、文化中心仍在南部。可見中國人對台灣
地區的成功開發，其繁榮之先後，一開始是由南至北的。於此也可
知，今日台灣南部那些本土意識最濃自以為「台灣人」的人，他們
的祖宗根本就是在康熙統一台灣後迄光緒年間由大陸東渡來台的，
許多人姓氏籍貫昭然，血緣祖脈根本不能割斷。

其實，比這更早的是鄭成功的父親鄭芝龍的那一輩人對台灣的
經營。在明代萬曆、天啟之際，其時在東南沿海一帶最活躍的人物
為顏思齊。顏氏為福建漳州人，以受官家巨室欺凌，入海亡命，以
海舶販貨，與泉州南安鄭芝龍結夥，擁有不少商船，為抵禦官軍、
倭寇和海盜，乃組成海上聯合武裝貿易集團，進行大規模的海上貿
易和販運。1620 年（明光宗泰昌元年），顏鄭集團正式定居台灣中
部的北港一帶，時台灣已有福建人數萬，均為顏、鄭的鄉人，以墾
殖務農和海上貿易為生，故台灣的中部北港與南部一帶，都是福建
人最早遷台聚居的地方。1625 年顏思齊卒，鄭芝龍成為集團最高

---

1 藍鼎元《平台紀略》，載藍氏所著《鹿洲全集》。

領袖，有一支數百艘船的船隊，聚眾數千人。鄭氏禮賢下士，其族人、親友及同鄉爭相渡海前來依附，人數益眾，在台灣拓展甚速，形成早期福建人在台灣拓殖的一大勢力。

明崇禎元年（1628），鄭芝龍接受明廷的招撫，歸順大陸，於是明朝中央政府又恢復對台灣的主權和治權，海峽兩岸物產貿易及人員往來益便。不久福建發生嚴重災荒，鄭芝龍「以海舶載數萬飢民移徙台灣，人給銀三兩，三人給牛一頭，使墾荒食力，漸成食邑」。[2] 故台灣漢族居民以原籍福建南部的人為主，台語屬於閩南方言，有其歷史地理上的原因。

今日台灣的民進黨不以民族利益為重，他們以一己之私利，棄國族之大義。在「台獨」思想的蠱惑下，這些人長期以來，處心積慮地進行文化台獨，除大改課綱課本內容外，還妄圖以台語代國語，以台史代國史，以達到其「本土化」的目的。但須知台語者，中國福建省之閩南語也；台史者，則為中國福建省台灣府之歷史。如此棄國統而就省屬，棄國語而就方言，自我矮化，實在愚不可及。以「台獨」不良之居心，行蠢人之事實，可謂是中國文化史的笑話。台灣與大陸，在國族血緣上根脈相連，在文化上同根同源，豈是這些愚蠢行為所能改變的。因為台灣者，中國人之台灣也，又豈是這些福建人的不肖子孫所能分割和出賣得了的！

2　見黃宗羲《賜姓始末》。

丁日昌在清季海防
和洋務運動中的歷史作用

引　言

　　自道光二十年（1840）英國以炮艦政策推行其鴉片貿易，受到督粵的林則徐率廣東軍民的堅決抵抗。英國海軍乃改變策略，北上天津、唐沽，直接威脅北京。清廷驚懼萬分，乃取消抵抗，被迫訂城下之盟。此役暴露了彼時的中國，可謂毫無海防可言。而陸基防禦的被動性、海上艦隊的機動性，也打破了古老中國數千年以來的軍事哲學，其時的中國軍政界陷於慌亂之中。於是世界海上列強乃紛紛以堅船利炮向這個幾乎沒有海防的國度，推行炮艦政策，進行無情的訛詐掠奪。自《南京條約》開始，終清朝一朝，前後被迫簽訂的屈辱條約有數十起之多，割地、賠款、租界、通商口岸，種種喪權辱國之事，令人觸目驚心。尤其鴉片戰爭後十年，爆發了以洪秀全、楊秀清為首的太平天國的武裝抗爭，使中國發生十多年的大規模內亂，加劇了外敵的乘虛逼迫。咸豐十年（1860）五月當李秀成率太平軍進攻上海之際，正是英法聯軍發動侵略北京之時，中國的大量財富和文物典籍遭受瘋狂的搶劫和掠奪，萬園之園的圓明園毀於是役。如此內外交煎，中國陷空前浩劫之中。

　　吸取鴉片戰爭失敗的教訓，林則徐、魏源、徐繼畬、馮桂芬等皆着重於籌海禦敵之策，倡「師夷長技以制夷」之略。如林則徐在

英國艦隊放棄進攻廣東而北上陷浙江定海之時，早已指出我國製造炮船之必要性。他在《密陳夷務不能歇手片》中說：

> 即以炮船而言，本為防海必需之物，雖一時難以猝辦，而為長久計，亦不得不先事籌維。且廣東利在通商，自道光元年至今，粵海關已徵銀三千餘萬兩。收其利者，必須預防其害。若前此以關稅十分之一，製船造炮，則制夷已可裕如，何至尚形棘手⋯⋯以通夷之銀，量為防夷之用，從此製炮必求極利，造船必求極堅。[1]

但清廷見英艦列陣津門，指向京師，道光帝及有關大臣俱已喪膽，於是被迫求和，並派琦善到廣州，力反林則徐所為，撤防備，裁水師，散壯勇。林則徐被充軍伊犁，其建堅船利炮以制夷禦敵之策，也付之西北風矣。

魏源於鴉片戰爭翌年（1841）在鎮江受林則徐囑託，根據林則徐所編西方史地資料《四洲志》和其他文獻資料，增補為《海國圖志》共六十卷，內中介紹西方火輪船、地雷、水雷、炸藥、望遠鏡等製造和使用方法，反映魏源迫切希望我國仿效西方列強先進的造船製炮技術，以抗擊這些海上霸權國家侵略的想法，其名句「師夷之長技以制夷」[2]即指此。但他恢弘之志和切中我國海防肯綮之方略卻不能見用於時，使他心灰意冷，晚年潛心禮佛。清廷埋沒了如此傑出的人才和籌海良策，但魏源學說於海內外卻影響甚巨。

曾國藩甚具卓識遠見，但他多年經營湘軍，專以對付太平天國為務，其督兩江軍政要務，也重視水師，然僅及內河長江，未涉海防事宜。他在同治四年（1865）10 月 16 日致國澄、國沅二弟函中

1　林則徐《密陳夷務不能歇手片》，載《林文忠公政書》，中國書店 1991 年出版。
2　魏源《海國圖志》。

說:「余經手專件只有長江水師……今冬必將水師章程出奏,並在安慶設局。」[1] 因此,曾國藩的國防思想,以水師建設而言,重內河而輕外洋,因為他的主要經歷在於平內亂,既有經驗主義的局限,另一方面,這顯然與其先安內後攘外的戰略思想有關。

所以,對於江蘇巡撫丁日昌其後於同治七年(1868)附於《內外洋水師章程》中的《海洋水師章程別議》,曾國藩並沒有給予足夠的重視。丁氏在該要件中建議中國應建立北洋水師、南洋水師和東洋水師,學習西方列強造船製炮的技術,建成海軍,以禦外侮的建議,大概曾國藩認為條件未成熟,此議遂被擱置。實事求是而言,在海防建設的戰略眼光這一方面,曾國藩不及丁日昌遠甚。

及至李鴻章主持大政,丁氏的海防策略和上述建議方次第得到落實施行。至丁日昌於同治十三年(1874)向清廷上萬言之《海防條議》,對我國海防建設之籌劃,更是巨細無遺。丁氏極重視台灣在我國海防上的重要性,對日本的侵略野心早存警惕。晚年在家鄉養病,仍念念不忘我國的海防建設,其於光緒五年(1879)先後上清廷之《海防應辦事宜十六條》及《整頓水師事宜》諸疏,於籌海禦侮等軍政大事,念茲在茲,可謂耗盡心血,盡瘁於我國的海防事業。

茲就丁日昌有關海防策略、海防建設的獻議及其事功,分節論述如下。

一、丁日昌及其《海洋水師章程別議》

丁日昌,字禹生,也稱雨生,清道光三年(1823)生於廣東潮州府豐順縣湯坑墟,一生歷道、咸、同、光四帝。以平潮州吳忠恕

---

1 《曾國藩家書、家訓、日記》,北京古籍出版社 1994 年出版。

之亂授瓊州府學訓導，擢萬安知縣，及後受知於曾國藩、李鴻章，
詡贊軍機，參預政略，屢建奇功，受清廷之信任與重用。凡艱巨之
任務，棘手的涉外事件，丁日昌皆受命於危難之際，於艱險複雜之
形勢中，權衡利害得失，每能化解眼前之危機；而其長期的策略，
則念念不忘我國必須師西方之長技，振興實業，建設三洋海軍，以
達到自救自強的目的。丁氏歷任蘇松太道、兩淮鹽運使、江蘇布政
使、江蘇巡撫、福州船政及福建巡撫諸要職。而在此之前，在咸、
同之際，丁日昌以熟悉政略戎機，文筆曉暢，為曾國藩、曾國荃和
李鴻章等人所激賞。咸豐十一年（1861）丁氏為曾國藩延攬入幕，
翌歲同治元年（1862）李鴻章統師援滬，曾國荃進兵金陵，均擬向
曾國藩借調丁日昌佐幕，以輔助軍政事務。惟曾國藩本人其時正借
重丁日昌之才幹，輔助其大本營軍政大事，故不肯借人。他在同治
元年三月致其弟曾國荃的信中說：

> 丁雨生筆下條暢，少荃（即李鴻章）求之幕府於助，雨
> 生不甚願去，恐亦不能至弟處，疑難對少荃也。[2]

可見丁日昌在曾氏兄弟和李鴻章諸人的心目中，確為不可多得
的人才。而曾、李又是晚清以來對我國軍政界影響最巨的人物，丁
日昌乃得以見用於時，遂能一展長才，成為同治中興的重臣之一。
尤其在外侮日亟之際，丁日昌的注意力特別集中於我國的海防建設
上，其所條議倡言，大都切中肯綮，而且實用可行，於我國海防戰
略和軍事建設，貢獻至巨。其所以能臻於此，實與其生活環境和負
責的政務有密切的關係。

首先，丁日昌生於瀕臨南海的粵東，故熟悉沿海環境和外洋的

2　同上。

情況。而他的仕宦生涯，實以同治元年（1862）為分水嶺。同治元年之前他歷任地方小官，政績不顯。自從是年被曾國藩賞識之後，他的軍政韜略和吏治長才方得大用，而其任所也在廣東、上海、江蘇、福建東南沿海一帶。這是外國列強炮艦雲集交相侵凌之地，也是門戶洞開之後洋務麇集之所；同時，由於太平天國建都金陵，戰亂波及數省，因此，東南沿海諸省在咸、同之際，可謂為內外交患的重災區。這不能不對丁日昌的民族感情和憂患意識造成極為重大和深刻的影響。所以，自強救國的思想，影響了他的一生。他在同治三年（1864）在上海任蘇松太道請李鴻章代上疏中說：

> 方今中外互市，彼實窺我有事之秋，多方挾制。近雖大難克平而元氣未復，不得不虛與委蛇，而亦不可不思自強之策。[1]

其後，他在《巡滬公牘》中又指出：

> 實事求是，立志自強，元氣已固，則外人自可懾服。此時固不可無此心，亦他日不可無此事。[2]

在軍政策略方面，作為江蘇巡撫的丁日昌於同治八年（1870）向清廷提出安民察吏和富國強兵以抗外侮的建議，提出：

> 自來中外交涉，不恃理而恃力。我力強於彼，則理以有力而伸；我力弱於彼，則理以無力而絀。然則今日之計，捨安民察吏無以為自強之體，捨富國強兵無以為自強之用。[3]

---

1 《海防檔》丙，《機器局》第4—6頁，台灣中央研究院近代史研究所編。
2 丁日昌《洋商在洋涇浜開設花行應否禁止稟》，見《巡滬公牘》卷二，載《丁禹生政書》。
3 丁日昌《酌改蘇撫標兵制疏及附片章程》，見《撫吳奏稿》卷五。

丁日昌上述這些話，乃其在上海蘇松太道至江蘇巡撫任上時辦外交洋務而親歷「弱國無外交」種種切膚之痛的肺腑之言。而丁氏還在疏中指出，其時中國之所以弱，關鍵在於沒有新式艦隻和強固的國防。他十分明確地指出：

> 惟向外國構釁專以水戰取長，而法人則兼長於陸。現在沿江、沿海所設防兵，如長江外海水師船隻不過舢板、廣艇之類，若在江海陡遇風濤，兵勇即顛簸不能站立，何況於戰！其製造局新造輪船，合江、閩二省不過四、五號，身小力薄，以捕海盜則有餘，以禦外侮則不足。而且船中多係洋人駕駛，設遇有事，發縱亦難如意。此沿江、沿海水師之實在情形也。[4]

在同疏中，丁日昌續對當時內外政局和軍事形勢進行透徹的分析，並提出若干軍政建設的條議，尤其着重指出：

> 臣前曾密陳綠營兵制宜化散為整，並與曾國藩商及，水師章程亟宜改弦易轍。天下事窮則變，變則通。方今強敵環立，攻之之法與從前不同，則禦之之術，亦當與從前有異。故固民心，則先當擇循吏；練隊伍，則先當擇將才；紓邊患，則先當改營制，精器械，練輪船，建船台。然此皆當綢繆於平日，非能取辦於臨時。毅然決然為力改因循之計，則今日雖弱，他日可強；今日雖屈，他日可伸。[5]

按丁日昌上此疏，時在同治九年（1871）七月奉詔北上天津協同曾國藩處理「天津教案」起程前夕。而疏中所提「與曾國藩商及，水師章程亟宜改弦易轍」之語，實際上涉及丁日昌對建立我國新式海軍，即其在《海洋水師章程別議》中條議建立北洋艦隊、南洋艦

4　丁日昌《覆陳中外交涉情形疏》，見《撫吳奏稿》。
5　同上。

隊、東洋艦隊即「三洋艦隊」聯防及協同作戰的海防建設方案，充分體現了丁日昌超時代的遠見卓識和極為傑出的海防戰略思想。至於他這一戰略構想的落實施行，其實有一個曲折的過程。

原來，遠在丁日昌上此疏的五年前，即同治四年（1865），曾國藩上奏《長江水師章程》獲准。但是，正如丁氏一再指出，內河水師不足以禦外侮。因此，同治七年（1868）丁氏奉詔與曾國藩面商此事，在他的說服下，曾國藩同意在其《長江水師章程》的基礎上，由丁氏擬成《內外洋水師章程》。由於尊重曾國藩的緣故，此章程仍然偏重以長江為主的內河防禦策略，無甚創新，並不能體現丁日昌所倡導的外海作戰的海防戰略思想。為儘早建設我國的新型海軍並構建我國的海防體系，丁日昌自己另擬《海洋水師章程別議》，附於《內外洋水師章程》之中，上奏於清廷。

丁日昌的《海洋水師章程別議》共六條，內容翔實，巨細無遺，切實可行。茲擇要歸納如下：

第一條，外海水師的構建。

丁氏指出：「外海水師以火輪船為第一利器，尤以大兵輪船為第一利器。……一船可裝前後大炮自十餘噸以至七八十噸者十餘位，循環迭放，無堅不摧。又有火箭、水雷為之輔佐。一船約可裝兵丁二三百人至千餘人。」丁氏認為，這種外洋兵船，「初則購買，繼則由廠自製」，以免受制於人。他這種構建海防軍工設備的指導思想，實事求是，於現代並不落伍。

另一方面，丁日昌十分重視培養中國自己的海軍人才，時時不忘自立自強。他在《別議》中指出：

> 以提督所演之陸兵赴船學習……一面招募中國能駕駛之人，優其廩餼，蓋寧波、漳、泉、香山、新會一帶，能駕駛輪船之人甚多。惟官府用外國人則惟其所欲，用中國人則錙

銖計較，此中國人之有能者皆為敵用也。茲擬重價招募，分別等第，設法撫取，使全船皆無須資助外人。

丁日昌認為培養海軍人才的根本辦法，仍在於多開辦水師學堂，他說：

> 仍須多開學堂，選擇聰慧結實子弟，延訂西人之諳習水師者，教以分操合操之法。

據上可知，丁日昌是最早提出開辦水師學堂的主要倡議者之一。他的所有建言和實際作為，目的全在於中國能自立自強，抵禦外侮。他承認其時中國的軍事技術比西洋落後，所以贊成「師夷長技以制夷」的策略，但歷來最反對崇洋媚外。因此，他的政敵，包括那些守舊派的官員惡意攻擊他辦理洋務與洋鬼子打交道，罵他是「丁鬼奴」，是毫無根據的。

第二條，海陸兼防的國防策略。

丁日昌在《海洋水師章程別議》中，提出「沿海擇要修築炮台」的建議，指出：

> 自道光以來，海上交兵，沿海炮台悉皆毀損，故人皆以炮台為不足恃也。惟推原中國炮台之所以無用，非炮台之無用，乃台之式不合其宜，炮之製不得其法，演炮不得其準，守台不得其人。故炮台之設，亦與沿海師船同歸無用耳。

丁日昌在《別議》中，詳細介紹西方各國新型炮台之建築，並附呈炮台式樣圖則。他認為即使擁有新型海軍，沿海陸上要塞的炮兵陣地仍然十分重要，並指出陸基防禦「與水師輪船相為表裏，奇正互用，則海濱有長城之勢，而寇盜不敢窺伺矣」。

按丁日昌上述這種海軍兵艦與陸基防禦相結合的海防戰略思

想，即使在現代國防，亦不失其現實的指導意義。

第三條，實行精兵制，使海軍兼能陸戰。

丁日昌在《別議》中，引用明代戚繼光的觀點，指出水師「宜兼習陸戰，以備上岸擊賊之用。」丁氏並以英國海軍為例，指出其所以能「雄視海上」，就是因其能水陸兼戰，因此兵員貴精不貴多。丁氏建議：「沿海水師提標，各精練陸兵千人，鎮標各精練陸兵五百人。」以「減額優餉」，實行精兵制。使其「半年在陸，半年在海」，以熟悉海陸兼戰之法。「合天下約得精兵十萬人，其餘一切可以裁汰。有此勁旅，則如山之有虎，水之有龍，聲威遠讋，豈特盜賊不敢生心哉！」

按丁氏上述建議，實為構建現代海軍陸戰隊之藍圖，其先進的海防戰略思想，不能不令人驚歎！

第四條，精選沿海地方官員。

丁日昌在《別議》中強調指出：「辦天下事，非才不舉」。他建議沿海地方官宜選「仁廉之員，而又風力幹練者，為之拊循士民」，也可「儲邊備才」。

按丁氏上述建議，顯示其具有長遠的海防戰略思想。因為西方列強既以堅船利炮橫行我國領海，故凡沿海州縣，即為前線，非幹練之邊才，不足以應付艱巨。他主張以仁廉撫士民，以幹練之才以鞏固沿海州縣的策略，構成了其長期海防戰略的主要組成部分。

第五條，建立「三洋水師」。

這是丁日昌在《別議》中提出的最重要的海防策略建議。

丁氏認為，我國為了備海禦侮，必須建立北洋水師、東洋水師、南洋水師三支艦隊，互為奧援，從而「使北東南三洋聯為一氣。」他同時指出：「查直隸至粵東洋面，南北五千里，沿海要害，互有牽涉。宜如常山之蛇，擊首尾應。擬設北、東、南三洋提督：以山東益直隸，而建閫於天津，為北洋提督；以浙江益江蘇，而建

闔於吳淞，為東洋提督；以廣東益福建，而建闔於台灣，為南洋提督。其提督，文武兼資，單銜奏事。每洋各設大船輪船六號，根缽輪船十號。三洋提督，半年會哨一次。無事則以運漕，有事則以捕盜。計有沿海水師舊製各船之糜費，以之換之大小四十八號輪船，尚覺有盈無絀。然非通力合作，實事求是，則仍歸於無成而已。」

按丁日昌擬建立三洋水師，使其聯為一氣，互為呼應的構想，是其關於我國建立整體海防戰略體系最重要的部分，具有實戰的作用和意義。現代中國海軍的建制，分設北海艦隊、東海艦隊和南海艦隊，實際上即為丁日昌「三洋水師」的現代版。他又建議將南洋水師的指揮中心設於台灣，顯見其一早就意識到台灣在我國海防戰略上的重要作用。凡此種種，皆體現丁日昌傑出的海防戰略思想，稱其為我國近代海防戰略的主要奠基人之一，他是當之無愧的。

第六條，精設機器局製造兵艦槍炮和民用器械。

丁日昌在《別議》中，建議「精設機器局俾體用兼備」，「水師與製造互為表裏」。並制訂了全國設置製造局之全盤計劃：「擬三洋各設一大製造局，每一製造局分為三廠：一廠造輪船，選通算學、熟輿地沙線，能外國語言文字之人董理其事；一廠造槍炮、火箭、火藥及各軍器，選諳兵法、優武藝、有膽略之人董理其事；一廠造耕織機器，選諳農務通水利之人董理其事。」[1]

丁日昌的上述建議，可謂十分具體，不僅涉及軍艦及槍炮、火箭、火藥等軍工生產，而且還顧及工業、農業、水利等國計民生的問題，可見丁日昌整體全面的國防戰略思想。

以上就是丁日昌上呈《海洋水師章程別議》六條的主要內容。他在致曾國藩的公函中特別強調，《別議》所陳各條，即使「現在尚難

1　丁日昌《海洋水師章程別議》，載《撫吳公牘》卷二十五。

議辦，而將來必須舉行，乃可以為未雨綢繆之計。」[1] 顯見丁日昌胸懷全局，洞悉利害，見解獨到，而又敢於堅持正確的海防策略，其為國家民族主權利益念茲在茲的精神，實為許多同時代的重臣所莫能及。

曾國藩接到丁日昌上呈的《內外洋水師章程》及附於其中的《海洋水師章程別議》後，只上奏《內外洋水師章程》，而丁氏的《別議》則被按下。這顯然是丁氏倡議建立之外洋水師及其相關的規模宏大的海防戰略，與曾氏的《長江水師章程》所着重的內河防禦的策略大相逕庭，曾氏在內心上未必以為然之故。另一方面，當時守舊派對各項革新之舉視為洪水猛獸，丁氏之《別議》若上奏清廷，勢必遭受猛烈的攻擊和反對，大概時機尚未成熟，也是原因之一。

但丁日昌堅信自己在《海洋水師章程別議》中的各項建議是正確的，而且關係到國家的戰略安全，他逼切地希望這六條建議能夠早日得到落實施行。

曾國藩於同治十一年（1872）去世，二年後，即同治十三年，日本侵略台灣，海防之議再起。時丁日昌在籍廣東揭陽家中丁母憂，乃請廣東巡撫張兆棟於是年十月代其將《海洋水師章程》六條（按：即先前的《海洋水師章程別議》六條）上呈朝廷，至此才引起清廷中樞及各省督撫的重視和討論，同治帝本人對丁日昌的海防策略和六項建議也非常重視，要李鴻章會同總理衙門加以討論落實。根據《清穆宗實錄》同治十三年（1874）九月記載：

> 命李鴻章等於總理衙門條奏海防，等事，詳議以聞。廣東巡撫張兆棟奏上丁日昌之《海洋水師章程》六條。

至此，丁日昌所提建立三洋水師並設置三洋專職官員及其相關

1　丁日昌《諮詢議訂內外洋水師章程》，載《撫吳公牘》卷二十五。

的各項建議乃得以次第落實辦理。翌年光緒元年（1875）乃有北洋大臣和南洋大臣之設，訓練海軍官兵也同時進行，並依照丁日昌奏件中的建議，購買兵船與設置機器局自製兵船槍炮二者同時並舉，從速加強海防建設。光緒四年（1878）沈葆楨為進一步落實丁日昌建立南北洋海軍的戰略計劃，乃上疏：

> 奏定各省協款，每年解南北洋各二百萬兩，專儲為籌辦海軍之用，期以十年，成南洋、北洋、粵洋海軍三大支。[2]

可惜及後海軍政費被慈禧太后移用於頤和園之建築，影響了三洋海軍的建設。迨至光緒十年（1884）李鴻章以直隸總督兼北洋大臣，曾國荃以兩江總督兼南洋大臣，北洋水師與南洋水師始逐漸成軍，丁日昌《海洋水師章程別議》六條，才次第得到實現。

二、丁日昌及其《海防條議》

同治十三年（1874）清廷之所以重新重視海防問題，乃緣於是年四月，日本借1871年台灣高山族民殺死數十名琉球船民事件，出兵進攻台灣，翌月於恆春登陸，並在台灣設「都督府」，妄圖佔領台灣。及後清廷出面交涉，以賠款撤兵了事，但此事令朝野大受刺激。清廷乃於是年九月下旬令李鴻章會同總署條陳海防事宜，並命各大臣、督撫就練兵、簡器、造船、籌餉、用人、持久六事，限一月內提出奏議。其時丁憂在籍的丁日昌就是在這種情況下，請廣東巡撫張兆棟代呈其《海洋水師章程》六條，引起清廷高度重視，已

---

2 池仲祐《海軍大事記》，載左舜生選輯《中國近百年史資料續編》，台灣中華書局 1958 年出版。

見前述。但丁日昌意猶未盡，認為海防建設所應關注的重要事項尚多，乃於翌歲光緒元年（1875）正月根據清廷規定上述各項撰成《海防條議》，請直隸總督李鴻章代為轉奏，更全面地就內政、外交、軍事諸方面，條陳其更加系統的海洋戰略。因其重要性，茲錄如下：

丁日昌《海防條議》第一條「練兵」：

> 原奏稱：陸路之兵，固宜益加訓練；外海水師，尤當益事精求。各口岸固須設防，然非有海洋重兵，可迎剿，或截擊，可尾追，彼即可隨處登岸，使我有防不勝防之苦」等語。是所注意者，在於要口設防，不效從前零星散漫，即兵法所謂制人而不制於人之意。查十餘年來，泰西凡三大戰：一曰英、法、土攻俄之戰。開釁之初，英、法即以重兵守黑海口，使俄不能出入，其後俄卒求和英法。一曰花旗南北之戰，開釁後，北花旗即將所有兵船，駛往南花旗各港口，全行堵塞，俾不能乞援鄰國，購辦戰械，南花旗卒致殲滅。一曰布（按：即普魯士之「普」）法之戰，布人自闖法國動兵，即將通國勁旅，先堵禮吳河口，而法卒亦為布所困。

按：丁日昌舉當時外國三大戰例，目的在於強調海軍爭奪和扼住海上戰略通道，往往是決定戰爭勝負的重要因素。顯示其戰略思維，具有與時俱進的戰略眼光和開闊的國際視野，這在當時清廷的軍國大臣中，是絕無僅有的。

> 即如中外用武以來，兵非不多，餉非不足，然彼族不過數千人，今日擾粵，而粵之全省疲於奔命矣；明日擾閩，而閩之全省疲於奔命矣。我則備多力分，彼則擇暇而蹈。是皆未練重兵駐紮，徒蹈處處設防之弊，故致此也。外國之有戰事也，力與力相敵，則器精者勝；器與器相等，則先下辣手者勝。故今日擇要練兵，以備攻剿尾擊之用，尤不可須臾緩矣。

按：丁日昌強調，在敵人的艦隊面前，僅作陸上防禦，則處處

被動；只有儘快實行海上練兵，以海軍對海軍，「以備攻剿尾擊之用」，才是取勝之道。

> 今以天下大勢言之，法國佔領安南之胥江及南三省，既與我廣西、雲南、貴州之邊境毗連；英國佔領之印度，既與我雲南、四川之邊境毗連；俄國染指新疆，聯絡回部，已與甘肅、陝西之邊境毗連，其佔據黑龍江以北者，又且與我盛京等處邊境毗連。至東南七省之逼近海洋，為洋船之朝發夕至者，又無論矣。從古中外交涉，急於陸者常緩於水，固未有水陸交通，處處環伺，如今日之甚者也。然以理與勢揆之，凡外國陸地之與我毗連者，不過得步進步，志在蠶食而不在鯨吞。其水路之實逼處此者，則動輒制我要害，志在鯨吞而不在蠶食。故東北為最要，東南與西北為次之，西南又次之。此四要者，若分緩急，選練重兵，水則首尾互應，陸則各自為戰，庶幾漸息乎敵人覬覦之心，或有稍固我圉之一日也。

按：丁日昌分析中國當時周邊的嚴峻形勢，強敵四面環伺，皆覬覦我國之領土，尤其來自海上之敵國，更有鯨吞我國之野心。丁氏並指出，中國要防禦的重點地區，以東北為最重要，東南與西北次之。二十年後，日本果然於甲午海戰擊敗北洋水師，割去東南的台灣，侵佔朝鮮，並染指我東北遼東地區；再三十年，悍然發動「九一八事變」，侵佔東北全境；不久製造「七七事變」，對我國發動全面侵略戰爭，企圖鯨吞我國。而這所有的一切，早在丁日昌的戰略預見之中。

> 中國旗陸各營，數非不多，口糧太薄，器械太窳，斷難恃以制敵。年來雖有減兵增餉之議，而餉仍薄，汛兵未裁，終難化散為整，徹底改觀。臣在江蘇時，曾將撫標數營舊兵一律裁汰，易以新勇，撤去汛地改操洋槍洋炮。當時輿論頗疑撤汛之難，經臣密奏，以和議不可長恃，自強必須早計，仰蒙聖恩特允照辦。迄今並未聞撤汛之後，稍有流弊。若使

各省均以勇易兵，減額優餉，分別練為炮隊槍隊，雖不增餉增費，而十萬勁兵，因有星羅棋布，而其要則在於裁汛並營。蓋分汛則兵斷不肯練，不練則雖優餉減額，而兵何自而精乎？至於各省沿海水師，但知安泊內港，不肯拒禦外洋，積習之深，非一日矣。然使水師既精，而所用乃艇船舊炮，則仍以卒禦敵也。沿海漁人蜑戶，熟習風濤之險者，其根柢較內地之兵為能耐勞；次則挑選舊存水師之得力者，易其船械，勤其操練，教以測量規算，試以沙線潮汐，漸練漸熟，使其常以水為家。而且當令沿海全洋，統籌兼顧，不可稍分畛域。何則？風濤馳驟，一息千里，若分各省疆界，則彼此推諉，寇盜終無殄滅之日。故化散為整之法，不特陸師宜然，而水師尤為切要。

按：丁日昌指出練兵之法，在於實行精兵制，裁汰舊式水兵船械，建立使用機器艦船和洋炮洋槍的新式海軍，勤加操練，實施沿海全洋海軍的統一指揮，統籌兼顧，不分畛域。從招兵對象到操練方法，其建議可謂巨細無遺，切實可行。

日本彈丸小國，不過夜郎，靡英之倫，而年來發憤圖強，變更峨冠博帶之舊習，師法輪船飛炮之新制，其陰而有謀，固屬可慮；其窮而無賴，則更可憂。以北境之塞希輪地與俄，而日俄之交固；用李太國開火車鐵路，而多借英國之債，其國主常見英使巴夏禮，與之潛謀密計，而日英之交固；用黎展遠密查台灣情形，資為指臂腹心，而日美之交固。彼其低首下心，佽佽倪倪，以求悅於各國者，豈有他哉！蓋其覬覦台灣，已寢食窹寐之不忘，中國尚棄之如遺，固既從心所欲。萬一勢出於戰，則又交昵各國，為之解鈴說合，不致能發而不能收。此其所以敢肆然無忌，快志於一逞也。臣任蘇藩司時，曾於議覆修約條內，陳明日本陰柔而有遠志，中國所買槍炮，皆彼國選餘之物。宜陽為之好，而陰為之備。其時李鴻章深以臣言為然，當即代為密陳……故今日馭遠之

法，內則力圖整頓，不可徒託空言；外則虛與委蛇，不必稍涉虛憍。不惟與泰西各國，開誠佈公，示之以信，即日本亦宜暫事羈縻，使目前不致決裂。俟我水陸各師均既精練，自可潛消其窺伺之心。萬一不能，彼出於驕，而我應之心正，亦為薄海之所共諒。此練兵之當務速務，實不可得過且過者也。[1]

按：丁日昌首議名曰「練兵」，實際上涉及國際國內之戰略格局，顯示當時中國所處形勢之險惡。他首先從近十年來世界的三大戰例：英法土攻俄之戰、美國南北戰爭及普法之戰，指出戰爭之勝負，海軍實起關鍵作用，從而強調我國應儘快建立現代海軍的必要性和迫切性。丁氏又指出當時我國面臨列強的戰略包圍，東北地區最為重要，東南次之，而海上之敵比陸地之敵更危險。丁日昌特別指出，列強中以日本最為陰險狡猾，野心最大，其所以懷柔泰西各國，不惜低首下心，目的在於侵佔我國台灣，中國不可不防，外則虛與委蛇，內宜速練水陸各師早作備戰，不可得過且過。其後歷史之發展，甲午之後日本對我國侵略野心的暴露和肆行，對台灣和東北地區的先後侵佔，乃至企圖鯨吞我國，凡此種種，果然不出丁日昌之所料，不幸為其所言中！於此可見，丁日昌在十九世紀末葉，確為中國不可多得的戰略家。他能胸懷全局，既了解國內之政治、經濟、軍事、教育的具體情況，又具有世界歷史政治的戰略眼光和國際視野，洞悉當代的軍事科技和軍事戰略。所以，他對擬定我國的海防策略，才具有同時代人所不能企及的真知灼見。這一點，不僅李鴻章一再給予高度讚譽，也是清廷加以肯定的。

丁日昌《海防條議》第二條「簡器」：

原奏稱：「凡炮台及水炮台所需巨炮，應如何購辦？水陸

---

[1] 《籌辦夷務始末》（同治朝）卷二十。

各軍所需洋槍，應如何一律購用最精之器，及以後應如何自行鑄造？如何精益求精之處」等因。

查外洋火器，至今日如此之精，非惟唐宋元明之所未見，抑亦堯舜禹湯之所未及料。總理衙門所稱：「知效彼之長，已居於後；然使並無此器，更何所恃？」誠為洞見癥結之論。惟火器一項，不外槍炮火藥等物，有宜於攻者，有宜於守者，有攻與守並宜者。

英國、法國、布國（按：即普魯士，後之德國）、美國……諸國之炮，以阿勿斯郎、得裏氏嘎為最大；以克虜伯、布魯嘎斯為最精。大者吃子至六百磅。……至美國之格林炮，管多放速，有同魚貫蟬聯。布國之聯珠槍，兩人肩負而行，若中國之抬槍，一分秒可放數十次，亦為陸戰行營所不可少者。或欲擊近，則用馬口鐵盒，實以羣子，以漆固之，出口後始能四散撲人，如風雨之驟至，但須圓滑合膛，方能得力（按：此即早期之機關槍）。其欲越山越城，而擊不能望見之物，則用十五寸徑口之麼打炮，昂其首，而用其高弧之度，自上而下，可以炸物焚營。南花旗炮台為北花旗所毀，多受此種炮子之害。

至洋槍一件，外國不三十年，而已屢變其制。初用火石引火槍，繼用鋼夾引火炮，最後以來復槍為第一等。

……其抵禦馬隊，則用能炸之火箭。倘兩軍相接，我佔上風，則用噴筒毒煙，以迷敵目，使其洋槍施致。

器械既利，則又在平時心定與手熟。總之神機營及前敵之軍械，必須精於腹地各省，庶得以重馭輕之法。

至於炮台，則宜建於地險水曲，敵船必宛轉而後能行駛之處，方能使敵船多受數炮，又可從前面後面為通行之打。若炮台設於水路徑直之地，則敵船瞬息即過，豈能炮炮中其要害？北海惟大沽之水道最曲，大江自鎮江以下，惟金山前水勢迴環，均可建築炮台。焦山四面受敵，似不如也。造台之法，極內一層，須用灰牆；外牆，則用磚石不如用三合土，其厚總須在二十尺以外；高低則視地勢之高昂，及水路之中偏；護牆必須成交角，而不可成正角，斜至五股之一勾，敵炮

若來，自可斜拂而過，不致顯與互抵。其炮台及火藥倉，上必設太平蓋，以禦自上而下之炮子；其最下層之地隧必加築堅固，四面俱通。溝外之小炮台大沙堆，亦必須迤邐照應，即使敵用陸兵闖入，尚可側轟橫截。然而北花旗之鐵甲船，為南花旗炮台之炮所轟傷者僅三隻，為水雷所轟沉者十餘隻。蓋專用炮台，而無木樁水雷浮灞等物阻於前，則炮台斷不能得力，而敵船之游駛，可以自如而無忌。若台中之大炮，則自六百磅以至二十四磅之炮，無不可用。惟放炮地步（按：指炮兵陣地），愈寬則愈可轉移，愈密則愈受敵彈。此在位置者先事之綢繆與臨時之變通耳。

外國寓兵於工，故製造與行兵，概可歸於一貫。中國兩離之則兩缺，此其所以不能以格致為自強之本也。若夫機器局之設，必須在煤木麇集、五金易採之處，尤為便易。江西之鄱陽湖邊，有數大島，山阻水環，敵船所不能入；而南贛汀建之水，亦可乘漲而至，上達楚蜀，而下逮皖吳，於此建一大機器廠，氣易通而料易集。臣上年曾以此事商之於曾國藩、李鴻章，皆以為可，只以無費而止。今機器之役，事方經始，有進境而無止境。若精華全在海濱，勢同孤注，萬一彼族發生不測，先下辣手，豈不深費經營。是則欲製器，又必先覓製器之地，為尤切而且要者矣！ [1]

按：丁日昌上議首先縱論當時西方列強所用槍炮的製造、威力和優劣，作為中國引進和製造的依據。從上述條議中，可窺見丁氏對當時各國軍事裝備和武器製造的情況是何等的熟悉！作為丁憂在家的江蘇巡撫，他竟然對槍炮的性能和製造原理都具有如此豐富的知識，實在令人驚歎！他確實做到知己知彼，潛心了解各國軍政事務及戰爭歷史，決心師夷長技以制夷。這在同光之際，在上至中樞各大臣、下至各省督撫中，可說並世無第二人！

1　丁日昌《海防條議》，見吳鴻藻編《丁中丞文鑒》卷四。

尤為難得者，丁日昌還是一位思想十分縝密的軍事戰略家，其建議具有戰術的指導作用。比如對海防要塞的選擇、炮兵陣地的設置，兵工廠地點的戰略隱蔽性等問題，他都有通盤的考慮，而且十分周密，達到巨細無遺的程度。丁日昌之所以在槍炮彈藥的製造、炮台的建築和炮兵陣地的設置上有如此多的真知灼見，因為他不僅有理論，而且更是實幹家。早在同治初年，他就直接督導槍炮彈藥的製造工作。如同治二年（1863）李鴻章請調丁日昌至滬負責製造洋炮，但廣東巡撫認為他在粵督辦火器甚有成績，不肯放人。原來丁氏在廣東高州昆壽營以西法製造火炮彈藥，招募香港工匠，仿造出西洋炸炮炸彈，先後「鑄造大小硼炮三十六尊，大小硼炮子二千餘顆」[1]，以供淮軍用於攻城，在戰爭中發揮了很大的作用，因此丁氏善製火器之名震動朝野。及後丁日昌還在廣州郊區燕塘設置炮局，以西法仿造洋炮。所以他的韜略、務實幹練的作風和精通洋務備受李鴻章賞識，而且當時曾、李的湘、淮二軍正在準備對太平天國的天京進行合圍，西洋的火炮將對戰爭的勝負發揮巨大的作用，故李鴻章通過清廷以公文急催丁日昌赴滬督辦火器，廣東方面只好放人。丁氏乃於同治二年九月赴上海設立火炮製造局。是年十二月十一日夜，丁氏隨李鴻章大營攻打無錫，自己親操火炮轟城，立功補用直隸州知州。故可以說，丁日昌實際上是靠製造火炮彈藥起家的，所以其條議所言，句句有根有據，就並非偶然的了。他出生於南海之濱的粵東地區，常往返於港穗，做過蘇松太道（駐上海）、兩淮鹽運使、江蘇布政使乃至江蘇巡撫，所以對於江淮河道、沿海要塞，都了然於心。他又曾擔任過「江南機器製造總局」第一任總辦。該局以上海旗記鐵廠為基礎，合併火炮製造局，實際上是中國

---

1 丁日昌《海防條議》，見吳鴻藻編《丁中丞文鑒》卷四。

當時第一傢具規模的兵工廠。因此，丁日昌在各方面都有十分豐富的實踐經驗，故上議內容，實事求是，切實可行。這一方面，同時代的朝中大臣和各省督撫，可說無出其右者。

丁日昌《海防條議》第三條「造船」：

原奏稱：「創立外海水師，應如何添購各兵船及鐵甲船？水炮台應用若干船隻？該船吃水最深，各海口何處宜於駐泊？如何抵禦？如何攻破？逐一詳議。」等因。

查外國前十餘年新聞紙即有云，中國自唐虞用木船盪槳，至今數千年仍用木船盪槳，可謂永遠守執古法等語，蓋所以諷之者微矣！《易》曰：「窮則變，變則通。」……蓋及今而能變，則尚有可通之日；及今而不變，則再無可變之時。

外國之鐵甲船有數等，其最上者，中用橡木與黃松木，外加極韌而有大凹凸力全無灰質之熟鐵板五層，每層約厚四寸，層層用螺絲釘嵌。凡遇船中吃力之處，則鐵板加層加厚。……其最大者，機器力重有一千五百匹馬力，吃水太深，中國口岸內恐無此深水之港。今年英國駛來挨仁刀之鐵甲船，約八百匹馬力，用之於中國洋面，最為合式。……若託洋人輾轉購求，必致誤買木質之蒙鐵者，不如選派熟習船務、結實可靠之委員，分往外國船廠，託其製造，一面帶同中國製船駛船之人前往，認真學習。俟其造成，中國工人亦可習焉而化。大約英、美、法、丹諸國船廠，各廠各宜定造一船，成後再行考較優劣貴賤，以為委員賞罰，方不致虛糜巨款。

現在英國有大小鐵甲船五十四號，法國六十二號，俄國二十四號，美國四十六號。……中國洋面，延袤最寬，目前大小鐵甲船，極少至十號。將來自能製造，極少須三十號，方敷防守海口，以及遊歷五大洲，保護中國商人。

至停泊鐵甲船之處固須水深，然海底必須硬泥之質，庶底能受錨；若軟泥質，則起錨艱難；沙質則錨易走動；石質及蛤殼質則不能受錨。中國極好錨地，以香港為最。蓋上有重山回護，可以避風，而下則水深二三十拓，不致過淺過深，

今已歸入英人，亦無庸議。北海之老鐵山前後以及搭連島（按：今之大連）、長子島等處，海底全是泥質，水深三十拓不等，直隸、遼東二海，大風不越十二時，雖無山勢遮阻，亦屬無妨，此間似可泊鐵甲船二三號。距大沽南炮台之南高墩約八里以外，海底泥質，此間似可泊鐵甲船三四號。東北海有此數船，首尾相應，則津沽、山海關、鴨綠江之門戶可固。惟十月水淺之後，須將各船移泊煙台，以資活動。煙台港外有崆峒列島，可以遮護風力，海底亦是泥質，似可泊中小鐵甲船一二號。揚子江口崇明山之南面，水深二三十拓不等，惟海底軟泥居多，中亦有泥沙相合者，可以拋錨。此間似可泊鐵甲船二三號，以上通津滬之氣，下以保太平洋萬里之要隘。台灣北面距日本之九修島，為直線，一葦可航，似宜泊鐵甲船二三號，以固東南樞紐。但台灣東北海面水勢，為呂宋諸山所束縛，波濤最險，不如泊於澎湖、漁翁二島之間，抑或雞籠港（按：今基隆）等處，亦易運煤，錨地亦尚穩妥。廣東虎門，水非不淺，而海底不平，且一旦與諸國有事，即不能駛出香港，與東北洋諸鐵甲船相聯絡照應，資首尾之互擊。似可泊鐵甲船一二號，以為自固之用。

其鐵甲船攻破炮台之法，在八百丈以內者，可用八寸徑以上之螺絲炮，配以實心尖彈，專指台角一處，層放迭擊，不可忽東忽西。俟有傾圮之形，然後自上而下，遞擊遞低，其台牆自必漸裂漸離矣。其十五寸之麼打炮炸彈，則用於仰攻台中之火藥倉太平蓋，使其延燒，台兵自無站足之地。而船中又抽配陸兵為常行壘以逼之，敵人接濟一絕，有不渙然瓦解者乎？

其鐵甲船自衛之法，倘遇兩岸有林木之處，船桅必多掛樹枝，使敵人不能辨識。所有鍋爐，氣貫機鍵，兩邊必護以沙袋，外面必蒙以鐵煉，使之往返迴環，又以大繩結網，為外層遮蔽，使之以柔克剛。倘遇敵之鐵甲船衝撞，勢猛者扳舵偏左偏右以避之；勢相等者急轉船首鐵沖，先撞其腰，又以船首衛四五丈之長木二條作叉形，外蒙以網，下以重物墜之，則可以收取前阻之水雷等物，俾免為其觸擊。

其攻破鐵甲船之法，一曰大炮，須用實心尖彈，自二十四磅以至六百磅，愈大愈為得力⋯⋯至炮彈中之火藥，宜用近日布國（按：指普魯士，即德國）新製之藥餅⋯⋯一曰水雷⋯⋯雖極厚極堅之鐵甲船，無不裂而沉者⋯⋯一曰水炮台，有在水面浮洲，用堅木排列成格，而外以沙土為垣者，此為定炮台；有下繫重錨七個，中用鐵練維於木樁者，此為活炮台。有用四千噸之鐵船，配極重之大炮，中用機器自行，遇鐵甲船過，可以自後通行打之者，此為浮炮台。此三種炮台，有用大炮六門者，有用四門二門者，即使擊鐵甲船得力，而勢同孤注，故所用皆用光膛大炮。螺絲貴重之炮無用之者，恐一旦同歸於盡也。

近時法國比倫，又以熟鐵皮為極大之浮標，其形為扁，橢圓體，共重三萬噸，比鐵甲船加倍⋯⋯就費重運難。不如多造水雷，而有實濟也。一曰火筏，中用鐵倉，實以火藥，外用觸火之物，筏見於水面者極小，乘風乘水，送至鐵甲船邊，機器一發，藥倉破裂，北花旗之鐵甲船亦有為此種火筏所沖毀者。至於氣毯電線，皆行運必不可少之物，自應分別購製，方不致臨渴掘井。

以上各項船械，購買之值，賤於自裝者數倍。然若不一面購買，一面製造，則始終受人把持，終無自強之日矣。[1]

按：丁日昌此條議「造船」，實際上涉及對我國早期艦隊的組建，其中包括對炮艦類型、大炮及炮彈種類的描述，對各國海軍艦隊概況及其優劣進行比較，提出我國應採取引進和自建並舉的策略，最終達到自強的目的。條議中對於建立我國海軍的規模、海軍基地的選擇，以及陸基炮台和海上炮艦相結合的海防策略、炮艦攻防的戰術指導，乃至如何使用水雷進行攻防等等，都有具體而微的陳述，顯示丁日昌對各國海軍實力和其時海軍軍事科技的情況了然

---

1 丁日昌《海防條議》，見吳鴻藻編《丁中丞文鑒》卷四。

於胸。從海防策略上，他對我國沿海港口和隘口要塞有通盤的了解，甚至對海底地質情況也極為熟悉，所以對建立海軍基地及海防策略的條議，便顯得有根有據，極有說服力。丁氏還對海軍炮艦炮彈的具體戰術宏謀碩劃，對海軍建設作出了不可磨滅的貢獻。

丁日昌《海防條議》第四條「籌餉」。

在此條議中，丁日昌認為，所有海防建設，如炮台、鐵甲船，以及要口駐防部隊，還有新槍、新炮、炮彈等物，並製造一切經費，需款甚巨。收入來源，除了各種稅賦商捐外，丁氏特別提出必須學習泰西各國興辦機器工業，如紡織業、五金煤鐵礦業等，應加以推廣，開拓並增加財源。尤其丁氏具與時俱進的戰略眼光，認為電報等信息科技對當代軍事、政治、經濟將發揮極其重要的作用，認為我國應儘快設置陸地電報，並指出：

> （電報）一可通軍情，二可收信資，三可減驛費。⋯⋯況洋人沿海已設英字電報，我仍置而不設，則是我之一舉一動，外人瞬息得而知之；外人一舉一動，我終久不得而知也。（若我）陸路電報已通，則（洋人）海中電報銷路必滯，然後由中國承充，亦准外國附送信息，但須一律改為漢字，令通事譯而授之，似亦防漸杜微之道。
>
> 此外，復設公司銀行，凡官民公私皆得入股，以通天下之有無，以收隨時之貼息。將來開礦一局，亦將從此公司生根。銀行一設，則銀紙可以通用。
>
> ⋯⋯至目前之輪船招商局，則損外益內，最為有益大局之舉，尚宜擴而充之，使可由近而遠。鐵路亦將來之所不能不設者，否則恢復新疆，轉運艱苦，抽調兵勇行走豈不遲延。但此則須設在我海防已恃之後，方不致為他人所攬。以上各層，皆有關於人力、地利、開源、節流之大者。[1]

1　丁日昌《海防條議》，見吳鴻藻編《丁中丞文鑒》卷四。

　　從上議可知，丁日昌還是我國近代開辦機器工業、紡織工業、五金煤鐵礦業、電報業、銀行業和鐵路運輸業的倡議者。開辦這些新興事業，既可促進中國的進步，開創新的經濟局面，培養產業工人和擴大工業生產規模，同時增加國家財政收入，從而使國防費用有所保障，尤其當務之急的海防建設有所着落。

　　尤須指出者，丁日昌在本條議中，特別提出大陸應開發台灣，重視台灣的海防戰略地位，並提出在台灣建省的構想。內中說：

> 台灣北路一帶，田地最饒。自崇文山後，與菖烏廳毗連之處，高山曠野，縱橫千里。……台地每年烏龍茶千數萬箱，皆此間附近所產，而良材大木為尤多。五金、煤礦、油井之礦，定亦不少。若設一大機器廠及大船廠於此，當可取不盡而用不竭。……若招以宅田開礦，利實日開，生聚自可日盛。數十年後，意可另設一省於此，以固夷夏之防，以收自然之利。且木料、五金、煤、鐵等項，非特利源所繫，亦軍事勝敗所關。[2]

　　於此亦可見丁日昌遠大的戰略眼光和過人的預見能力。

　　丁日昌《海防條議》第五條「用人」：

> 惟用人難得切實辦法，而洋務用人，尤難得切實辦法……惟用濟變之才以自強。一曰水師將才，二曰外國使才，三曰製造通才。
>
> 何謂水師將才？查水師脈絡雖與陸路不同，而馭之之理不異。數十年來，水陸各營將領，豈無智勇兼優、而略能受風濤之苦者，宜調往輪船學習，優厚其餼廩，而深觀其成就，計其中必有偉然特出之人。又於機器各局，及現有輪船管帶、辦事員中採訪考驗，試之以事，當亦可間得一二。其

2　同上。

舊時水師，以及沿海諸色人中，或設榜以招入格之才，或博
訪以求出羣之選。上以誠求，下必有以實應者。

　　何謂外國使才？古來列國交際，皆不廢聘問之禮，豈今
日而能獨異？惟使臣必能通彼此之情，而又能消未然之釁，
則責任亦屬不輕。京官為人才淵藪，向有抱負經濟者，即不
必曾任洋務，但稍加閱歷，辦理自分寸。其次則索之於沿海
士商，及曾親往外國之人，但求能任時局之艱巨，不必復計
資格之有無⋯⋯使才既得，或數國兼遣一使，或一國專遣一
使。惟英、俄、法、美、布（按：即普魯士，後之德國）五大
國，及羅馬教主處，則當擇其有風力，而善言語之使臣，方
不辱命⋯⋯日本在我臥榻之側，近而且逼，所使當精益求精
矣。⋯⋯至安南、暹羅等屬國，亦當遣使，順道撫慰，堅其向
化之性，不徒以厚往薄來，為能盡懷柔之誼也。[1]

　　由上可知，丁日昌不僅是重視海防的軍事戰略家，而且是我
國近代傑出的外交策略家。及後晚清海軍將領的選才和培訓、駐各
國使館人才的選擇、任命等外交佈局的形成，大體如丁日昌上議所
言，可見他在晚清的海防建設和內政外交方面所起的重大作用。

　　除此之外，丁日昌對科學技術及工業製造人才的培訓也極為重
視。他在同條議中指出：

　　何謂製造通才？以中國之大，人物之眾，豈無精於化
學、算學、留心機器之人？化學、算學者，製造之所從出
也。將來軍火、鐵船、耕織機器，以及開礦各事，皆與製造
相為表裏，任繁事大，尤當慎其選而專其責。津、滬、閩諸
局，陶熔已久，成就必多。京外官有精於算學者，自可指派
來局，互相切磋。此外如有心靈品端之人，似亦無妨廣為延
致。但望多中選精，斷難精中求多。此時厚其薪水，他日優

────────────

1　丁日昌《海防條議》，見吳鴻藻編《丁中丞文鑒》卷四。

出其身，人才豈有不蒸蒸日上者哉！且求才必當於無事之
時，然後能用於有事之際……儲將來有用之才，其目有九：
曰圖學、曰算學、曰化學、曰電氣、曰兵器、曰機器、曰工
務、曰船務、曰政務。凡同文館、廣方言館以及出洋學生，
皆就此數大端，發憤精研，以底於成。學成之後，只准為公
辦事，不得自圖生計。各關道並有洋務各州縣，及各省稅務
司，皆該學生進身之階。即將才、使才、通才，亦皆伊等生
根之處。惟中外各館，須再加擴充，斯不盡而用不竭。自強
根本，無有重於此者！ [2]

　　丁日昌在上述條議中的詳盡陳述，充分顯示他是一位不折不扣
以科學救國和實業救國的倡導者和推動者。而一切的根本，丁氏認
為在於培養人才。所以他說的歸根到底即是科教興國的問題，並指
出這是「自強之本」。一百二十多年前，丁日昌就有這種「科教興
國」的思想，今天中國人仍然以此為目標，顯示他具有遠大的政治
眼光和治國韜略，而具體措施又切合實際，細緻入微，確實為同時
代的政治人物所不可企及。以此而論，他不愧為我國近代史上一位
難得的政治家。

　　在同一條議中，丁日昌還特別提到平民百姓在迭經戰亂之後的
痛苦生活，農、商二業的慘淡經營，而官府既不體恤黎庶，但對於
外國傳教士則奉若神明，對此他表示極大的憤慨。他在條議中說：

　　海內黔黎，自遭髮捻擾亂以來，僅有生業、甕飧不缺者
十之三；飢寒逼迫、朝不保夕者十之七。而其中尤受困累、
無所告訴者，一為農，一為商。農民終日胼胝之餘，所得幾
何，一經胥吏之垂涎叫囂，必至雞犬無聲而後已。一催科
也，串票有費，受納有費；一詞訟也，審訊有費，提押有費。

──────────

2　同上。

見教士則若神明，視平民則如魚肉，有若深恨百姓入教之不
速也。朝廷有豁蠲之曠典，而取盈者不為下行；草野有委
曲之冤情，而倚勢者不為上達。當官幕吃煙飲酒呼盧喝雉之
際，正百姓顛連疾苦哀籲無門之時。其佐雜之擅授濫刑，營
汛之藉端訛索者，更無論矣！商人涉江浮海，冒犯霜露，營
求尺寸之利……乃榷吏卡員，苛索萬狀，翻囊倒筐，無異盜
賊。隨身需用之物，在洋人猶有優免之章，獨至華民，漏報
一絲一縷，雖合船貨物充公，而尚須加厚罰。不知當事者何
厚於洋人而薄於華商也！……官吏陋習之日深，則由於員多
缺少，補署無期，一旦冀得委差地方，如餓狼之忽遇肥豕，
不趁此飽噬一口，則將來永無果腹之時。迨此狼去而彼狼復
來，民困如何得蘇？元氣如之何得復也？[1]

按：丁日昌在上述條議中，為平民百姓在長期戰爭動亂之後過
着艱難困苦的生活而大聲疾呼，對當時吏治的極度腐敗表示深刻憂
慮，充分顯示丁氏關心民瘼、憂國憂民的赤子之誠。

另一方面，丁日昌固然重視「師夷長技以制夷」的策略，認真
辦理洋務，提倡學習西方各國先進科技以達到促使我中華自強的目
的；但對於官吏過分崇洋媚外，諛外人而虐國人，毫無氣節，他顯
然切齒痛恨！其愛國憂民的節概情操，在上述條議中表達得淋漓盡
致，充溢於字裏行間。所以，當時的守舊大臣因他提倡學習西方先
進科技和認真辦理洋務外交，需要經常與洋人打交道，而公然罵他
為「丁鬼奴」，實在是對這位中國近代史上既提倡「師夷長技」又
反對崇洋媚外的愛國官員的極大誣衊！事實上，丁日昌不愧是我國
近代「自強運動」的中堅人物，是「科教興國」的倡導者和實現中
國現代化的先行者，同時具有強烈的民族自尊和愛國精神，凡此種
種，往史昭昭，可為明證！

---

1 丁日昌《海防條議》，見吳鴻藻編《丁中丞文鑒》卷四。

丁日昌《海防條議》第六條「持久」：

丁氏此條所論極為重要，內中涉及國家立國的根本和長期戰略的問題，而重點在中西方觀念和方法的比較。其內容要點如下：

> 西國事事必求遠勝古人，故術日習而日精。中國事事必求效法古人，然辯論多而事業少，虛文多而真詣少；古人之糟粕存，而古人之實意已失矣。

> 夫鐵船、飛炮，古人所無之物，亦古書所未載之條，嗜古者固無怪其不欲棄我之長效彼之長，然使彼僅以船炮自圍於泰西，則我亦何妨以戈矛自古於中土。無如我弱一分，則敵強一分；我退一步，則敵進一步，安危禍福之間，固有稍縱即逝者。天下大變之來，方如烈火燎原，毀室家，斃人畜，在須臾之際。而一二老師宿儒，反叱水龍水機為奇技淫巧，方且齋戒沐浴，磬折俯伏，欲以至誠感動上蒼，使之反風而自滅；抑或擊黑鼓，召胥徒，禮井泉，分長幼，持杯棬以灌之。心非不誠，法非不古，而財物之爐於火，人命之斃於火者，已不可救藥矣？禦今日之外侮，而欲以昔日之兵器者，何以異此？沿海之機器船廠甫經開辦，旋請停止者屢矣！異議者豈欲敵國之日強，中國之日弱哉？不過古人所載，以矛刺盾之議，橫亙胸中，而且目未睹鐵船炸炮之利，身未嘗鐵船炸炮之害，故鰓鰓慮夷之變夏，欲挺然以一身當其衝。擬此後凡有指陳練兵、簡器、造船之失者，即令親往沿海各廠各船，考究閱歷外國之兵與器，果否勝於中土之兵與器。即將來購船製器，當必有疑耗費過大者，亦可令指陳之官員，親往查核，果真有弊，自可愈加釐剔；若其無弊，言者當可釋然。

> ……天津一案，臣屢言和不可恃，防必須固，萬一決裂，或由上海、或由胥江以搗其後。又自請嚴議，為津郡官民贖咎，奏牘俱在，可覆按也。而論者痛詆在津辦事諸臣，陷害循吏，貽誤大局。若使當時局外得見臣與曾國藩等密陳各疏，或亦可稍息譏謗，此曾國藩之所以歡怨痛恨，長逝而不瞑目者也！故臣謂欲局中局外，一力一心。為持久之計，

則莫如將應辦之事，使之目擊心曉，了然於中……欲事事之能持久，則當相見以誠，而不可稍分門戶，庶不致功敗垂成，半途輒止也。[1]

按：在丁日昌所處的時代，中國每欲前進一步，必有保守勢力、泥古不化的大臣羣起而攻之，當年丁氏作為自強救國的革新派中堅人物，身處時代的風口浪尖，其所遭受的攻擊誹謗之烈，概可想見。其上述奏議之痛切條陳，至今讀來仍令人心有餘痛！

丁日昌上述的《海防條議》六條上奏之後，京畿為之震動！

李鴻章閱後，大為感奮，立即上疏對丁氏《海防條議》給予全力支持，並親致長函給時在廣東揭陽家中丁憂的丁日昌，表示由衷的讚賞和感佩之忱：

披讀再四，逐條皆有切實辦法。……而「籌餉」內推及陸路電報公司、銀行、新疆鐵路；「用人」條內推及農商受害、須停止實職捐輸，此皆鴻章意中所言、而未敢盡情吐露者。今得大筆發揮盡致，其譬喻痛快處，絕似坡公。來書所謂，現出全體怪像，然令俗士咋舌，稍知洋務者，能毋擊節歎賞耶！鄙論漸棄新疆、弛禁罌粟、擴充洋學各節，頗為腐儒所疑詫，實皆萬不得已謀。尊議略為發明，而不為過激之誤。足見執事洋學果進，揣摩時逆，亦大有進境，直將優入聖域，豈徒四科十哲已哉！[2]

從李鴻章上函足可證明，丁日昌是晚清中國社會「自強運動」的關鍵人物，發揮了別人所不能代替的重要作用，而且言人所不敢言，堅持與時俱進的革新自強策略，大膽抨擊朝中頑固派的保守觀點，同

1　丁日昌《海防條議》，見吳鴻藻編《丁中丞文鑒》卷四。
2　見《李文忠公朋僚函稿》卷十五。

時大聲為民間疾苦鼓與呼，凡此種種，都是李鴻章所自歎弗如的。經李氏親證，丁日昌是近代中國社會推行電報、銀行、鐵路諸現代化設施的最先倡議者，同時對他的建議表示大力支持，推崇備至。

當然，丁日昌振聾發聵的《海防條議》也勢必引起守舊大臣的羣起攻擊。但是，總體而言，以慈禧太后為首的清廷當權派也意識到當時中國內外危機的深重，非變革自強恐怕江山不保，因此對丁日昌的革新觀念還是基本持肯定的態度，對他的《海洋水師章程別議》和《海防條議》十分重視，認為切實可行。為此，慈禧太后還特別下旨召見在廣東丁憂守制的丁日昌。光緒元年（1875）三月（農曆正月底），丁氏奉命自揭陽原籍入京覲見，慈禧太后對他勖勉甚殷：

> （命其）到天津與李鴻章辦理北洋防務……第一要講求練
> 兵，第二要講求製器造船，其餘籌餉、用人，亦要次第講求。[3]

由此可知，以慈禧太后為首的清廷當權派在審閱了各省督撫和當朝大臣數以十計的獻議中，顯然採納了丁日昌《海防條議》的內容。（有關史實可參閱丁日昌親撰《入覲承恩記》。該抄本現藏中山大學圖書館）

及後清廷對丁日昌之任命，顯然也為落實其《海防條議》的有關建議，如：

光緒元年（1875）九月，任命丁日昌為福州船政大臣，主理造船製器事務，因鐵甲船及火炮之製造，乃海防之第一要務。是年十二月補授福建巡撫，以增其事權，俾利於推動船政和海防建設。

光緒二年（1876）四月，丁日昌設立福建電報學堂，以落實《條議》中倡導創辦電報業的建議。

3　丁日昌《入覲承恩記》（手抄本），藏中山大學圖書館。引自江村編著《丁日昌生平活動大事記》，廣東人民出版社 1988 年版。

同年冬十月，作為福建巡撫的丁日昌渡海巡視台灣，統籌台灣政務及防務，期間遍巡台灣全境，深入了解海防設施和當地經濟民生情況，及後乃在廣東、福建設立專門機構，大規模招收大陸民眾赴台開闢荒地，發展農業生產，同時開拓礦業和多種副業，改善民眾生活，以堅台民歸附之心。

光緒三年（1877）一月，丁日昌向清廷上奏《統籌台灣全局摺》，亟言日本之侵略野心及台灣在我國海防上的重要作用。期間丁日昌在台灣架設電報線。

丁日昌在台灣未及半年，因盡瘁政事，勞累過度，以致病倒，於是清廷乃下旨丁氏返大陸治療，及後回籍休養。

不過，清廷對丁日昌在《海洋水師章程別議》中建立三洋水師的建議非常重視，繼續進行落實，以李鴻章為首的北洋水師和以沈葆楨為首的南洋水師先後成軍。至此，晚清的海防建設始出現初具規模的局面。

三、丁日昌及其《海防應辦事宜十六條》

光緒五年（1879）春，丁日昌帶病奉命赴福建辦理教案，事妥，4 月返揭陽原籍養病。但是，清廷仍希望他力疾從公，擔負艱巨。據《清德宗實錄》卷九十二記載，是年 5 月 12 日（農曆閏三月二十二日）清廷下旨命加丁日昌總督銜駐南洋（衙門設福州）會辦海防，沿海水師統歸節制；翌日 5 月 13 日上諭特命丁日昌兼充總理各國事務大臣。

清廷之所以有上述任命，事緣是年總理衙門全面檢討海防事務，認為北洋口岸較少，李鴻章一人足以應付。而南洋（按：即南海）海岸線長，海面遼闊，且海上對外貿易十分頻繁，而外國列強

海軍炮艦橫行海上，因此南洋海防尤為當務之急，故總理衙門特別
向清廷推薦丁日昌會同督辦。[1]

清廷遂於是年農曆閏三月二十二日諭曰：

> 前福建巡撫丁日昌辦事認真，於海疆事務向來亦能講
> 求。着賞加總督銜，派令專駐南洋，會同沈葆楨及各督撫，
> 將海防事宜實力籌辦。所有南洋沿海水師弁兵，統歸節制，
> 以專責成。如海防與江防有相為呼應之處，亦即會同彭玉
> 麟、李成謀妥商辦。丁日昌接奉此旨，着即馳赴江南，會籌
> 督辦，毋誤時機。[2]

翌日（即閏三月二十三日），上諭又任命丁日昌兼充總理各國
事務大臣。[3]

其時丁日昌於原籍廣東揭陽正重疾纏身（按：丁氏患嚴重風濕
性關節炎，不能步履；且日夜憂心國事，性情又急，怒則傷肝，氣
逆吐血），實際上病情確實已十分嚴重。因此，聖旨所恩加的榮銜
與重職，他因身罹痼疾無力克赴任所，不能親自深入海軍營地過軍
旅生活，他深恐自己不能盡督辦之責，以致貽誤戎機，有負朝廷重
託，故上疏懇辭。

但是，丁日昌附於疏中還有其於患病期間殫精竭慮嘔心瀝血撰
成之《海防應辦事宜十六條》，說明他確實拚了老命，不惜在自己
臥病牀塌時仍為中國的海防事業克盡心力。此《十六條》既顯示丁
日昌具有高瞻遠矚的海防戰略思想，又具備縝密細緻的海防戰術意
識，十分重要，茲錄其全文如下：

1　見《洋務運動二》，光緒五年閏三月總理各國事務衙門奕訢奏摺。
2　見《清德宗實錄》卷九十二。
3　同上。

海防應辦事宜十六條

第一條：

海防為全局所關，凡籌兵籌餉，自京督辦者總其成。此外無論會辦幫辦，其責全在於巡查各省海口險要，稽查沿海各營士卒勤惰，操演輪船、炮法、陣法、蓬索、舢舨、水雷，熟悉砂線、礁石諸事。當風濤汹湧之時，尤當訓練進退避就之法，使士卒視險如夷，然後臨變不亂。其地段，北至黑水洋（按：應指黑龍江），南至安南洋（按：應指今之北部灣），東至日本洋（即日本海），西南至小呂宋島，相距幾及萬里，至少每年亦須查閱考核二次。計即長駐海中，尚恐周轉不及，然以上各事，任海防者，一時不及身在行中，即為「有忝厥職」。臣愚以為此差，非獨衰病如臣不能信任也，即由江防出身之武員，亦不能信任。蓋江防勞逸懸殊，夷險迥別故也。似宜於海外水師提鎮中，由沈葆楨選擇保舉，當有信任者。已與光緒元年四月上諭「如需幫辦大臣，即由李鴻章、沈葆楨保奏」意義相符。其於海防窾要，該提鎮平日閱歷既深，必不致受人欺蒙，即巡海亦不致有名無實；且既由督辦所保，亦必不至於掣肘。至督辦則籌餉之策尤重於籌兵，沈葆楨兼任地方，於籌餉一事呼應必能靈通。何則？無論何種經濟，無餉則絲毫無所施展。古人所謂「必先有土地人民，然後有政事也」。

第二條：

江南造船局之輪船以及福建船政局之輪船，可以供轉輸而不能任攻擊，可以靖內萬匪而不能拒外侮。似宜選一深諳外海水師之大員統領是船，仍須延請一熟諳水師之西員，會同操演，俟統領能變通融會其法，然後自行督操，並分班分期調往各口，以便分哨會哨。

第三條：

臣在閩時，聞李成謀在廈門整頓水師極為得力，操守亦

是可靠，現在海防急於江防，閩省亦甚於蘇省，可否敕知沈葆楨察酌情形，將李成謀調在閩省統領水師，先將船政輪船練成一軍，庶可以備緩急。

第四條：

船政局之兵輪船，上年因無經費將船勇裁減一半，不能成操。船勇，愚以為他費可省，此費斷不可省。應請敕下閩省督撫及船政大臣，速將兵輪船勇之數照行補足，認真操練，庶可有備無患。倘管駕有侵吞剋扣、懶惰諸弊，似宜嚴懲一二，方可儆戒將來。

第五條：

招商局輪船計約有亦有二十餘號，似可擇其結實便捷者配給槍炮水勇，以備急緩。惟必須預儲管駕人材，否則遇有事故，外國人之充管帶者，勢必辭去，該船皆為廢物矣。

第六條：

江防僅恃長龍舢舨，似亦可以靖內匪而不能拒外侮。似宜輔以淺水輪船及水雷等物，庶消息靈而守禦穩。

第七條：

日本廢琉球為縣一事，雖極目無公法。然我此時海防尚未周備，似只宜邀集有約之國，責以不應滅人宗祀，庶幾易發易收。臣前覆總理衙門信中，言之甚詳，仍求聖裁，嚴飭疆臣速籌備禦，勿為得過且過之計。俟我防務沛然有餘，然後興問罪之師，方能確有把握。此事其曲在彼，我若不撤回使臣，彼亦不能實時用武也。

第八條：

日本志不在琉球，不過欲藉端尋釁耳。我若因此發難，正中其詭計。除滅琉球一事，不過以空言與之徐商外，彼動則我應之以靜，彼剛則我應之以柔，彼以力我則應之以理，

庶彼無從窺我涯際，亦不致有所藉口。將來倭人無論如何變動，我惟俟其先發，然後分頭牽制之，使之騎虎難下。彼外強中乾，若長久與我相持，則內變必生也。

第九條：

日本傾國之力購造數號鐵甲船，技癢欲試。即使目前能受羈縻而三五年不南犯台灣，必將北圖高麗。我若不急謀自強，將一波未平一波又起，殊屬應接不暇。雖釁不可輕開，而橫逆殊難啞受。惟有設法籌借款項，速購鐵艦、水雷以及一切有用軍火，並預備駛船之將、用器之人。詩云：「未雨綢繆」。何況既陰且雨乎！

第十條：

法、美等國前欲與高麗立約，而高麗拒之。果能閉關自守，豈不甚善。乃旋為日本兵威所脅，竟予立約，此亦出於無可如何。臣愚以為既不得已而與日本立約，則不如統與泰西各國立約。何則？日本有吞噬高麗之心，而泰西無滅絕人口之例。將來如倭向高麗啟釁，凡有約之國皆得起而議其非，庶幾日本不敢悍然無所忌憚。或謂琉球亦會與法、荷立約，何以法、荷又置之不議不論？不知琉球海外彈丸，過於不成片段，泰西早已視若「蓼六江黃」，無關輕重；且立約以來，彼此未派使臣通好，仍與不立約同。況琉球與法、荷、美所立之約，旋亦為倭人取為廢紙。至高麗局面，遠在琉球之上，且有土產可供各國採運。若泰西仍要求與高麗通商，似可由使臣密勸勉為所請，並勸高麗派員，分往有約之國，苟能聘問不絕，自可休戚相關；一切得力軍火，我亦可密為把注，俾足圖存。倘遇倭、俄二國意圖蠶食，我固當以衛之；亦可邀集有約之國，鳴鼓而攻之，庶幾高麗不致蹈琉球覆轍。否則，高麗亡，倭、俄窺我東三省，實逼處此。此固心腹之疾，非僅肘腋之患，不同琉球廢取無關得失也。

第十一條：

泰西皆有獨厚之國，以備急緩，相為扶持，如英之於法，德之於奧，凡征戰攻伐彼此必相資助。今我於各國皆視之漠然，則彼遇我有事，安得不作壁上觀乎？臣愚以為英、法、美、德各強國中，似宜聯絡一國與之獨親獨厚，使緩急可為我用。可否敕知總理衙門密商出使諸臣相機辦理，亦釜底抽薪之一法也。

第十二條：

寇之窺我，日深一日，如不速圖練兵購器自強之法，誠恐變生倉猝，措辦不及。論者動以鐵甲船不可輕購為疑，不知人之所以攻我之法，與從前不同，則我禦之之法亦當與從前有異。合亟籲請天恩，敕知南北洋商議，速派妥員購辦合用鐵甲船、水雷，以備應敵；其餘營制、餉制、行政用人，凡有關於自強者，各疆吏似宜認真整頓，去浮文而歸實際，庶幾「主強而客弱」，免致時時受彼族之欺凌也。

第十三條：

民心為海防根本，而吏治又為民心根本。故籌辦海防，若不整頓吏治，固結民心，仍未免有名無實，買櫝還珠。現在吏治經特旨停捐後，自當有起色。惟以前捐輸、保舉二項，人員存積太多，非用辣手淘汰，吏治難望轉機。臣居家數年，及今年往來閩省，目擊牧令留心民事者，固百中無一；然恣意害民者，亦尚不多。惟佐雜則無不以虐民為事，百姓民不聊生，往往歸入天主教。迨一入教，則佐雜熟視而無可如何，不啻為叢驅雀，教風因而日盛。一處如此，處處可知；一省如此，天下可知，此真人心世道之憂！合併仰懇天恩嚴飭各疆吏，加意整頓吏治，寧使一家哭，勿使一路哭。抑或如古者巡風之例，欽派公正明白之大員數人，分巡各省，認真舉劾，將貪污之吏一掃而空，庶幾百姓生計可遂，元氣可復，眾志可以成城，海疆安如磐石矣。否則民心一離，百事

瓦解，一遇風鶴之驚，無不揭竿而起。其時即食貪吏之肉，庸有濟於民生國計乎？

第十四條：

近聞東南各省水陸提鎮中，操守好者固有，然有賣缺者。彼將弁等，既係花錢買缺，到任後自不能不剋扣兵糧，窩匪縱賭，以免虧本，營伍安得而有起色乎？又有小康之戶，以數十金掛名兵籍，冀免兵差詐詐。此輩例不到營操練，故往往有兵之名，無兵之實。仰籲天恩，作為訪聞，飭該督撫嚴加查參，使彼輩不敢公然視賣缺為常例，營伍可期整頓矣。

第十五條：

上海為通商樞紐，與天津遙遙相應。沈葆楨既是督辦海防，似宜仿照直隸總督辦法，往來金陵上海，呼應萬靈，且通商與海防不能離而為二也。

第十六條：

臣在台灣受瘴過重，回籍後兩腳又發痿痹，不能步履，無論任事，必致貽誤，刻下亦且不能上船下船。惟趕緊認真調治，一俟略能舉步，當即趨聆聖訓，求賞差使；倘福薄災生，竟成癱瘓之症，臣亦不敢辜負天恩，遇有洋務並與海防交涉事件，或蒙諭旨垂詢，或承總理衙門詢問，或由沿海各督撫函商，臣必盡其所知，分別據實奏覆登答。臣但一日不填溝壑，當即一日上報生成，斷不敢以病莫能與，遽爾置身事外。[1]

　　清廷對丁日昌上述奏議及所附《海防應辦事宜十六條》極為重視，他的建言大部分被採納，清廷並下旨敕令南北洋大臣及有關各

1　丁日昌《海防應辦事宜十六條》，見《洋務運動二》，光緒五年四月二十五日前福建巡撫丁日昌奏。

省督撫照此籌辦；同時令丁日昌病癒後即行上京覲見。[2]

　　丁日昌《海防應辦事宜十六條》內容極為重要，涉及軍事、內政和外交諸範疇的策略及應對辦法。在軍事上，他強調海防重於江防，因此必須儘快建立外海水師，速購鐵甲船、水雷等海防軍火設備，以拒外敵。其餘有關訓練軍隊、嚴肅軍紀等問題的提出，如營制、餉制、行政用人等，凡有關自強者，建議各省督撫應認真整頓，去浮文而歸實際，只有強軍才能制敵，庶幾「主強則客弱」，免致時時受彼族之欺凌。事實上，當時中國所面臨的形勢已十分危急，誠如丁日昌所言，「寇之窺我，日深一日，如不速圖練兵購器自強之法，誠恐變生倉猝，措辦不及！」丁氏對中國的海防建設，一再上表大聲疾呼，可謂殫精竭慮，嘔心瀝血。而最難得的是，他提出「民心為海防根本，而吏治又為民心根本」此一深刻的看法，反映他對當時吏治腐敗造成民心背離的社會現實深懷憂慮。因為如果民心不穩，內亂一起，政治經濟崩潰，海防的建構更無從談起，中國便永遠成為弱國，便永遠要受到外國的欺凌。所以，能提出「民心為海防根本，而吏治又為民心根本」，反映他在政治上的高瞻遠矚，也說明他時時以人民疾苦為念，而對大小官僚的貪污腐敗，他的確是深惡痛絕的。因為貪官酷吏對百姓的欺凌壓榨，必使人民離心離德，所以丁日昌建議朝廷多派廉正幹練大員巡查各省，「認真舉劾，將貪污之吏一掃而空」。他顯然認為只有肅貪倡廉，才是整頓吏治的根本。不然的話，「民心一離，百事瓦解，一遇風鶴之驚，無不揭竿而起，其時即食貪吏之肉，庸有濟於民生國計乎？」其對貪官污吏的痛恨，可謂溢於言表！所以，在丁日昌所有的奏章中，言內政必痛陳整飭吏治，為民請命，不遺餘力，表現其憂國憂

2　有關清廷對丁日昌海防策略之倚重，見《清德宗實錄》卷九十五。

民的赤誠之心。

丁日昌在《海防應辦事宜十六條》中，詳述其對中國外交戰略的看法，提出海防建設的策略，其中特別指出列強中以日本最為危險，建設海防，重點就是要防備日本的侵略野心。丁氏反覆強調：「日本傾國之力購造數號鐵甲船，⋯⋯即使目前受羈縻而三五年不南犯台灣，必將北圖高麗。我若不急謀自強，將一波未平一波又起，殊屬應接不暇。」「高麗亡，倭、俄窺我東三省，實逼處此，此固心腹之疾。」

丁日昌在《海防應辦事宜十六條》中對國際形勢的分析確實十分準確。就在他上此奏議之後不過十五六年，一切都不幸為其所言中：期間日本果然發動侵朝戰爭，繼之甲午中日海戰爆發，高麗亡，日本窺我東三省，並侵佔台灣。揆之丁氏在《海防應辦事宜十六條》中對以上各節的痛陳警示，顯示其驚人的戰略預見！尤其令人佩服的是，丁日昌對其後的變局也早已有應對策略，認為對日戰爭，必須用持久戰。他在「第八條」中是這樣說的：「將來倭人無論如何變動，我惟俟其先發，然後分頭牽制之，使之騎虎難下。彼外強中乾，若長久與我相持，則內變必生也。」可以說，對日本的侵華戰爭實行持久抗戰，是丁日昌首先提出來的。他的戰略預見的準確性，在中國近代史上是罕見的。

光緒五年（1879）七月，船政大臣吳贊誠條陳輪船操練事宜，清廷命李鴻章、沈葆楨、何璟、丁日昌會同酌辦。時丁日昌在原籍廣東揭陽治療痼疾，清廷將吳贊誠條陳「原摺並抄給閱看」。[1] 可見對丁日昌海防方面的建言倚重之殷。

丁日昌乃於是年九月再上奏摺，專就建立海軍一事闡釋發揮，

---

1 見《清德宗實錄》卷九十八。

其中有幾個要點：1、再次促請儘速改舊式水師為輪船水師，特別強調培養並起用水師學堂及派遣出洋學習海軍事務的學生；2、僱用西人教習，作為過渡之法；3、自行培養將才，方為經久之計；4、一切之目標，在於建立新式海軍。[2]

　　光緒八年（1882）歲在壬午，正月初，丁日昌病情惡化，自知不起，口授遺摺，唯望內外臣工，同力合作，迅圖自強。無一語及家事。可謂為國鞠躬盡瘁，死而後已。

結　語

　　丁日昌一生之功業，雖然李鴻章說他：「洋務吏治，精能罕匹，足以幹濟時艱。」[3]郭嵩燾也將其與李鴻章、沈葆楨並稱「洋務三傑」。評價不可謂不高。筆者認為，丁日昌洋務吏治固識見卓絕，政績非凡，但其一生最大的貢獻應在於我國的海防事業和對外策略方面。以軍政大局論，清廷自咸豐至同治初，其主要矛盾和心腹大患是太平天國及捻軍所引發的十餘年之內亂。丁日昌在內憂外患交集最激烈的江淮地區擔任蘇松太道、兩淮鹽運使、江蘇布政使和江蘇巡撫等要職，一面為湘軍、淮軍籌餉、籌糧，並負責製造槍炮彈藥支持前線；一方面又要辦洋務外交，處理多宗棘手的教案，所以在洋務吏治等方面的傑出才能，使他成為一位政績卓著的封疆大吏，成為同治中興的主要名臣之一。

　　內亂敉平之後，同光之際，其時主要矛盾又集中在外國列強對華侵略上，而要害就因為當時中國沒有現代化的海防軍事裝備和軍

2　參考江村編著《丁日昌生平大事記》引《洋務運動二》，光緒五年九月二十二日前福建巡撫丁日昌奏。
3　見《李文忠公朋僚函稿》卷十五。

事設施，以及缺乏相應的軍工生產，故對外國炮艦毫無招架之力，因而處於門戶洞開被動捱打的局面。所以，建設海防以抗外侮，是丁日昌歷來最關心的事，尤其自同治七年（1868）就任江蘇巡撫之後，有關我國海防戰略的問題，可謂是他心中的頭頂大事。是年丁氏上奏《海洋水師章程別議》，提出以火輪大炮武裝外海水師，陸上炮台與水師炮輪互相結合，水師官兵要兼習陸戰技能；尤其提出建立北洋、南洋、東洋三支水師艦隊，使三洋聯成一氣，以建構我國海防的作戰體系。丁氏上述建言可謂震聾發瞶，引起清廷中樞的高度重視，其後北洋水師和南洋水師次第建立。光緒元年他又上呈《海防條議》六項，清廷對他提出的造船、製炮、用人、籌餉等建議認為切實可行，命令有關各省督撫加以落實辦理。清廷之所以先後委其為福建船政、福建巡撫兼主理台灣之重任，其着眼點正在於看重丁日昌盱衡全局的海防戰略，重視他警惕日本的侵略野心和對日備戰的建議。及後即使丁日昌因重病回廣東揭陽原籍治療，清廷仍念念不忘他在海防戰略和海防建設上的重要作用，將其視為力挽狂瀾的濟世之才，故上諭特命加丁日昌總督銜駐南洋會辦海防，沿海水師統歸節制，嗣命其兼充總理各國事務大臣（見《清德宗實錄》卷九十二），命其統籌海防和洋務事宜。可惜丁氏其時已重病纏身，不能步履，因恐有負朝廷重託，故上表堅辭。但病中仍然念茲在茲，草擬並上奏了《海防應辦事宜十六條》，條條具真知灼見，而且具有很高的預見性，其中許多不僅言之有物，而且切實可行。凡此種種，足見丁日昌在晚清內外交煎的危局中，倡行自強救國的思想，為建設我國現代海防事業作出傑出的貢獻。他在我國近代海防史上，堪稱卓越的戰略家，對我國的近現代的國防思想和海防建設等方面，發揮了極為深遠的影響。

變法最烈　保皇最頑
——略談康有為政治哲學的歷史本源

　　康有為是中國近代史上一位非常特別的人物，他從「戊戌」的激進變法派，到「辛亥革命」前後變成頑固保守派，其實，他的政治哲學一直都沒有變，一言以蔽之，就是「保皇立憲」四字。從他的經歷、政治主張和學術宗旨，到清室倒台前後個人的進退出處，以及他在海內外的所作所為，都表現得十分激進極端，又十分封建守舊，可謂一以貫之。這顯然與他的「保皇保到底」的思想和非常頑固的性格有極為密切的關係。

　　康有為（1858—1927）又名祖詒，字廣廈，別署更生，廣東南海人，世稱「南海先生」。他生於仕宦之家，天性穎異，剛毅過人，七歲能屬文，才思敏捷，其叔父以「柳成絮」試之，應聲答以「魚化龍」，家族咸知此子志不在小。而他從小亦子曰詩云，不苟言笑，鄉里人看他小小年紀一本正經的做派，戲稱他「聖人為」，他也不以為忤，內心以「聖人」自任。因此，後來人們出於尊敬或含有諷意而稱其為「康聖人」，他內心上顯然「欣然笑納」。所以，他的人生哲學就是要做人中之「龍」，認為自己乃天降大任的人，要做比「孔聖」更偉大的事。這可從他自號「長素」足以窺見其自負和狷狂的內心世界。

　　原來，漢後歷代帝皇大都崇祀孔子，而學者尊奉孔門儒家學

說，乃至尊稱其為「素王」，意即他雖然沒有土地和人民，但在人們的心目中，他是永恆之王。孔子這種崇高的地位一直維持了二千年之久。直至清末道、咸之際，洪秀全因屢試不第，一怒之下，在鄉里祠堂砸了孔子牌位，其後他策動金田起義，太平軍所至必毀孔廟，燒經書，視孔子和中國傳統文化為寇仇。太平天國歷時十四年，勢及十八省，除禍及經濟民生外，對孔子及儒家學說造成很大的打擊，使「素王」的形象備受影響。雖經「同治中興」和曾國藩等人的努力，有所恢復。但清末列強交相侵凌，西方思想文化湧入，中國內外交煎，百孔千瘡，其時單靠孔學實際上也很難救中國。在自由思想氾濫的情況下，孔子在文化界享有的「素王」地位也受到挑戰，康有為就是其中的一個。他之所以自號「長素」，其意即「長」於素王，居孔子之前。他不僅認為自己超越孔子，也希望自己的學生超越孔門弟子。他將自己的五大弟子封為「康門五哲」，並為他們一一取了意味深長的名號：大弟子陳千秋號「超回」，意即超越顏回；梁啟超號「軼賜」，即超軼端木賜（子貢）；麥孟華號「駕孟」，既可解釋為駕馭孟子，也可解釋為與孟子並駕齊驅；曹泰號「越伋」，即超越孔伋；韓文舉號「乘參」，我同意唐德剛先生的說法：「把曾參當馬騎」。總之，康有為的自況以及為諸弟子取號的用意，也真的狂妄得可以了！對此，章太炎看不過眼，曾說：「梁卓如等昌言孔教，余甚非之。或言康有為長素，自謂長於素王，其弟子或稱超回、軼賜，狂悖滋甚！」[1]

　　其實，康有為的狂妄自大其來有自，他從小就自視高於天，以救世主自居，其自傳《我史》中記載他二十二歲時，「既念民生艱難，天與我聰明才力拯救之，乃哀物悼世，以經營天下為志。」說

1　見《章太炎年譜長編》。

明他從青年時期就以救世和經營天下為己任。這個人心志高，魄力大，後來做出「戊戌變法」這種震動海內外的驚世駭俗之舉，把天捅了個「大窟窿」，絕不是偶然的事。

過去的政治人物不少頗有真才實學，康有為當然有大學問。他所收的學生梁啟超，也是清末民初大家公認的大文豪、大學者。

梁啟超（1873—1929）字卓如，號任公，廣東新會人。當年他在陳千秋的引介下拜康有為為師，過程頗為有趣。據說初見面時，康老師行雷閃電的性格和淵博的學問令其如醍醐灌頂，為之心折。有關這一點，梁氏在 1902 年出版的《三十自述》中頗有述及：

> 其年秋（按：即光緒十六年，公元 1890 年），始交陳通甫。……於是乃因通甫修弟子禮事南海先生。時余以少年科第（按：梁氏十二歲考取秀才，十七歲中舉），且於時流所推重之訓詁辭章學，頗有所知，輒沾沾自喜。先生乃以大海潮音，作獅子吼；取其所挾持之數百年無用舊學更端駁詰，悉舉而摧陷廓清之。自辰入見，及戌始退。冷水澆背，當頭一棒，一旦喪失其故壘，惘惘然不知所從事，且驚且喜，且怨且艾，且疑且懼，與通甫聯牀竟夕不能寐。明日再謁，請為學方針。先生乃教以陸、王心學，而並及史學、西學之梗概。自是決然捨去舊學，自退去學海堂，而間日請業南海之門。生平知有學自此始。[2]

說起來，梁啟超年輕時學的是清代乾嘉學派兼桐城派那一套，在南海康先生的眼裏，這些當然都屬於一些鑽舊紙堆訓詁和舞文弄墨的純學術玩意，當然不合他的胃口。其時康先生直斥其所學，而且越說越激動，竟至大發雷霆，「作獅子吼」，令梁啟超如「冷水澆背，當頭一棒」。

---

2 梁啟超《飲冰室文集》第二冊，中華書局 1989 年。

　　其實，康先生的不悅乃至發怒是有原因的，因為當時中國正處於積貧積弱和內憂外患交集的境地，尤其列強環伺，神州正面臨被瓜分的危險。所以康有為滿腦子學術救國的思想，要以實用之學改良社會。不久前（按：即光緒十四年，公元 1888 年 12 月 10 日），康有為在北京以布衣的身份呈《上皇帝書》，提出「變成法」、「通下情」、「慎左右」的改革建議，指出不變法則危在旦夕。結果其上書被衙門壓下，他不得不悻悻回南海教書。救國良策不被重視，本來就滿肚子氣，而梁啟超此際竟在他面前大談訓詁辭章，當然被康先生視為無用之學，清談誤國，難怪他要「作獅子吼」。

　　那麼，第一次見面，康先生向梁啟超「作獅子吼」，究竟「吼」了多久呢？

　　據梁啟超說，「自辰入見，至戌始退」。算起來，康先生至少向梁啟超「吼」了整整十二個鐘頭（按：辰時即上午 7 至 9 點，戌時即晚上 7 至 9 點）。可以想見，當年康老師聲若洪鐘，雄辯滔滔，好氣好力；門下士梁啟超如雷貫耳，驚心動魄，如腦交戰。事實上，經過康先生十二個鐘頭的「思想狂轟」，結果梁啟超為老師的新思想和大學問所折服，被他成功洗腦，「自是決然捨去舊學」，問業於南海之門。康有為教他讀「陸、王心學」，還有史學和西學梗概一類的東西，梁啟超說：「生平知有學自茲始。」—— 其實，他這句話確實有點過了。他頌揚康老師，並肯定了「陸、王心學」和一些史學、西學，這沒有問題；但就無必要完全否定以前所學的桐城派和乾嘉學術，實際上，此中不少都是中國傳統文化打基礎的東西。比如他後來之所以能揮一筆而動天下，以及寫出《清代學術概論》一類的作品，實際上與他年輕時研習桐城派文風和乾嘉學術有很大的關係。

　　結果，經過康有為的洗腦，梁啟超接受他所教的「陸、王心

學」。但「陸、王心學」涵蓋於宋明理學之中，前人多有研究，其學也不算「新」。那麼，康有為為什麼偏偏看中它，要以之「武裝」梁啟超的頭腦呢？

原來，所謂「陸、王心學」，即宋之陸九淵、明之王守仁（陽明）所倡導的學說。兩人都不大因循傳統儒經及其注疏的說教，而着重以心學反求諸己，主張知行在我，強調個人的主觀認知。如陸九淵之「六經皆我註腳」、「萬物皆備於我」等等，與程朱理學的守經明禮大相徑庭；王守仁則主張「心即理」，反對朱熹的「事事物物，皆有定理」之論，從而對固有的禮法制度和聖人之成說提出質疑，實際上都要「自作主宰」，並不把聖人的經典和前賢的注疏當回事，所以他們兩人是宋明理學中「心學」一派的代表人物，在許多方面，歷來被守經衞道之士視為對傳統學說的「離經叛道」。

康有為其實也是一個喜歡「自作主宰」的人，他從小就自信兼自負，很有主見。年輕時，他的老師、名儒朱次琦在學術上傳授他宋明理學，以程、朱之說為主，間採陸、王心學，在政治哲學的引導上，顯有主次之分。但清季中國社會內外交煎，出現數千年未有之大變局，形勢十分危急，其時傳統學說已不足以應變。這促使康有為的思想也隨之發生劇變，因此不取程、朱之說，而與「陸、王心學」靈犀相通。因為程、朱理學主張尊聖訓，循舊制，意在「守常」；而陸、王心學則在「求變」，通過個人觀念上的自我改變，推而廣之，從而達到社會思潮的巨變。在這方面，王守仁的「心學」就是顯例，其能量之大，在晚明之際可謂門徒遍天下，影響了逾百年的社會思潮。誠如《明史·儒林傳序》所言：

> 原夫明初諸儒，皆朱子門人之支流餘裔，師承有自……守儒先之正傳，無敢改錯。學術之分，則自陳憲章、王守仁始。宗憲章者，孤行獨詣，其傳不遠。宗守仁者曰姚江之

學，別立宗旨，顯與朱子背馳，門徒遍天下，流傳逾百年，
其教大行，其弊滋甚。嘉、隆而後，篤信程朱、不遷異說
者，無復幾人矣。

康有為顯然希望自己像王陽明一樣，不遵循傳統的經學路子，
而另創新說，並以之鼓動徒眾，引發風潮，影響天下，他要的就是
這種社會效果，以達到改良晚清政治的目的。因此，在康有為的心
目中，這種新學說必須打破過去二千多年經學對中國學術政治的統
制地位，才能為自己改良政治的理想服務。而要另創新說，則必須
打破舊學，這方面，康氏顯然在心中已有一套系統的計劃。首先，
他將陳千秋、梁啟超等眾多飽學的青年才俊收歸門下，作為他破舊
學、立新學的幫手，為其學說作充分的輿論準備。

至於如何破除二千多年來經學在中國文化和學術政治的長期影
響，康有為顯然是刻意從疑古開始的。為此，康有為在 1890 年（光
緒十六年）一口氣寫了《王制義證》、《毛詩偽證》、《周禮偽證》、
《爾雅偽證》和《說文偽證》諸文。翌歲 1891 年，他在陳千秋、梁
啟超的幫助下，刻成《新學偽經考》一書。至此，他全面而又重點
地展開了對傳統經學的攻擊，進而否定其在中國思想文化和學術政
治包括科舉制度等方面的主導作用。

1892 年，康有為開始以「改制」為政治目的的新說作鋪墊，撰
寫了《孟子大義考》，取孟子之酒杯，澆自己心中之塊壘。繼之，
由高才學生助成《孔子改制考》一書，目的就是要造成這樣的歷史
事實：孔子在歷史上有改制之舉，他「康聖人」的改制便有歷史依
據，從而為他的「託古改制」製造輿論。至此，康有為改制立教的
政治目的終於表露出來。

那麼，在康有為的心目中，他在政治上的「託古改制」究竟要
改成什麼制呢？

1896 年（光緒二十二年）康有為寫成《日本變政考》一書，至

此，他終於亮出其師法日本「明治維新」推行「君主立憲」制度的底牌，這正是康氏「改制」的終極目的所在。

毫無疑問，為了達到改制的政治目的，康有為對學術顯然採取了實用主義的態度，凡是有利於自己創立改制新說的，則取而捧之；凡是有礙於其創立新說者，則疑而謗之、攻訐之。比如他在《孔子改制考》序中，毫無根據地指斥十三經之一、對先秦史研究極有幫助的《左傳》為「偽《左》」。凡與其「託古改制」的想法相牴觸者，皆斥之為「偽」。孔子尊崇周公，人盡皆知。周公在西周史上的崇高地位和歷史貢獻，這是對上古史稍有涉獵者都知道的事。但康有為一方面挑戰孔子，一方面又利用孔子二千多年來在中國人心目中的崇高地位，以遂其「改制」之願，竟罔顧史實，貶抑周公，大捧孔子。所以，康氏這種為政治而學術的著作，尤其大發「疑古」之論，是錯謬百出，難以令人入信的。毫無疑問，這種事涉功利的做法既無助於學術研究，也反映他對中國典籍文獻極端的偏見，導致其考證手段趨於低劣。

以《孔子改制考》一書的內容而論，內中不取先秦經學原典作考證，而是採用大量漢後學者著作中的隻言片語，羅列成書，許多跟所謂「孔子改制」風馬牛不相及，明顯缺乏事實依據，而且資料繁雜無條貫，離真正學術考證遠甚。康氏為達政治目的不顧一切，實事求是而言，他的書在學術上大多是不可靠的。

但是，因為社會上對中國上古史和經學真義一知半解的人太多，康有為遂得其所哉。他有了這些書作宣傳，大大擴展了其在知識分子中的影響力，並使他逐漸走上清末的中國政治舞台。至1895年清廷在中日甲午海戰中慘敗，康有為在京師策動各省一千三百多名舉子聯合「公車上書」，及後1898年又與梁啟超、譚嗣同等發動「戊戌變法」，一時之間，使中國出現二千多年未有之巨變。我認為這顯然與上述的思想根源有十分密切的關係。有關這一點，梁啟超

在《南海康先生傳》中頗有述及：

> ……先生則獨好陸、王，以為直捷明誠、活潑有用，故
> 其所以自修及教育後進者，皆以此為鵠焉。

實際上，我認為康有為比王守仁走得更遠。因為陽明心學只是「思變」，僅屬於思想哲學的範疇；而康氏則提出「變法改制」，倡行「君主立憲」，實際上已涉及改革二三千年來中國封建專制的君主政體。及後戊戌之際，光緒帝採用他和梁啟超等人之策，實行「百日維新」，這實在是驚天動地的大事！其實，這些想法康氏早已久醞於心，當年他教梁啟超讀「陸、王心學」，外兼史學和西學，而「君主立憲」恰好就屬於西方政法學範疇，說明這件事他慮之甚深，謀劃已久。

顯然，康有為和王守仁最大的不同，「陽明心學」是只說不做，而康有為則敢說敢做。他顯然是一個自認為天降大任的人。為了達到變法救國的目的，他真的膽大包天，剛毅勇往，百折不回，確實是非常時代的非常人物。梁啟超在《南海康先生傳》中，曾這樣說他的老師：

> 自光緒十五年，即以一諸生伏闕上書，極陳時局，請
> 及時變法以圖自強，書格不達。甲午敗後，又聯合公車千餘
> 人，上書申前議，亦不達，世所傳《公車上書記》是也。自
> 此之後，四年之間，凡七上書，其不達亦如故，其頻上亦如
> 故。舉國俗流非笑之、唾罵之，或謂為熱中，或斥為病狂。
> 先生若為不聞也者，無所於撓，鍥而不捨。其結果也，為今
> 上皇帝所知，召對特拔，遂有戊戌維新之事。[1]

---

1 梁啟超《南海康先生傳》。

　　回顧歷史，戊戌變法，百日維新，實在出於內外交煎，時危勢逼，中國確實已到了非變革不足以保國圖存的地步，這一點是連光緒帝都感受得到的。當年列強的一再侵凌欺侮令這位年輕的皇帝已到了忍無可忍的地步。與其做亡國之君，莫若求變法以圖存。所以，光緒帝有這些想法，當然是促成「戊戌變法」的關鍵因素。否則其時即使有求變法之臣，若無思變法之君，也是徒勞的。因此，君臣皆思變以自強，始能一拍即合。有關光緒帝求變的思想歷程，康有為後來追述往事，曾這樣說：

　　……故三十年來之積弱，我四百兆同胞兄弟之塗炭，皆由西后一人不願變法之故。皇上名雖為皇帝，而大權一切在西后，皇上雖極明西法，極欲維新，而無可如何，故在位二十餘年，而無一日之權，所有割地鬻民之事，皆西后為之，而外人不知，多歸咎於皇上，此天下古今大不直之事。去年（按：即光緒二十四年，公元 1898）自膠州既失，旋割旅順、大連灣之後，皇上力欲變法救中國而無權。四月間，皇上使慶親王告西后曰：「我不能為亡國之君，若不予我權變法，我不做皇帝！」斯時西后見皇上辭位之心，恐有他變，乃稍聽其變法，於是四月二十三日即下定國是變西法之詔。時恭親王以為祖宗之法不可變，皇上言曰：「法以保疆土地，今祖宗疆土不能守，何有於法乎？！」……及四月決意變政，諸大臣薦我，即召我議新政之變。皇上之英明敏斷，自古少有，百日中詔書日下（按：百日維新，光緒帝先後發佈的變法詔令約有一百八十道），百政維新，善政皆舉……各省府州縣開學館，築鐵路，置水師，及機器各種學，農工商務各等學堂。自准百姓上奏之後，日有百奏之多。皇上親目，自早晨四更起，至將夕五點鐘乃息，勤視不倦。皇上又欲開議院，大學士孫家鼐諫曰：「今誠不可不變法，然一開議院，恐皇上無權。」上曰：「我以救民耳，君權之有無，何妨？」此從古未有者。古人君皆攬握大權，今則捨己救民，……此真

堯、舜之主也！ [1]

因此，我認為「戊戌變法」的意義，光緒帝的主動積極參與發揮了關鍵的歷史作用，因為連皇帝都不惜改變祖宗之法和失去自己的部分皇權來拯救國家和人民，說明其時的中國確實已到了危難絕續之秋。如果光緒帝與康、梁君臣實施百日的「君主立憲」維新變法得以繼續推行，這在當時應該說已是一種進步，假如國人對這種「虛君制」能予接受，也許真能在一段較長的時間內救清皇室於不墮。

然而，當時掌握大權的慈禧不願退出歷史舞台，因為「君主立憲」使皇帝變成虛君，她作為太后在憲政上便什麼都不是。所以，「戊戌變法」的要害是奪慈禧的大權，這是她斷不能容忍的。因此，為了保權，她暗中決定廢光緒，取締變法派。事為康有為等所察知，乃建議光緒帝利用軍中實力派袁世凱策動反制。於是，一場「保皇」和「保太后」的權力鬥爭在紫禁城內上演。結果，袁世凱出賣光緒帝，慈禧太后悍然發動軍事政變，中斬變法，軟禁光緒，殺害譚嗣同等六君子，康、梁師徒倉皇逃亡海外。但清代專制皇朝不外苟延十餘年而土崩瓦解，因為其時人心思變乃大勢所趨，是不可阻擋的歷史潮流。本來，「戊戌變法」是對政體的改良，屬於「軟」的方式，這其實是歷史給予清皇室一個最後的機會，但卻被慈禧等頑固派「搞砸」了。然而，其時漢族要復興的思潮已不可遏止，中國已到了非變不可的地步，既然「軟」的改良變革為清皇室頑固派所峻拒，那麼，「硬」的暴力革命馬上就到來。於是，孫中山登上了歷史舞台，便變成「驅除韃虜，恢復中華」了。

1　康有為《在溫哥華烏威士晚士打埠演說》。載沈茂駿主編《康南海政史文選》，
　廣東高等教育出版社 1993 年。

至於康有為，他在「戊戌變法」運動中「保皇」似乎還保得有道理，因為「保光緒帝」以實行「君主立憲」，即在於反慈禧為代表的極端封建專制，這在當時應該算是一種進步。但是，戊戌之後，清皇朝守舊派乃至清亡後的遺老遺少始終對康梁師弟策動「變法」恨之入骨，大加撻伐，連大學者如嚴復之流，對他們也毫不原諒，說亡清者，康、梁也。把他們罵得狗血淋頭。嚴復在寫給熊純如書札中，這樣說：

> 嗟呼！吾國自甲午、戊戌以來，變故為不少矣。而海內所奉為導師以為趨向標準者，首屈康、梁師弟，顧眾人視之為福首，而自僕視之以為禍魁。……今夫亡有清二百六十年社稷者非他，康、梁也！德宗（按：即光緒帝）固有意向之人君，向使無康、梁，其母子未必生釁。西太后天年易盡，俟其百年，政權獨攬，徐起更張，此不獨祖宗之式憑，而亦四百兆人民之洪福。而康乃蹟商君之故智，卒然得君，不察其所處地位為何如，所當之阻力為何等，鹵莽滅裂，輕易猖狂，馴至於幽其君而殺其友。已則逍遙海外，立名目以斂人財，恬然不以為恥。夫曰「保皇」，試問其所保今安在耶？必謂其有意誤君，固為太過。而狂謬妄發，自許太過，禍人家國，而不自知非，則雖百儀、秦，不能為南海作辨護也。[2]

嚴復乃清末民初著名的翻譯家，精通中西之學，長於理科及經濟，崇尚自然科學，而又文筆曉暢。所譯《天演論》及《原富》等西方著作有「信、達、雅」之美譽。尤其在譯作中，他自己另加按語，對原文多所發揮，甚有思想見地，對當時和後世都造成深刻的影響。但他寫給熊純如的信中，對康、梁發動「戊戌變法」的批

2　引自王森然《康有為先生評傳》，載《近代名家評傳》，北京三聯書店 1998 年。
　　嚴復《與熊純如書》，載《學衡》第八期。

評，就明顯失之偏頗。他認為不必採取過激的行動搞變法，而可以靜等慈禧老死，光緒順位接掌權力，便萬事大吉。因此指責康有為發動「戊戌變法」，是離間慈禧、光緒母子，是「禍人家國」。甚至說「亡有清二百六十年社稷者非他，康、梁也！」——嚴復這樣說，就真的太過了！像他這種對西學浸淫頗深，對所謂「科學」和「民主」也有些認識的人，竟如此嚴厲地指責康、梁，說了只有清朝遺老遺少才會說的話。

毋庸諱言，歷史的是非自有公論。「戊戌變法」去今已百數十載，其所產生的歷史意義和影響，大體已有公論。但晚近仍有人著文指謫康有為等人策動的變法是「過激行動」，壞了大事，說：

> 如果當時的改革能夠按照陳寶箴、陳三立父子的主張，緩進漸變，不發生康有為等人的過激行動，清季的歷史就是另一番景象了。[1]

對於上述的說法，我是甚不以為然的。陳三立、陳寶箴是著名學者陳寅恪的父祖。陳寶箴曾任湖南巡撫，其子三立佐其治湘，期間多有革新之舉，但他們反對康、梁「君主立憲」的激進變法。我曾在香港大公報《藝林》發表過《陳寅恪父子的高風亮節》一文，內中對上述的說法有如下之評論：

> 這當然是假設性問題。但即使當時陳寶箴父子之法得行，也不能救中國。因清季之國情，百孔千瘡，漸變徐圖之法，即使能稍安於內，也斷不能攘敵於外。而當時列強正圖瓜分中國，割地賠款，分據租界，虎巢狼穴，觸目驚心。故漸變之法斷不能驅外患，捨激烈之革命，別無良法。故中國

1　劉夢溪《陳寅恪的「家國舊情」與「興亡遺恨」》，載錢文忠編《陳寅恪印象》，上海學林出版社 1997 年。

之近代史，實按其國情的發展作相應之演變。倘無戊戌之失敗，便無辛亥之成功，其間相隔不外十餘年耳。[2]

其實，「戊戌變法」的發生自有其歷史發展的必然因素，客觀上，是清末內憂外患的高壓形勢逼出來的；而光緒、康梁君臣思變，則是主觀上的動因。如果光緒帝決心追隨其母「守祖宗之制」，那麼康有為即使有天大的本事，無論如何也是「變」不起來的。所以，嚴復將康氏當成「教唆犯」加以痛罵，是不公允的。這一點，我不能不為南海先生作辨護。

客觀而言，「戊戌變法」並不是不要皇帝，並沒有動搖清室的國本。「變法」除改良若干國家規章制度外，最大的目的是想「變」走慈禧。沒想到老太婆實在厲害，竟以其積四十餘年封建專制的經驗和威權痛下殺手，悍然發動軍事政變，年輕的皇帝和幾個文人那裏是她的對手，變法維新不外百日，最後被「變」走的當然是這幫「帝黨」的人。結果光緒帝被幽禁，維新派殺的殺，囚的囚，逃的逃。

康有為命大，在英國人的幫助下，逃至香港；梁啟超則逃至日本。師徒兩人及後逃至北美，康氏以光緒帝寫給他的「衣帶詔」作號召，於 1899 年在加拿大成立「保救大清光緒皇帝會」，簡稱「保皇會」。康有為自任會長，梁啟超為副會長。其時中國海內外的老百姓和華僑大多不滿慈禧所為，非常同情光緒帝的遭遇，所以華人、華僑入會者甚眾，一時之間，風起雲湧，「保皇會」迅速擴展至全世界五大洲二百餘埠，會員逾百萬之眾。這比王陽明當年「門徒遍天下」影響只限於國內，其規模顯然要大得多。對此，康有為

2　郭偉川《陳寅恪父子的高風亮節》，載 2001 年 7 月 10 日香港大公報《藝林》版。見本書 188 頁。

甚受鼓舞，他也真的敢想敢為，能量非常大，親自撰寫《保皇會歌》和《愛國歌》等詞章，請音樂家譜曲，影響所及，各國僑埠到處傳唱，使「保皇運動」倍增聲勢，動靜搞得很大，款也籌得甚多。翌歲（公元 1900 年，歲在庚子），康有為且策動唐才常等人在上海設自立會，於武漢組自立軍，以「保皇會」在海外籌款作支持，希望以自立軍的武力恢復光緒帝政權，此即近代史上所謂「庚子勤王」。可惜「秀才造反，三年不成」，自立軍很快被張之洞派兵鎮壓，唐才常被殺，自立會作鳥獸散。此後，在對待清朝政權上，康、梁就不再與武力行動沾邊，因為他們本來就崇尚「改良政治」，故及後強烈地反對孫中山提出的武裝起義的「暴力革命」。

客觀而言，康、梁與孫中山本來同樣都是在晚清之際中國面臨被列強瓜分的危局中挺身出來救亡的愛國知識分子，後來同樣是清室的叛逆、慈禧的敵人，而且都同樣被迫長期流亡海外。但是，他們的「統一戰線」卻始終建立不起來。

開初，康有為逃亡至日本時，孫中山也在日籌建革命組織，兩人既「同是天涯淪落人」，也同樣想救中國。孫中山很希望與康氏連手共同從事反清革命，被他拒於千里之外。康氏自稱「身奉清帝衣帶詔不便與革命黨往還」[1]，表明與孫不是同路人，拒絕見面。這樣，康、孫之間壁壘分明，彼此之間政治理念南轅北轍。康、梁是既「變法」又「保皇」，根本不想動「大清」的國本，故現代稱之為「改良主義者」。孫中山就不同，他主張用暴力手段「驅除韃虜，恢復中華」，那就是將清皇朝「一鍋端」，武裝奪取政權，此之謂「革命」。

在中國數千年的傳統歷史文化中，「革命」二字代表政權的更

---

1 據《革命逸史》初集第 40 頁。

替，如「殷革夏命」、「周革殷命」，表示夏、商、周三代王朝的取代變更。故「革命」二字的本義，是因為古代以天子受命於天，故王者易姓曰「革命」。《易》曰：「湯、武革命，順乎天而應乎人。」其實，按照中國傳統文化的說法，「革命」二字的本義，就代表「改朝換代」。故過去奪取政權者坐江山之後，國家唯求長治久安，絕不會再隨便說這兩個字。

康、梁乃飽學之士，熟諳中國傳統文化，深知「革命」二字的厲害，他們既要「保皇」，當然就與孫中山以暴力手段達到「革命」即改朝換代的主張格格不入，後來竟至成為敵人，在海外論戰不休，互相攻訐，彼此視為寇仇。及後「保皇黨」與「革命黨」從南洋鬥至北美，又從北美鬥至日本，可以說，凡有華僑羣聚的地方，雙方就鬥到那裏，因為大家都想得到廣大僑眾的支持，這既關乎人氣聲勢，也涉及募捐籌款，蓋凡事無錢不行。應該說，康氏一開始因有光緒帝的所謂「衣帶詔」作號召，老一輩華僑對「皇上」本來就有一種本能的崇敬和順從，何況對光緒帝的遭遇還帶幾分同情，所以在一段頗長的時期，支持康有為「保皇黨」的僑眾人數和捐助資金，都遠遠拋離孫中山的「革命黨」。

有組織和金錢之後，製造輿論當然最為重要。在這方面，「保」、「革」雙方都大有人才，前者的領軍人物就是梁啟超。梁氏早有辦報經驗，1896 年他在上海參與了《時務報》的創刊兼主筆政。「戊戌變法」失敗後逃至日本，梁先是辦了《清議報》，停刊後，1902 年（光緒二十八年）二月初，在康有為的授意下，由梁啟超擔任主編的《新民叢報》在橫濱創刊，其主旨堅持立憲保皇，反對孫中山倡導的國民革命。初期內容主要介紹西方社會的制度文化和政治學說，宣傳變法維新，支持光緒新政，抨擊西太后為首的清政府的封建專制。該報創刊之後，以梁啟超雄豪恣肆的文風，兼之文筆曉暢，語言生動，議論縱橫，因此大受海內外讀者的歡迎。三

年後即 1905 年，孫中山在日本東京創立同盟會，以「驅除韃虜，恢復中華，建立民國，平均地權」為綱領。繼之同盟會的機關報《民報》也在東京創刊，由胡漢民、張繼、陶成章、章太炎、汪精衞等先後任主編，主要撰稿人有陳天華、朱執信、宋教仁等，宣揚國民革命和孫中山的「三民主義」，雙方在東京打對台，進行激烈的論戰。客觀而言，那一時期，《新民叢報》和《民報》在海內外都造成廣泛的影響。

1905 年之後，隨着國內形勢的發展，孫中山的「革命黨」宣傳的推翻清朝統治的理念在海內外的影響力越來越大，「保皇黨」的聲勢逐漸減退，尤其在南洋一帶。其實，「保」、「革」兩黨對南洋僑眾的支持一向十分重視，當初康有為因有光緒帝「衣帶詔」的加持而甚得新、馬一帶華僑的擁戴，既得先機，絕對佔了上風。及後孫中山於 1899 年率黨徒至新加坡尋求僑眾的支持，被康有為誣告於當局，竟至被扣留並驅逐出境，五年內不准踏足新加坡。[1] 康氏為「保皇」並企圖獨得南洋僑眾的支持，杜絕孫中山革命黨染指，而出此險詐手段，實在不太光明磊落。至 1905 年孫中山一行重臨新加坡之後，因國內局勢影響，清朝統治更加大失人心，南洋華僑支持武裝起義推翻清朝統治的僑眾越來越多，因此孫中山革命黨受到熱烈的支持，並成立同盟會新加坡分會，以潮僑張永福之晚晴園為機關兼住址，孫中山及其追隨者在此領導國民革命，策劃武裝起義，其影響力幅射至東南亞一帶，各地同盟會分會紛紛成立。至此，康有為「保皇黨」勢力在南洋一帶的影響力，逐漸處於下風，及後乃至消聲匿跡。

康有為堅持「保皇立憲」反對「革命」的立場，1902 年發表的

1　張永福《南洋與創立民國》，上海中華書局 1933 年。

《答南北美洲諸商論中國只可行立憲不可行革命書》一文可謂披露無遺。及至 1908 年光緒帝崩，已無「皇」可保，「衣帶詔」已不吃香，他仍堅持這一立場。即使辛亥革命爆發，全國響應，旬月而清朝統治垮台，康有為在海外聞之，乃撰《救亡論》及《共和政體論》諸文刊於報端，[3]內中攻擊辛亥革命，重申君主立憲，堅持保皇立場，顯然要為清皇室招魂救亡，真乃愛新覺羅氏之孤臣孽子！

　　1917 年張勛復辟帝制，康有為以為鴻鵠將至，遂趨京師，積極參與復辟，擁戴宣統遜帝於紫禁城，行了跪拜大禮，自稱「微臣康有為」。他並為宣統廢帝撰寫了《擬復辟登極詔》。內中云：

　　　　僕審察國情，非復辟不能救中國；遍考人心，皆思復辟而念舊朝。[4]

　　沒想到張勛、康有為的復辟受到全國民眾的反對，這出鬧劇只演了短短十二天就被迫匆匆落幕，復辟很快以失敗告終。康有為急忙逃入美國使館避難，又要託庇於外人，他一生總是託庇於外人，這實在是令人感到十分悲哀的事。

　　客觀而言，在張勛復辟一事上，康氏自謂「審察國情」、「遍考人心」，聲稱復辟得到全國人民的擁護。但最終的結果，願望與現實的落差十分殘酷，究竟是他的大話講過了頭，還是對全國的形勢和人心完全無知，無論如何，這實在是南海康先生的一大敗筆。從這件事，也可見他「保皇」成癡，思「復辟」成狂了。說起來，這符合康氏的脾性，他從小就自視天降大任，對自己認定的目標，不管對錯，從不輕易改易或放棄。有人或者認為，其保皇到底，一以

2　沈茂駿編《康南海政史文選》，廣東高等教育出版社 1993 年。

3　同上。

4　同上。

貫之，是「立場堅定」、「有始有終」；也有人認為他這樣做，是「冥頑不靈」、「死不悔改」。

當然，歷史的大是大非，自有公論。我認為，歷史人物在易代之際的去留進退，也要是非分明。光緒帝對康有為的知遇，是私恩；但中國人民要「革」清皇朝和封建專制制度的「命」，則為公意，是歷史潮流。康氏選擇報皇帝的私恩而逆人民的公意，非惟不智，而且成為社會進步的絆腳石，當然為時代所拋棄，所以辛亥革命後其「保皇」、「復辟」的舉措都得不到人民的支持，最後都歸於失敗，是理所當然的。但他沒有後悔，「保皇」依然故我，對清帝眷顧之恩始終念念不忘。1924 年 11 月 5 日，馮玉祥派鹿鍾麟將宣統廢帝溥儀驅逐出紫禁城，康有為如喪考妣，痛心疾首，馳電北京當局，申斥「挾兵搜宮」，何以「立國」。翌歲初，溥儀逃至天津居於日租界「張園」，康有為聞之，即從上海趨天津「覲見」，雖然溥儀已如喪家之犬，但康氏依然行大禮如故。在他來說，這「禮」是斷不能「免」或從簡的。雖然此時此地仍行禮如儀連一些清室遺老都做不到，但康有為其人就是如此，皇帝「蒙難」，必須禮益恭。這顯然符合他一貫「保皇」、「尊皇」的信條和風格。他的「孤忠」和禮敬顯然令溥儀大為感動，所以當 1927 年 3 月 8 日他在上海過七十壽辰時，溥儀親書「岳峙淵清」四字匾額及玉如意一柄賀壽，康有為在謝恩摺中感激涕零，也可窺見這位孤臣孽子何以「保皇」到底的心路歷程。內中說：

> ……臣喜舞忭蹈，當即恭設香案，望北叩謝天恩。……伏念臣海濱鄙人，文質無底。雖十三世之為士，而門非華腴。既四十歲以無聞，徒竽濫科第。先帝憂國阽危，疇諮俊乂，擢臣於側陋冗散之中，諮臣以變法自強之業。由是感激，竭盡愚忠。……臣回天無術，行澤悲吟。每念家國而怵心，宜使祝宗以祈死。我皇上不自軫清露之苦，乃垂注臣初度之生。此豈微

臣所當被蒙，尤為老臣驚於受寵。付子孫傳後代，永戴高天厚
地之恩；以心肝奉至尊，願效垂露輕塵之報。[1]

　　就在康有為過完生日後不久，1927 年 3 月中，國民革命軍北伐
連捷，而且得到全國民眾的廣泛支持，大有風捲殘雲之勢。毫無疑
問，孫中山生前的「革命」主張行將取得全國性勝利。這對康有為
來說，無疑是極大的震驚和刺激，因為孫中山這個老政敵革命主張
的勝利，即意味着自己在政治上的徹底失敗，他顯然感到「保皇」
望渺，大勢已去，心灰至極！其時為避北伐軍的鋒芒，康氏舉家於
是年 3 月 21 日從上海遷至青島，沒想到十日後（即 3 月 31 日）便
因病去世，似乎冥冥中注定他不願做國民政府治下之民。

　　就康氏一生的功業而言，他策動的「戊戌變法」使他成為晚清
社會政治舞台的風雲人物，影響所及，幾乎震動世界，也可謂驚天事
業了。雖然及後他當「保皇派」落後於時代，阻礙社會進步，遭到舉
國反對。但就私德而言，他對光緒帝的知遇，感恩圖報，此乃人之常
情，可以理解。誠如他自己所說：「由是感激，竭盡愚忠」。事實上，
他對光緒帝和清室，可說是至死「愚忠」的。所以，我認為這正是康
有為之所以「保皇」保到底的根本原因。就其個人而言，他履行了自
己對私恩的報答，這樣做，或許他認為完善了自己的人格；但從公理
的角度，在清末民初之際，康有為無視漢族復興已成不可阻擋的時代
洪流，無視廣大的中國民眾已堅決拋棄封建專制的皇權政體，繼續從
個人「報恩」的角度而竭盡其對清皇室的「愚忠」，以自己的螳臂，
企圖阻擋歷史前進的巨輪，當然是癡心妄想。客觀而言，康有為「保
皇」的所作所為是逆潮流而動，是不足為訓的。

　　有關康有為的死因，當時及後世有各種說法。其中一說他曾

1　沈茂駿編《康南海政史文選》，廣東高等教育出版社 1993 年。

力勸溥儀不要被日本利用，不要跟日本人走，因此成為日本當局的眼中釘，被日諜下毒害死的。此說確否，坊間尚有異辭，此處不作評論。但康有為對甲午以來日本瘋狂侵略中國的狼子野心是看得清清楚楚的，當年甲午海戰中國敗於日本侵略者，被逼割台灣，賠巨款，康氏切齒痛恨，在京師領導各省千餘舉子「公車上書」，主張變法自強以禦外侮，此事殷鑒不遠。因此他反對溥儀去東北做日本人的傀儡，應是事實。就此而論，康有為在國家大義上，可謂立場堅定，大節無虧。這一點，我對南海康先生是予以肯定的。

孫中山先生與晚晴園

　　中國歷史變革之烈，莫劇於孫中山先生領導國民革命，推翻數千年的封建君主政體，建立民國，邁向具有劃時代意義的現代社會，成為國史上古今巨變的一大里程碑。

　　在這一歷史過程中，新加坡潮僑服膺孫中山的革命主張，抵制康、梁保皇黨「君主立憲」的圖謀，不惜以身家生命積極襄助孫中山在中國發動武裝起義以推翻清朝政府的腐朽統治。尤其在起義屢戰屢敗，清廷勾結外國政府對孫中山的逼迫日甚，同盟會又面臨嚴重分裂的極端困難的情況下，新加坡潮僑義無反顧地支持孫中山的革命事業，使新加坡成為辛亥之前孫中山領導國民革命的重要策源地。民國元老胡漢民在其《南洋與中國革命》中開宗明義地指出：

> 我們從革命史來觀察，南洋確是居於極重要的地位。南洋是本黨革命的策源地，是本黨革命的根據地。[1]

　　這是對新加坡潮僑支持孫中山領導國民革命事業所作出的巨大貢獻的客觀評價。胡氏長期追隨孫中山先生，是這一歷史過程的主要參與者，其言足為之證。

1　轉自張永福《南洋與創立民國》，1933 年上海中華書局出版。

一、晚晴園 —— 辛亥前孫中山領導國民革命的大本營

　　晚晴園原名明珍廬，位於新加坡市區大人路 12 號，原為廣東省梅姓商人所建，後由潮僑張永福購下供其母頤養天年。

　　張永福祖籍廣東潮州饒平縣青嵐洞人。其祖父於 19 世紀初（約清嘉慶、道光之間）自潮「過番」至新加坡[1]。父張禮及張永福本人俱新加坡出生。永福有一姐嫁新加坡潮僑林炳源（原籍澄海岐山鄉馬西村人），生子義順，小永福 8 歲。義順雙親早亡，故自小由外祖父張禮撫養。

　　張禮營商有成，頗置產業。他像許多海外華人不忘祖根一樣，十分重視對永福和義順的教育，除了安排他們在當地學校修習英文課程外，還聘請老師至家中令永福（後來義順也一樣）課習中國儒家的經史子集，使他們具有相當的中國傳統文化知識和民族觀念。後來張永福在所撰《南洋與創立民國》一書中頗引用《論語》之章句，又在該書《自序》中說：

> 余童年讀孔氏書，見其文片斷不續時以為疑。迨後乃知孔氏亡後，其門弟子各以所得於夫子之言，追述而匯集之……比壯歲以黨事事孫先生八載，晨夕親炙，窺其宮室，神其鴻漸，心其淵博，儀其言行、仁義道德，均是令人信仰，凡與其接近者無不引以為榮。[2]

　　他在書中還說自己寫書追述孫中山先生昔日在新加坡晚晴園之

1　參考林風《張永福其人其事》，載《汕頭文史》第八輯：《海外潮人專輯》。
2　張永福《南洋與創立民國》自序。

言論行狀，「蓋求合孔氏門人追述先師言行之意而已。」[3]可見儒家文化對海外潮人的巨大影響力。

　　當年清廷的腐敗，列強的侵凌，國勢的傾頹和祖國人民的深重苦難，無不引起海外華僑的震動和擔憂。年輕的張永福，與福建廈門人陳楚楠，受當時新加坡殷實而頗有雅譽的華僑丘菽園影響，開始接觸革命刊物，反清思想逐漸萌芽。據陳楚楠《晚晴園及中國革命史略》追述：

> 　　反清復明的思想，在兄弟年紀尚幼的時期，只偶於父老茶餘酒後，陳述古故事的時候，得一聞其說。兄弟和張永福同志本屬近鄰，竹馬之交，長大就成為知己。我們後來得和丘菽園先生做朋友，並由他介紹，得閱《清議報》、《新民叢報》、《開智錄》等書報，得了些現代的新知識。後來讀了上海《蘇報》和鄒容先烈的《革命軍》，民族的觀念，逐漸深入腦海，革命的思想亦由此油然而生。[4]

　　《清議報》和《新民叢報》是康有為、梁啟超保皇黨的機關報。梁主筆政，辭鋒犀利，議論縱橫，在海內外影響極大。這是康、梁於「戊戌變法」失敗後，在海外所創之輿論宣傳刊物，在美洲、日本和南洋華僑中，有極為廣泛的支持者。由於丘菽園在相當一段時期中，對康、梁保皇黨可謂衷心擁戴，因此張永福、陳楚楠等人頗受其影響，這也是當時南洋華僑社會的基本主流。可以說，1899年（己亥）以前新加坡的僑界，大體是康、梁保皇黨的勢力，孫中山革命黨在此尚未有絲毫的影響。

　　孫中山與新加坡的關係，在此之前，並不密切，大概只是間或

3　轉自張永福《南洋與創立民國》，1933年上海中華書局出版。
4　同上。

前往探訪吳傑模、黃康衢二位在新加坡做醫生的老同學。[1]1899 年，他為了籌款和聯合康、梁共同反清，遂聽從日本友人宮崎寅藏的建議，擬前往新加坡與康、梁及富商丘菽園會晤，尋求合作與支持，並由宮崎寅藏（康之老友，自謂有恩於康）先赴新說項。張永福後來在書中追述此事的來龍去脈，其中說：

> 宮崎到了星洲，住在播磨旅館，便到康有為的地方會見，把最近孫中山要起義的事情詳說起來。那老奸巨滑的康有為，是主張保皇的，聽了孫中山欲革命，當然心理上大大反對。他當時對宮崎敷衍幾句，探知宮崎住址，到了晚上，就告訴新加坡的地方官，誣告宮崎是清廷西太后派來行刺他，並且說他們受了清廷的賞金，有幾萬元帶在行囊內。地方官得此報告，信以為真，就發人拘捕宮崎……其後大概一星期，孫中山由香港到來，亦被康有為請政府扣留……即判宮崎寅藏君永遠出境，孫先生五年出境（按：即五年內不能踏足新加坡）。[2]

當年新加坡的報紙對此一事件有詳細報道。張永福在《南洋與創造民國》中說：「這就是孫先生來南洋初次和社會見面有聲有色的一幕，也可算是孫先生到南洋第一次可記的史實。」

導致張永福、陳楚楠、林義順發生重大思想轉變的是，翌年（1900）庚子事變，義和團起事，八國聯軍入侵和劫掠北京，海內外為之震動。據張永福在書中記述：

> 華僑以國家受此重大恥辱，莫不悲憤填胸。康有為乘間宣言，西太后不能聽其變政招致此禍。有一部分同情康

1　轉自張永福《南洋與創立民國》，1933 年上海中華書局出版。
2　同上。

氏的華僑，甚為扼腕；或有加入康氏保皇黨的組織，創設報館（如《天南日報》、《檳城報》等）為康氏張目。不幾時南洋幾乎成為康氏精神佔領的殖民地。資本家為其麻醉者不計其數。[3]

其時張永福及其外甥林義順與陳楚楠，適有「小桃源俱樂部」之設，時有聚會。而孫中山的摯友尤烈（四大寇之一）此時恰好到了新加坡，對他們甚具影響。他們對清廷的腐敗無能與喪權辱國有切齒之恨，對康、梁的保皇言論已不能接受，而對孫中山的革命見解則大表贊同。張永福在書中寫道：

> 迨感於清政之腐敗，外侮日急，在不知不覺中，很同意孫先生的革命主張；而且那時候我們已有反清復明如三點會一樣的思想，對孫先生種族革命更不謀而合。[4]

這就是張永福、陳楚楠、林義順等人在思想上由支持康、梁保皇轉而接受孫中山國民革命主張的過程。

1903 年，《蘇報》事件轟動海內外，革命黨人鄒容與章太炎因在該報鼓吹革命而被清廷唆使租界當局拘捕，且有被清廷引渡處置之虞，情況極為危急。身在新加坡的張永福、陳楚楠、林義順諸人早受鄒容《革命軍》的影響，聞訊至為悲憤，乃以「小桃源俱樂部」的名義，致電駐上海租界英國領事以國際法予以援救，其事得以緩衝。此舉在海內外造成頗大的影響。張、陳、林諸人大受鼓舞，及後乃合資五萬元在新加坡創辦《圖南日報》，以承繼被封《蘇報》之宗旨，作鼓吹革命之喉舌，並聘孫中山之至友尤烈為名譽編輯，陳詩仲等主筆政。

3　同上。
4　同上。

1904 年《圖南日報》正式出版，羣起開筆，倡揚革命，對清廷大加撻伐，在新加坡造成很大的影響，守舊勢力極為震驚：

> 當時老守舊、老紳耆、領事館、保皇黨及財雄勢大的資本家，見《圖南日報》之鼓吹革命，太不客氣的謾辱朝廷，認為大逆不道，羣起反對。當地政府以對清廷尊重國交，亦歷次嚴重警告，當時我們所受的困苦可想而知。初時反對我們的，還是社會上一般人，及後竟弄到親戚見垢，朋友絕交。楚楠兄與余等竟因此陷入孤立。我們每每自思，以生作三等亡國奴，不如一死較快，故反對我們的雖多，我們並不為所動。[1]

其時新加坡華僑社會保守之風尚盛，對《圖南日報》頗多抵制。1904 年末，為增加銷量，擴大影響，《圖南日報》乃別開生面，創出富有刺激性的月份牌，分贈華僑，甚受歡迎。及後且引起遠在檀香山的孫中山的注意，乃借購月份牌之名義，親筆致函張永福、陳楚楠，「殷殷獎勵，願與我們相見。這便是我們與孫先生發生關係的第一次。」[2]

越二月，孫中山又寄信予張、陳等人，謂將由英國假道新加坡，前往日本。他原要會見張、陳等人，惟因禁止入境日期未滿，不能自由登岸，故約他們兩人與林義順上船把晤。1905 年中孫中山船抵新加坡時，經張永福等人向當局通融，孫中山乃得上岸，與張永福、陳楚楠、林義順等在小桃源俱樂部會晤。有關情形，張永福有如下記述：

---

1 轉自張永福《南洋與創立民國》，1933 年上海中華書局出版。
2 同上。

　　各人見面後彼此歡敍平生。我們因言及潮州已有餘有關
係的友人余既成、許雪秋在內地運動起義，閩省則此處派有
黃乃裳前往宣傳。孫先生一聞此語，始知我們不特用文字宣
傳，亦能做實際上的工作，不勝喜慰。但以分道揚鑣，終不
如集中力量，事較易濟。乃以組織同盟會，做大規模的運動
為議，我們亦以為然。旋乃相偕往我的別墅 —— 晚晴園攝影
留念。[3]

　　從上述記載可以看出，1905 年孫中山與張永福等人在新加坡的
初次會晤，已涉及幾件大事：一、張永福、陳楚楠、林義順等人已
事先在新加坡作策動潮州武裝起義的準備，並得到孫中山的鼓勵與
支持，從而促成兩年後的丁未黃岡起義；二、孫中山擬以張永福、
陳楚楠、林義順為骨幹，在新加坡成立同盟會分會，以統籌粵、閩
兩省的武裝起義事宜。

　　1905 年 7 月中旬，同盟會新加坡分會在晚晴園成立，孫中山親
自為張永福、陳楚楠等主持入會盟誓儀式，林義順旋亦加入。並以
陳、張分任正、副會長。至 1906 年 2 月孫中山與胡漢民至新加坡
晚晴園，孫中山命胡起草同盟會會章，並召集會員二十多人在晚晴
園開會，通過會章，重行組織，並依章選舉正、副會長，結果張永
福為正會長，陳楚楠為副會長兼財政主任，林義順為外交主任，謝
心準、李曉升為文牘科主任，同盟會的規模又比前有所擴大。並以
晚晴園為孫中山的行台（按：即工作與休憩之地），同時也作為同
盟會新加坡分會的機關，孫中山遂在此指揮海外和全國的反清革命
運動。據張永福記述：

3　同上。

　　　　孫先生這回辦事，因為有胡同志的幫忙，每日發出的中
　　文、西文函電，總是十封以上，收來的函電算來亦是相等。
　　此時法國巴黎的政客廊尼君等，亦時有密電往來，均是關於
　　黨務、軍事及籌餉的。[1]

　　因為在內地策動武裝起義，需要許多軍餉。除了華僑捐獻之
外，孫中山也在法國巴黎印刷軍票，與現幣等值，俟革命成功後即
可兌換。其時巴黎寄來四箱重要東西，孫中山接信後命張永福等人
前往領取，須極祕密及慎重。張順利取到，孫中山很歡喜，原來是
每張面額一百元的四大箱軍票。及後命張永福、林義順將這些軍
票寄同盟會香港分會的馮自由轉內地革命同志，以充武裝起義之
軍餉。

　　由於新加坡晚晴園作為孫中山領導國民革命的重地，同盟會在
南洋及東南亞的活動才先後得到發展。繼同盟會新加坡分會在 1906
年 2 月正式成立後，是年 8 月孫中山在林義順等人的幫助下，又建
立了英屬南洋怡保、庇勞、芙蓉等埠的同盟會分會，同年 3 月建立
了越南了河內及海防同盟會分會；1908 年 4 月建立了緬甸仰光同盟
會分會，同年 11 月又建立了泰國曼谷同盟會分會；1910 年又建立
柬埔寨同盟會分會……難怪胡漢民在《南洋與中國革命》一書中
說：「南洋是本黨革命的策源地，是本黨革命的根據地。」這是孫中
山在張永福、陳楚楠、林義順等人的幫助下，有了同盟會新加坡分
會這一立足根本之後，逐漸向南洋和東南亞輻射的結果，而晚晴園
其時可謂國民革命的大本營。

　　尤其自 1908 年（宣統元年）之後，與中國鄰近的日本、越南
和港英當局，先後答應清政府的要求，下令禁止孫中山入境。而國

1　轉自張永福《南洋與創立民國》，1933 年上海中華書局出版。

內方面，清政府正嚴令通緝他，當然無從涉足。其時孫中山面對如此嚴峻的形勢，不禁慨歎：「對於中國之活動地盤，已完全失卻矣。」[2]

另一方面，自 1907 年至 1908 年孫中山策動歷次起義失敗之後，不少黨人悲觀失望，灰心消極，意志消沉。而章太炎、陶成章等人更煽風點火，挑撥黨人對孫中山的不滿，對孫進行惡毒的攻擊，甚至一而再地發起「倒孫風潮」，導致同盟會出現重大分裂，反清革命運動遭受到嚴重的挫折。而孫中山及其追隨者，也面臨前所未有的困難。

同盟會的名義雖統一在孫中山的旗幟下，但實際上內部派系林立，組織極為複雜。它實際上是原興中會、華興會、光復會等幾個不同的地方性組織的組合，領導成員大部分來自這幾個組織的基本骨幹。這些人由於各自活動的區域有異，社會組織關係不同，宗派觀念的成見甚深，其中有不少人對加入同盟會原就有很大的意見。比如 1907 年與 1908 年孫中山將主要力量放在策動兩廣的武裝起義，就引起以長江流域為活動基地的原華興會、光復會成員的不滿。同盟會成立不久，原華興會的宋教仁等就對孫中山的專斷作風也表示不滿；黃興也曾因軍旗、國旗問題與孫中山爭執，孫中山主張用青天白日旗，黃興主張用井字旗，孫中山不容異議，黃興「怒而退會」，並「發誓脫離同盟會籍」。[3]

造成同盟會分裂最為嚴重、對孫中山個人及國民革命事業傷害最深的是張繼、章太炎、陶成章先後發動的兩次「倒孫風潮」。第一次「倒孫」是 1907 年 6 月，在北一輝次郎等幾個加入同盟會的日本無政府主義者的挑動下，由同盟會東京本部的張繼、章太炎、劉

---

2 《建國方略》，《孫中山選集》上卷。
3 《革命逸史》初集，第 18 頁，《宋教仁日記》。

光漢、譚人鳳等人掀起，他們要求罷免孫中山，改選黃興為總理，因黃興本人堅決反對而作罷。[1]

第二次「倒孫風潮」乃陶成章、章太炎所策劃發動的，時在1909 年秋。原來陶成章於去歲 9 月曾至南洋，向孫中山要求撥巨款赴浙江作活動經費，孫因手頭拮据，再加上其時南洋經濟蕭條無從籌措，所以拒絕他的要求。陶乃自行赴檳城、壩羅等地籌款，收效甚微，乃懷疑孫從中作梗，便憤而對孫中山進行人身攻擊，並開始進行分裂活動，在印度尼西亞爪哇泗水成立光復會，與孫中山領導的同盟會南洋分會對立。同樣，章太炎也因要求撥款不果而對孫中山表示不滿，而與陶成章成為一丘之貉。

1909 年 9 月，陶成章到檳港，竟以駐英、荷屬地川、廣、湘、鄂、江、浙、閩七省同志的名義，寫了一份《孫文罪狀》書，對孫中山竭盡攻擊誣衊之能事，其惡毒之處，連清政府與保皇黨都自瞠其後。《書》中竟以「罄南山之竹，書罪無窮；決東海之波，流惡無盡」以歷數孫中山之所謂 12 條罪狀：「殘賊同志」五條、「蒙蔽同志」三條、「敗壞全體名譽」四條，要求「開除孫文總理之名，發表罪狀，遍告海內外」。[2]

章太炎主編《民報》，改變《民報》宣傳三民主義之宗旨，大肆鼓吹「佛學」與「國粹」，艱澀難懂，脫離現實，遭到海內外許多革命黨人的不滿。此時，他也加入對孫中山的攻擊。對陶、章之所為，孫中山及其追隨者被迫反擊，雙方關係破裂。1910 年，重建的光復會宣告正式成立，以章太炎為會長、陶成章為副會長，設執行局於南洋（印度尼西亞爪哇），公開與同盟會分庭抗禮。[3] 孫中山

1　引自李侃等《中國近代史》，中華書局 1994 年第 4 版。
2　湯志鈞《陶成章集》上。轉自李凡《孫中山全傳》，北京出版社 1997 年第二版。
3　引自李侃等《中國近代史》，中華書局 1994 年第 4 版。

對同盟會的嚴重分裂曾十分沉痛地說：

> 際此胡氛黑暗，黨有內訌，誠至為艱苦困厄之時代。[4]

　　在此起義屢舉屢敗，國民革命處於極度低沉；外則日本、越南、港英當局禁止入境，內則同盟會本身出現重大分裂，而孫中山本人則經受來自內部的惡毒攻擊，在此內外交困極端艱難的情況下，新加坡晚晴園遂成為國民革命的最後堡壘，成為辛亥革命前孫中山先生領導反清運動的大本營。

　　自孫中山以新加坡晚晴園為革命活動的行台之後，同盟會主要成員黃興、胡漢民、鄧子瑜、汪精衛、林時塽等也先後到了新加坡。有關黃興第一次至新加坡的情形，張永福也有憶及：

> 孫先生偕同胡展堂去後，不及二個月，他來書說有黃克強兄離開東京要來新加坡，叫我們好好招待，猶如對他老人一樣。船到了，林義順就到碼頭接待，迎到晚晴園，仍在孫先生從前臥室住宿。黃君操湖南口音，敍話時頗格格難懂。當時我即傳知各同志，一一與黃君晤面。黃君體健，有威武，寡言笑，起居鎮靜，手不釋卷。[5]

　　而汪精衛、鄧子瑜等人在此之前，即 1907 年間，也追隨孫中山赴新加坡，協助其籌劃國民革命之大計。對此，張永福也有記述：

> 孫先生在鎮南關防城起義遭到了失敗，他同展堂兄、精衛兄、克強兄、鄧師爺萱野，先後回吻，仍舊住在晚晴園。及後黃隆生亦來同住（汪君來星加坡這是第一回吧。他

4　《覆吳稚輝函》，《孫中山全集》第一卷，中華書局 1981 年。
5　轉自張永福《南洋與創立民國》，1933 年上海中華書局出版。

雖然隨孫先生同來，他還帶有孫先生的介紹信給我們，此
信現還存）。晚晴園這回人數增多，房間還算夠用。及後張
繼、林時塽（福州人，黃花崗烈士）也同時到來，此時難
免有人滿之患。但統是一家人，地方雖窄小些，三二人共
一牀也算將就過去。其時真可謂患難相共，同德同心的。
大家會面後，孫先生便將鎮南關所豎的青天白日旗及俘獲
清軍所穿的前後補心的軍衣三四件，帶來展開與同志們觀
看。我們對那經過戰地的黨旗，表示十二分的敬意，誠摯
的行禮。[1]

　　1908 年雲南河口起義失敗後，孫中山乃移居新加坡，及後
黃興、胡漢民、鄧子瑜、汪精衛、林時塽、田桐等也先後追隨
而至。在孫中山的主持下，宏謀碩劃，指揮內外，實施方略，
使新加坡晚晴園成為彼時孫中山領導國民革命名符其實的中樞
之地。

二、晚晴園與中華民國國旗

　　考近代史，有關孫中山先生在反清革命和創立民國後，同盟會
內部在設計國旗和黨旗的問題上，對於如何確定，爭論甚多，過程
頗為曲折。而其發生的歷史地點，恰好就在新加坡晚晴園。因為正
是孫中山在這裏設計和確定青天白日旗作為革命黨黨旗的，且旗由
晚晴園女主人張永福夫人陳淑字女士親手製作，令孫中山先生十分
欣喜。此旗其後且成為中華民國國旗之藍本。這是新加坡潮僑對孫
中山領導國民革命的又一貢獻。
　　馮自由《革命逸史》專闢一章《中華民國國旗的歷史》，對

1　轉自張永福《南洋與創立民國》，1933 年上海中華書局出版。

其來龍去脈述之甚詳。其中有一節言及孫中山 1908 年移居新加坡時，提出國旗之新方案：

> 總理以黃克強有青天白日旗形式不美之批評，故戊申（1908 年）居新加坡時曾將此旗內容再三潤飾，擬將旗上青紅二色增加小方格，且於紅色上橫添白線，以示美觀，曾指導陳淑字女士（張永福夫人）繡製新旗式，以示同志。其圖案今尚由張永福保存之。民元南京政府成立時，發生國旗問題，總理乃於總統辦公室內懸掛青天白日滿地紅旗新圖，旗中紅色之上橫添白線若干，每一線即代表一行省。[2]

據上可知，民國元年孫中山就任臨時大總統時，其南京總統府辦公室所懸掛者，正是以在新加坡晚晴園所設計創製之青天白日旗為底本的。

有關晚晴園與中華民國國旗青天白日旗的關係，張永福在所撰《南洋與創立民國》一書中也有述及：

> 民國前七年（1905 年），同盟會成立之後，有許多個月。有一天大家在晚晴園談話，就提起黨旗的問題來研究。同志中各人有各人理想的黨旗形式，孫先生獨執著以這青天白日為最合，又鄭重地說這方式的旗幟是經過戰地死傷了幾百位同志的血徽。鄭士良烈士當惠州戰事方殷的時候，因為要保存這青天白日一面旗表示他的英勇，犧牲了性命。如今在他老人家（按：指孫中山）的意思，無論如何總不能改變的一番決斷語。最後他囑咐我說，明天要買幾張藍、白、紅的紙帶來給他，並囑咐着許多同志，說明天仍到晚晴園參觀研究。我在隔日買了好多顏色的紙張給他老人家。他登時就剪裁起來做了大小數面，用漿糊粘

2　馮自由《革命逸史》，台灣新星出版社 2009 年。

在客廳四周圍的牆壁上，又加一種是補角的紅白相間為旗地，上角補青天白日的。及到晚餐會後在許多人當中，他老人家很高興的解釋這國旗製裁合理其功績及美觀。同志中有林中兄尚有批評說話，孫先生又作一番申說萬不可變更的道理。這些是那晚在晚晴園能夠把決定國旗代表全國、代表四萬萬人民、整天飄揚在海陸天空上的大權決定下去。萬想不到小小晚晴園，比較什麼國會議院的權力還厲害。

過了幾天，先生又命我的內人陳淑字君照樣刺繡，我那陳君登時亦就盡她的所能，抽線添絲繡出一幅送上孫先生。先生看了眉開眼笑的歡喜，實時命我配上鏡架，掛在廳事當中，作朝朝暮暮的瞻仰（此旗圖現尚存在，有汪精衛兄題字）。過了好久好久，差不多半年的光景，那時孫先生往別處去的時候，我同黃克強兄在客廳清談，無意中想起國旗的話來。我向黃君說，汝的意思，這樣式黨旗汝稱意表同情嗎？他聽了停了一回，說在東洋的同志，對這面旗亦經有許多回、許多人的研究，有說以我黨的宗旨平均地權立論，那就效法中古時代（按：原文如此）的井田舊法子，國旗、黨旗一切用井字為相宜一點；更有一部分的人說，我們革命黨是主張和美國一樣的民主立憲政體，不如效法美國旗為有意思，美國的若干星點代表若干省的領土……克強君又說道，在他的意思還有另外一樣是他最贊成的，……因為東方的日本所用的紅色圓心旗，是代表太陽的意思；我們用七色造旗，是取日光七色的精華……日本旗是取太陽的形式，我們的旗是取太陽的精神。一以精神，一以形式，兩相比較起來，不是我黨的旗幟勝過日本多多麼。那時我聽了此言，知道各有造意，再與辯論幾句，終以默默不語。自是以後我們以孫先生已經決定青天白日，吾們作黨員的當然是服從為主旨。別無他說，將我們同志在南洋所有設立的教館以及書報社，統統升用青天白日的旗式，到如今二十一年絕無變更，這一點就是南洋

同志對黨的認識。

按張永福上文所述「到如今二十一年無變更」，可推斷張氏此文撰寫的時間，應在 1926 年，恰值孫中山先生逝世之翌年，看來應為紀念而作。

另據張氏上文敍述孫中山在晚晴園設計及製作青天白日旗，時在「民國前七年 (1905 年)」，而非馮自由《革命逸史》中所言的「戊申年 (1908 年)」。晚晴園製旗之事，張為親歷，可正馮書之誤。

自 1905 年孫中山在晚晴園設計及製作了青天白日旗，根據馮自由《革命逸史》一書的記載，及後「丁未 (1907 年) 潮州黃岡、惠州七女湖、欽州防城、廣西鎮南關，戊申 (1908 年) 欽州馬篤山、雲南河口，庚戌 (1910 年) 正月廣州，辛亥 (1911 年) 3 月廣州諸役，黨軍咸用青天白日滿地紅之三色旗為革命標識。克強迭任主帥，從無反對之表示。故在革命史上，青天白日旗之為中華民國國徽，實無疑義。」

從上可知，在潮州的丁未黃岡起義首舉之義旗，正是孫中山在晚晴園手定之青天白日旗首次用於武裝革命的實踐。中華民國國旗之制定與使用，海內外潮汕人都積極參與，在中國近代史上，確實有巨大之意義。有關史實，馮自由在其所撰的《革命逸史》中曾有述及：

> 丁未春，總理以總理名義任許雪秋為中華民軍東軍都督。……是年 4 月 11 日，余丑、陳湧波等倉卒舉義於潮州饒平黃岡城。許雪秋時在香港，不及往。革命軍既克黃岡，余丑等率眾誓師及拍照留念（按：馮書附有照片）。照中右側有人手持青天白日滿地紅旗，立於其旁者陳湧波也。考清季革命軍起事者 20 餘次，其能從容拍照留念者，只有潮州黃岡一役。

潮人沈英名所撰《談丁未潮州黃岡革命》一文中說：

> 國父領導革命，經過十次失敗始成功。其中以丁未黃岡
> 之役黨人犧牲最重，比黃花岡之役更慘烈。而革命軍之使用
> 青天白日軍旗，在黃岡之役是第一次。這一役也是同盟會成
> 立後第一次軍事行動。所以它在革命史上是重要的一頁，是
> 潮州人貢獻革命的光榮史篇，值得大書特書的。[1]

辛亥革命終底成功，民國元年以後有關國旗的問題，迭有爭
議。1913 年 1 月 10 日參議會議決以五色旗為國旗，並定青天白日
滿地紅為海軍旗，十八星旗為陸軍旗，諮請總統頒行。嗣袁世凱竊
國，南北分裂，軍閥混戰，前議遂廢。

直至孫中山開府廣州，改組國民黨，創設黃埔軍校，舉行東征
北伐。1924 年 6 月 30 日孫中山主持的中國國民黨中央執行委員會
決議以青天白日旗為國民黨黨旗，青天白日滿地紅旗為國旗。1928
年 12 月 17 日南京國民政府正式公佈該旗為國旗。

就這樣，經過 25 年的艱苦奮鬥，孫中山在新加坡晚晴園設計
並由當地潮僑參與創製的青天白日滿地紅旗，終於被確定為國民政
府國旗。

三、新加坡潮僑對孫中山領導國民革命的支持和
　　貢獻

自 1905 年孫中山先生抵新加坡後，當地潮僑一直對他領導的
國民革命事業給予堅定的支持，作出巨大的貢獻。

---

1 沈英名《談丁未潮州黃岡革命》，載《僑港潮汕文教聯誼會會刊》第三期，東
　南印務出版社 1974 年。

　　前文已經述及，1907 年在潮州舉行的丁未黃岡起義，早已在 1905 年孫中山抵新加坡與張永福、陳楚楠、林義順第一次晤面時，由張等彙報準備策動潮州起義的情況，孫中山聞之大喜，表示大力支持，並將之納入兩廣武裝起義整體計劃的一部分。

　　1905 年同盟會新加坡分會成立之後，潮州起義的策動加緊進行。由於長期在晚晴園與孫中山日夕相處，使新加坡潮僑在思想上受到很大的啟發和教育：

> 　　同盟會成立後，我們從來沒有這樣的組合的，如今同志二十多人，一旦信仰相同，大家就親熱起來，常在晚晴園聚餐講話，由下午集合至到半夜，高興的時候，竟談到月落參橫。孫先生隨時把他感覺到我們中國如何衰弱，政治如何腐敗，滿清如何暴虐，外國的政治如何良好，人民生活如何優裕，比較上我們所處的國家地位如何羞辱，中國前途如何危險，華僑應如何預備，我們黨員要如何奮鬥，及三民主義是什麼意義，詳詳細細的解釋，並隨時策勵我們要為黨國犧牲，以求達我們革命的目的。我們親炙先生，聽這種種的教導，日積月累，不知不覺那大無畏的精神，便較入黨前有十倍興奮。同志中有反覆求詳的質問，先生總是不憚煩的條分縷析，清清楚楚有根有據的解答，真是我們的良師益友，使我們感到極度的滿意。同時我們接福州黃乃裳、潮州許雪秋二處所來報告，及最近發展情況的函電，一一向先生報告。先生即刻覆電，分頭指導，並擬定日期，請黃乃裳、許雪秋來星入黨。並對我和楚楠兄祕密說他在河口將起事了，可以約同黃岡、福建一齊起義。[2]

　　1906 年春，許雪秋、陳芸生、蕭竹漪先後至新加坡，在晚晴園見了孫先生，報告了在潮州準備起義的情況，嗣並加入同盟會。

2　轉自張永福《南洋與創立民國》，1933 年上海中華書局出版。

及後接受孫中山的委派和指示，重返潮州進行佈置及領導起義事宜。[1]

　　許雪秋，原名有若，籍貫廣東潮安。12歲隨父至新加坡，其父善經營，經多年努力，成為當地股商。故許雪秋自少年起即在新加坡接受教育，性好交遊。受黃乃裳影響，萌發革命思想。1904年與黃等回國，在潮安宏安鄉故宅集眾密議起事，次年被舉為革命軍司令。期間曾趁承築潮汕鐵路之機，廣招工人，準備發動潮州起義。事泄，同人被捕，隻身赴潮州自首抗辨，獲釋。雪秋為新加坡潮僑，與張永福、林義順、林受之等早為革命同志，其於1904年與黃乃裳先行返潮州策動起義，實也與張、林等有密切的關係。故前文述及1905年他們與孫中山先生第一次於新加坡小桃源俱樂部晤面時，即向孫中山報告「潮州已有余之友人余既成、許雪秋在內地運動起義」。可見擬於潮州起義事此前已在新加坡潮僑中已籌劃甚久，惟前期未經孫中山為首的同盟會所領導。故此次許雪秋等專程自潮返新加坡見孫中山，並加入同盟會，從而將清末潮州的反清起義，納入了孫中山領導的國民革命的主流之中。孫中山並任許雪秋為中華革命軍東江都督，授命在粵東相機行事。

　　及後孫中山因要赴越南河內進行革命活動，臨行前向張永福、林義順等交下祕密電碼文字暗約，及以後之通訊法、通訊地點等等，……「囑我們所擔負黃岡發難，加倍要緊，我們也就不遺餘力地做下去。潮州許雪秋、陳芸生繼續來書報告，……我們知道大事已進行，就以清河住宅為會場，每隔十天開會一次，把各方面的來函對同志們約略報告，同時籌款贊助潮州方面的費用。當時到會列席的同志，不過三四十人，每日捐資竟有數千元的成績，可見當時到

1　轉自張永福《南洋與創立民國》，1933年上海中華書局出版。

會列席的同志們踴躍輸將。」[2]

新加坡潮僑對孫中山領導的國民革命的支持，是十分熱烈的。其中尤以林受之先生的義舉，最為突出。

林受之，字喜尊，又字夢生，原籍潮安庵埠官裏鄉人。他在新加坡出生，少負大志，關心祖國安危，深受民族思想影響，尤其痛念國事滿目瘡痍，故熱心反清革命。1905年孫中山至新加坡晚晴園創立同盟會，林受之即入盟，成為主要骨幹之一，以實際行動對革命支持最力。馬天行先生所撰《林受之先生傳》云：

> 先生急公好義，志切救國。生平功績，傾家蕩產，以助軍餉，濟給同志。黃岡、汕尾、欽廉、鎮南關、河口諸役，無不仗義解囊，或數千元、或數萬元不等，以充軍實，並壯革命聲威。尤以丁未潮州黃岡起義，全靠星洲潮僑為之骨幹。先生不斷供給計劃，捐款特多，數逾數萬……它如捐資印布《革命軍》，營救余既成之獄，維持《中興日報》，收容革命逃難諸要人，難以數計（黃岡、沙尾敗績，黨軍先後逃竄南洋星洲者百餘人，皆寓先生錦淞號居停，力任東道，以商店當行營，安頓革命將士，奔走呼號解囊，維持生活。迨戊申三月，滇省河口革命軍後退越南境界，為法人遣送到新加坡者凡數百人〔按：前後達七百人〕。孫中山命張永福、陳楚楠、林受之、沈聯芳、林義順等設法收容，且在蔡厝巷創辦中興石山，並介紹於各埠礦山農場以安插之）。
>
> 許雪秋、陳芸生等三度在惠潮進行軍事之經費，除孫中山撥款外，所得予先生捐輸者不貲。而黃乃裳、王和順等閩南、欽廉之革命運動，得其助殊多。民國元年，盡變家財，自備餉械，抵粵膺華僑義勇軍標統，以貫徹革命工作。嗣和議告成，潔身引退。國父睠念先生宣勞革命開國元勛，特榮

2　同上。

給旌義狀。文曰：「為國宣勞，不遺餘力。」獎勉優隆……
民國十八年由中央明令，認為先生「慷慨毀家，匡助國難。」
將其事跡，宣付史乘……孫先生有言：「華僑籌餉之功，必
與身臨前敵者共寫千古而不朽。」若先生者，可當無愧矣！[1]

林受之追隨孫中山先生從事國民革命，可謂竭盡海外華僑之赤
忱。他變賣自己一切家產，支持海內外的革命活動，一不謀官，二
不圖利，功成身退。返星之後，五十之年，賚志以歿，以至身後蕭
條，妻兒由殷實之家，而變為赤貧。「子女成羣，因為國傾家，業
產盡耗，無一得受高深教育，分散南洋羣島傭工以為生活。」[2] 其四
子牧野「克繩祖武，宣力國家民族事業為己任，發揮南洋革命策源
地偉大精神，數十年如一日，始終不懈」。[3]

林受之及其家屬毀家紓難，支持國民革命不遺餘力的事跡和精
神，實在可歌可泣，令人感動。孫中山慨言「華僑為革命之母」，
實為心聲。我於新加坡潮僑對祖國革命事業之赤誠奉獻，而見到孫
先生這一衷心讚辭的不朽光輝。

餘 論

張永福《南洋與創立民國》（按：一名為《南洋與中國革命》）
一書，有民國諸元老為之序。其中陳樹人在序中說：

> 總理始至南洋宣揚革命之日，正保皇黨以君憲邪說愚
> 弄僑民之時。素以商人為基礎之華僑社會，方以苟安為得

---

1 馬天行《潮州人物志》，台灣德仁印刷公司 1973 年出版。
2 同上。
3 同上。

計，自全為明哲，孰肯奮起人類是非之本能，泯除一時利害
之成見哉！張同志永福與其首事諸君，獨能委身毀家，追隨
總理奔走革命廿餘年如一日。總理逝世後七年，張同志乃將
南洋華僑參加革命之事跡以成《南洋與中國革命》一書。書
之內容，黜虛偽而崇實際，故非張同志之親聞目擊，皆所不
取。……關於政治歷史之記載，在政府每因顧忌而多闕文之
憾，在私家每因誇張而流稗乘之列。張同志此書獨能以信與
真為信條，不摭拾，不附會，不計文字之工拙，故其敍述南
洋與中國革命之往史，推進之軌跡，因果之相乘，皆一一如
見，洵國民革命之信史也。今總理既逝，音容漸邈，景仰總
理者，僅見紫金山璀瑰奇偉之陵墓，為我民族導師長眠之
地，又孰知柳煙檳雨、古屋依稀之星洲晚晴園，即為三四十
年前我民族導師飲食遊憩、從容指揮之所哉！則讀此書者，
宜其興締造艱難之想，而生繼續努力之決心也。[4]

民國元老林森（後任國民政府主席）則在該書序中說：

　　南洋故本黨革命策源地，而星洲晚晴園則當時之樞密
所。晚晴園者，張永福同志之別墅也。永福為吾黨中堅人
物，早侍總理於本黨革命過程及總理起居，知之甚稔。比出
其所著南洋革命史，記述總理在祕密時代屢過南洋慘淡經營
之情形，並附總理起居注數則於其後，讀之具見本黨締造之
艱難及總理偉大之風範。全書約三萬言，其所載之事跡多佐
以總理遺墨及各種照像，以資為印證，是皆信而有徵，尤足
補史乘之闕，可貴也已。[5]

　　其他尚有汪精衞、居正、馮自由諸序，不錄。然僅以陳、林二
序觀之，南洋為國民革命之策源地，晚晴園為當時的樞密所，新加

4　轉自張永福《南洋與創立民國》，1933 年上海中華書局出版。
5　同上。

坡潮僑對國民革命之卓越貢獻，往史昭昭，足徵大信。而張永福本人追隨孫中山先生進行革命運動這一階段性的功績，史實俱在，足資查考。

　　張永福及後立場不穩，跟錯汪精衛，於抗戰時期附汪逆日偽政權而陷入萬劫不復的境地，光復後被判刑收監。張氏從革命元勛到民族敗類，其是與非，功與罪，歷史已給予他嚴厲而公正的裁決。至其《南洋與創立民國》一書，所記乃張氏追隨孫中山革命從事正道之時，應視為歷史階段性之真實史料，蓋亦不因人而廢客觀史實之意也。

舞一筆而動天下
——略談梁啟超的歷史貢獻

　　中國歷史最大的變革，就是數千年封建帝制的完結。而中國社會最為動盪、民心士氣最為彷徨、最為失望的時代，應該是甲午之後、辛亥之前的那一段時間。面對外國列強的加緊進逼，尤其是日本在甲午之後藉「馬關條約」割佔台灣，掠奪大量白銀，使中國經濟更加蕭條，民生愈加困苦。其後不平等條約接踵而來，一再喪權辱國使人們意識到亡國的危機已逼在眉睫，非作大規模變革已無從救中國，因此始有光緒帝與康、梁君臣的「戊戌變法」。由於以西太后為首的保守勢力依然強大，維新只不過百日而以失敗告終。但是，民心士氣對清朝當局腐敗無能的怒潮已不可遏止，專制皇朝的統治已岌岌可危。然而，數千年的封建思想和禮教習俗又根深蒂固，許多達官貴人的錦衣玉食只有依附於帝皇制度始得以保存，而科舉制度又牽涉到千千萬萬年輕士子的晉身前途，關係到千家萬戶的利益。而「君臣大義」，無所逃於天地之間，世代觀念，歷來如此。其時世俗觀念和習慣勢力顯然還在作最後的負隅頑抗，說明思想觀念的改變和移風易俗是多麼艱難。但是，外患內憂日亟，不變又將亡國。—— 因此，許多中國青年其時確然彷徨無助地徘徊於十字路口，都在苦苦地尋問：中國向何處去？

　　其時，因「戊戌變法」失敗而逃亡日本的梁啟超，在痛定思痛

之後，發奮攻讀大量西方締造現代文明的書籍，涉及政治、經濟、法律諸領域，對民主政體和議會制度尤其熱衷，因此，在所學方面，他已突破乃師康有為向他灌輸的思想觀念。1898 年 12 月，梁氏在日本創辦《清議報》，用他常帶感情的筆鋒，決心開啟中國民智。除了光緒帝外，他著文抨擊西太后、榮祿、袁世凱等人，把清皇朝的腐朽、昏庸、賣國、獨裁痛批至體無完膚，認為彼等之衰亡不可避免。他又高倡民權，介紹西方民主論著，使當時許多青年獲取西方進化論、天賦人權和資產階級的國家學說，為彷徨的中國青年指出新的路向。《清議報》每十天出一期，每期四十頁，發行量在三千冊以上，營銷日本、南洋、朝鮮、歐美及澳大利亞等國，清廷雖屢禁，但中國本土的銷量一直居首位。該報共出一百期，梁啟超發表的文章在一百篇以上，[1] 使知識界和熱血青年大受震動，堅定了他們反對以西太后為首的清朝專制統治的決心，並隱約看到民主共和政體的曙光。1900 年 2 月，梁啟超發表了《少年中國說》，以其富於鼓動性的新觀念和新文體，發出了令人驚心動魄的偉論：

> 日本人之稱我中國也，一則曰老大帝國，再則曰老大帝國……嗚呼！我中國其果老大乎？立乎今日以指疇昔，唐虞三代，若何之郅治；秦皇漢武，若何之雄傑；漢唐來之文學，若何之隆盛；康乾間之武功，若何之烜赫……而今日頹然老矣！昨日割五城，明日割十城，處處雀鼠盡，夜夜雞犬驚。十八省之土地財產，已為人懷中之肉；四百兆之父兄子弟，已為人注籍之奴……國為待死之國，一國之民為待死之民，萬事付之奈何，一切憑人作弄，亦何足怪……

梁啟超進一步指出：

---

1 引自李喜所、元青《梁啟超傳》，人民出版社 1995 年。

　　造成今日之老大中國者，則中國老朽之冤業也。製出將
來之少年中國者，則中國少年之責任也。……使舉國之少年
而果為少年也，則我中國為未來之國，其進步未可量也。……
故今日之責任，不在他人，而全在我少年。少年智則國智，
少年富則國富，少年強則國強，少年獨立則國獨立，少年自
由則國自由，少年進步則國進步，少年勝於歐洲則國勝於歐
洲，少年雄於地球則國雄於地球。紅日初昇，其道大光；河出
伏流，一瀉汪洋。……前途似海，來日方長。美哉，我少年中
國，天與不老！壯哉，我中國少年，與國無疆！ [2]

　　其時，內心苦無出路的中國青少年，讀梁啟超如此之文字，
無不壯懷激烈、奮然而起！故彼時梁氏一系列的警世文章，無異於
一次次地吹響了歷史的號角，從而喚醒了中國千千萬萬熱血青年的
心，因此在他們的心目中，梁氏被尊奉為青年導師和指路明燈，發
揮其獨特而巨大的歷史作用，引領了一個時代的思潮。而梁啟超也
頗為自負，認為天降大任於余，能啟民智以興中國者，大有捨我其
誰之概！他這種內心世界，可見諸 1901 年其所作的《自勵》一詩：

　　　　獻身甘作萬矢的，著論求為百世師。
　　　　誓起民權移舊俗，更研哲理牖新知。
　　　　十年以後當思我，舉國猶狂欲語誰？
　　　　世界無窮願無盡，海天寥廓立多時。

　　老實說，彼時彼地梁啟超說這樣自信、自負的豪言壯語，我認
為一點都不為過。一支筆而能長時間鼓動天下，對海內外青年造成
廣泛的影響，在他的激勵下，踴躍投身於救國行列，走上振興中華
之路者，何止千萬！環顧古今，像他這樣僅憑一筆而有如此巨大的

2　梁啟超《飲冰室文集》，中華書局 1989 年版。

號召力者，究竟能有幾人！？

在《清議報》停刊之後，梁啟超又創辦了《新民叢報》，內容更加豐富多彩，共有專欄二十多個，半月一期。梁氏撰稿不遺餘力，有時一天寫五千多字，以其文章獨有的感染力，影響了海內外千千萬萬的讀者。每期銷量後來達到一萬四千多份，僅國內就有發行點九十七個，遍佈四十九個縣市，西南、西北、東北等邊遠地區，都有人傳閱《新民叢報》。[1]

對此，梁啟超感到十分自豪，後來追述其事時說：

> 《新民叢報》、《新小說》等諸雜誌，暢其旨義，國人竟喜讀之。清廷雖嚴禁不能過。每一冊出，內地翻刻本輒十數。二十年來學子之思想，頗蒙其影響。[2]

一冊出即有數以十計的翻刻本，可見內地當年對梁氏《新民叢報》「盜版」之烈，可謂空前絕後；但也於此可見梁氏文章之魅力，海內無處不風行！

清末著名外交家、詩人黃公度對此由衷感佩，在致梁啟超的信中說：

> 《清議報》勝《時務報》遠矣，今之《新民叢報》又勝《清議報》百倍矣。驚心動魄，一字千金，人人筆下所無，卻為人人意中所有，雖鐵石人亦應感動，從古至今文字之力之大，無過於此者矣。[3]

黃公度在致梁氏另一函中，對其驚天地、泣鬼神的千鈞筆力所

1　引自李喜所、元青《梁啟超傳》，人民出版社 1995 年。
2　梁啟超《飲冰室文集》，中華書局 1989 年版。
3　丁文江、趙豐田《梁啟超年譜長編》，上海人民出版社 2009 年。

作的歷史貢獻，傾吐出發自肺腑之言：

> 此半年中中國四五十家之報，無一不助公之舌戰、拾公
> 之牙慧者，乃至新譯之名辭，杜撰之語言，大吏之奏摺，試
> 官之題目，亦剽襲而用之。精神吾不知，形式既大變矣。……
> 此列祖列宗之所陰助，四萬萬人之所託命也。以公今日之
> 學說，之政論，布之於世，有所向無前之能，有惟我獨尊之
> 概。其所以震驚一世，鼓動羣倫者，力可謂雄，效可謂速
> 矣！[4]

其時，受梁啟超學說啟蒙，後來成為偉人、俊彥者，大有人
在。毛澤東年輕時就深受梁氏影響，他認為梁啟超比乃師康有為更
了不起，歷史貢獻更大，所以不稱「康、梁」而說「梁、康」。胡
適之在《四十自述》中坦承自己青少年時期受梁啟超影響甚巨，說：

> 梁先生的文章，明白曉暢之中，帶着濃厚的熱情，使讀
> 的人不能不跟他走，不能不跟着他想。

因此，其時梁啟超雖身在海外，但他的聲譽在中國卻如日中
天，其文章的號召力幾乎無人可以比擬。雖然，他與孫中山的政
見有所不同，孫是武裝革命的實踐家，梁是社會改良的鼓動者；一
主張用槍，一勤於動筆。最後，當然是槍桿子造就了中華民國的國
父。但是，在甲午尤其是戊戌之後十數年間，梁啟超用其睿智的新
思想和獨冠於時的新文體，對腐敗的清朝專制政體摧枯拉朽之功，
對促成辛亥革命的勝利，有不容忽視的助力。且看其於 1912 年 11
月中結束十四年的流亡生活，踏上祖國國土，受到舉國歡迎的情
形，也可見其於國人心目中的地位。他完全是以反清鬥士的姿態載

4　同上。

譽歸來，這也是他自有文章驚天下的結果。至於後來他那一篇膾炙人口的《異哉！所謂國體問題者》，袁世凱向其市二十萬金而不可得。此文一經發表，即動搖了袁氏復辟帝制的根基；及後梁啟超又策動學生蔡鍔進行討袁之役，全國響應，終於結束袁氏短命的洪憲皇朝。

　　回顧往史，在清末民初之際，能舞一筆而動天下，而對歷史作出巨大貢獻者，惟梁任公一人而已。

清末民初政治亂局中的梁啟超

「戊戌變法」失敗後，梁啟超流亡海外十餘年，除辦《清議報》和《新民叢報》等作輿論宣傳外，他更着眼於未來中國的政治模式，基本取向是改良政治。其政制設計的途徑，大體如此：從皇帝的開明專制，走向議會選舉，成立國會，內閣施政，最終達到「君主立憲」的政治理想。這也是他與老師康有為的初衷和共同目標，所以他們與主張暴力革命的孫中山一派可謂勢成水火。

1905 年清朝政府迫於形勢，終於掛出「預備立憲」的招牌，在永保愛新覺羅氏皇位的前提下，允許分出部份權力，類於「君主立憲」。這是清皇室在內憂外患交煎的情況下，被迫作出的妥協，以應付舉世滔滔的輿論壓力。但實際上，這是掌實權的西太后在萬般無奈的情況下虛與委蛇之舉，是權宜之計，她在世一日，是絕不會心甘情願實行虛君制的。所以，「立憲」之所謂「預備」，其實是遙遙無期的空口承諾，就像一根耀眼的幌子綁住一粒可望而不可即的「梅」，聊以讓人望而止渴罷了。

但消息傳到流亡在日本的梁啟超等人耳裏，卻令他們歡呼雀躍，欣喜若狂，以為機會終於來了，因為這正是他們「戊戌變法」所主張的呀！可以想像，其時他們希望再傳佳音，就是盼望清政府儘快為他們平反昭雪，冰釋前嫌，為他們打開回國參政的大門 —— 在康、梁的心目中，這似乎是順理成章的事。顯然，這個「美麗的誤會」着實令他們高興了好一陣子。

那麼，要實行「君主立憲」內閣施政，就需要政黨政治的參與。於是梁啟超在日本積極籌組政黨，聯合楊度、熊希齡等人擬成立「憲政會」，但因楊度爭權奪利而分道揚鑣。梁氏乃與蔣智由、徐佛蘇另組「政聞社」，響應清政府的「預備立憲」，滿心希望回國參政。但此舉遭到主張以暴力手段推翻清朝政權的革命黨人的激烈反對，在他們的眼裏，贊成「君主立憲」無異於助紂為虐，作清朝之幫凶，有害於漢族的復興運動，因此與梁啟超將要成立的政聞社針鋒相對。

1907 年 10 月 17 日，在梁啟超的主導下，政聞社在日本東京舉行成立大會，張繼、陶成章等率四百餘革命黨人來到會場，目的就是鬧事搗亂。因此，在會議中場，梁啟超正在作慷慨激昂的演說時，因替清朝政府說了點好話，革命黨人一言不合，乃憤然起鬨，雙方頓時叫罵與拳腳交加，使用「肢體語言」絕不含糊，大打出手。梁啟超於是役中被人扔草鞋「中招」，幾乎落荒而逃。此事章太炎後來在《民報》發表的《記政聞社員大會破壞狀》一文中，有極為生動的描述：

> 陽曆十月十七日，政聞社員大會於錦輝館，謀立憲也。社以蔣智由為魁，而擁護梁啟超……革命黨員張繼、金剛、陶成章等亦往視之……啟超說國會、議院等事，且曰：「今朝廷下詔刻期立憲，諸君子亦歡喜踴躍。」語未畢，張繼以日本語厲聲叱之曰「馬鹿」！起立，又呼曰：「打」！四百餘人奔而前，啟超跳，自曲樓旋轉而墜，或以草履擲之，中頰。張繼馳詣壇上，政聞社員持械格之，金剛自後搋其肩，格者僵，繼得上，眾拊掌歡呼，聲殷天地，政聞社員去赤帶徽章以自明，稍稍引去。[1]

---

1 《民報》第十七號。引自李喜所、元青《梁啟超傳》，人民出版社 1995 年。

儘管受此打擊，但梁啟超對立憲政體、議會制度的熱衷並未稍減，國會政治顯然是他理想中最完美的政治模式，從參與「戊戌變法」到後來他退出政壇，這一點他是貫徹始終的。所以在流亡日本期間，他用大量時間和精力攻研西方的憲政理論，結合中國的國情，寫出許多政論文章，作為立憲黨人的指導思想。僅 1910 年梁氏發表的六十六篇文章中，論憲政的就有二十二篇之多；翌年撰文二十一篇，論憲政的就有七篇。其中包括《憲政淺說》、《中國國會制度私議》、《責任內閣釋義》等都是言之有物的論憲名篇。在清末易代之際，他可謂是名副其實的憲政專家。

實事求是而言，梁啟超愛中國，並嘔心瀝血救中國，這一點是毋庸置疑的。他不同於一般的書生論政，空發議論，不講實際，而是坐言起行，研究未來中國的社會制度問題，除了上述有關憲政建設之外，他還用許多時間研究財政金融和其他經濟領域的問題，認為欲搞好政治離不開搞好財政，指出「政治上一舉手，一投足，無不與財政相麗」[2] 為此，他專門研究了古今中外有關財政貨幣的歷史，尤其是近代西方財政學的基本理論，包括西方各國發行公債的經驗，及後寫出了一系列有關中國財政問題的精闢論著，其中如《中國古代幣材考》、《中國改革財政私案》、《地方財政先決問題》、《外債平議》、《論國民宜亟求財政常識》、《各省濫鑄銅元小史》等等，其內容言而有物又切合國情，而且資料考之有據。於是梁啟超成了名副其實的近代中國財政學的開基人，實在令人讚歎！他為救中國，為治理未來中國作了充分的準備，積極地充實自己，不僅使自己成為憲政學家，而且還成為財政專家，以備將來有朝一日可以報效祖國。

---

2 梁啟超《論政府阻撓國會之非》，《國風報》第一年第十七期。

1908 年 11 月 14 日這一天，慈禧在光緒死後自己也一命嗚呼。康、梁一則以悲，一則以喜。悲則因光緒死去而無皇可保；喜則是慈禧這個大障礙已去，「立憲」有望。但是，看守政權的清朝貴族政府是絕不會自動交出權力的，先前打出的「預備立憲」的招牌，只是幌子而已，等到海內外輿情洶湧爭說「立憲」之時，即行剎車，並進行無情打壓，先後取締了梁啟超派往國內的政聞社人員，下旨查禁報刊雜誌有關「立憲」的報導。但梁啟超推行的立憲運動仍然不屈不撓，希望以和平手段逼使清政府改革政制。1910 年夏，在梁啟超的示意下，立憲派發動兩次大規模的國會請願運動都遭到清政府的斷然拒絕。梁啟超對清朝統治者執迷不悟自絕於國人的頑固行為，深表憤慨，指出清朝政府不接受和平改制必自食惡果，並向他們提出嚴重警告，說：

> 使政治現象一如今日，則全國之兵變與全國之民變必起於此一二年間。此絕非革命黨煽動之力所能致也，政府迫之使然也。[1]

梁啟超預見革命黨策動全國性的武裝起義不可避免，而且很快就會發生，也可見他政治上敏銳的洞察力。但康、梁明知不可為而為之，最後還搶時間希望在革命黨爆發武裝起義之前，策動贊同立憲的清朝貴族發動宮廷政變，迫使清朝政府實行立憲，沒想到在行將舉措之際，1911 年 10 日 10 日辛亥武昌起義爆發，旬月之間，各省響應，紛紛宣佈獨立，是年 12 月十七省代表在漢口開會，宣佈成立中華民國臨時政府，以南京為臨時政府所在地。孫中山回國後，被選為臨時大總統，與北方的清朝政權分庭抗禮。其時在日本

1　梁啟超《論政府阻撓國會之非》，《國風報》第一年第十七期。

的梁啟超聞此消息，內心的失望和焦灼可想而知。

繼而擁有新軍的實權人物袁世凱奉旨入京就任總理大臣，組成內閣，實際上即實行梁啟超所夢寐以求的「君主立憲」制度。當然，袁氏在「戊戌變法」中出賣光緒帝，造成「變法」的失敗，康、梁師弟先前極為痛恨，尤其老師康有為對袁絕不原諒。但梁啟超稍有不同，他認為時移勢易，現在袁世凱已成為內閣總理，變成「立憲」制度的主角。而「君主立憲」制度對梁啟超來說，吸引力實在太大，「憲政」是他半生所學以備報效祖國之所在，也是他的理想所在，因此，其時梁啟超在內心上顯然對袁世凱抱有幻想和希望。

此時國內宣佈脫離清政府的省份越來越多，形勢對清皇室十分不利，宣統皇帝之父攝政王載灃引咎辭職，北方政府的大權掌握在袁世凱一人之手。

1912 年元旦，孫中山在南京就任中華民國臨時大總統，宣告中華民國成立。對於南北兩個政權，梁啟超無疑是站在北方政權一邊的，這顯然是由於他的思想軌跡和政治軌跡所造成的。他長期醉心於「立憲」，反對孫中山的「革命」，雙方筆戰十餘年，後來雖然形勢有利於孫中山一派，但要梁啟超從內心上改弦易轍真正擁護「革命」，那是不可能的。在政治選邊站的問題上，他顯然選擇了袁世凱。這一點也決定了他此後從政之路，必定山重水復、荊棘滿途。

形勢至此，漢族復興運動大局已定，清皇朝大勢已去。袁世凱當然看到這一點，他祕密與南方政府媾和，交換清帝自動退位的條件。孫中山答應若成事則讓出大位，由袁氏繼任總統。就這樣，清朝政權的垮台固然已不可避免，結束中國二千多年封建專制政體已成定局，但實事求是而言，其時握有實權的袁世凱在客觀上確實還是起了「臨門一腳」的作用。清帝溥儀退位之後，他也逐其所願在北京就任中華民國臨時總統。

1912 年 11 月中旬，梁啟超結束長達十四年的流亡生活，終於

回到祖國，自天津至北京，一路受到各界民眾的熱烈歡迎，從新朝權貴，到學界報人，紛紛趨門致意，成千上萬的人翹首聆聽他在集會上激動人心的演說。他的發言，非常有吸引力，尤其令一度消沉的立憲黨徒信心百倍。其時雷鳴般的掌聲和歡呼聲顯然使梁啟超喜出望外，使他內心大受鼓舞，十分受用。這可從其夫子自道，足見當日他是如何的豪情滿懷、躊躇滿志。他說：

> 在京十二日，可謂極人生之至快！……蓋此十二日間，吾一身實為北京之中心，各人皆環繞吾旁，如眾星之拱北辰。其尤為快意者，則舊日之立憲黨也。舊立憲黨皆以自己主張失敗，嗒然氣盡。吾在報界歡迎會演說一次，各人勇氣百倍。旬日以來，反對黨屏息，而共和、民主兩黨人人有哀鳴思戰鬥之意矣。……此次歡迎，視孫（中山）、黃（興）來京時過之十倍，各界歡迎皆出於心悅誠服。夏德卿文引《左傳》言，謂國人望君如望慈父母焉，蓋實情也。[1]

梁啟超回國受到各界十分熱烈的歡迎，這是實情，他並沒有誇大其辭。其時袁世凱有見及此，當然對梁啟超倍加籠絡，頻頻招手，款待優渥。他的殷勤之意梁啟超顯然也感受得到，梁氏在家信中興奮地說：

> 此次項城致敬盡禮，各界歡騰，萬流輳集，前途氣象至佳也！[2]

毫無疑問，梁啟超顯然在政治上是樂意與袁世凱合作的。其實，他在回國前曾致袁世凱一信，內中不無吹捧，外加獻策，說：

---

1 《梁啟超年譜長編》。
2 同上。

今後之中國，非參用開明專制之意，不足以奏整齊嚴肅之治。[3]

梁氏要袁世凱將「開明專制」作為國策。當時舉國盼望實行共和新政，而袁世凱封建專制的真面目尚未暴露，故梁啟超對他抱有幻象，是不足為奇的。顯然，他此次回國的目的就是參政，他想利用袁世凱，滿心希望自己十餘年來所研習的憲政學、財政學可以大顯身手，以實現自己的政治理想，同時為國民效力。但實際上，如此一來，梁啟超在政治上便不得不依附袁世凱，受其利用。

民國初年熱衷搞政黨政治，梁啟超回國後加入共和黨，還促成共和、民主、統一三黨成立進步黨，成為該黨的實際領袖，而袁世凱其實就是幕後的金主，目的是支持梁啟超的進步黨去與孫中山為首的國民黨進行對抗；梁氏於 1913 年 9 月還加入袁政府的熊希齡內閣，擔任司法總長一職，實際上成為該內閣的靈魂人物。這時，梁啟超顯然覺得機會來了，就任伊始，他即親撰了《政府大政方針宣言書》，洋洋萬言。其主旨為：一、實行完全的責任內閣，劃清總統府與國務院權限；二、司法獨立，制訂切合實際的法律；三、重視教育；四、軍民分治，整頓吏治；五、實施縣、城鎮鄉兩級地方自治。

梁啟超自己還身體力行，在內部實施司法改革。但是，他的《宣言書》的第一條即要削總統的權力，這對於本質上十分專制擅權、無法無天的袁世凱來說，無異於與虎謀皮，令他十分惱火。當初梁啟超向他獻「開明專制」之策，他顯然只聽了一半，「專制」則有，「開明」全無，至此他的真面目逐漸暴露。在事事掣肘的情況下，司法總長梁啟超到處碰壁，面對專制的袁總統，空有一紙宣言

3　同上。

而無法可「司」，令他大失所望，因此辭職不幹。袁世凱當時還顧及梁氏的崇高威望，於是改任他為幣制局總裁。財政貨幣乃梁氏所長，所以他也欣然赴任。他十分認真地提出貨幣改革的建議，並準備建立銀行制度，使國家金融和財政制度走上正軌。但是，其時正準備「家天下」並緊鑼密鼓籌劃復辟帝制的袁世凱以為梁氏要動他的銀子，當然處處防範，事事推搪，使梁氏的心血付之流水，無從實施。在這種情況下，梁啟超對袁失望至極，乃憤然辭職。袁世凱本來就嫌他礙手礙腳，也就順水推舟，請辭獲准。

梁啟超被袁氏如此利用完就棄，內心忿恨交加，決定離開北京到上海辦雜誌，於 1915 年 1 月 20 日在滬創辦《大中華》月刊，繼續幹其舞一筆以動天下的老行當，藉以影響社會輿論。袁世凱果然聞之大驚，他知道老梁的筆利害，號召力又大，足以拆他的台，於是馬上於 2 月 12 日聘梁啟超為政治顧問，企圖以高薪厚祿加以籠絡；繼之於是年 7 月 1 日，袁氏又令參政院推舉梁啟超為中華民國憲法起草委員會十人委員之一，以制定國家憲法。如此一再拉攏，袁世凱以為可以令梁啟超回心轉意，繼續為他效勞。

但是，這時梁啟超已逐漸認清袁世凱頑固地堅持專制的一套，對他已不存幻想。尤其在中華民國憲法起草委員會成立的翌月，即 8 月中，以楊度為首的籌安會鼓吹復辟帝制，至此，袁世凱終於暴露其妄想稱帝的真面目。這一點，梁啟超在內心上是強烈反對的，他與學生蔡鍔祕密策動反袁。8 月 20 日，梁啟超在《大中華》雜誌發表他那篇著名的《異哉！所謂國體問題者》一文，反對變更中華民國國體，實際上即反對復辟帝制。至此，梁啟超公開與袁世凱分裂，從此分道揚鑣。

客觀而言，袁世凱的封建專制本質早已深入骨髓，他想當皇帝也不是一天兩天的事。這時「登極」的鬧劇已如箭在弦，他也甘冒天下之大不韙，決心嘗一嘗當皇帝的滋味。就在這年年尾，即 1915

年 12 月 12 日，袁世凱宣告承受帝位，改明年為「洪憲」元年。就這樣，從當年「臨門一腳」結束二千多年封建帝制的功臣，到成為走回頭路復辟當「洪憲皇帝」的竊國大盜，袁世凱終於走上了自絕於國人的不歸路。他剛登極，蔡鍔即在雲南武裝起義，旬月之間南方各省紛紛響應，中外反袁復辟帝制之聲不絕於耳，至 1916 年 3 月 22 日，袁世凱被迫取消帝制，廢止「洪憲年號」。但他的所作所為已被視同國賊，南方更多省份宣告獨立，並成立護國軍進行討袁之役，誓要推翻其專制統治。梁啟超積極參與其事，並扮演了重要的角色。如 1916 年 5 月 1 日，兩廣護國軍在廣東肇慶成立都司令部，梁啟超為都參謀（即參謀長）；5 月 8 日，雲、貴、兩廣四省軍政代表在肇慶成立軍務院，與袁政權分庭抗禮，梁啟超任政務委員長。

接着，孫中山發表第二次護國宣言，號召全國一致討袁。在舉國反對和聲討中，袁世凱氣急敗壞，於 1916 年 6 月 6 日暴病而死。袁氏一去，北洋軍閥羣龍無首，所以 1917 年中才出現張勛夥同康有為入紫禁城為溥儀復辟帝制的鬧劇。對此，梁啟超不惜與乃師公開分裂，撰文痛斥，激烈反對，並翊贊段祺瑞軍入京擊潰張勛的辮子部隊，促使短命的復辟鬧劇僅十二日而匆匆收場。

顯然，在民國初年的政治亂局中，康、梁師弟在政治理念上是有明顯分歧的，導致兩人產生矛盾，甚至走至對立面。比如康有為對梁啟超投靠當年「戊戌變法」中出賣光緒帝和革新派的亂臣賊子袁世凱，是極力反對的；而梁啟超對康老師脫離時代死抱「保皇」不放、見到廢帝就拜的「德性」也看不順眼，甚不以為然。後來矛盾加劇，公開論戰，乃至在康氏夥同張勛復辟一役中，彼此成了敵對的雙方，最後當然以康老師的失敗告終。因此，老康認定「逆徒」梁啟超壞了他的大事，對其恨之入骨，罵得很毒。但梁啟超立場堅定，抱持「我愛我師，但更愛真理」的原則，絕不妥協，彼此勢成

水火。

當然，在此役中，梁啟超成了段祺瑞的重要策士、反復辟的功臣。其時北洋新政府成立，由馮國璋任代理大總統，握有軍權的實力派段祺瑞出任國務總理。至此，梁啟超遂了心願，當了段內閣的財政總長；同時獲委為司法總長的，是他的好友林長民。梁、林兩人政治理念相同，民初曾一同籌組過進步黨，兩人又都有很深博的學養，交情素篤，又為通家之好，彼此淵源甚深。梁之長子思成與林家女兒徽音自小就青梅竹馬，長大後彼此又對中國古建築有共同的興趣，因此兩人有很深厚的感情基礎。雖然後來殺出了浪漫詩人徐志摩「撬牆腳」，但林徽音最終仍選擇了梁思成。知其淵源者，認為這是理所當然的事。

再說梁啟超出任財政總長後，以為有機會主理國家財政事務，可以一展長才，為國民服務，使國家財政經濟逐漸走上正軌。但結果事與願違，最後他明白自己只不過充當了軍閥的賬房先生而已。段祺瑞利用政府的財政頻繁發動戰爭，意欲武力統一中國，錢都充軍餉去，財長無財可理，梁啟超的政治理想再次遭受幻滅。至此，他對從政已心灰意冷，失望之餘，乃辭職放洋去，從此告別官場，往後十年，走上編雜誌、搞著述和教書育人之路。

無獨有偶，梁的老師康有為在歷經民初政壇上的失敗和長期的落寞之後，晚年對政治也似乎逐漸死心，在上海創辦天遊學院，自任院長兼主講，繼續以他那一套教育為數不多的學生。

至於康、梁師徒的關係，後來有所改善，畢竟時間會沖淡政治舞台帶來的怨隙與仇恨，時移勢易，過去的一切都成了過眼煙雲。其實，在民國初年軍閥主導政治的亂局中，他們都只不過是匆匆的過客。在晚年洗盡鉛華、歸隱林下之後，兩人劫波渡盡，師徒情在，又冰釋前嫌。1927 年 3 月 8 日康有為在上海過七十壽辰，門生舊故齊集滬上，梁啟超集《史記》、《漢書》及《鄭康成集》中的名

句，作為康老師的壽聯，如下：

> 述先聖之玄意，整百家之不齊，入此歲來，年七十矣；
> 奉籩豆於國叟，致歡忻於春酒，親受業者，蓋三千焉。

梁啟超又撰《南海先生七十壽言》，對老師的功德術業，稱頌備至，其中難免有些過譽之辭。但南海先生聽起來就十分順耳，老懷大慰。

康有為是在生日過後不久，於 1927 年 3 月 31 日病卒於青島的。其時國民革命軍北伐已接近成功，幾乎席捲大半個中國，所以梁啟超在輓聯中說：「卒免睹全國陸沉魚爛之慘」，說康老師再不用親眼見到老政敵孫中山創建的革命黨贏得奪取全國政權的勝利了，這話有點像康、梁家鄉粵語所說的「冇眼睇」。這年 6 月 2 日，與康有為同樣死忠於清室的著名學者、宣統遜帝的「南書房行走」王國維，眼見北伐軍直趨京師，遺書「義無再辱」，投昆明湖自盡。從陳寅恪的輓詩中，說他「贏得大清乾淨水，年年嗚咽說靈均」，顯示他確實是殉清的。對梁啟超而言，數月間師友的不幸亡故，令其精神大受刺激。他本來身體就不好，既患高血壓，又長期便血，兼之教務、著述不輟，案牘勞瘁，終至一病不起，於 1929 年 11 月 27 日在北京協和醫院去世。

梁啟超生當清末民初國家危難絕續之秋，讀書報國，原也是中國傳統知識分子濟世救民應有之舉。他有做亂世英雄的大志，以匡救國家人民於水火。他在所寫的《英雄與時勢》一文中，認為：「英雄固能造時勢，時勢亦能造英雄。……我同志，我少年，其可自菲薄乎？」[1] 所以，從政救國是他一生追求的目標。在 1918 年 11 月

1　梁啟超《飲冰室文集》。

他離開政壇之前，他所做的一切幾乎都是為政治服務的，其中除參與「戊戌變法」，到流亡海外十多年從事辦報、寫評論、寫小說，乃至於辦會社、組政黨，其所作所為，無不與政治有關。他有政治家的天才，不僅政論寫得恣肆縱橫，演說也富於煽動力，都能扣人心弦，動人心魄，所以他在輿論界能領袖羣倫，成為青年導師；他更具有一般政治家少有的實學，無論憲政、財政金融乃至法律諸領域，他都精心攻研，樣樣堪稱專家。可以說，在回國前，他已為其「治國藍圖」做了十二分充足的準備。他還具有政治家的遠見卓識，也有政治家的原則與膽略，雖附袁，一旦袁倒行逆施，走復辟帝制的老路，即義無反顧地參與領導反袁；附段，但發現其窮兵黷武，非以仁政治天下，即分道揚鑣，辭職不幹。所以，在政治上，他可說是「明珠暗投」，令其治國藍圖無從實施。老實說，搞國會政治的人碰到獨裁者和軍閥，其結局也就可想而知了。在清末民初，梁啟超可說是中國少有的幾位大政治家之一，他有英雄之才，卻缺乏「時」與「勢」的幫助，結果在政治上只能做一時之過客，說明「英雄造時勢」是多麼困難的事！

最後，梁啟超終能急流勇退，從此告別政壇。他從政時做不到兼濟天下，但退居而後，優遊於清華水木之中，教書育人，從事著述，嘉惠學林，且以其高深之學養，為國學踵事增華，其名著《中國近三百年學術史》和《飲冰室文集》等著作，是對中國文化學術史的巨大貢獻。可惜他只活了短短 56 歲，每念及此，不禁令人扼腕歎息！然而，其生命雖短暫，但已足夠轟轟烈烈！

梁啟超一生愛國，大節無虧，而又才華橫溢，光芒四射，不僅能照亮自己，也能照亮別人，堪稱特出之魁傑，一代之英才。在中國近代史上，我對任公先生是充滿敬意的。

從觀堂詩詞窺其易代之際的心跡

　　二十世紀，王國維在學術上是承先啟後的國學大師，其名篇《殷卜辭中所見先公先王考》及《殷周制度論》可為不朽之作。至其博學多才，文史兼精，著述宏富，史所論定。然於 1927 年國民政府北伐取得勝利並定都南京之際，王氏自沉於頤和園昆明湖，國人殊為痛惜！但對其於中國革舊鼎新之際的社會潮流格格不入的思想，則論者亦不無訾言。錢仲聯評陳寅恪挽王觀堂長慶體長詩，謂其「身處共和，而情類殷頑」[1]。一語而批兩家，而辭不可謂不嚴。然考諸事實，並非無據。

　　錢仲聯所指「殷頑」，應為「不食周粟」的伯夷、叔齊，以譬王、陳二人眷戀清室之遺老思想。本文謹就觀堂詩詞的某些篇什，略論其於易代之際的心跡與落寞情懷。如其：

壬子歲除即事

又向殊方閱歲闌，夢華舊事記應難。
緇塵京洛渾如昨，風雪山城特地寒。
可但先人知漢臘，定誰軍府向南冠。
屠蘇後飲吾何憾，追往傷來自寡歡。[2]

1　錢仲聯《選堂詩詞集序》，載饒宗頤《選堂詩詞集》，台灣新文豐出版有限公司 1993 年出版。
2　王國維《壬子歲除即事》，載《王國維文集》，北京燕山出版社 1997 年出版。

1911 年孫中山先生領導國民革命，武昌起義爆發，辛亥革命成功。但王國維於武昌起義後隨羅振玉到了日本。翌年壬子之歲，清帝宣佈退位，改為中華民國元年。時王國維仍隨羅振玉在日本京都，對於清室傾覆，韃虜驅除，民元既立，神州劇變，他的心情顯然頗為複雜。但總的方面而言，「追往傷來自寡歡」，已道盡他對清朝的覆滅，有如喪考妣之慟。王氏於是年所作《頤和園詞》，頗流露出對清室之眷念。是歲袁世凱就任中華民國臨時大總統，王國維在《詞》中對他背叛清室嚴加譏刺：

> 原廟丹青儼若神，鏡奩舊物尚如新。
> 那知此日新朝主，便是當時顧命臣。

這顯然是自以孤忠之辭，對貳臣進行鞭韃，亦可見其心跡。至詞末有句：

> 虎鼠龍蛇無定態，唐侯已在虞賓位。
> 且語王孫慎勿疏，相期黃髮終無艾。[1]

則是對當時國內魚龍混雜、南北未定的形勢所作的估計，並對清室的復辟寄予期望。

他在日本京都西望紫禁城的宣統皇帝，內心百感交集，只能遙寄衷誠：「且語王孫慎勿疏，相期黃髮終無艾。」故日後他充溥儀的「南書房行走」，做遜帝之師而竭其忠忱，就並非偶然的了。陳寅恪在《王觀堂先生輓詞並序》中，述及王氏：

> 高名終得徹宸聰，徵奉南齋禮數崇。
> 屢檢祕文升紫殿，曾聆法曲侍瑤宮。

1　王國維《頤和園詞》，載《王國維文集》，北京燕山出版社 1997 年出版。

文學承恩值近樞，鄉賢敬業事同符。

君期雲漢中興主，臣本煙波一釣徒。[2]

這幾句輓詞說的正是王國維奉召入值紫禁城南書房的事。顯見君臣義重，不能說王、陳二位對清室無感情：一為感遜帝恩遇之隆，一為感祖上受封疆之蔭，各有淵源，衷誠則一。故心曲相通，理有固然。

1918 年，王國維作倚聲《百字令．題孫隘庵〈南窗寄傲圖〉》，觀其上片，可視為觀堂先生的夫子自道：

楚靈均後，數柴桑第一傷心人物。招屈亭前千古水，流向潯陽百折。夷叔西陵，山陽下國，此恨那堪說！寂寥千載，有人同此伊鬱。[3]

王國維以商末的伯夷、叔齊和楚之屈原（按：屈原，字靈均）自況，亡國之恨，千載同悲。及後其效屈子之自沉，實早萌絕命之思。非孤臣孽子，何能至此！故觀堂之殉清，彰彰明甚，非陳寅恪《王觀堂先生輓詞並序》所能強辯者。陳先生在《序》中認為：

吾中國文化之定義，具於《白虎通》三綱六紀之說，其意義為抽象理想最高之境。……其所殉之道，與所成之仁，均為抽象理想之通性，而非具體之一人一事。[4]

陳先生顯然認為，王國維是為中國文化而殉，為綱紀的最高理想而殉，而並非為清之愛新覺羅氏一家一姓而殉。作為王國維在遺

2　見《陳寅恪集．詩集》，北京三聯書店 2009 年出版。

3　王國維《百字令．題孫隘庵〈南窗寄傲圖〉》，載《王國維文集》，北京燕山出版社 1997 年出版。

4　見《陳寅恪集．詩集》，北京三聯書店 2009 年出版。

囑中足以付託的少數知友（按：陳與吳宓），陳先生欲美善觀堂先生，使其免受後世殉清遺老之譏，此意不言自明。然而，王國維之死，時在國民政府北伐取得勝利並定都南京的 1927 年，地點選在他曾為之謳歌且無限眷戀之清室皇家花園 —— 頤和園昆明湖。陳寅恪在《挽王靜安先生詩》中，說他：

> 贏得大清乾淨水，年年嗚咽說靈均。[1]

—— 這不是說他殉清，又是什麼呢？至於大清的水是否就真的那麼「乾淨」，這已是另一問題，此處不作深論。

王國維以屈靈均自況，陳寅恪也不只一次以之相喻，如在王觀堂先生輓詞中「豈知長慶才人語，竟作靈均息壤詞」之句，也將王國維譬喻為屈靈均，都是彰彰明甚的事。

王國維在《百字令》中說「夷叔西陵，山陽下國，此恨那堪說。」以伯夷、叔齊自況；而陳寅恪也以伯夷、叔齊與之相喻，其挽王觀堂先生詞中云：

> 回望觚稜涕泗漣，波濤重泛海東船。
> 生逢堯舜成何世，去作夷齊各自天。[2]

可見王、陳二先生，心曲相通，肝膽相照。只是，陳先生應該知道，伯夷、叔齊不食周粟而死，是殉商；屈原自沉於汨羅，是殉楚；而死者（王國維）的自況與挽者的譬喻，其所殉者清，已是清楚不過的事。故錢仲聯謂之「身處共和，而情類殷頑」，顯為確有所據的感慨之辭，不可目為苛論。

1　見《陳寅恪集・詩集》，北京三聯書店 2009 年出版。
2　同上。

王國維在國學研究上，可以說是舊學的繼承者與新學的開基人，其學術成就可師可佩，可以不朽。可惜他的思想未能與其治學的新方法一樣，與時代並進。這一方面既緣於其個人的性格因素和思想感情；另一方面，我認為與其際遇及人事的牽累，有極大的關係。他首先受羅振玉知遇，而他又是一個知恩圖報的人，所以常以羅振玉的意志為意志，受其牽制。而後又受知於溥儀，做名實不符的「南書房行走」，但他甘之如飴，而且感皇恩之浩盪，因為他內心上仍然認同君臣大義和倫理綱常的文化。所以當清皇朝和代表封建皇朝的倫理文化陷於覆滅之時，他感到亦等如自己的覆滅。所以，讀觀堂詩詞，辛亥革命後所作，完全悲觀消極，灰色一片。在他的內心世界，孫中山領導國民革命，打倒帝制，驅除韃虜，建立民國的綱領，與他是格格不入的。所以辛亥之歲爆發武昌起義，他追隨羅振玉到了日本，此役於王國維來說，可謂為「初辱」。等到 1927 年北伐成功，國民政府定都南京，他認為「經此世變，義無再辱」。他顯然是堅決抵制新時代的歷史潮流，去「贏得大清乾淨水」，作其殉清之「烈士」。

客觀而言，王國維自沉的行為，可以理解。但其所欲表達的意義，卻不足為訓。因此，人們不能因為敬重其學術而歌頌其死。畢竟評論歷史人物應具是非觀念，否則知人論世，便失去標鐸。

陳寅恪父子的高風亮節

　　1911 年辛亥革命，當武昌起義爆發之際，各省響應，清皇朝風雨飄搖，中外震動。陳家因在清世累代仕宦，故散原老人乃攜眷赴日暫避，陳寅恪其時隨父同行。當時羅振玉也亡命日本，王國維隨同前往。顯然，彼時王、陳二位尚不相識。

　　陳氏祖籍江西修水。寅恪祖父陳寶箴官至湖南巡撫，主持湘省新政，治績卓著，有聲於時。父陳三立，號散原，佐父治湘，翊贊甚力；而詩名震當代，有《散原精舍詩》行世，為清末四大公子之一。

　　當年陳寶箴在湖南進行政治改革，主張漸進徐圖。而康、梁則佐光緒帝與慈禧太后抗衡，並冀以激烈的非常手段解決中國的憲政問題，結果反被后黨以非常手段解決，史稱「戊戌之變」。陳寶箴因是革新派，故被革職；陳三立更屬戊戌黨人，險被問斬，因得力大臣相救，改「永不錄用」。

　　有論者謂：「如果當日的改革能夠按照陳寶箴、陳三立父子的主張，緩進漸變，不發生康有為等人的過激行動，清季的歷史就是另一番景象了。」[1]

　　這當然是假設性問題。但即使當時陳寶箴父子之法得行，也不

1　劉夢溪《陳寅恪論稿》，三聯書店 2019 年出版。

能救中國。因清季之國情，百孔千瘡，漸變徐圖之法，即使能稍安於內，也斷不能攘敵於外。而當時列強正圖瓜分中國，割地賠款，分據租界，虎巢狼穴，觸目驚心。故漸變之法決不能驅外患，捨激烈之革命，別無良法。故中國之近代史，實按其國情之發展而作相應的演變。倘無戊戌之失敗，便無辛亥之成功，其間相隔不外十餘年耳。陳寶箴、陳寅恪父子雖遭牽累，不能暢申其志，但他們為國為民之衷誠，已足以名留青史。

再說辛亥革命爆發後，陳寅恪隨父赴日，時年二十一，就讀於日本中學。國內秩序恢復，散原老人攜眷返國，陳寅恪則遊學歐美，足跡遍及二大洲。以其過人之天賦，讀萬卷書行萬里路，嫻熟多國外文，其博識多聞的大學問，就是在這段時間奠定的。

其後袁世凱復辟帝制，蔡鍔於雲南高舉義旗聲討，各省響應。此時陳寅恪聞訊隨即返國擔任蔡鍔祕書，佐其討袁義舉。此事顯然出於散原老人之意。因為袁世凱出賣戊戌黨人，作光緒帝之逆臣，也是陳寶箴、陳三立父子被逼退出政壇的罪魁禍首，故國仇家恨，畢集心頭。如今袁賊竟冒天下之大不韙，復辟稱帝，此種倒行逆施，國人皆當起而誅之。於是陳寅恪毅然中斷國外之學業，遵奉散原老人之意急急回國參與討袁之役。他的這一行動，既是書生報國，也承繼陳家的義勇節烈。

及至袁世凱被逼取消帝制，不久惱羞而死。繼而蔡鍔病亡，陳寅恪又繼續出國遊學。故討袁之役，是他畢生唯一的一次從政。

至一九三一年「九一八事變」後，日本策動溥儀在東北成立偽滿政權，此時不少清室的遺老遺少趨集瀋陽，以為皇朝復辟，鴻鵠將至，於是甘願受日本侵略者利用，不惜墜落為漢奸。羅振玉、鄭孝胥之流，不僅自己跳火坑，而且企圖策動陳三立到東北去效忠溥儀，卒為散原老人所峻拒。因為賣國求榮，當無恥漢奸，留下千古罵名，志節之士不屑為也。

　　一九三七年「七七」盧溝橋事變起，散原老人住北京西山，其時日寇突破熱河防線，向北平步步進逼，眼看國破家亡，散原老人乃絕食而死以殉國，令人肅然起敬。

　　二戰爆發，日本全面侵華。太平洋戰事起時，陳寅恪正執教於香港大學。香港淪陷，他一家生活十分艱難，只好將衣物換食物，生活物資極端缺乏。大概有日本學者寫信給軍部，要他們不可麻煩陳教授。軍部為籠絡人心，行文香港佔領軍司令，司令派憲兵隊照顧陳家，送出好多袋麵粉，但憲兵往屋裏搬，陳寅恪、唐篔夫婦則往外拖，就是不食敵人的麵粉。後來朱家驊派人在一個暴風雨的夜裏把陳家四口接到廣東，再輾轉至重慶，四人因長期營養不良而病倒。[1] 陳寅恪一家寧可捱餓而堅持氣節，與散原老人為保持民族精神絕食而死，同樣難能可貴。他們的高風亮節，令人欽佩，永留青史。

1　見陳哲三《陳寅恪先生軼事及其著作》一文，載俞大維等著《談陳寅恪》一書，台灣傳記文學出版社 1971 年印行。

略談陳垣的學術貢獻與晚年遭遇

　　陳垣先生一生對中國文化研究成就巨大，術業事功甚多。尤其於清末民初易代之際，於保護故宮大量的國家文物，搶救、保存和研究敦煌文化，貢獻至巨。而數十年從事高等教育，培養不少第一流的人才。在學術上，他的校勘學、史料學、文獻學研究可謂獨步天下，其研究成果和研究方法，成為我國文化學術的一大流派，且代有傳人。應該說，陳垣先生是我國二十世紀屈指可數名實相符的史學大師之一，同時也是名實相符的大教育家。

　　陳垣（1880—1971），字援庵，廣東新會人。他生於清季之際，五歲起居廣州，從童蒙到青年時期已有豐富的歷練，他先後經歷過科舉考試、學過西醫、從事報業到投身教育，早存報國救民之心。及後他「學而優則仕」，從政救國，1931 年當選國會眾議院議員，並遷居北京，可說是他一生的轉折點。

　　1933 年，北洋政府內務部將存放於熱河避暑山莊的文津閣《四庫全書》搬運至北京古物陳列所，後移交北平京師圖書館。陳垣乃窮十年之功，遍閱《四庫》，整理《四庫》。而其學問之淵深博雅，史學著作之融貫精湛，考據校勘之允當嚴謹，實也根源於《四庫》。有關這一點，這裏援引曾長期追隨陳垣的得力助手兼學術知己劉乃和的記述，以了解這位著名的史學大師昔年刻苦治學的真實情況：

（陳垣住家與圖書館）來回路程需要三個多小時，逢陰雨風雪，甚至要四個小時。他每天清早，帶着午飯，到圖書館看《四庫》。圖書館剛開館就趕到，下午到館員下班才離開。就這樣前後斷續讀了十年，把這部包括幾萬冊的大叢書作了詳盡的了解，把這書著錄的書名和撰者作了索引，並將當時流行的趙懷玉本《四庫簡明目錄》與實際存目相考核，校出有書無目，有目無書，書名不符，卷數不對等情況；了解了《四庫》收集、編纂、禁毀、抽換的變化過程，寫成了《四庫書目考異》五卷。又因纂修《四庫》的掌故，私人多不記載，乃利用《乾隆御製詩文集注》，寫成《四庫全書纂修始末》一卷。經過這樣反覆細緻的鑽研，不但對《四庫》的情況非常熟悉，而且對我國浩瀚的文史圖書了如指掌。[1]

1922 年陳垣署理教育部次長，主持部務；並兼任京師圖書館館長，清查館藏敦煌經卷；同時受聘為北京大學研究所國學門導師和明清史料整理委員會委員，至 1924 年敦煌經籍輯存會成立，擔任採訪部長。溥儀被逐出宮，陳垣復參加清室善後委員會並開始清點宮廷文物。翌歲故宮博物院成立，任理事會理事，及故宮博物院圖書館館長。

在故宮清點文物時，陳垣親勘文淵閣《四庫全書》，並在故宮摛藻堂發現《四庫全書薈要》，如獲至寶。至此，文津、文淵兩《四庫》，陳垣可謂盡收眼底。故近世對《四庫全書》所知最多、貢獻最巨者，陳垣堪稱第一。

另一方面，在清點故宮文物時，陳垣發現世上未見的元刻本《元典章》，此書彙集了元朝的禮制和典章制度，非常重要。及後陳

1　見劉乃和、周少川等《陳垣年譜配圖長編》，遼海出版社 2000 年出版。

垣對元史研究創獲甚多，屢加抉發，絕非偶然。從 1922 年至 1925 年三數年間，陳垣學術研究的力作排山倒海，其中包括：《火祆教入中國考》、《摩尼教入中國考》、《元西域人華化考》、《基督教入華史略》、《擬編中西回三曆歲首表意見書》、《敦煌劫餘錄》、《道家金石略》、《中西回史日曆》及《二十四史朔閏表》等等，都是史料翔實、考據精當、見解獨到的學術論作，不僅為中國的學術研究開拓新域，而且不少成為學術工具書，在許多方面起了導夫先路的作用。尤其為中國敦煌學和中外宗教交流史的研究開了先河，影響極為深遠。

如《二十四史朔閏表》便是陳垣運用史料學結合天文曆法的傑出著作，對歷史事件發生於某一時期、時間、時日的查證和推算方面的史學研究大有裨益。當年一經問世，在學術界引起極大的轟動，備受佳評與重視。胡適指出：

> （此文）在史學上的用處，凡做過精密的考證的人皆能明瞭……給世界治史學的人作一種極有用的工具。[2]

其實，以陳垣十年磨一劍的苦功，加上先後遍閱文津、文淵兩《四庫》，身兼京師圖書館和故宮博物院圖書館兩館長，其學問之通博，所掌握典籍文物知識之廣茂淵雅，是同時代許多大學者所不能企及的。胡適之、陳寅恪、傅斯年等人不時就古籍文物故典的問題向其請教，對其學問和學術貢獻推崇備至。這可從陳寅恪為《敦煌劫灰錄》撰序中可以窺見。而胡適為《元典章校補釋例》一書作序時，給予極高的評價。內中說：

2　胡適《介紹幾部新出的史學書》，載《現代評論》1926 年第四卷第九一期。

陳援庵先生校《元典章》的工作，可以說是中國校勘學的第一偉大工作，也可以說是中國校勘學第一次走上科學的路。[1]

因此，陳垣在中國學術界地位之高，概可想見。

陳垣在北洋時代曾任教育部次長，對教育事業當然很有認識，但畢竟只是當官。他之真正進入北京教育界，自 1922 年受聘為北京大學研究所國學門導師起，及後歷任北京公教大學副校長、輔仁大學副校長、燕京大學教授、燕京大學國學研究所所長、中央研究院歷史語言研究所特約研究員、輔仁大學校長、北平師範大學史學系教授、主任，乃至解放後任北京師範大學校長。數十年從事高等教育，培養人才無數。如曾任上海復旦大學副校長、思想史專家蔡尚思，學者、書法大家啟功等人，皆親沐陳先生的關懷教益，受其啟沃良多。對於陳老之提攜栽培，啟功一直銘記不忘，可見其感人之深。

數十年來，陳垣雖長主校政，忙於教務，但仍精勤治學，除完成《元也里可溫教考》外，復有《校勘學釋例》、《史諱舉例》、《南宋初新道教考》、《明季滇黔佛教考》及《通鑑胡注表微》等二十部專著和二百餘篇論文，可謂著作等身，於我國史學與文化教育，貢獻極大。

陳垣是二十世紀中國文化學術界和教育界的傳奇人物。他身歷晚清、北洋政府、國民政府和中華人民共和國各個歷史時期，既「學而優則仕」，但以十年窮究《四庫全書》為轉折點，此後復「仕而優則學」，而終以學顯。

陳垣不僅精勤治學，而且有原則，善處世。當年日寇全面侵

1　見黃保定、季維龍選編《胡適書評序跋集》，嶽麓書社 1987 年出版。

華，北平淪陷，陳垣執掌的輔仁大學因其美國教會學校的背景，而成為北平「唯一未被日偽接管的大學。它在日偽壓迫威脅之下，不受偽教育部命令，仍遵國民政府之學制及校曆、假期規定。使用原有教材，保持了故都學府一片淨土」。[2]

陳垣又撰寫《通鑑胡注表微》，借胡三省之酒杯，澆自己胸中之塊壘，以表達其抗日救國的情懷。為了輔大的教育事業和師生的安全，他在淪陷區與敵周旋而不失完節，與漢奸周作人的所作所為，可謂涇渭分明，不啻天壤之別。此中之分野，我認為在於陳垣精治史學而深具歷史感，因而對民族氣節問題戒慎戒懼，終能站穩立場；而周作人則長於舞文弄墨，其小品對人生常存惆悵之感，慨歎世態無常，筆調蒼涼冷峻而終至於對國族冷漠，最後墜落為文化漢奸，名為「作人」而實不識作人，亦云可悲矣！可見歷史對一個人在厲害關頭，在國家民族和一己私利之間的大是大非面前，確實具有警醒和借鑒的作用。

1949 年國府遷台時，派飛機載大陸重要的專家學者赴台，陳垣為其一。但他躲在劉乃和家以避之。北平和平解放時，陳垣與劉乃和、柴德賡從輔仁大學步行至西直門大街，與廣大市民一起，迎解放軍於道上。他孜孜不倦學習毛澤東著作，深佩其為民族解放和爭取人民的自由民主而奮鬥的偉論，而慨歎自己「聞道晚矣！」[3]

1954 年，陳垣在覆遇夫的信中，主張其應學習毛澤東著作，「法韶山之學」。內中說：遇夫生當今之世，近聖人之居，當法韶山，不應以高郵自限。[4]

說起來，這位老先生很早就提倡知識分子學習毛澤東著作的，

2　見劉乃和、周少川等《陳垣年譜配圖長編》，遼海出版社 2000 年出版。

3　同上。

4　見陳智超、曾慶瑛編《陳垣學術文化隨筆》，中國青年出版社 2000 年出版。

而且發自內心。像千千萬萬曾經生活在舊中國的知識分子一樣，彼時對於一個民主自由和富強的新中國的出現，內心確實充滿了嚮往和憧憬。陳垣也竭力使自己的頭腦去舊換新，與時並進。

上世紀五十年代歷經批胡適、批胡風、批俞平伯乃至反右派，陳垣都安然無事。他努力爭取進步，1959 年還加入中國共產黨。在公職上，他一直擔任北師大校長，並且當選全國人大常委會委員兼北京市政協副主席，名位之隆，逾於往昔。最值得稱道的是，他雖執北師大校政並擔任多項重要公職，參加社會活動，但他骨子裏畢竟是史學大師，做學問是他的本能，雖在八十之年，但述作不斷；1961 年且承擔點校整理新、舊《五代史》的任務，實在十分難得。

1966 年「文革」爆發，陳垣本屬造反派的批鬥對象，幸好有周恩來總理的保護，僅以身免。但造反派將劉乃和作其代罪羔羊，「替他接受批判，替他捱鬥，掛牌子，寫交代材料，並打入牛棚。」[1]

然批在劉乃和身上，痛在陳垣心上。學生兼知己代自己受過，其內心的難受不言而喻。八九十歲的老人，生活受到影響，親友不來，學生不見，尤其那時全國亂哄哄，民眾不得安寧，他感到心傷。為何如此？他大惑不解。顯然，老先生臨終前是不無遺憾的。

1971 年 6 月 21 日，一代史學大師在憂國憂民、憂己憂人的悲懷中，鬱鬱以終，實在令人慨歎！

---

1 見劉乃和、周少川等《陳垣年譜配圖長編》，遼海出版社 2000 年出版。

從鄧拓的灕江詩談起

　　桂林是個如詩如畫的城市，多年前曾有一遊，至今印象難忘。

　　出遊的時間，記得是 1985 年的早春二月。沒想到桂林這個南方的城市，那時還真是春寒料峭，冷風徹骨。船遊灕江時，但見山雨迷蒙，雲霧縹緲，繞千峰而不去，心裏暗說來得真不是時候。但憑窗眺望，煙雨灕江，卻別有一番情致。江風凜冽，細雨敲窗，朦朧中隱約見身披斗笠的漁翁撐着竹筏順流而下，「青箬笠，綠蓑衣，斜風細雨不須歸。」在寒風飄雨中，望着蒼茫雲霧中兩岸若隱若現的山色和江上漁翁劃着竹筏漸去漸遠的背影，真是如詩如畫的意境。所以，騷人墨客至此，無論春山秋水，有如此美景入目，又有江風暢懷，感賦獨多。

　　古今詠歎桂林山水的詩歌多不勝數，但我印象最深的是韓愈和鄧拓的詩，而且兩詩還有些關係。原來，鄧拓的詠灕江詩用了韓愈的五律《送桂州嚴大夫》詩中的典故。韓愈原詩如下：

　　　　蒼蒼森八桂，茲地在湘南。
　　　　江作青羅帶，山如碧玉簪。
　　　　戶多輸翠羽，家自種黃甘。
　　　　遠勝登仙去，飛鸞不假驂。

　　韓詩的「江作青羅帶，山如碧玉簪」自此成了桂林模山范水傳
誦千載的名句，鄧拓引用的正是此典，他的詠灕江詩也非常有名。
而今親臨八桂之地，身處灕江之中，聞流水而低迴，望遙岑而興
歎。俯仰之間，江山俱碧，使我益感名山名水，名人名詩，也不枉
此一行了。

　　鄧拓（1922－1966）詩文皆佳，多才多藝，甚有成就。昔年
參加革命，在抗日根據地和解放區時，已被譽為共產黨的才子。解
放後擔任領導工作，但仍然筆耕不輟，不廢吟詠。鄧拓詠桂林山水
詩，我記得有四首之多，然以《題灕江春畫頁》詩最為出名，為人
所熟知。詩如下：

> 一見灕江不忍離，別來朝夕似相思。
> 青羅帶繞千山夢，碧玉簪繫萬縷詩。
> 願約三生酬壯志，勤將四季作農時。
> 迢迢南北情何限？心逐春風到水湄。

　　鄧詩的頷聯顯然出自韓愈的「江作青羅帶，山如碧玉簪」而加
以如詩如夢的藝術加工。至於頸聯中「願約三生酬壯志」之句，鄧
拓用的是「三生約」的典故：唐代李源和圓澤和尚是好朋友，傳說
圓澤將死時，約李源十二年後於杭州相見。李源如期赴約，見一牧
童歌曰：

> 三生石上舊精魂，賞月吟風不要論。
> 慚愧情人遠相訪，此身雖異性長存。

　　——這個牧童就是圓澤的化身。
　　「文革」初，鄧拓因詩文獲罪，成了「三反分子」，上面那首詠
灕江詩即成為他的罪證之一，成為「黑詩」。但恕我愚鈍，此詩我

左看右看，正思反思，都看不出有半點反骨，不知「黑」在哪裏？詩的主調稱羨風景甲天下之美的桂林山水，而最後一句「心逐春風到水湄」，不正是對祖國大好河山和新社會的歌頌嗎？究竟有什麼不好呢？—— 真是令人百思不得其解。

我初識鄧拓之名，是在內地讀初中的時候。大約 1965 年春，我讀了他那本極受知識分子和青年學生歡迎的雜文集《燕山夜話》，感到言近旨遠，極受啟發，而筆致才情皆有不同凡響之處。

翌歲「文革」爆發，《燕山夜話》和鄧拓與兩位好友合作的《三家村札記》被作為「毒草」踐踏在地，他們也成為最早一批被造反派瘋狂迫害的知識分子，當年令我年輕的心靈大受震撼！

鄧拓另一詩也非常有名，如下：

> 東林講學繼龜山，事事關心天地間。
> 莫謂書生空議論，頭顱擲處血斑斑。

東林黨人在明季之際，關心國是，滿懷書生報國壯志。鄧拓顯然頗欣賞東林黨人「風聲雨聲讀書聲，聲聲入耳；家事國事天下事，事事關心」的襟懷，故詩中用以作典。其文史學識精湛，詠史而歌正氣，很有感染力。我讀鄧詩，深感其關心國事天下事，而且謳歌明清易代之際一輩知識分子為國家民族的命運不惜拋頭顱灑熱血的義勇節烈，這首詩顯然是鄧拓讀史時有感而發的心聲。

「文革」爆發，鄧拓像許多無辜的民族文化精英一樣受到迫害，於 1966 年 5 月 18 日含冤而死（1979 年 2 月獲平反昭雪，恢復名譽）。此際我於灕江之上，誦其「一見灕江不忍離，別來朝夕似相思」的詩句，心中仍然感慨萬千，深歎山水有情人有情，只是山水依舊，可惜詩人已去，惟留灕江汩汩。凄風帶雨，益增悲懷，乃成小詩一首，以悼斯人：

七律

雨中遊灘江，有懷鄧拓感賦。

壯志未酬遽去時，灘江煙雨最堪悲。
英魂常繞燕山夢，正氣長存三傑碑。
風雨書聲憂國事，江河血淚賦殤詩。
山嵐滿袖輕霜冷，猶覺天風撲面吹。

饒宗頤先生抗戰時期的西南行與《瑤山集》

　　我師饒宗頤先生（1917—2018），字伯濂。尊人饒鍔老先生為其取此名字，蓋有深意在焉。因為他景慕宋代大儒周敦頤，世稱濂溪先生，故取其一「頤」一「濂」作為長子的名與字，希望他長大後能效法其懿德學行。其後先生之所以常以伯子、百子為筆名，就是由於字伯濂的緣故。此外，先生小名「福森」，是出生不久家裏的長輩聽算命先生根據他四柱八字中五行欠木而取的。至於先生自號固庵，應該取於抗戰時期，著名學者簡又文在其抗日著作《遁難蒙山》一文中已有「嶺東饒固庵」的記載[1]；而先生別署選堂，則是上世紀五十年代初執教港大之後的事。先生在《固庵文錄》中有《選堂字說》一文道其來龍去脈。[2] 近數十年來，學、藝兩域中人多以選堂先生稱之。

　　先生早慧，其尊人饒鍔老先生乃潮州有名的儒商兼一代學人，文辭博雅，著述宏富。先生幼承庭訓，於饒家藏籍數萬卷之天嘯樓上，誦習經史及詩文辭賦，為其文史學養奠下深基；又兼有手聰，丹青翰墨皆具天賦。眾所周知，選堂先生是馳譽海內外學藝雙攜的

1　簡又文《遁難蒙山》，引自饒宗頤等《文化藝術之旅》，香港天地圖書有限公司 2009 年出版。

2　饒宗頤《選堂字說》，載《固庵文錄》，台灣新文豐出版有限公司 1989 年出版。

大師。在國內，史學界不少學者對他是早已聞名的，因為二十世紀
三十年代他已是禹貢學會的會員，其時着力於研究西北史地，對古
史及新莽史尤有獨到見解，故為當時擎史學界大纛的顧頡剛先生所
推重，彼此書信往來，頗有論交，所以學界中人咸謂其輩份甚前。
1992 年 4 月，我應邀赴河南省孟縣參加「韓愈國際學術研討會」，
與會學者中有中國社科院哲學研究所陳克明教授，他是胡適之、馮
友蘭和金岳霖的學生，對韓學和經學甚有研究，著作都很有水平。
他是與會中年紀最大的學者之一。但當我和他談起饒宗頤先生時，
他即刻肅然起敬地稱為「前輩」。其實饒先生只比他年長兩三歲，
可見其在學術界享譽之早。

　　然而，饒先生最初以神童名世者，卻並非方志史地之學，而是
以其天才橫溢的《詠優曇花》詩，令郡中諸耆宿為之傾倒。詩及小
序如下：

詠優曇花

優曇花，錫蘭產。余家植兩株，月夜開放，及晨而萎，家人
傷之。因取榮悴無定之理，為詩以釋其懷。

異域有奇卉，植茲園池旁。
夜來孤月明，吐蕊白如霜。
香氣生寒水，素影含虛光。
如何一夕凋，狙謝亦可傷。
豈伊冰玉質，無意狎群芳。
遽爾離塵垢，冥然返太蒼。
太蒼安可窮，天道邈無極。
衰榮理則常，幻化終難測。
千載未足修，轉瞬詎為逼。
達人解其會，保此恆安息。
濁醪且自陶，聊以永茲夕。

　　選堂先生此五古詩，由優曇花之衰榮，嗟歎宇宙之變幻無窮，感慨人世之倏忽滄桑，而悟出自然界中，造化物我之消長，自有其一定不易之理，固不必因其榮而喜，亦不必因其凋而傷。詩甚古樸，既富情韻又含哲理，大有魏晉之風。

　　他自十二歲起學寫詩，其青少年時期的作品，有的旋作旋棄，有的則在日寇侵略的離亂歲月中遺失，當年他的詩作先後結成的《弱冠集》和《鳳頂集》已不可覓得。現存最早之詩集，乃選堂先生於抗戰歲月中輾轉於西南地區所賦的《瑤山集》諸作。其自序云：

> 去夏（即 1944 年）桂林告警，余西奔蒙山，其冬日復陷蒙，遂乃竄跡荒村。……曾兩度入大瑤山……區脫暮警，寒柝宵鳴，感序賦時，輒成短詠。[1]

　　選堂先生本是粵東潮州人，為什麼會跑到西南的大瑤山去呢？

　　說起來，選堂先生的這段經歷頗為曲折，溯其淵源，實與其潮汕同鄉、時任兩廣監察使劉侯武先生有極大的關係。原來，選堂先生出身於潮州的大戶人家，青少年時期多在家鄉渡過。1933年因十七歲續成其尊人饒鍔老先生生前未竟之業《潮州藝文志》而聲聞嶺南，1936 年被推薦至省城中山大學廣東修志館任專職纂修；1938 年日寇陷廣州，他返回家鄉潮州，代課於韓師，受聘執教於金山中學；1939 年經著名詞學家詹安泰教授推薦，選堂先生應聘為中山大學研究院研究員，擬經香港赴雲南澄江中大新校工作，不料此時染上惡性瘧疾，只好滯留香港治療。居港期間，他佐葉恭綽先生編成《全清詞鈔》。至 1941 年冬，日寇陷香港，而家鄉潮州和粵東重要城市汕頭早已淪陷，他只能與許多潮汕文化

1　載饒宗頤《清輝集》，深圳海天出版社 2011 年出版。

人一樣，輾轉到粵東的國統區揭陽避難，並參與宣傳抗戰的文化工作，任揭陽縣民眾教育館副館長。1943 年揭陽與其他潮汕地區一樣，久旱之後又連日暴雨，旱澇相侵，農民顆粒無收，潮汕出現大饑荒，造成餓殍遍地。此時兩廣監察使、潮陽人劉侯武先生奉命來潮汕賑災，事務繁忙。機緣巧合，他因曾任潮安縣長，與饒家夙有淵源，而選堂先生詩文史筆早享神童之譽，他也是知道的。故聘用選堂先生當自己的私人祕書，處理文牘方面的工作。其後劉氏返廣西桂林，帶同選堂先生前往，並推薦他至無錫國專執教，這些事我在《略談選堂先生早年的經歷和學術淵源》一文中頗有述及。[1]

劉侯武（1894 — 1975），廣東潮陽穀饒人。早年參加孫中山先生領導的同盟會，辛亥革命後，先後擔任汕頭《晨報》社社長、福建省政務委員會祕書、東江行署祕書、潮安縣縣長、國民政府監察院監察委員兼兩廣監察使。他本文人出身，有學問，擅書法，與于右任是兒女親家。

1943 年潮汕地區面臨百年未遇的大災荒，人民飢寒交迫，命懸一線。劉侯武先生有見及此，心急如焚，遂以兩廣監察使身份向國府自動請纓，自廣西（按：使署駐桂林）奔赴廣東揭陽，為家鄉潮汕賑災。那時處在抗戰的困難階段，國府拿不出錢和糧賑濟，所以任務十分艱巨。他拉上同鄉好友、時任國民政府僑務委員兼國民黨中央海外黨務計劃委員會主任、專門做海外僑務工作的蕭吉珊先生前來協助，目標就是共同向香港和東南亞的潮商、潮僑募款買糧，以救濟家鄉飢民。選堂先生就是在這樣的情況下，被劉侯武先生聘為祕書的，以協助其與香港和東南亞僑領之間來往文牘函電的工

1　見郭偉川《略談選堂先生早年的經歷與學術機緣》，載郭偉川著《饒宗頤的學術文化》，廣州花城出版社 2017 年出版。

作。劉氏並向同鄉好友蕭吉珊亟力推薦,選堂先生遂被蕭氏聘為其轄下的國民黨中央海外部的海外教授,以便於對海外華僑的研究和募款賑災的聯繫和工作的開展。

蕭吉珊(1893—1956),廣東潮陽人。其父兄為東南亞僑領。他本人早年追隨孫中山先生國民革命,1924 年初孫先生創辦黃埔軍校,任總理,蕭吉珊曾任該校祕書。後出任國民政府僑務委員、國民黨中央海外黨務計劃委員會主任,專職做東南亞和北美僑務工作。1943 年潮汕地區發生大饑荒,他到揭陽與劉侯武共同向香港和東南亞潮商潮僑募款賑災,這是他份內的工作。

選堂先生後來之所以與東南亞潮僑非常熟悉,尤其與泰國僑領余子亮、鄭午樓之間有密切的友誼關係,溯其初源,其實就是在 1943 年做賑災工作時建立起來的。他擔任海外部海外教授顯然對這方面有所幫助。至 1943 年秋冬之際,賑災工作順利完成後,劉侯武先生自揭陽返桂林兩廣監察使署工作,其時選堂先生隨同前往。他本是學界中人,很希望到高校執教或擔任研究工作,而劉侯武先生其時恰好兼任因抗戰輾轉遷至桂林辦學頗享盛譽的無錫國專校董,他很欣賞選堂先生的文才學養,同時還兼有中山大學廣東修志館修撰和中大研究院研究員的資歷,認為人才難得,不能埋沒;其時與選堂先生相識的原中大考古系教授鄭師許恰好任教於無錫國專,於是由其出面向該校推薦,劉侯武先生在校董會加以玉成。於是無錫國專決定聘任選堂先生講師之職,這是 1944 年年初的事。其時選堂先生在填寫履歷時,為了避嫌,沒有填寫自己曾任兩廣監察使劉侯武祕書的經歷,只保留在揭陽參加賑災時被聘用的「中央海外部海外教授」這一職稱。[2] 近期,潮州

2　見孔令彬《饒宗頤與無錫國專關係考》,載《汕頭大學學報》2020 年第 6 期第 36 卷。

韓山師院教授孔令彬所撰《饒宗頤與無錫國專關係考》一文，發表於《汕頭大學學報》2020 年第 6 期上，內中就涉及這一問題。他在查閱 1944 年選堂先生在無錫國專的檔案時，因發現履歷表上沒有填寫「曾任兩廣監察使劉侯武祕書」的記錄，而質疑拙撰《略談選堂先生早年的經歷和學術淵源》一文中記載的這一事實。他認為：

> 1948 年劉侯武接任《潮州志》編撰委員會主任委員，時饒宗頤是副主任委員，二人的接觸才多起來。[1]

　　因此，由於孔令彬認為 1943 年選堂先生在揭陽未當過劉侯武的祕書，甚至沒什麼接觸，所以也認定 1944 年他的西南之行並到廣西桂林無錫國專任教與劉侯武毫無關係。其實，選堂先生曾多次承認他當過兩廣監察使劉侯武先生的祕書，我是承其親口面告的；還有就是在公開場合親耳聽到。比如劉侯武先生的嫡孫、著名經濟學家劉遵義教授曾任香港中文大學校長，選堂先生則是該校的講座教授，在一次人數眾多的慶祝宴會上，其時我躬逢其盛，就曾親耳聽到饒先生在講話中，說自己年輕時做過劉校長的祖父、兩廣監察使劉侯武先生的祕書，彼此有很深的淵源。—— 這件事當年許多人都知道，包括陳偉南先生。至於潮汕的歷史檔案館對此事也有記載。其實，選堂先生任《潮州志》總纂兼編纂委員會副主任委員，主要推薦人就是劉侯武先生。根據黃繼澍先生《潮州志纂修經過》一文引用相關的檔案記載：

1　見孔令彬《饒宗頤與無錫國專關係考》，載《汕頭大學學報》2020 年第 6 期第 36 卷。

> 1946 年 7 月 1 日成立潮州修志委員會，推鄭紹玄（郭按：
> 時任廣東省第五區督察專員兼保安司令。按當年規制，各地
> 修志委員會主委都必須由當地最高軍政長官擔任）為主任委
> 員，負責修志事宜。……決定聘原任廣東省立文理學院教授、
> 兩廣監察使劉侯武私人祕書饒宗頤為副主任委員兼總纂，並
> 於 7 月 10 日由鄭紹玄發出聘函。[2]

孔令彬捨近求遠，不到潮州檔案館查閱核實相關的材料，
而對選堂先生於 1943 年在揭陽期間曾任兩廣監察使劉侯武祕書
一事遽加否定，在學術上顯然欠嚴謹。他還說饒先生任中央海外
部海外教授一職，「可能是他居港期間的任職經歷」[3]，這當然是錯
誤的胡亂猜測。其實這一職稱同樣是選堂先生於 1943 年在揭陽
期間經劉侯武推薦，由其潮陽同鄉好友、時任國民政府僑務委員
兼國民黨中央海外部主任委員蕭吉珊聘任的。至 1948 年潮州志
編撰委員會成立時，劉侯武、蕭吉珊都擔任編委會的顧問，劉氏
其後還接任該會主任委員。由此可知，選堂先生與這些人都有頗
深的歷史淵源，他們都是近代潮汕地區很有影響的人物。孔先生
原籍河南開封，作為異鄉之客，當然對過去這些潮汕歷史人物之
間彼此的相互關係不太熟悉，所知不多，而這些人事關係往往又
對個人際遇和個人歷史發揮重要的作用，這是他此類研究文章在
客觀條件上的不足之處：又兼一時疏於查核相關的文獻和檔案材
料，以致在文章中出現一些失誤，我認為可以理解，不必苛責。
客觀而言，選堂先生本來與廣西毫無淵源，他之所以在 1943 年
末會從廣東揭陽西走桂林，就是劉侯武先生返兩廣監察使行轅履

---

2 同上。
3 引自黃繼澍《潮州志纂修經過》一文，載《潮州志‧志末》，潮州市地方志辦
　公室編印。

行職務時帶他一起走的。至 1944 年初選堂先生有機緣至無錫國專任教，首先是他本人有學問、夠資格，而劉侯武先生是該校校董，他知道選堂先生本是學界中人，有回歸高校執教的強烈願望，當他知道其與無錫國專鄭師許教授曾是中山大學的同事時，便建議找鄭氏出面向無錫國專推薦，他本人在校董會玉成，其來龍去脈如此。但有一本書的作者在寫關於選堂先生這段歷史時，說在「金山中學任教不久，好友鄭師許（1897 — 1952）向無錫國學專科學校（下簡稱國專）在廣西時期的校長馮振（1897 — 1983）推薦饒宗頤先生到國專任教」[1]。這當然與歷史事實不符。因為饒先生在潮州金中任教是 1939 年前後的事，其時鄭師許未至無錫國專擔任教授，何來推薦饒先生至該校任教的事？事實是，由於 1938 年 10 月廣州淪陷，饒先生前此已離穗返潮州，先由詹安泰先生推薦至韓師代課，後由母校金山中學聘任為教師，一直到 1939 年 8 月；再由中山大學詹安泰教授推薦為中大研究院研究員，這才有其後先生擬前往雲南澂江中大分校，途中患病滯留香港，因機緣巧合得以佐葉恭綽編成《全清詞鈔》等一系列事情。至香港淪陷，潮州、汕頭也於早前陷敵，饒先生是於 1943 年前後自香港輾轉至揭陽的，期間因賑災得以與劉侯武先生結緣，其後才隨他到桂林，始有 1944 年至無錫國專任教的事。因此，說鄭師許教授把在 1939 年於金中任教的饒先生推薦至無錫國專任教，完全脫離歷史事實。客觀而言，其時寇焰方熾，大家天各一方，鄭教授與饒先生既非同鄉，也非深交，兩人相差 20 歲，雖一度同在中大任職，但一在考古系，一在廣東通志館，交集不多，難稱「好友」。且其時日寇鐵蹄已大舉南侵，山河破碎，

1　陳韓曦《饒宗頤：東方文化的坐標》，廣州花城出版社 2015 年出版。

一在廣西桂林，一在廣東揭陽，郵路阻截，彼此更是音問不通，互不了解情況。事實是，饒先生到桂林後，才知道鄭師許在無錫國專任職教授，相晤之下，鄭氏才獲悉饒先生曾任兩廣監察使劉侯武祕書，此次是隨他來桂林的，而劉侯武先生且兼無錫國專的校董，在桂林頗有聲望，鄭師許當然是知道的。他深知饒先生在文史學術上確實是個難得的人才，既希望到無錫國專任教，所以他也樂於推薦。鄭師許（1897－1952），廣東東莞人。早年畢業於南京金陵大學，歷任國立交通大學、暨南大學、大夏大學、中山大學、無錫國專等高校教授，著作甚多，在學術界很有聲譽。他在中大考古系當教授時，選堂先生在該校廣東通志館當纂修，兩人年紀相差一大截。但選堂先生成名得早，他十七歲時續成父書《潮州藝文志》，該書於 1935 年開始在《嶺南學報》連載發表，在學術界引起頗大震動，鄭師許應知其事。至 1936 年，選堂先生被溫丹銘先生主持的中山大學廣東通志館聘為專任纂修，詹安泰先生則在該校中文系任教授。按中國文化的傳統，文史不分家，中大學人雅聚，互相唱和，饒先生的才氣橫溢是大家都知道的；而他在顧頡剛先生主持的《禹貢》半月刊連續發表古代歷史地理方面的論文，鄭師許教授也知其事，因此對他的學問留下頗深的印象；而詹安泰教授推薦他至中大研究院任研究員的事，鄭氏同樣也是知道的。而歷史事實證明，當年劉侯武先生、鄭師許教授慧眼識人，推薦饒先生到無錫國專任教，時間雖短，但無錫國專的校史上，卻增添了一位後來的國學大師，成了相得益彰的佳話。

無錫國專全名為私立無錫國學專修學校，為著名學者唐文治先生於 1921 年創建，原名無錫國學專修館，1929 年始把「館」改為「學校」。其時唐文治先生會聚了一大羣學有專精的名家學者教授，使無錫國專成為民國初年傳播中國傳統文化的一大重鎮，成為名聞

海內外的私立大學。日寇侵華，戰火燒至江南，無錫國專於 1938
年初西遷桂林，及後唐先生因老病往上海治療，由教務主任馮振教
授代理校長，學校一度疏散至北流，1941 年又遷回桂林，並擬在象
鼻山附近興建校舍，亟需向社會籌募資金。馮振校長乃聘請著名學
者梁漱溟為該校特別講座教授，並與其共商成立桂林無錫國專校董
會，成員除梁氏本人外，又由其出面敦請民國元老李濟深出任董事
長，同時聘請黃紹竑、李任仁、劉侯武、黃星垣等名流為校董，為
無錫國專籌募了可觀的建校費用和辦學經費。其中黃紹竑是桂系的
代表人物之一，其重要性不言而喻；而劉侯武則是國民政府兩廣監
察使，本人乃知識分子出身，又兼為知名書法家，故對無錫國專建
校辦學之事極力支持。至 1944 年春夏之交，無錫國專新校已初具
規模，佔地三百餘畝，可容學生五百餘人。選堂先生就是在這一時
期，由鄭師許教授出面推薦、劉侯武先生在校董會贊成而進入無錫
國專任教的。

　　不過，選堂先生在無錫國專任教不久，形勢急轉直下，日寇在
執行其南進計劃侵佔華南之後，又肆行其打通西南的戰略，於 1944
年夏，進攻桂林。於是無錫國專被迫疏散。選堂先生與國專部分師
生西奔蒙山，該縣處桂西大瑤山中，當年不少文化人避難於此，他
的朋友簡又文和趙文炳其時就在蒙山縣西鄉屯治村開設「黃花書
院」。選堂先生就在該村的李家祠堂開課教授學生，那時陳文統是門
徒之一，他就是後來與金庸齊名的著名武俠小說家梁羽生。至 1945
年 1 月中，窮凶極惡的日寇佔領蒙山縣城，選堂先生逃至文墟龍頭
村，形勢很緊張。其時選堂先生恰好教門人學《易》，聞日寇連日向
山區「掃盪」，便靈機一動，為自己占了一卦，以卜行止。那知卦象
大凶，大驚之下，便急忙避走，及後日寇果然血洗龍頭村，他倖免
於難。選堂先生每次提起這段往事，仍彷彿歷歷在目，說：

　　　　我至今仍記憶猶新，這時候有人跟我學《易》。事先我占
　　得《離卦》的第四爻辭：「突如其來如，焚如，死如，棄如。」
　　是極凶之象。我立即決定跑去另一村莊。後來果然發生慘劇。[1]

　　饒先生這裏所說的「慘劇」，即指日寇當年對文墟龍頭村實行
兇殘的搶光、殺光、燒光的「三光政策」，製造慘絕人寰的血案。
假如當年選堂先生沒有先走一步，那麼肯定慘遭日寇毒手。此事選
堂先生不止一次向我述說，可見在其人生的記憶中，是如何的難以
忘卻！[2]

　　說起來，命運就是這樣，不久前選堂先生還在粵東平原的揭陽
縣城，沒想到幾個月後就流亡於西南的崇山峻嶺桂西大瑤山中，而
且差點丟了命。可見個人的命運確實離不開國家的命運。

　　近代的中國因為積貧積弱，國力衰疲，導致國土被外敵侵略，
國民被殺戮欺凌掠奪，被逼到處逃亡，流離失所，朝不保夕。

　　當年的饒先生與千千萬萬中國人一樣，被日本侵略者的鐵蹄所
驅逼，無論他去到哪裏，日寇的戰火就燒到那裏，他所居的家乡潮
汕，他生活和工作過的廣州和香港，乃至短期任教過的桂林，無不
陷入日寇的火海。最後連他與無錫國專的師生逃亡至大瑤山的窮鄉
僻壤，日寇都不放過，還血洗他剛住下不久的龍頭村，使他險遭毒
手。但饒先生和無錫國專的其他老師一樣，沒有被敵人所嚇倒，繼
續堅持在大瑤山教書育人，並且以樂觀的精神，堅持中國抗戰必勝
的信念。

1　饒宗頤、池田大作、孫立川《文化藝術之旅、鼎談集》，香港天地圖書有限公
　　司 2009 年出版。
2　見郭偉川《略談選堂先生早年的經歷與學術機緣》，載郭偉川著《饒宗頤的學
　　術文化》，廣州花城出版社 2017 年出版。

正是在這段艱辛的歲月中，他將所見所聞、所思所感，以心血賦成了《瑤山集》，為抗戰時期祖國的西南河山大地留下了壯麗的詩篇。

《瑤山集》以詩的形式論，有五七古、五七絕、五七律，各體兼備，風格多變。而時當抗戰，歷世多艱，先生身處崇山峻嶺之中，登奇涉險，故詩聲多沉雄兀拔，豪壯勁邁。如：

天堂山

甲申（1944 年）七七後一日，天氣晴朗，與諸生步入瑤山。歷榛翳，窮巖險，崖斷如臼，樹密成帷。遊衍二十里，遂造天堂之嶺，愛其翹然特秀，崢嶸雲表，而霾藏於深菁茆峒中，詩以彰之。泉石有靈，其許我為知己乎。

> 平生不作蠶叢遊，忽凌崒兀無與儔。
> 孱軀但恐天柱折，蔽空賴有枝撐幽。
> 羣山如馬勢難過，一水瀉為萬丈湫。
> 羊腸似索縛我足，十步不止九遲留。
> 欲上閶風呼造父，惜哉窮谷無驊騮。
> 哀蟬苦道行不得，山間盛夏已驚秋。
> 行行漸喜天池近，鼓鐘彷彿在上頭。[1]
> 入山未覺仁者樂，侏離瑤語已生憂。
> 纏頭戴箨眼中見，伯益道元所未收。
> 敢頌草木酬巖壑，蓬心恐貽山靈羞。

先生此七古，述大瑤山之險峻巍峨，勢如奔馬，氣象非凡；小道則如羊腸，令其一步一驚心。詩中狀瑤俗之淳樸民風，頌草木以酬巖壑，足見其心靈與天地通款曲。山水有情，人天無間，渾成一體。全詩一氣呵成，在豪邁中見情致。

1　先生自註：《永安州志》謂「山有大塘，相傳歲時豐常聞鼓樂聲」。

清湘行

次放翁《山南行》韻。

秦人昔破荊楚日，鏖兵先自黔中出。
制敵奇正環相生，回首龍門意怫鬱。
靈渠無竭氣尤豪，遠同河海分朋曹。
湖南從古清絕地，清湘弄碧九嶷高。
百年草草征伐處，叢薄深青宛如故。
海陽山峻陣雲深，陸梁地僻煙塵暮。
長川形勝接中原，蹔將堅壁掣鯨吞。
前事不忘殷鑒在，恢宏庸蜀為本根。[2]

　　這是一首憂時感事詩。當年寇焰方熾，國府遷都重慶，退處西南一隅，國家處於危急存亡之秋。此時選堂先生自桂平溯灕江而下，過靈渠，入湘水，但見兩岸層巒疊嶂，壁立千仞，巍峨險峻。先生在領略山河風光之餘，認為對日寇的步步進逼，中國軍隊大可據險固守，克敵制勝，並以雄渾的勁氣，吟出「長川形勝接中原，蹔將堅壁制鯨吞」「制敵奇正環相生」「靈渠無竭氣尤豪」的詩句，表現出中華民族抗戰到底、百折不撓的精神。最後寄望當局須穩固抗戰根基，秣馬厲兵，以圖光復。

　　全詩沉雄磅礴，氣勢縱橫。而先生胸懷江山，情繫國事，讀之猶虎虎有生氣！充分表現出青年時期的選堂先生高昂的愛國熱情。而詩中有史，則顯露詩人兼史學家的特色。

黃牛山歌和天水趙文炳

此間非同谷，胡為牽蘿補茅屋？
崩榛正滿旄，長鑱曲柄子安歸？
尚憐朝士風中老，裂冠毀冕收身早。

2　先生自註：時遷都重慶。

空有新聲續水雲，坐歎凝霜沾野草。
從來多壘儒生恥，忍見呼兵蒙山道。
山間豈易忘歲月，日下幾曾傷流潦。
棲棲此日湄江湄，故都故國有所思。
攜家黃牛嶺頭住，幾時騎牛函谷去。
渭水滔滔盡北流，終南兀兀肯南顧。
勸君休唱黃牛歌，淚似秦川嗚咽多。
放翁猶堪絕大漠，祖生微聞渡黃河。
丘山會有萬牛挽，莫傷隻手無斧柯。

　　趙文炳，甘肅天水人，曾任甘肅省監察使，抗戰時流落西南，與選堂先生同執教於蒙山黃花書院。歲月艱辛，前景茫茫，趙先生因有《黃牛山歌》之作。詩中愁緒縈懷，悲情難抑，格調消沉。選堂先生之和作則與之完全相反，樂觀曠達，雄邁昂揚。「勸君休唱黃牛歌，淚似秦川嗚咽多。」目的是要提振趙先生對抗戰的信心和勇氣。詩中讚揚當年祖逖北伐和愛國詩人陸游匹馬戍梁州的英雄氣概，表達了中華民族長期抗戰必勝的信念。

　　1944 年，是抗日戰爭最困難的歲月，中國處於黎明前的黑暗。其時日本侵略者加緊其南進計劃，妄圖作垂死掙扎。而西南正是日寇重點進攻之所在，鐵蹄所至，桂林、柳州相繼失守，廣西人民到處逃亡，流離失所。選堂先生目睹這一切，十分悲憤，先後賦有《哀桂林》和《哀柳州》二詩。

哀桂林

狠石怒不平，平地每孤峙。
諒哉石湖言，瑤岑差相似。
久無腸可斷，負此峰頭利。
鄉心苦邅迴，日夕望灘水。

颯颯東來騎，奔狼兼突豕。

回首嶍峨地，血淚夾清沘。

魂散孰為招，愁煙非故壘。

人事有逆曳，喪元知誰子？

徒言山河固，我欲問吳起。

哀柳州

睅目皤腹何足道，丹荔黃蕉一齊掃。

乍見跕鳶張我拳，誰驅厲鬼擊其腦。

窮荒難享無邊春，如此江山坐付人。

峰是劍鋩水是帶，十年徒想清路塵。

哀哉新豐幾折臂，寗以三軍為兒戲。

霸業雄圖今奚似，滔滔桂水流民淚！

　　上引兩詩，敍述抗戰後期桂林、柳州先後淪陷，人民慘遭塗炭，對中國當年政治黑暗、派系林立、明爭暗鬥的現象，及因守將顢頇無能，致使西南兩大重鎮先後棄守，先生對這種置國土黎民於不顧的行為，痛心疾首，十分憤慨。他在上述兩詩中，都對有關當局提出了嚴正的詰問：「人事有逆曳，喪元知誰子？徒言山河固，我欲問吳起。」並沉痛地指出當局不以保國衛民為己任，致使國破家亡，人民流徙四方，餐霜宿露，慘不忍睹。滔滔桂水，流不盡黎庶之淚！詩中表達了先生對國家民族的熱愛，以及對落難同胞所寄予的無限同情。

　　桂林、柳州失守後，蒙山的處境更加困難。而家鄉潮汕，也在日寇鐵蹄之下。先生離家六載，其時寇氛仍熾，山河阻隔，鄉關茫茫，親人暌違，音訊杳絕；歲暮之際，鄉思倍加種切，積愫滿懷，遂有七律《冬至》《夢歸》之作。

冬至

心折路迷正愴然，陽生冬至朔風長。
一身異縣仍三徙，九死辭家又六年。
破壁殘曆驚歲暮，碧江山赭失秋妍。
南東行處悲禾黍，觸眼荒疇不復田。

夢歸

頻年惟夢以為歸，夢繞故山日幾圍。
鵲噪妻孥驚我在，鴻飛城郭覺今非。
天留世棄同無妄，海立山頹豈式微。
剩有茫茫遊子意，八千里外念庭闈。

　　兩首七律，感愴山河破碎，家國離亂，筆底生哀。而格調沉雄
悲壯，大有杜工部詩風，讀之令人低迴不已。

　　1944 年，蒙山淪陷。先生轉奔大瑤山，登陟險峻，身處絕域。
期間曾攀援天險大藤峽。峽在今廣西桂平縣西北，四面層巒疊嶂，
綿延數百里，桂水橫貫其間，巉巖深峒遍佈，山勢巍峨，壁立千
仞，十分險峻。峽口有大藤，土著藉之攀援渡江，故名。明代理學
名儒王守仁曾率軍至此平「猺獞之亂」。選堂先生曾兩度攀藤渡江，
並有詩記之。

大藤峽

龍山何崎岈，伸出如雙臂。
五屯遮其左，巖洞通幽邃。
羊腸何處所，絕壁吁可畏。
藤峽勢最險，攀登增驚悸。
古來此興戎，徒益蒼生瘁。
一藤亘南北，出師動七萃。
斷之果何補，矜功勞誇示。
四海皆連枝，胡為列烽燧？

至今兩崖清，短日泣寒吹。

富貴僅暫熱，聲名亦嫌忌。

卉木自皇古，長為天地媚。

至美出自然，伐鼓安足貴。

　　先生於詩後附註：明天順八年，監生登封奏：「潯州夾江諸山，岣岈鐵崒。峽中有大藤如斗，延亘兩崖，勢如徒杠，蠻眾蟻渡，號大藤峽，最險惡，地亦最高。登藤峽巔，數百里皆歷歷目前，諸蠻視為奧區。桂平大宣鄉崇姜里為前庭，象州東鄉武宣北鄉為後戶；藤縣五屯障其左，貴縣龍山據其右，若兩臂然。峽北巖峒以百計；仙人關、九層崖極險峻。峽以南有牛腸、大岵諸村，皆緣江立寨。」（《明史》卷二百五廣西土司一）此明初瑤山情況也。成化二年，韓雍等攻石門、古營諸地，破瑤寨三百二十四所，改大藤峽為斷藤峽，刻石紀之。又截藤冒以為鼓（阮元有詩紀之，見《揅經室續集》五）。

　　選堂先生於詩中狀述大藤峽之雄奇險峻，排奡跌宕，可謂觸目驚心。而詩中有史，對當年韓雍等人斷大藤峽，血洗瑤寨，甚不以為然，認為「斷之果何補，矜功勞誇示」。並指出漢族與各少數民族乃「四海皆連枝，胡為列烽燧，至今兩崖清，短日泣寒吹」，對瑤人之苦難，寄予深深的同情。這也是發自詩人心靈深處的人道主義的呼聲。

　　先生在瑤山之日，山中清苦，艱辛備嘗。教學之餘，間或與無錫國專二三好友，度荒徑，入瑤寨，了解瑤俗。其時目睹瑤人極端窮困的生活，不禁哀從中來，時有悲天憫人之歎。如：

羅夢村道上

我心已搖搖，忽到瑤人屋。

……

孤村何所有？編戶緣修竹。

野豬骨如柴，云是食不足。

天雞時一喧，催歸聲更速。

板瑤躺地臥，無被可加腹。

燒薪聊取暖，奈此寒穀觫。

稚子無袴着，見人尚羞縮。

骯髒難入眼，哀哉此惸獨！

……

　　此詩對瑤家民俗生活的描述，可謂細緻入微。而對他們以及童稚悲慘生活的深切同情，溢於言表。

　　瑤山歲月，選堂先生與無錫國專的一幫同人，生活窘逼，物質匱乏。然而，先生以其曠達的襟懷，幽默的性格，善於苦中作樂。其述哀苦事，常雜諧趣語，讀之使人忘憂，甚而絕倒；而內蘊浩然正氣，尤為難能。如：

瑤人宅中陪瑞微丈飲酒

……

薯蕷久充腸，旬日遠庖厨。

聞有落花生，其脂可醫臞。

招呼二三子，盍簪入市屠。

得酒出望外，雖薄酌須臾。

一飲足去冰，再飲顏勝朱。

酒債尋常有，茲焉那可無。

平居思九子，志節較區區。

亦復嗤二曲，土室署病夫。

丈夫貴特立，坦蕩養真吾。

當知樂處樂，焉問觚不觚。

大道在稊稗，乾坤入酒壺。

請歸問瑤婦，痛飲莫躊躇。

　　苦中作樂乃尋常事，難得的是，先生不借酒澆愁，不因逆境而消極潦倒，境窮而仍思志節；尤其吟出「丈夫貴特立，坦盪養真吾」如此豪邁的詩句，毫無頹靡之態；而胸懷曠達之志，因此才能寫出「大道在稊稗，乾坤入酒壺」這樣的佳句，連飲酒都飲得理直氣壯！

　　1945 年元旦，適逢播遷蒙山的無錫國專 24 週年校慶，蔣石渠先生置醴於瑤山精舍以示慶祝，選堂先生即席賦七古一首呈座上諸公，詩如下：

> 我似羸牛鞭不動，尚欲與公偕入甕。
> 薄酒澆胸如瀉水，一飲百杯嫌未痛。
> 江海相逢值元日，觥籌手揮兼目送。
> 窮山華筵豈易得，此樂要當天下共。
> 太湖三萬六千頃，伊昔曾開白鹿洞。
> 崔巍瑤嶺播遷來，最高寒處能呵凍。
> 師友呻吟各一方，二十四年真一夢。
> 我行疊巘歎觀止，如吞八九於雲夢。
> 羣公堅苦餐藜藿，要為國家樹樑棟。
> 平時蟠胸有萬卷，可與山靈一披諷。
> 潢潦終當歸巨浸，蠻荊自昔生屈宋。
> 西溪一脈此傳薪，南荒萬象足摶控。
> 汀州鴻雁漸安集，風雪紙窗餘半縫。
> 傾壺但願長周旋，破眼梅花春欲縱。

　　此七古寫得極有氣派，表現了選堂先生境窮而志彌堅的高尚情操。當年日寇向西南敵後山區步步進逼，無錫國專困於蒙山一隅，然而先生認為自己和教師同事們流亡至此非為單純的避敵逃命，而是要像朱熹在白鹿洞教書育人一樣，不畏艱辛，築院蒙山，為國家培養人才，「諸公堅苦餐藜藿，要為國家樹樑棟」。在這樣困難的環境中，如此充滿信心的詩句，先生不僅在於勵己，也在於勵人。

他指出在抗日戰爭的艱苦環境中，也將造就現代文學史上的偉大人物：「瀟潦終當歸巨浸，蠻荊自昔生屈宋。」可窺見其青年時代已具卓犖不凡的奇志與抱負。詩末，先生認為堅持抗日，最後必勝的信念：「傾壺但願長周旋，破眼梅花春欲縱。」1945 年元旦，二次世界大戰結束前夕，先生已預見抗日勝利的曙光。冬梅綻放，春天即將到來。全詩主調激越昂揚，奔放豪邁，一氣呵成，大有東坡先生七古之風。

選堂先生的七絕也甚有韻味，自具風格。如：

黃村

劫餘草樹有創痕，亂石臨江似馬屯。
雲自無心波自遠，一帆初日過黃村。

又如：

過藤縣默誦少游《好事近》詞

宿雨添花迷處所，江流砌恨幾多重。
亂山南北連雲去，難向藤陰覓舊蹤。

此二詩為先生離蒙山赴北流時作。先生放眼四望，不禁悲忿交加！因為不久前日寇進犯蒙山一帶，鐵蹄所至，山河草樹，皆受蹂躪，故有「劫餘草樹有創痕」之句。沿江所見，斷水殘山，令人悲痛；國仇家恨，畢集心頭。一句「江流砌恨幾多重」，道不盡心頭的無限感慨和滿腔憤恨！

終於，1945 年 9 月 3 日，日本投降的消息傳到北流，先生聞之，歡欣鼓舞，漫捲放歌，感賦七絕一首：

舉杯同祝中興日，甲午而來恨始平。
一事令人堪莞爾，樓船兼作受降城。

　　日本侵略者自清季以來，對我國侵凌日甚，甲午之後，變本加厲；9.18事變，更發動全面侵略戰爭，燒殺擄掠，無惡不作。其中以南京大屠殺最慘無人道，血債纍纍，罄竹難書。現在日本投降了，在美軍戰艦密蘇里號簽署降書，先生故有「樓船兼作受降城」之句，極為生動地展現當年振奮人心的歷史畫卷。

　　先生青年時期作詩，學杜學蘇，皆有所得。但就其本身之性格、氣質、人生觀及學問的取向上，在青年時期許多方面，我認為他更類於蘇。因此，《瑤山集》中許多詩表現出來的豪邁雄渾的風格，已處處可見東坡先生的影子。

　　1945年秋冬，先生居北流。某日，「訪東坡繫舟處，即用其至梧示子由韻」，賦七古一首：

> 西江東去接湖湘，北流此水到何方？
> 欲尋坡老繫筏處，寒波無語煙微茫。
> 幽人一往悲寂寞，至今猶為索行藏。
> 獨嫌好事添古跡，俯仰江天路短長。
> 我來後公蓋千載，江邊舉頸遙相望。
> 感公學道在知國，不教四海歎其亡。
> 便敢因公訴箕子，遼鶴歸來視八荒。
> 山川無復分南北，澹然水國均吾鄉。

　　選堂先生學東坡，不是習其皮毛，而是學其大道。「感公學道在知國，不教四海歎其亡」。公之大道，乃愛國之道，這也是選堂先生景從東坡最主要的地方。所以，《瑤山集》處處流露出愛國主義的情懷，並不是偶然的。

　　抗日戰爭最終取得勝利，舉國歡慶。選堂先生擬返廣州應聘為廣東文理學院教授，行前與無錫國專的同事、好友蔣石渠話別，有五律一首紀其事：

別石渠

等是無家別，難為去國心。
南風終不號，荒谷唯窮陰。
食蕨顏逾美，生魚陸可沉。
寄言分手者，相守在東林。

　　在離亂歲月中所凝成的友誼，是特別深厚的。一旦分手，臨別依依。先生以「相守在東林」之句與蔣君共勉，希望彼此像明末的東林黨人一樣，無論身處何處，皆以國事天下事為念，表現了青年愛國詩人的心聲和節概。而此詩格調高古，大有魏晉之風。

　　以上所引詩篇，僅為《瑤山集》的一小部分，但足可窺見選堂先生在當年西南大瑤山的艱苦環境中堅持抗日不忘教書育人的愛國情懷，詩中反映其思想、胸襟和學養，顯示其卓爾不凡的氣概。而其五七古、五七律和七絕的藝術成就，已具有大詩家的手筆，足以奠定其在詩壇中的地位。難怪當年嶺南名士陳顒、詹安泰、劉寅庵諸先生讀了《瑤山集》之後，均讚歎不已，例如「憂患詩篇杜少陵」（陳顒）、「蘊涵演漾真杜體，已覺宋美難專前……縱不刻意規杜老，憂傷情志知同然」（劉寅庵）。

　　年前，著名詩詞評論家、吳興錢仲聯先生在再版《選堂詩詞集》序中，以同時代人的經歷和詩評家的筆觸，寫出他對《瑤山集》的劌切評價：

　　　蘆溝炮火迸發，神州禹縣，未淪於敵者，回、藏而已，西北鄜州及西南滇、蜀殘山一角耳。板盪淒涼，蟲沙載路，其犬牙交錯之壤，亦敵蹄蹂躪之所恆及也。此皆選堂與余身親而目擊者。當是時，海內詩人起而為定遠投筆有之矣；憤而為越石吹晉陽之笳者有之矣；遁跡香江，坐穿幼安之榻者有之矣；講道交州，為成國之著盡以淑世者有之矣；拾橡空山，歌也有思，哭也有懷，藉詩騷以召國魂者有之矣。楊雲史、

馬一浮、林庚白、楊无恙諸君之作，世之所樂頌，而選堂先
生《瑤山》一集，尤其獨出冠時者也。時先生方都講桂中，
甲申夏桂林告警，西奔蒙山，蒙山踵陷，竄身荒谷，兩入大
瑤山，與峒氓野老相濡呴；繼復南遊勾漏，探葛洞之靈祕，
長吟短詠，出自肺腸，入人肝脾，以視浣花一老《悲陳陶》、
《塞蘆子》、《彭衙行》以及《發秦州》至入蜀初程山水奇峻之
作，亡胡洗甲，世異心同。余亦嘗隸永嘉流人之名矣，桂嶠
南北，遭難時哀吟之地，今誦《瑤山》一集，所以感不絕於心
也。」其感人之深，於此可見。

《瑤山》一集，乃先生與民族同呼吸、與大眾共患難的抗戰詩
篇，是時代精神的反映，因此具有高度的思想性。在藝術成就方
面，由於抗戰的歷史背景、大瑤山的雄奇兀拔開闊了這些詩篇的境
界與內容；而先生納萬山於胸次，覽風物於峰巔，放眼河山，憂國
感時，情動乎中；復以其千鈞之筆力，為我們留下了這一捲動人的
史詩。

《榆城樂章》與《㧑檻詞》
——選堂先生與張充和女士的詞壇佳話

　　1970 年秋，選堂先生應美國耶魯大學之邀，赴該校研究院講授中國古典文學，先生精六朝文，主講《文選》。耶魯大學處新港，該地舊植榆樹，故稱榆城。時先生居住於耶大研究院古塔第十一樓，授課之餘，「獨居深念，倚聲寫懷」，以三閱月而遍和周邦彥詞，及後結為《睎周集》，令詞壇諸家為之驚訝不置。羅慷烈先生在為選堂先生《睎周集》撰序中述及其事：

　　　　庚戌九月，饒子選堂暫移壇於北美，教授耶魯大學研究院。羈旅榆城，樓遯舊堡之上……未免有情，誰能理遣！於是騁才小道，放筆倚聲。既和余令慢二十餘闋，一月之中，又步清真韻五十一首，擷片玉花犯起調，曰粉牆詞。遠道相寄，歡賞無斁。余寓書云，方楊和周，殫精竭慮，裁九十篇，聲音不誤，神貌全非，徒借三英，曾無一是。吾子才大擬於坡仙，格高無愧白石，彼畢生之所為，子咄嗟而立就，曷假其餘興，依陳注本而遍之，既攄所懷，亦開來學。未及期月，又得七十六闋，合前凡百二十七章。字字幽窈，句句灑脫，瘦蛟吟壑，冷翠弄春，換徵移宮，尋聲協律。至於名媛綴譜（張充和女士為譜《六醜》，以笛倚之，其聲諧美），

異域傳歌，徵之詞壇，蓋未嘗有。[1]

選堂先生學識淵茂，治學治藝，博雅多能；涉及領域之廣，季羨林先生稱「並世無第二人」。然治學需嚴謹，治藝則需才情，而學、藝兼精，且二者足以並稱大師者，歷史上並不多見，選堂先生就是少數中的一個。即以詞的創作成就而言，從羅慷烈教授對其評價之高，概可想見。至羅序中所述「名媛綴譜，異域傳歌，徵之詞壇，蓋未嘗有」，實為詞壇的一段佳話。

羅先生序中所指之名媛，即張充和女士，安徽合肥人，出身世家望族。其曾祖父張樹聲於清咸、同之際，追隨曾國藩、李鴻章轉戰江淮，平定內亂，為淮軍的主要將領，屢建軍功，勛績彪炳，官至江蘇巡撫、兩廣總督加太子少保，為同治中興名臣之一，清史有專傳。祖父張雲端曾任四川川東道台。父張吉友為一具新思想的知識分子，以祖產巨資辦學以振興教育，與蔡元培、胡適之等知識界新進友善，女四子六，一門俊秀，書聲盈庭，詩禮傳家。其時處清末民初易代之際，張吉友思想開明，子女均受良好之教育。張家於辛亥革命後遷上海，後徙蘇州，此乃崑曲之鄉，令這個具有文學藝術氣質的家庭如魚得水。

張家四姐妹，個個多才多藝；而所嫁夫君，不是藝術家、文學家，就是學者。大姐元和適顧傳玠，夫婦都是崑曲名家，唱做俱工。二姐允和配周有光，語言、文字學家。三姐兆和嫁沈從文，著名文學家，如果不是逝世的緣故，有問鼎諾貝爾文學獎的可能。四妹充和畢業於北京大學，四姐妹中，以她所讀的大學最「名牌」，

---

1 羅慷烈《晞周集・序》，載郭偉川編《饒宗頤的文學與藝術》，香港天地圖書有限公司 2002 年第二版。

而且還跟名師沈尹默學習書法。像她這種名門閨秀，當然不乏裙下之臣，但總無人能中選。這位張四小姐，據她的二姐允和說：

> 只可惜四妹沒請我這個媒婆，自作主張嫁給了洋人。[1]

洋人中文名傅漢思，德國人，是個漢學家，通五六種語言，時執教於耶魯大學研究院。張充和則在該大學藝術學院教授書法。我手頭有一冊選堂先生多年前所贈《睎周集》手書印本，從頭到尾乃充和女士以蠅頭小楷手書，字體娟秀而內蘊骨力，神采斐然，雋逸灑脫，絕卻塵俗，直書線裝，十分典雅，是難得的神品。張氏家族中出了她如此出類拔萃的書法家，而且擅詞曲，精樂律，實在了不起。她與傅漢思有兩個孩子，居於榆城。

選堂先生於七十年代之際，已是國際知名的漢學家，他的學術成就，受到以戴密微為首的歐洲漢學界的推重；而詩文之名，聲播遐邇。此次獲美國耶魯大學之邀，主講中國古典文學於研究院，亦出於美國漢學界的看重。

在耶魯九閱月期間，選堂先生與傅漢思、張充和夫婦互有往來，尤其與在詩詞、書畫、音樂等文學藝術領域雅有同好且甚有造詣的張充和女士有更多共同的語言和交流，便是可以理解的了。一個是學貫中西的名學者，同時也是典型的中國才子；一個十分熟悉西方文化，同時更是典型的中國才女，因緣際會，萍水相逢，互相唱和詞章，大有相見恨晚之概。於是，我們有幸欣賞才子才女共同譜成的《榆城樂章》，這是古今詞壇罕見的一段佳話。

載於《選堂詩詞集》中的《榆城樂章》，共收選堂先生所作詞三十八首、充和女士和作八首。先生於詞前有小序：

1　見張允和口述、葉稚珊撰寫《張家舊事》，山東畫報出版社 1999 年出版。

　　　　來榆一月，頓爾多詞。自作寫官，未遑手定。意內言
　　外，但遺有涯。江水淺深，難傳款曲。[2]

　　這小序雖短，卻意味非常深長，隱約聞高山之流水，伴琴音而
盪漾。而選堂先生《榆城樂章》第一詞，正是因古琴而引起的。茲
錄如下：

八聲甘州

充和以寒泉名琴見假，復媵以詞，因和。

　　感深情，秋日借寒泉，寶瑟結清遊。任急弦飛聽，昔
心長繫，夕飲未休。漫譜家山何處，天地入孤舟。猶似荆南
客，倦賦登樓。

　　又聞笛聲哀怨，叫中天明月，鄉夢悠悠。自清商寢響，
唱起海西頭。憶行窩，梅為誰好，怕芸黃，驚葉點波浮。待
描入小窗短幅，與畔牢愁。

　　選堂先生精樂律，擅操琴，家藏「萬壑松」宋琴一具。曩歲
暇時，常以琴會友，所彈《搔首問天》諸古曲，逸韻低迴，繞樑三
日。此際羈旅榆城，客居於耶魯古塔之上。日至研究院授諸生《昭
明文選》，只帶來六朝煙雨，隨身未攜「萬壑松」。充和女士知先
生獨棲古塔，無以遣懷，乃將家中寒泉名琴相借，並以所作《八聲
甘州》詞見贈，此為選堂先生之和作。詞中有「又聞笛聲哀怨，叫
中天明月，鄉夢悠悠」之句，指的應是充和女士的哀婉笛聲引起的
鄉國之思。女士多才多藝，從《張家舊事》一書中，知其尚能小提
琴，而崑曲則唱做俱佳。1985 年，紀念湯顯祖誕辰 435 週年大型崑
曲演出在北京舉行，充和與大姐元和相偕自美國返京參加盛會，兩
人粉墨登台，元和飾柳夢梅，充和飾杜麗娘，演出《驚夢》一折，

2　饒宗頤《榆城樂章》序，載《選堂詩詞集》，台灣新文豐出版公司 1993 年出版。

十分精彩。《張家舊事》一書刊載的則是兩人於 1980 年演此折戲時的劇照，俞平伯當年評價說，這照片是「最蘊藉的一張」。俞氏原籍浙江，但本人出生於蘇州；張家原籍安徽合肥，後居上海，最後也落籍蘇州。俞、張兩家同為世家望族，既為蘇州同鄉，世交有年，為通家之好，且對崑曲雅有同好。後來俞平伯還當過北京崑曲研習社的社長，好此道也精於此道。俞老和張家人交往密切，對世姪女元和、允和、充和皆擅崑曲知之甚詳，連對四妹充和從小慧黠精靈也非常了解，所以俞平伯戲說這劇照是「最蘊藉的一張」，指的應該是充和。我這樣說，當然是有所根據的。《張家舊事》中刊有一幀張四小姐青少年時期「不太蘊藉」的照片，她的二姐允和有如下說明：

> （張充和）很淘氣，有一次到照相館特意拍了一張歪着頭睜一隻眼閉一隻眼的古怪照片，又拿着照片到東吳大學的游泳館辦理游泳證。辦證人員說：「這張照片怎麼行？不合格。」她裝出很奇怪的樣子說：「為什麼不行？你們要兩寸半身，這難道不是嗎？」[1]

照片中張四小姐的表情確實很古靈精怪，淘氣的樣子令人忍俊不禁。書中另有她留短髮拉小提琴的照片，允和圖解如下：「四妹充和也喜歡男裝，像三妹兆和。」至於大姐元和，允和是這樣形容的：「生得端莊秀美，穿衣的顏色、式樣都很雅緻得體」。[2] 因此雍容華貴的元和，其照片中的表情應該歷來「蘊藉」，被俞平伯揶揄的，當然是四妹充和了。

1　見張允和口述、葉稚珊撰寫《張家舊事》，山東畫報出版社 1999 年出版。
2　同上。

　　這個小時淘氣，長大卻多才多藝的張充和女士，現在就住在榆城，而且吟詞作曲，與選堂先生互相唱和。前文曾述及其哀婉的笛聲，引動選堂先生鄉國之思。此處援引先生《蘭陵王》，以見知音：

蘭陵王

初至榆城，聽充和擪笛。

　　路修直，流目寒山轉碧。林風起，雙鳥渺煙，落葉繁英儼秋色。攜秋適遠國，長託孤雲庇客。陂塘晚，垂柳幾枝，拂水柔情信千尺。

　　名都問蹤跡。有暖接華茵，香展塵席。離居還作京華食。看眾渚綿邈，尺梯慳步，人間何處異路驛。倦遊海東北。

　　幽惻。旅懷積。謾破夢分憂，鋪恨成寂。斜陽徒倚思何極。但勸影高燭，訴心哀笛。清歌遙夜，繫去昬，借淚滴。

　　選堂先生客居榆城，授課之餘，獨處古塔之上，未免寂寥。此時有琴有笛，有詞有曲，共同的興趣和藝術交流，大大豐富了他的精神生活。「訴心哀笛，清歌遙夜」，多麼美麗的意境！何況「離居還作京華食」，他的口福未免令人歆羨。原來選堂先生一生勤於治學治藝，少沾厨事，故雖長於學術藝術，獨短於烹飪之術。因此客居榆城時，充和女士或邀其至家中聚餐，或來選堂先生處親為其下厨。女士出身於錦衣玉食之家，既有心於厨政，其食之美，概可想見。更可貴的是那一片心意，顯然令選堂先生萬分感激。尤其同為去國遊子，故笛韻琴音尤能引動家國之思，於是寄情倚聲，以傾訴對故國山河的眷念，成為彼此之間藝術交流的一大題裁。如：

一寸金

　　充和家合肥，工度曲，向嗜白石詞，手錄成卷，檢視半為鼠嚙。偶誦《悽涼犯》，不勝依黯。近為余譜《六醜》）睡詞，以玉笛吹之，聲音諧婉，極縹緲之思。因擪姜詞，和此解志其事。臨

睨故鄉，寸寸山河，彌感離索矣。

　　胡馬窺江，可復垂楊滿城郭。看戍樓斷角，黃昏巷陌，寒鴉平野，車塵江腳。波蕩蘋花作。人歸處，愁紅正落。何堪又、牧馬頻嘶，去雁聲聲斷寥廓。

　　異國經年，秋風何事，驅人鎮飄泊。奈盡篋傷鼠，秋詞盈篋，羊裙繫舸，春禽時約。投老行吟地，情懷似、暮煙澹薄。空心賞，玉笛哀音，伴晚花自樂。

　　從選堂先生的小序中，可知充和女士詞曲修養不同凡響，情感細膩精緻，具有婉約的藝術風采。選堂先生創作形上詞《六醜》，充和女士為其譜曲，「並以玉笛吹之，聲音諧婉，極縹緲之思。」詞與曲的藝術結合，達到完美的境界；而且彼此都充滿家國情懷和遊子之思，此時玉笛伴以秋聲，益感意境高邈。尤其難得者，兩人皆素喜白石詞，選堂先生和姜之作甚夥，此《一寸金》即步其原韻。而詞意高古，情懷淡遠。但聞古塔琴聲、榆城玉笛，知音人對知音人，誠為人生一大樂事也。

　　選堂先生在耶魯時，遠在香江的羅慷烈先生以所作《浣溪沙·秋興》八首見贈，引動選堂先生吟興，前後竟三疊其韻，作《浣溪沙》詞二十四首。充和女士也有和作，茲錄其四章，以見其詞之工，韻致之雅；而其情思之真摯細膩，極為動人：

浣溪沙

張充和

選堂翁三疊忼烈秋興韻，余亦勉和八章博粲

（一）

絮語寒蛩欲訴誰。一燈如豆似皈依。怕尋歸夢坐移時。
孰繫流光添畫稿，莫將顏色著霜姿。萬紅飛後雪花飛。

（二）

暫別真成隔世遊。離家無復記春秋。倩誰邀夢到蘇州。
月滿風簾慵理曲，秋深煙渚怕登樓。也無意緒蘸新愁。

（三）

難遣繁憂入酒巵。關河約略似當時。懶逢佳節換新衣。
墨淡筆荒餘悵望，意新詞澀乍凝思。閒窗窈窕暮雲垂。

（四）

故蕊寒花欲吐心。奇紅數點出疏林。川平人遠晚涼深。
相與還遑千古事，調酸似苦澈宵吟。高慶近日罷鳴琴。

女士久離家國，繫念關山，感懷身世，俱見詞心。至情悵婉
約，寄意遙深，高山流水，自有知音人在。這可說是詞壇佳話中最
動人的一章。

在榆城，選堂先生與充和女士的藝術交流是多方面的。除詞曲
音樂外，書畫藝術是另一範疇。先生有詞記其事：

浣溪沙

充和觀余作畫，贈詩並覛胭脂以點霜林，賦此奉報。

（一）

搖落方知宋玉悲。秋風墜葉滿林扉。胭脂合與點斜暉。
流夢漾波聲細細，牽衣紅樹話依依。教人翻信是春歸。

（二）

向夕羣山袖上雲。蕭疏亭樹映湖漘。倪家筆法與誰論。
落雁遙沙如舊識，倚樓長笛最先聞。蒹葭寒水且逡巡。

充和女士世家仕女，朱紅胭脂，應是舊時鏡前妝奩之物。如今

睇選堂先生畫秋山霜林，斜輝照處，紅葉依依，乃睨以胭脂，用以點染，想必畫面必十分浪漫。所以，榆城歲月，除倚聲唱和與琴韻笛聲以抒發情懷外，選堂先生與充和女士在書畫方面的交流，也非常多，這方面，先生疊有詞章述及。如：

聲聲慢

冒雪至充和家中作畫，和中仙催雪均，並邀同作。

悽陰促影，寒意停芬，溯遊訪戴休疑。袖裏朔風，攜來正好催詩。紅爐又添綠螘，寫疏林、猶抹胭脂。問斗室，有秋聲如許，此夕何時。

窗外梅尋鄉思，眷欲弦逸曲，淚結冰枝。遲莫東風，新詞待譜奴兒。剪燈夜闌花碎，拂鮫綃、夢冷誰知。最可念、深雪前村，絕似剡溪。

冒雪作畫，「寫疏林、猶抹胭脂」，誠然浪漫之至！況兼紅爐綠螘，互相唱和，「袖裏朔風，攜來正好催詩」，尤為佳句！有畫有詩，有情有景，這真是一幅高雅雋逸的雪中高士、仕女圖，古意盎然，韻致悠遠。這種境界，男女主人翁都應是世間第一流的傑出人物，始能臻此。而又邂逅異域，彼此以文學和藝術締造了美麗的榆城樂章，如此緣遇，豈非冥冥中注定！這種真摯高雅的友情，還可見諸先生的其他詞作。如：

塞垣春

觀充和《離騷》書卷，並謝其為余手錄和周詞。

雪意昏垂野。插綠昊，梅枝卸。澄心舊紙，陰靡新墨，書復如畫。又冷香點破東風也。恁寂寞，供揮灑。更毫端驅風雨，細挑殘燭摹寫。

新和瑞龍吟，師秦七，難比淵雅。檢幾卷離騷，怕啼鴂

鳴夜。數銀鈎、十三行在，摩挲久、沉吟青燈下。月色試呵
手，淚凝珠滿把。

充和女士，書法家也。選堂先生觀其《離騷》書卷，以「澄心
舊紙，隃糜新墨，書復如畫。又冷香點破東風也……更毫端驅風
雨」喻其書風，可見其歡賞之情。選堂先生，書法大家也。其書法
造詣之高，書論之精闢，海內外書界早有論定。至其所臨歷代名家
法帖碑刻之多，更是不計其數，故其眼界之高，不在話下。能獲其
讚賞者，非在翰墨之風神骨力上有真境界的人，是難得其首肯的。
我獲選堂先生所贈充和女士手書《睍周集》印本，內錄先生在榆城
古塔和清真詞共 127 首，用直行素箋線裝，萬字真書，逸韻拔俗，
有風采，有骨力。詞章書法，二美具，兼之封面古樸淡雅，令人愛
不釋手，信為可傳之作。據《張家舊事》一書對張四小姐的描述，
讀其倚聲，觀其書法，我知道充和女士是一位很有個性、富有藝術
氣質的特出風雅的才女。她的心志有多高，那只有她自己知道。但
是，她用蠅頭小楷一絲不苟地為選堂先生手錄詞章，近萬字而無一
敗筆，骨力遒勁，神採飛揚，卷帙增色，翰墨溢香。那該用去她多
少夜晚，該費去她多少心血！這種對藝術知音人的真情厚意，顯然
令選堂先生深為感動。「數銀鈎、十三行在；摩挲久，沉吟青燈下。
月色試呵手，淚凝珠滿把。」我相信，這是選堂先生發自內心對知
音人的感激之淚。

我師從選堂先生有年，深知他是一位十分奇特的人。在學術
上，治甲骨學、古文字學，治敦煌學、簡帛學，或是治史學、經
學，事涉考據義理，他必定一絲不苟，極為嚴謹。他的成就已被海
內外共尊為學術大師。但是，在文學藝術領域，無論詩詞文賦的創
作，或是揮寫丹青翰墨，他都充滿藝術激情。所以，他並非像一般

學者那樣拘板枯燥地生活，而是學、藝並茂，多采多姿。實際上，我所知道的選堂先生，是一個感情十分豐富的人，而他的多才多藝，使他能得大自在而馳騁於藝術天地之間。他是詩人、詞家，又是書畫藝術大師。讀他的詩詞書畫，可以讀出他的真性情。而在《榆城樂章》、《睎周集》和《栟櫚詞》中，我更讀出了古今詞壇上罕見的一段佳話。

選堂先生在耶魯大學研究院講授六朝文學既畢，此次在榆城居停共九閱月，於 1971 年中東歸星洲，繼續其在新加坡大學中文系教授兼主任的教職。期間與法國漢學權威戴密微教授合著之中法文本《敦煌曲》即將在巴黎出版，先生教務之餘，又埋首於學術研究和校勘的工作上。時充和女士正擬以書法重錄《睎周集》，發現選堂先生所作《漁家傲》詞缺七字一句，乃簡催補全。及後先生於教研及校勘工作告一段落之後，在靈感驟至時補作七字寄充和女士。女士覆函揶揄其在榆城時，三月即遍和清真詞 127 首，而今一年只迫出一句。選堂先生乃作《蝶戀花》詞以報：

蝶戀花

　　庚戌在美，三月之間，遍和《清真集》一百二十餘首。南歸迄無詞，只補《漁家傲》漏句七字而已。充和女士近為余重錄《睎周集》全帙，既竣，以書抵予，謂一年來算是迫出一句，何文思遲速如是耶？報以此解，和竹垞。

　　流夢應教山海接。撇卻詩書，歸路雲千疊。吟遍聲聲難妥貼。柘絲彈出莊生蝶。（琴弦以柘絲為上，見《風宣玄品》）
　　感月吟風思去楫。湖水青青，又見飄蘆葉。久悔終年拋語業，思量總負羊裙褶。

吟誦風雅或倚聲之什，需要靈感和激情。此際選堂先生身在星洲，已沒有榆城那樣的風景和人物，所以「吟遍千聲難妥帖」，也

可見其嚴於遣辭用句，一字不妥即不輕發。「久悔終年拋語業」，有負充和女士重錄《睎周集》的深情厚誼，表示自己內心的不安和歉疚。

充和女士接詞章後，即有和作一首答贈。

蝶戀花
張充和

冉冉歸雲如有接。花近危樓，坐擁山千疊。翠羽慎將好夢貼，翩翩仍作釵頭蝶。

閒事閒情隨去檝。楊柳舒眉，細意稠芳葉。春去春來何所業。鴉雛翻過湘紋褶。

原作與和作都是好詞，充滿了別後的悵惘和彼此間深深的懷念。而《榆城樂章》、《睎周集》和《枡欄詞》中有關篇什所體現的高雅格調和深摯的情思，使這一段詞壇佳話顯得十分美麗。但往事如夢，只成追憶，惟留琴韻笛聲，餘音裊裊，不絕如縷。然人生得一知己足矣！何況還有那麼一段榆城樂章，足以令知音人刻骨銘心，而流傳千載了。

為被胡適《說儒》歪曲的儒家文化和孔子「正名」
——兼論傅斯年《周東封與殷遺民》一文的謬誤

　　《說儒》是胡適先生自始至終頗為自得的一篇著作。文長逾五萬字，撰於 1934 年中，與傅斯年先生的《周東封與殷遺民》一文同刊於北京大學《國學季刊》上。二文同刊，此乃胡適之意。因為《說儒》中的主要論點：「儒是殷民族的教士；…… 他們的宗教是殷禮。」又因儒家主要創始人孔子乃殷室之後，且生於魯；而傅斯年《周東封與殷遺民》一文，胡適認為「證明魯為殷遺民之國」，從而為《說儒》上述的「大膽假設」提供左證。胡與傅師生互相吹捧。胡說「傅先生此論，我認為是最有見地的論斷」[1]。而傅斯年則將《說儒》譽為「豐偉之論文」。[2]

　　《說儒》的主要內容，按胡適在卷首的提綱，有如下幾個要點：

　　　　一、問題的提出（郭按：胡適謂章太炎有《原儒》一篇，其對「儒」義的解釋，「很難使我們滿意」。引起他要寫《說儒》作出新的詮釋）。

　　　　二、論儒是殷民族的教士；他們的衣服是殷服；他們的

1　胡適《說儒》，載《胡適文存》第四集第一卷，台灣遠流出版有限公司 1986 年。
2　傅斯年《周東封與殷遺民》發表《前言》，北京大學《國學季刊》，1934 年。

宗教是殷禮；他們的人生觀是亡國遺民的柔遜的人生觀。

三、論儒的生活：他們以治喪相禮為職業。

四、論殷商民族亡國後有一個「五百年必有王者興」的預言；孔子在當時被人認為是應運而生的聖者。

五、論孔子的大貢獻：（一）把殷商民族部落性的儒擴大到「仁以為己任」的儒；（二）把柔懦的儒改變到剛毅進取的儒。

六、論孔子與老子的關係；論老子是正宗的儒。附論儒與墨者的關係。

胡適如此說「儒」，將「儒」看成是殷民族的宗教。傅斯年也將儒學宗教化，他在《周東封與殷遺民》一文中說：

> 然則商之宗教，其祖先崇拜在魯獨發展，而為儒學。[3]

在這一方面，胡、傅觀點幾乎完全一致。難怪胡適在《說儒》發表時，一定要將傅文同時刊載，以作為學術上之奧援。

《說儒》發表後，當然有人叫好，如孫楷第、賀麟等人便予以吹捧。但反對的也大有人在，像郭沫若、錢穆等學者便先後撰文駁斥。但胡適不為所動，認為他們的文章批不倒他。二十年後，即二十世紀五十年代中，胡適在對唐德剛的口述自傳中，又再一次頗為自得地談到自己這篇文章，說：

> 多少年前（按：即 1934 年），我寫過一篇論文叫《說儒》。……在這篇《說儒》的文章裏，我指出「儒」字的原義是柔、弱、懦、軟等等的意思。我認為「儒」是殷代的遺民，他們原是殷民族裏主持宗教的教士。……所以我認為「儒」似乎是一種社會階層。它更可能原來只是一種諢名，逐漸被用成一種可尊可敬的、教士階級所專用的類名。……孔子本人以

3　同上。

及他的一些及門弟子們，是靠相禮——尤其是祭禮、喪禮，為衣食之端的……孔子便是這種禮的職業主持人……我認為我那篇《說儒》提出一個新的理論，根據這個新理論可將公元前一千年中的中國文化史從頭改寫。我的理論便是在武王伐紂以後那幾百年中，原來的勝負兩方卻繼續着一場未完的（文化）鬥爭，在這場鬥爭中，那戰敗的殷商遺民，卻能通過他們的教士階級，保存一個宗教和文化的主體（郭按：如胡適前述，即指儒教，而孔子是其代表人物）……由於他們文化的優越性，這些殷商遺民反而逐漸征服了——至少是感化了一部分他們原來的征服者。我想這一（反征服）最好的例子，便是「三年之喪」了。[1]

不過，胡適最後還是承認他對「三年之喪」有搞不清楚的地方，並且一再強調《說儒》的上述論點必須藉助傅斯年的《周東封與殷遺民》一文觀點的支撐才能成立。他說：

像「三年之喪」這樣的制度，便是一般人視為當然制度之一。孔子說：「三年之喪，天下之通喪也。」這一點我就不懂了。我想不是孔子在說謊，就是孟子在說謊。可是我的朋友傅斯年就向我建議說，孔子所說的「天下」，實在是專指「殷人」。殷民族是那時周王朝裏人民的大多數，所以孔子始有此言。我覺得傅君的論斷甚有道理，所以我就把他那篇論文《周東封與殷遺民》（與我自己的文章一起在《國學多刊》上）發表了。[2]

胡、傅師友之誼逾於常人，學術與事業上互相依倚，尤其胡對傅倚仗獨多。像《說儒》的觀點須賴《周東封與殷遺民》的學術支

1　胡適口述、唐德剛譯注《胡適口述自傳》，第十二章《現代學術與個人收穫》，台灣遠流出版有限公司 2005 年。
2　同上。

撐，便是顯例。郭沫若與錢穆先後著文批駁《說儒》，胡適之所以不放在眼裏，就是因為他們不能駁倒傅斯年的《周東封與殷遺民》中的主要觀點，胡適便得其所哉。所以至晚年仍然對《說儒》一文充滿自信，說：

> 我個人深信，這幾篇文章（郭按：指《說儒》及《周東封與殷遺民》）實在可以引導我們對公元前一千年中（自殷商末年至西漢末年）的中國文化、宗教和政治史的研究，走向一個新方向。[3]

可見，自始至終，胡適對自己的《說儒》一文是十分意滿志得的，同時對學術同盟者傅斯年的《周東封與殷遺民》一文也同樣充滿了信心。

然而，對《說儒》的評價還不止於此。胡氏生前不便宣諸於口，及後由唐德剛在《胡適口述自傳》中有關《說儒》的一段注語，可說是對該文登峰造極的評價。唐氏說：

> 適之先生這篇《說儒》，從任何角度來讀，都是我國國學現代化過程中，一篇繼往開來的劃時代代表作……適之先生這篇文章之所以不朽，便是他雜糅中西，做得恰到好處。再者，胡氏此篇不特是胡適治學的巔峰之作，也是中國近代文化史上最光輝的一段時期，所謂「三十年代」的巔峰之作……這個時期一過以至於今日，中國便沒有第二個「三十年代」了。適之先生這篇文章，便是三十年代史學成就的代表作。[4]

在上世紀九十年代前後，那時我恰好用許多時間和精力研究孔子和儒家經學，本來對胡、傅二文的學術命題已有所留意，何況胡

3　同上。
4　同上。

適對這篇著作自視既如此之高，對傅斯年的《周東封與殷遺民》一文更是揄揚有加，再加上唐德剛的生花之筆把胡適的《說儒》捧到天上，逐引起我讀此兩文的興趣。那時恰好有朋友送給我《說儒》和《周東封與殷遺民》兩文的複印件，於是便如飢似渴一而再、再而三地反覆研讀，然後與儒家經學原典和大量古籍文獻的相關內容進行比勘。結果，我發現胡、傅兩文的主要論點謬誤非常多，有的甚至錯得很離譜，而研究方法也很有問題。於是，我經過慎重的思考和反覆的學術考證，將大量的典籍文獻進行相參互證，乃撰成《古「儒」新說 —— 胡適之、傅斯年二先生論說考正》長文，茲將其要點論述如下：

一、論「殷民族」、「周民族」提法的錯誤

首先，胡適在《說儒》一文以及後來在口述自傳中對「儒」的來源及定義給予如下的說法：

> 我認為「儒」是殷代的遺民。他們原是殷民族裏主持宗教的教士……從周初到春秋時期，都是殷文化與周文化對峙而沒有完全同化的時代。最初是殷民族仇視那平定殷朝的西來民族，所以有武庚的事件，在那事件中，東部的薄姑與商奄都加入合作[1]

> 在周初幾百年之間，東部中國的社會形勢是一個周民族成了統治階級，鎮壓着一個下層被征服被統治的殷民族。傅斯年先生說「魯之統治者是周人，而魯之國民是殷人」[2]，這個

1　胡適《說儒》，載《胡適文存》第四集第一卷，台灣遠流出版有限公司 1986 年。
2　傅斯年《周東封與殷遺民》發表《前言》，北京大學《國學季刊》，1934 年。

論斷可以適用於東土全部。[3]

孔子是宋公室後人，實也殷之遺裔。他既是儒學之宗師，所以胡適便認為孔子是殷民族的傑出代表。他說：

殷商民族亡國後有一個「五百年必有王者興」的預言，孔子在當時被人認為應運而生的聖者。[4]

胡適還認為孔子的大貢獻，是「把殷商民族的部落性的儒擴大到『以仁為己任』的儒，把柔懦的儒改變到剛毅進取的儒。」[5]

但是，我認為《說儒》的主要內容，首先其理論前提中的重要概念如「殷民族」和「周民族」的提法就極為不恰當，而且是非常錯誤的。為什麼呢？

首先，「殷」原是地名，其地在今河南安陽一帶。自盤庚遷殷，至商王朝滅亡，二百餘年間以此地為都城，故世稱「殷朝」，或「殷商」合稱。準確地說，他們本族是以始祖契的始封地「商」（按：今河南商丘，一說今河北漳河地區）為朝代名的。契之裔孫成湯取夏桀而奄有天下，其朝代名即為「商」。《詩·商頌·殷武》有詩為證，云：

昔有成湯，自彼氐羌，莫敢不來享，莫敢不來王，曰「商」是常。

至春秋末年孔子整理《詩經》，有關詩篇稱「商頌」而不名「殷頌」，就是確切的證據。而商之先公先王自契至湯前後八遷，自湯

---

3 胡適《說儒》，載《胡適文存》第四集第一卷，台灣遠流出版有限公司 1986 年。
4 同上。
5 同上。

至盤庚又五遷，遷地遍及今河南、山東、河北和山西四省 [1]。「殷」只是其宗族王室十三遷其中一地而已。因其歷時最久且終其一朝，故以「殷」代表朝代名還可以，以其作為民族名稱就完全不通。商朝至紂王（帝辛），包括西周初年封宋的微子啟，甚至包括出自宋公室的孔子，他們的族源出自契，有殷商王室的血統。但歸根結柢，他們只是「宗族」而不是「民族」。同樣，姬周的先公先王至文、武、周公，以及眾多的姬姓子孫，他們只是「宗族」而不是「民族」。胡適憑空編造出「殷民族」、「周民族」的名稱作為支撐其《說儒》一文的主要論點之一，造成該文理論前提的根本錯誤。胡先生似乎是研究孔子和儒家學說的，但他顯然忘記孔子「必亦正名乎」[2] 的古訓，首先在「正名」的問題上就撞了大板。他真的是太不小心求證了！

如所周知，「民族」一辭，公認的定義是：以血統、生活、語言、宗教、風俗習慣等相同而結合之人羣，曰「民族」。其重點在於：在上述前提下而結合的人民羣體，其主體在「民」。所以，「民族」與「宗族」、「氏族」的概念和內涵是完全不同的。一個「民族」可以由許多不同的「氏族」和「宗族」組成的。在古代中國，在北方的中原大地上，自黃帝時代開始，三皇五帝以及夏、商、周三代，乃至於秦漢時期，不斷更替的王朝在繼承前朝的土地和人民的基礎上，華夏地區的農耕民族和遊牧民族也不斷地融合壯大，尤其秦漢時期南北兩次統一戰爭之後，不同王朝統治下的眾多人民，逐漸形成為一個相同而不斷擴充的主體民族 —— 即後來所稱之「漢族」。這是中國民族學的歷史事實。

即如商王朝的建立而言，也是成湯在擊敗夏桀之後，繼承夏朝

---

1 參閱丘菊賢、楊東晨《中華都城要覽》61—62 頁《商之先祖及諸王都邑簡表》，河南大學出版社 1989 年出版。
2 《論語・子路》。

的土地和人民而形成的。比如在《尚書·湯誥》中，成湯說：

> 夏王滅德作威，以敷虐於爾萬方百姓。……敢昭告於上天
> 神後，請罪有夏。……兆民允殖，俾予一人，輯寧爾邦家。[3]

有關這方面，《尚書·伊訓》作了進一步的證實，內中說：

> 惟我商王，布昭聖武，代虐以寬，兆民允懷。……始於家
> 邦，終於四海。[4]

此處可以看到，商取夏而代之，成湯施政「代虐以寬」，故贏
得夏之兆民的擁戴，使商始於家邦而終有四海。所以，商朝繼承夏
的疆域是「四海」之內的土地，以前在這土地上生活的夏之民也換
了身份，變成商之民。其後歷朝的更替，也莫不如此。比如姬周代
興，取商紂而代之，其後商之民也變成周之民，道理是一樣的。因
此，夏商周三代之民，同屬於華夏民族，並不存在胡適所言的「殷
民族」或「周民族」的問題，這是可以斷言的。

比如《尚書·武成》提到殷周之際的民族問題，內中言及：

> （武王克商）華夏、蠻貊罔不率俾。……天休震動，用附我
> 大邑周。……大賚於四海，而萬姓悅服。……垂拱而天下治。[5]

請注意，這裏以「華夏」與「蠻貊」相對舉。顯然，「華夏」
是主體民族，「蠻貊」是少數民族，此處的意涵是毫無疑義的。武王
克商而以周代之，令「萬姓悅服」，無論華夏民族或少數民族，「罔
不率俾」，擁躍支持新政權，即「用附我大邑周」，使四海之內，「垂

---

3 《尚書·商書·湯誥》。
4 《尚書·商書·伊訓》。
5 《尚書·周書·武成》。

拱而天下治」。

應當指出，夏、商、周三代之興替，彼此之間，從未互相貶指任何一方為「蠻貊」，從未指對方為「非我族類」，這說明他們共同確認彼此都屬於華夏民族，這一點是極為重要的。所以，殷、周之間的矛盾，只是華夏族內部中央政權與地方政權之間的矛盾。岐周為西伯時，是「小邦周」，視殷為「大邑商」；當牧野一戰武王克商而殷紂滅亡之後，形勢逆轉，強弱易位，故武王在《尚書·武成篇》中自稱「大邑周」。可見殷、周之矛盾，是華夏族內部誰取得中央政權 —— 也即王權的問題，而絕不存在胡適《說儒》中所謂「殷民族」與「周民族」相對抗的矛盾。及後紂子武庚倡亂，只是一個不甘心喪失政權的前朝遺孽為了復辟而採取的大規模武裝暴動。因此，我認為殷、周之間的矛盾，是政權問題而不是民族問題，這一點是清清楚楚的。

其實，殷王室與周王室的關係千絲萬縷，周之王季、文王都曾被商王封為西伯；而王季的妃子即文王的母親大任，實際上也出自商王室。據《詩·大雅·文王》云：

> 摯仲氏任，自彼殷商，來嫁於周。曰嬪於京，乃及王季。維德之行，大任有身，生此文王。

所以，文王及其子武王、周公，實際上都含有殷商王室的血統。這也是華夏民族內部不同的宗族通過婚姻關係，不斷融合壯大。而商、周兩個王朝的更替，是以繼承前朝的土地和人民為基本特徵的。所以，在上古時期的中國，夏、商、周三代的王室及其治下的北方中原民眾，同屬於華夏民族。胡適對中國上古史和民族問題認識不足，竟然生造出「殷民族」和「周民族」的名稱，這是屬於重要概念的原則性錯誤，本文首先指出這方面的謬誤，予以考正。

二、論傅斯年《周東封與殷遺民》一文的謬誤

如前所述，胡適在《說儒》中，認為「儒」是殷民族的宗教，「三年之喪」是殷民族的喪禮，但自己也承認「有一個大漏洞，就是不能解釋孔子對宰我說的『夫三年之喪，天下之通喪也』。」胡氏坦承是「傅斯年先生前幾年作《周東封與殷遺民》，他替我解決了這個矛盾。」[1]

原來，傅斯年在《周東封與殷遺民》中說：

> 孔子之「天下」，大約即是齊、魯、宋、衛，不能甚大，可以「登泰山而小天下」為證。[2]

胡適在《說儒》中還引用傅斯年前文的另一論點，「魯之統治者是周人，而魯之國民是殷人。」胡氏還據此作進一步之發揮，說「這個論斷可以適用東土全部」。[3]—— 即是說，東土全部（按：比傅斯年所說的齊魯宋衛還大）都是殷人的天下。如此一來，胡適所謂「三年之喪」乃殷民族的喪禮，與孔子所說的「三年之喪，天下之通喪也」便似乎說得通，可以證明胡適在《說儒》中所認為的，殷文化在對抗周文化的周代社會中，仍然是戰勝的一方。

為什麼傅斯年敢於說「魯之國民是殷人」呢？

原來，他所據的是《左傳·定公四年》的一段史料。內中說：

> 昔武王克商，成王定之，選建明德，以藩屏周。故周公相王室，以尹天下，於周為睦。分魯公以大路、大旗，夏后

1　胡適《說儒》，載《胡適文存》第四集第一卷，台灣遠流出版有限公司 1986 年。
2　傅斯年《周東封與殷遺民》發表《前言》，北京大學《國學季刊》，1934 年。
3　胡適《說儒》，載《胡適文存》第四集第一卷，台灣遠流出版有限公司 1986 年。

氏之璜，封父之繁弱；殷民六族：條氏、徐氏、蕭氏、索氏、長勺氏、尾勺氏，使帥其宗氏，輯其分族，將其類醜，以法則周公，用即命於周。是使之職事於魯，以昭周公之明德。分之土田陪敦、祝、宗、卜、史，備物典策，官司彝器。因以商奄之民，命以伯禽而封於少皞之虛。分康叔以大路、少帛、綪茷、旃旌、大呂，殷民七族：陶氏、施氏、繁氏、錡氏、樊氏、饑氏、終葵氏，封畛土略，自武父以南及圃田之北竟，取於有閻之土而共於王職，取於相土之東都以會王之東搜。聃季授土，陶叔授民，命以《康誥》而封於殷虛。皆啟以商政，疆以周索。[1]

傅斯年根據上述史料，遽然作出如下論斷：

可見魯衞之國為殷遺民之國……這裏說得清清楚楚。[2]

我認為傅氏將魯、衞一概而論，同定為「殷遺民之國」，不僅過於籠統，而且有很大的錯誤。

眾所周知，武王克商之後，除分封功臣謀士外，為了穩定局面，「統戰」殷紂遺族，乃封紂子武庚國於宋（按：今河南商丘一帶），以奉湯祀。至武王崩殂前後，武庚勾結「三監」在中土發動大規模叛亂。周公在西周王朝危難絕續之際，乃毅然踐阼稱王，東征平叛，誅殺武庚，對殷遺勢力，採取分而治之的策略，將殷商王室宗親氏族一分為三：一分宋，一分魯，一分衞。

分宋者，即周公封微子啟代替武庚國於宋，以奉湯祀。歷史證明，以微子啟為首的帶有殷商血統宗親氏族的宋公室，直至春秋時期都基本能遵守周公之訓，奉周唯謹，歷史上並未出現宋公室以商

1 《左傳 · 定公四年》。
2 傅斯年《周東封與殷遺民》發表《前言》，北京大學《國學季刊》，1934 年。

文化對抗周文化的事。

分魯者，即前述所言的殷民條氏、徐氏、蕭氏、索氏、長勺氏、尾勺氏六個氏族，這六個氏族中必有許多人追隨武庚在中土叛周作亂，以帶罪之身，從河南被遷往山東作為魯公室的奴隸。按照周禮制度，魯公室在井田制中擁有許多公田，顯然需要許多農奴耕作。古代戰爭中，戰勝的一方佔有土地，掠奪人口，目的就是要將其作為農奴以拓殖土地。分魯之殷民六族之所以被「輯其分族，將其類醜，以法則周公，……是使之職事於魯」，顯然被充作魯公室的奴隸，這是對被視作「類醜」的參與在中土進行叛亂的殷民一種刑法上的懲罰。

另一方面，《左傳‧定公四年》中所載「因商、奄之民，命以伯禽，而封於少皞之虛」。—— 此一史料極為重要，足證魯並非如傅斯年所言，「為殷遺民之國。」為什麼呢？

原來，奄民並非殷民，「少皞之虛」—— 即作為魯都的山東曲阜也並非殷虛。商祖自契至湯八次遷徙以及自湯至盤庚的五次遷徙中，大部分都邑定於河南，小部分定於山東、河北和山西。只有商王陽甲才都於山東曲阜，而且僅此一朝，其弟盤庚就遷都殷虛。故商人於山東曲阜居停甚暫。自盤庚遷殷，此地已甚少商民。而自古魯國之地乃少皞所居之處，奄民乃少皞之後，為魯地的原住民。少皞青陽氏亦稱少昊。《帝王世紀》云：

> 少昊邑於窮桑，以登帝位，都曲阜。[3]

故《左傳‧定公四年》說魯國的曲阜原為「少皞之虛」，顯然有所根據。所以，奄人既為山東曲阜等地的原居民，其人口應佔大

---

3 《史記‧周本紀‧正義》引《帝王世紀》。

多數。周公封魯，其子伯禽就封魯公，其公室宗族子孫和士大夫與大量周朝的軍隊及其家屬，經過多年的繁衍生殖，人口眾多；再加上平王東遷之後，原來在鎬京和宗周之地的士大夫和師儒等飽習經學禮樂的文化學術界人士，也大量隨之東遷，其中很大一部分來到魯國。因為周公制禮作樂，魯國有經學和禮樂的傳統，所以至春秋時期，「周禮盡在魯」[1]，這是當時各國的共識。這些文化人及其家屬人數很多，他們應該和魯公室及其宗族一樣，居於魯國都邑曲阜等中心地帶，作為「國人」的主體，這是理所當然的。而作為少皞之後，此地的原住民奄人，人數當然也甚眾。所以，作為戰敗者並參與武庚叛亂的「頑醜」，當年從河南被強逼遷至山東作為魯公室奴隸的殷民六個氏族，在魯國當然屬於少數。而傅斯年在缺乏歷史論據的情況下，竟然說「魯之統治者是周人，而魯之國民是殷人」[2]。這根本是錯誤的。

至於分衞的「殷民七族，陶氏、施氏、繁氏、錡氏、樊氏、饑氏、終葵氏，……命以《康誥》，而封於殷虛。皆啟以商政，疆以周索」[3]。

《左傳・定四年》的上述記載，指康叔封於殷虛，所以開初探取「以商治商」過渡措施之策略，但必須實施周朝的禮治制度和大政方針，以達到變殷民為周民的根本目的。此之謂「啟以商政，疆以周索。」試以周公在《康誥》中對其弟康叔的訓辭，足以窺見西周執政者在取得全國政權後，勢欲最終把殷民變為「新民」也即周民的決心。內中說：

1　《左傳・昭公二年》。
2　傅斯年《周東封與殷遺民》發表《前言》，北京大學《國學季刊》，1934 年。
3　《左傳・定公四年》。

孟封，朕其弟，小子封。汝惟丕顯文王，克明德慎罰，
用肇造我區夏，越我一二邦以修我西土……惟汝小子，乃服
惟弘王。應保殷民，亦惟助王宅天命，作新民。[4]

所以，周公對康叔的指示，即封衛的目的是「肇造我區夏」，
作為西土周王室的屏藩；而「保殷民」以「作新民」，其最終目的
就是要將殷民改造成周民。這可說是「啟以商政，疆以周索」最好
的腳注。而衛處殷虛，且分衛的殷民有七個氏族，其結果尚且如
此。何況魯處少皞之虛，分魯的殷民氏族只有六個，其結果是這些
殷民最終都變為周民，是理所當然的。而歷史事實的演變也確實如
此，魯、衛二國自立國後基本上都秉持周禮以治國，對周王室也最
忠誠。至春秋戰國南北諸侯紛紛稱王之際，魯、衛二國堅持不稱
王，始終對其時已極為弱小的周王室保持尊重。歷史事實是，魯、
衛二國從頭到尾都沒有出現象胡適所說的「殷文化與周文化對峙」[5]
的事，因為周禮主導了這兩國的方針大政和文化學術。

另者，傅斯年在《周東封與殷遺民》一文中特別強調：「《春秋》
及《左傳》有所謂「亳社」者，是一件很重要的事。」他引用《左傳·
定六年》中的一條材料：「陽虎又盟及三桓於周社，盟國人於亳社。」
而斷言：「這真清清楚楚指示我們：魯之統治者是周人，而魯之國民
是殷人。」[6]而胡適在《說儒》中，引用傅斯年的這一段話，以「亳社」
的重要性，來證明「魯為殷民之國」，並認為傅斯年上述這一段話，
「是最有見地的論斷。」[7]

但是，亳社在魯國的地位是否像傅斯年說的那樣重要；而《左

4　《尚書·周書·康誥》。
5　胡適《說儒》，載《胡適文存》第四集第一卷，台灣遠流出版有限公司 1986 年。
6　傅斯年《周東封與殷遺民》發表《前言》，北京大學《國學季刊》，1934 年。
7　胡適《說儒》，載《胡適文存》第四集第一卷，台灣遠流出版有限公司 1986 年。

傳・定六年》說陽虎盟三桓於周社，盟國人於亳社，是否像傅斯年所說的：「這真清清楚楚指示我們，魯之統治者為周人，而魯之國民是殷人」呢？——顯然，這需要嚴謹的學術考證來作明確的判斷。

首先，亳社是殷社，這沒有錯。當年湯勝夏桀，建立商朝，為了利用的目的，保存了夏社。所以，周勝殷也保留了亳社，也稱「勝國之社」。《左傳・文公十五年》：「凡勝國，曰滅之。」於是，敗亡之國反而稱「勝國」，這一頗具諷刺意味又有點滑稽的名稱即由此而來的。因此，在周代，「亳社」也稱「勝國之社」。按照儒家經典等古籍文獻的記載，周代「勝國之社」也即亳社的地位並不高，如《周禮・地官司徒》云：

> 凡男女之陰訟，聽之於勝國之社。

至於男女之間淫亂之事為什麼要在「勝國之社」審理呢？這是因為其形制：「天地四方皆編木為壁，以示不與相通，為有國者戒，淫佚之事不宜宣露，故在此審理。」[1]

由於「勝國之社」規定由木製，故易燃，是以《左傳・哀公四年》有「亳社災」即火災的記載，這也是所謂「勝國之社」的悲哀。

按照《周禮》的記載，亳社除可審理一些前述男盜女娼一類「陰訟」外，還可以處理一些因財貨引起的訴訟，《周禮・秋官司寇》云：

> 凡以財獄訟者，正之以傳別、約劑，若祭勝國之社稷，則為之尸。

在西周，原本「周社」與「亳社」設在鎬京，平王東遷，王朝

1　見《周禮直解・地官司徒第二》，載《十三經直解》，江西人民出版社 1993 年。

局促於洛邑王城，顯然無地可容，故「周社」與「亳社」皆遷於魯，這也是「周禮盡在魯」的一個重要象徵。當然，「周社」是周王室、魯公室等姬姓子孫祭祖之地，地位崇高，形制寬敞，莊嚴肅穆。而亳社是「勝國之社」，編木所成，四壁遮蔽，局促可知。總之，亳社在周代的地位並不高，有時甚至是卑下而帶有侮辱性的。而傅斯年竟說「亳社獨佔一位置，則亳社在魯之重要可知。」[2]——傅氏說的實在毫無事實根據，真不知道他是怎樣做歷史考證的。

此外，還有「國民」的問題，因為傅氏說過「魯之國民是殷人」，這個問題必須考清楚。

據《左傳·定公六年》的記載：

> 陽虎又盟公及三桓於周社，盟國人於亳社，詛於五父之衢。

傅斯年就因為上述這句話涉及魯公室與周社、國人與亳社的問題，而斷定「魯之統治者為周人，魯之國民是殷人。」[3]

事實果真如此嗎？——這就需要作確切的歷史考證。

首先，須知道陽虎是什麼人？為何要做這些事。

原來，陽虎為魯公室季孫氏的家臣，因握有兵權而企圖控制魯公室。他於魯定公五年（前505）囚季桓子，將其族人及家臣殺的殺，逐的逐。在做了這些大逆不道的事後，陽虎乃於定公六年（前504）強逼魯定公及三桓（按：即孟孫、季孫、叔孫三家公室貴冑）盟於周社，要他們同意讓他專制國政。因為周社是祭拜姬周先公先王的聖地，一般人等是不能隨便進入的，而魯定公和三桓都具有姬周的血統，地位崇高，陽虎乃挾逼他們到這裏與他盟誓，請姬周的先公先王作證，以示隆重，並昭告天下。

---

2 傅斯年《周東封與殷遺民》發表《前言》，北京大學《國學季刊》，1934年。
3 同上。

至於陽虎「盟國人於亳社，詛於五父之衢」，則是與受其蒙蔽的都城人民誓神劈願，甚至在曲阜的某條街 —— 五父之衢向民眾發毒誓，要人民相信和服從他。至於「國人」，是指居於都邑之人。「國人」是與「郊人」、「野人」由於居住地不同相對而言的，只有三者相加，才是王或侯國國君轄下的全體人民，才是現代意義上的「國民」。西周及春秋時期的「國」，其實地域很小。鄭玄註：「營國方九里，國中九經九緯。」[1]可見九里之「國」幅員很小，作「九經九緯」者，乃對「國」作為都邑的城市規劃。《呂氏春秋·慎勢》云：

> 古之王者擇天下之中而立國，擇國之中而立宮，擇宮之中而立廟。[2]

可見古代「國」之功能體現在都邑上，蓋王居於都邑之宮中，所以都邑也代表「國」。故居於都邑的「國人」，在人數上當然少於其四域鄉野的「郊人」和「野人」。至春秋時期的魯國，居於都邑曲阜的「國人」的主要成分，我認為應該是魯侯眾多的朝臣、士大夫及其親屬，尤其是魯公室龐大的宗族及其家臣僚屬，還有負責教導《詩》、《書》、《禮》、《樂》的師儒及其學生，以及商賈小販等城市必不可少的一干人等，還有自西周以來魯國以周人為主的眾多軍隊及其家屬後裔，這些人無疑成為「國人」的主體。毫無疑問，這些人大部分都具有姬周的血統，屬於所謂「周人」的範疇。他們居於都邑曲阜成為「國人」，魯公室及其政權的安全才有保障。因為魯國的執政者再蠢，也不會將當年的「殷民六氏族」安排在都邑，使自己陷入敵人的包圍之中。如前所述，當年所謂「殷民六族」因參與武庚叛亂早已被當成「醜類」被強逼至魯公室的井田作奴

---

1 見鄭玄《三禮注》。
2 見《呂氏春秋譯注》，吉林文史出版社 1993 年出版。

隸，所以他們只是「郊人」或「野人」，地位在一般周人和奄民之下，根本沒有資格居於都邑成為「國人」。因此，傅斯年說「魯之國民為殷人」，既不符合歷史事實，而且也不合情理，是絕不可能的。其所言「魯為殷遺民之國」，當然也是非常錯誤的。而胡適《説儒》一文，正是依賴傅斯年上述的謬說作為主要論據，說：

> 魯有許多殷人遺俗，如「亳社」之祀，屢見於《春秋》。傅斯年先生前幾年作《周東封與殷遺民》一文，證明魯「為殷遺民之國」……傅先生此論，我認為是最有見地的論斷。[3]

但歷史事實並非如此。因為胡適與傅斯年一樣，都不明「亳社」之所由來，也不明殷商亡國後，作為「勝國之社」的「亳社」在魯國如何處於屈辱的地位。其實，《春秋左傳》中有關「亳社」的記載甚少，僅有三次：一次是定六年陽虎「盟國人於亳社」；一次是哀四年「亳社災」；另一次是哀七年「師宵掠，以邾子益來，獻於亳社」── 即魯師入侵邾國，夜裏大肆搶掠，並俘虜其國君邾隱公。── 這種類於不義之舉的軍事行動即使取勝，也是不宜告捷於「周社」，所以才在「亳社」舉行獻俘儀式。總之，至春秋時期，「亳社」在魯的主要功能已不是作為殷人祭祖之地，而是扮演一些不甚光彩的角色。像上述《周禮》所記載的「亳社」用作審理「男女陰訟」一類男盜女娼見不得人的事，所以比之「周社」，「亳社」顯然處於十分低卑的地位。而定六年陽虎所盟的「國人」，因為無資格在只有魯公室才能進入的「周社」盟誓，所以只能在「亳社」將就了事。但可以肯定的是，陽虎在「亳社」所盟的「國人」，絕不是殷人，而是指都邑之人。應該說，「亳社」在魯國的地位低卑，這是歷史的

3　胡適《説儒》，載《胡適文存》第四集第一卷，台灣遠流出版有限公司 1986 年。

客觀事實，而《春秋》從來也沒有關於魯國有人祀「亳社」的任何記載。而胡適竟然說「魯有許多殷人遺俗，如「亳社」之祀，屢見於《春秋》。」—— 可謂毫無根據，完全不符合歷史事實。胡適「小心求證」的精神，究竟跑到哪裏去了呢？！

又如「三年之喪」的問題，也顯示胡氏考證的粗疏，以及對傅斯年《周東封與殷遺民》一文的依賴程度。

原來，胡適根據孔子所言的「三年之喪，天下之通喪也」這一說法，而在其《說儒》一文中得出當年殷商亡後，殷文化戰勝周文化的結論。其理論套路是這樣的：因為孔子是殷人之後，他是春秋之際儒家的宗師，所以胡適認為「儒」是殷民族的宗教，「三年之喪」是殷民族的喪禮，此一喪禮制度在春秋時期還能成為「天下之通喪」，可見殷文化影響之大。

那麼，究竟「三年之喪」起源於何時？而孔子說「三年之喪，天下之通喪也」，究竟他指的「天下」有多大？ —— 胡適起初對此問題還有點犯難，但傅斯年在《周東封與殷遺民》一文中力圖為其解套，如是說：

> 孔子的天下，大約即是齊、魯、宋、衛，不能甚大，可
> 以「登太山而小天下」證之。[1]

傅斯年這樣說，目的是說孔子的「天下」即齊魯宋衛四國的範圍，是殷民族佔大多數的「天下」，殷文化居主導地位。這樣一來，胡適認為孔子說的「三年之喪，天下之通喪也」講的是殷民族的喪禮，至春秋時期仍在那裏通行，因此其《說儒》的主要論點就似乎找到了根據。

1　傅斯年《周東封與殷遺民》發表《前言》，北京大學《國學季刊》，1934 年。

　　但是，我認為孔子「登太山而小天下」，乃喻其胸襟與氣魄，有涵蓋天下之概，並不是指他視野所及的地方。其實，自上古以來，根據經典文獻的記載，人們所認知的「天下」，其範圍一般是指「四海」之內。古人因為履跡及視野所限，認為「天下」的範圍，應該東至東海，西至西海，南至南海，北至北海，所以將「四海」之內，認定為「天下」。此「四海」的概念，經典多有記載，最早要算《尚書·舜典》，內中就有關於「四海」的說法。云：

> 二十有八載，帝乃殂落，百姓如喪考妣，三年，四海遏密八音。[2]

　　這段話清楚地記載帝堯崩殂後，百姓感念其德，如死了父母一樣為其舉行喪禮，在三年的時間裏，「四海」也即天下停止一切音樂活動，以示哀思和紀念。—— 我認為這就是中國經典文獻中第一次有關「四海」也即「天下」的概念，同時，也是文獻典籍中有關「三年之喪」的第一次確切記載。毫無疑問，孔子說「三年之喪，天下之通喪也」，正是據此而來的。《孟子·萬章》也證實堯崩之後百姓舉行了「三年之喪」這件事，說：

> 堯崩，三年之喪畢，舜避堯之子於南河之南。[3]

　　這說明「三年之喪」這種喪禮肇始於堯舜時期，歷經夏商周三代，乃至於春秋，上至王侯公室，下至庶民百姓，無不通行，形成行之有年的禮俗文化。而並非像胡適所說的「三年之喪是殷民族的喪禮」。至於傅斯年所說的：「三年之喪，在東國，在民間，有相當

---

2 《尚書·舜典》。
3 《孟子·萬章上》。

的通行性，蓋殷之遺禮，而非周之制度。」[1] 當然同樣是錯誤的。

　　有關「三年之喪」這種禮俗通行於朝野，孟子證實了孔子的說法，云：

　　　　三年之喪……自天子達於庶人，三代共之。[2]

　　這句話與孔子所說的「三年之喪，天下之通喪也」，主旨基本是一致的。而胡適竟然在《說儒》中說：「我想不是孔子在說謊，就是孟子在說謊。」── 真是識小而辭陋，以輕佻的態度厚誣古人，實在不足為訓。

　　至於「天下」也即「四海」之內的問題，孔子也是如此認知的。《孝經》是孔子及其學生曾參的問答錄，內中就有關於孔子這方面的論說，云：

　　　　昔者周公郊祀后稷以配天，宗祀文王於明堂以配上帝。
　　　是以四海之內，各以其職來祭。[3]

　　這說明孔子的「天下」，是「四海之內」，普天之下。豈是傅斯年強加給他的齊魯宋衛的「天下」。傅氏要論孔子，但對孔子其實研究極不深入，所知甚少。

　　我認為，欲知孔子的「天下」觀念，對《春秋經》的研究是必不可少的。孔子曰：

　　　　後世知丘者以《春秋》，而罪丘者亦以《春秋》。[4]

1　傅斯年《周東封與殷遺民》發表《前言》，北京大學《國學季刊》，1934 年。
2　《孟子·滕文公上》。
3　《孝經·聖治篇》。
4　《史記·孔子世家》。

我讀《春秋》，深感此一被傅氏譏之為「簡略的二百四十年間的『斷爛朝報』」[5]的儒家經典，裏面卻清楚地記載着孔子所認知確定的這一歷史時期天下發生的重大歷史事件，其中包括周王室以及四十三個諸侯國的盛衰興亡。這清清楚楚地證明孔子的「天下」，除傅氏所說的齊、魯、宋、衞四國外，以先後在《春秋經》出現的次序，還包括：鄭、陳、蔡、滕、邾、薛、杞、曹、紀、鄧、谷、燕、許、郕、荊、莒、徐、邢、虞、虢、楚、晉、狄、曾、夔、秦、巢、巴、庸、郯、向、萊、根牟、吳、頓、沈、越、鮮虞、胡等三十九個侯國。

我曾說過，學術考證最有力的武器，就是事實勝於雄辯。明明孔子的「天下」包括上述的四十餘國，為什麼傅斯年在完全沒有歷史根據的情況下，一定要以自己的狹隘認知，來量度孔子的歷史視野，而妄謂孔子的「天下」，大約即是齊魯宋衞四國，「不能甚大，可以『登太山而小天下』為證。」真是荒謬之至！

對於傅斯年上述的說法，胡適卻如獲至寶，大加附和並加以引用。

但不幸的是，胡適所倚賴甚深的傅斯年《周東封與殷遺民》一文的主要論點，基本上都站不住腳，其《說儒》的理論框架也隨之崩塌。因為兩文之間存在着學術上十分密切的因果關係，傅說不立，胡說便倒。客觀事實就是如此，這是沒有辦法的事。

說起來，胡、傅這二位早期提倡西學、以打倒「孔家店」和舊學為己任的「新文化運動」的主將，後來在參與傳統文化的研究和著作中，仍然毫不掩飾自己對孔子及其學派的詆毀和蔑視。像胡說的「不是孔子在說謊，就是孟子在說謊」，以及傅斯年對孔子「天下」

5　傅斯年《周東封與殷遺民》發表《前言》，北京大學《國學季刊》，1934 年。

觀甚為荒謬的解讀，皆為顯例。二氏大言炎炎，但事實證明，他們在學術考證上卻十分粗疏。而假設太大膽，求證又不小心，結論又太武斷，才造成兩文的種種謬誤。他們二位皆享盛名，但以上述二文而論，學風之欠踏實，考證方法之低劣，是我萬萬沒想到的。

三、為被胡適歪曲的「儒」和孔子的儒家文化「正名」

最後，我認為仍然要糾正胡適在《說儒》一文中對「儒」的錯誤解釋和胡亂定義，為孔子及儒家文化「正名」。

若說「儒」的本義，當然要據許慎的《說文》之言，內中說：「儒，柔也，術士之稱。從人，需聲。」

但胡適只拿「儒」所含的「柔」義，解釋為「柔弱、懦弱、文弱」，從而把「儒」從外表到內涵都弱化了，同時還作出如下引伸並加以定義，說：

> 儒是柔懦之人，不但指那逢衣博帶的文縐縐的樣子，還指那亡國遺民忍辱負重的柔道人生觀。[1]

胡適在《說儒》中，把本來屬於周文化傳播者的「儒」，說成是殷商民族的宗教教士。又說「儒」以治喪相禮為職業，「他們最重要的謀生技能是替人家『治喪』」，「靠他們的宗教意識為衣食之端」。孔子「和他大弟子的生活，都是靠授徒和相禮兩種職業」。「孔子和這班大弟子本來都是殷儒商祝，孔子只是那個職業裏出來的一

1　胡適《說儒》，載《胡適文存》第四集第一卷，台灣遠流出版有限公司 1986 年。

個有遠見的領袖」。[2]

　　但經典文獻卻證明，「儒」之本源及其作用，以及孔子一生的事功，都顯示胡適上述的說法大悖於歷史事實。

　　首先，胡適對「儒」字的解釋是僅憑《說文》中「柔也」一說而衍伸出去的，非常片面，也非常空泛。因為他忘記了緊接着《說文》指出「儒」是「術士之稱」——這其實才涉及「儒」的職業及其內涵更重要、更本質的釋義。

　　根據我的考證，原來，「儒」是《周禮》中記載的職官，屬於專業人士和學者。《周禮·天官冢宰》中述及維繫邦國之民主要的九種羣體組成的社會體系，包括：

> 一曰牧，以地得民；二曰長，以貴得民；三曰師，以賢
> 得民；四曰儒，以道得民；五曰宗，以族得民；六曰主，以利
> 得民；七曰吏，以治得民；八曰友，以任得民；九曰藪，以富
> 得民。[3]

　　在上述九種社會羣體中，「師」主要從事學校（即庠序）中對眾多學生的教育，故能「以賢得民」。《禮記·王制》云：「天子命之教，然後為學。小學在公宮南之左，大學在郊。天子曰辟雍，諸侯曰頖宮。」又《禮記·文王世子》云：「春誦，夏弦，大師詔之。」可以為證。

　　「儒」則為深研經學道術之士，故《周禮·天官冢宰》說「儒以道得民」；而許慎《說文》言儒有「術士之稱」，可見二說相通。故古人有稱儒家經學為「道術」者，實有所本。根據《禮記·王制》的記載，云：

2　同上。
3　《周禮·天官冢宰·大宰》。

> 樂正崇四術，立四教，順先王《詩》、《書》、《禮》、《樂》
> 以造士。[1]

這清楚地顯示，周初是以《詩》、《書》、《禮》、《樂》為「四術」的。所以，其時精於此道者被稱為「術士」，是十分貼切的。至春秋時期，儒家宗師孔子在「四術」的基礎上，整理《周易》，撰寫《魯春秋》，加入其間，後世稱為「六經」。所以許慎《說文》謂儒有「術士之稱」，這是追本溯源，是十分正確的。

如《周禮·天官冢宰》所言，「儒」之所以能「以道得民」，就是因為彼等能對包括《詩》、《書》、《禮》、《樂》在內的各種學術之道博採廣納，研究其真義，然後上能為當道貢獻治國之方略，下能移風易俗以化民。故「師」以教育而普及，「儒」以道術而功深。兩者互相結合，更能相得益彰，故《周禮·地官司徒》遂有「聯師儒」的記載，云：

> 以本俗六安萬民：一曰媺宮室；二曰族墳墓；三曰聯兄弟；
> 四曰聯師儒；五曰聯朋友；六曰同衣服。[2]

由此可知，西周年間實行「聯師儒」的制度，重視在文化教育與學術研究互相結合，為國家培養人材。

西周除「師」之負責教育，「儒」進行學術研究之外，又設「保氏」一職以負責培訓國子的「六藝」、「六儀」等，以備國家選拔之用，是政府負責這些方面的官方機構，所以，「保氏」一職，應該類似於後世的「國子祭酒」。據《周禮·地官司徒》記載：

> 保氏，掌諫王惡，而養國子以道。乃教之六藝：一曰

---

1 《禮記·王制》。
2 《周禮·地官司徒·大司徒》。

五禮，二曰六樂，三曰五射，四曰五馭，五曰六書，六曰九數。乃教之六儀：一曰祭祀之容，二曰賓客之容，三曰朝廷之容，四曰喪紀之容，五曰軍旅之容，六曰車馬之容。凡祭祀、賓客、會同、喪紀、軍旅，王舉則從，聽治，亦如之，使其屬守王闈。[3]

從上可知，「保氏」在國子培訓的六藝，包括禮、樂、書、射、馭、數等，其中與師、儒施教和研究的《禮》、《樂》、《書》，在科目和內容上有相同之處。其他的射、馭、數，皆為實用之學，兼及武功及理財之用，此皆治國之道必不可少者。至於「六儀」的內容，基本與其後的《儀禮》一書所載的「五禮」相同，皆為實用之禮。而在禮制上，殷代禮在瞽宗；西周立國後，周公製禮作樂，則禮在大宗伯，師、儒、保氏則負責《禮》、《樂》和《詩》、《書》的教研和培訓，此乃殷、周二代不同之處。

直至西周敗亡，平王東遷，王室貴族和龐大的職官系統為逃避戰火和免受犬戎鐵蹄的蹂躪，也紛紛被逼隨之東遷避禍，其中也包括「保氏」和大批師、儒。

東遷之後，東周小朝廷局促於洛邑王城，同時建置不能不設之宗廟，至於「周社」及「勝國之社」的亳社，則不得不遷至「兄弟之國」的魯國。而洛邑王城不可能像西周時期在鎬京建國子之學，故東遷之後，「保氏」一官不見記載。這是因為王畿及其周圍地區，地小賦薄，根本不足以供養龐大的職官隊伍。因此，大批的「師」、「儒」唯一的出路就是到魯國去。當年周公製禮作樂，故魯國有禮樂的傳統。而師、儒所長者，就是專門教授和研究《詩》、《書》、《禮》、《樂》和「六藝」、「六儀」等學術文化，所以魯國便成為他

---

3 《周禮・地官司徒・保氏》。

們安身立命之所。因此，魯國專門出教師和儒士，固為當時的普遍現象。至春秋時期，「周禮盡在魯」[1]，「周樂亦盡在魯」[2]，已成為諸侯國的共識，並載諸典籍文獻。而孔子繼承迸發揚了儒家研究經術的事業，其後完善了《詩》、《書》、《禮》、《樂》、《易》、《春秋》「六經」的整理，從而成為儒家文化的一代宗師。應該說，是東遷之後「師」、「儒」徙魯的時代環境造就了他，同時也是制禮作樂的周公之封國——魯國的學術傳統和文化土壤成全了他。另一方面，魯國成為繼承和發揚周文化的模範國，孔子是有重大貢獻的。正是因為有了儒家大師孔子，魯之曲阜成為各國文士研習儒學的重鎮，他有三千弟子足以為證。而努力研習《詩》、《書》、《禮》、《樂》、《易》、《春秋》等經術，可謂為孔子為首的儒家文化的本業，這也是「儒」擁有「術士之稱」最本質的東西。

當然，在孔子這數以千計的弟子中，出身富貴貧賤及品性雅俗者兼而有之。孔子本身是禮學大師，這是《左傳》一再強調的。所以他為學生灌輸禮與仁的真義，培訓弟子學習儀禮，而祭禮和喪禮是古代儀禮中最重要和最實用的部分，所以《禮記‧檀弓》中有一些關於孔子和弟子偶而參加祭禮、喪禮活動的記載，還有孔子對祭禮和喪禮的一些看法。但胡適以偏概全，只取其中零星的相關記載，而把孔子及其弟子說成專門是靠「吃死人飯」的。他如是說：

> 我用它們來說明孔子本人，以及他的一些及門弟子們，是靠相禮——尤其是祭禮、喪禮，為衣食之端的……他們以此為生。孔子便是這種禮的職業主持人，他的弟子也是如此。[3]

---

1 《左傳‧昭公二年》。
2 《左傳‧襄公二十九年》。
3 胡適口述、唐德剛譯注《胡適口述自傳》，第十二章《現代學術與個人收穫》，台灣遠流出版有限公司 2005 年。

　　明明孔子是儒家大師，帳下弟子前後三千，他一生以教導學生、研究和整理六經為志業；同時希望自己所學能見用於世，於是游說於各諸侯國之間；他也曾被魯公室任命為魯司寇兼攝相事，是魯國最高的司法長官和行政長官。其生平事跡載諸典籍，世人共知。但我不知道胡適為什麼把作為儒家大師的孔子及其門弟子寫得如此不堪，在這段話中，他硬是把孔子及其弟子安排在「殯儀館」工作，以相禮為生，實際上即在喪禮的儀式上「唱禮」，還硬指派孔子作為「這種禮的職業主持人」。這樣一來，在胡適的筆下或口中，孔子為首的儒家學派便變成以此為衣食之端的專門職業，專門「吃死人飯」。這根本不符合歷史事實。毫無疑問，胡適這樣寫，無疑貶低、褻瀆甚至侮辱了孔子為首的儒家學派及其文化。

　　那麼，是否有少數儒士因生活所需，而成為社會上喪禮活動中職業的唱禮人也即主持人呢？—— 當然有。

　　如所周知，在魯國，儒生、儒士人數眾多，品流複雜，有各種類型。誠如荀況在《儒效篇》中所言：

> 故有俗人者，有俗儒者，有雅儒者，有大儒者。[4]

荀子推崇孔子為「大儒」，給予極高的評價，云：

> 彼大儒者，雖隱於窮閭漏屋，無置錐之地，而王公不能與之爭名；在一大夫之位，則一君不能獨畜，一國不能獨容，成名況乎諸侯，莫不願得以為臣；用百里之地，而千里之國莫能與之爭勝，笞棰暴國，齊一天下，而莫能傾也。是大儒之徵也。其言有類，其行有禮，其舉事無悔，其持險應變曲當，與時遷徙，與世偃仰，千舉萬變，其道一也。是大儒之

稽也。其窮也，俗儒笑之；其通也，英傑化之，蒐瑣逃之，邪說畏之，眾人愧之。通則一天下，窮則獨立貴名，天不能死，地不能埋，桀、跖之世不能污，非大儒莫之能立，仲尼、子弓是也。[1]

孔子自己不僅是大儒，而且還教導學生要做「君子儒」，也即「雅儒」；而不要做「小人儒」，也即「俗儒」。在《論語‧雍也》中，孔子就教導子夏說：

汝為君子儒，無為小人儒。[2]

子夏謹守師言，在孔子去世之後，努力傳播儒家學說，被戰國初年一代雄主魏文侯聘為老師，並創立「西河學派」，這都是彰彰可考的歷史事實。

但是，胡適的《說儒》卻把孔子及其弟子說得一塌糊塗，言不及義。他顯然對儒家經學和古史未作系統深入的研究和融會貫通，因而對上述的歷史事實和「儒」的來源及其內涵要義一無所知，或者知之而故意歪曲，存心給孔子和儒家學派抹黑。如前所述，他只據《說文》有關「柔也」的片面說法而給「儒」下「柔弱」、「懦弱」的定義，他認為這是「儒」的第一個古義。他還從儒服的問題上大加發揮，作無限的推論，說儒服是孔子家乡宋國的服裝，因此得出「儒服只是殷服」[3]的結論。

胡適之所以認為逢衣博帶的儒服是殷服，原來只根據孔子對魯哀公說的幾句話，云：

1 荀況《荀子‧儒效篇》。
2 《論語‧雍也》。
3 胡適《說儒》，載《胡適文存》第四集第一卷，台灣遠流出版有限公司 1986 年。

　　　　丘少居魯，衣逢掖之衣；長居宋，冠章甫之冠。丘聞之，
　　君子之學也博，其服也鄉。丘不知儒服。[4]

　　那麼，胡適是如何解釋和演繹孔子上述的那段答語的呢？
他說：

　　　　（孔子）生在魯國，生於殷人的家庭，長大時還回到他的
　　故國去住過一個時期。他是有歷史眼光的人，他懂得當時所
　　謂「儒服」其實不過是他的民族和他的故國的服制。儒服只是
　　殷服，所以他只承認那是他的「鄉」服，而不是什麼特別的儒
　　服。從儒服是殷服的線索上，我們可以大膽的推想：最初的儒
　　都是殷人，都是殷的遺民，他們穿戴殷的古衣冠，習行殷的
　　古禮，這是儒的第二個古義。[5]

　　但我認為胡適對孔子這段話的理解和演繹並不正確，是很大
的誤解和曲解。首先，我們必須了解孔子說這段話的歷史背景。
原來，孔子晚年自衛返魯，已是名聞於世的大儒，魯哀公也很敬重
他。所以他的馬車剛入魯國，魯哀公馬上接見他。孔子因長居衛國
穿着衛服，未及換裝，因此魯哀公一見感到奇怪，就問：「夫子之
服，其儒服與？」[6]於是孔子才有上述的答語。

　　有關孔子說「丘少居魯……」那段話，我認為應該作原原本本
的解詁和演繹，不能亂解亂說。我的解讀如下：

　　　　我（孔丘）青少年時期在魯國居住，就穿着魯國的逢掖
　　之衣（按：即儒服，為魯服）；長大曾到宋國住過，便穿戴宋
　　國的章甫衣冠（按：孔子為殷後，十九歲時至宋國娶妻，故穿

──────────

4　《禮記‧儒行》。
5　胡適《說儒》，載《胡適文存》第四集第一卷，台灣遠流出版有限公司 1986 年。
6　《禮記‧儒行》。

戴殷俗衣冠。據《儀禮·士冠禮》云:「委貌,周道也;章甫,
殷道也;毋追,夏后氏之道也。」宋為殷後,故章甫衣冠才是
殷服,而並非胡適所說的「儒服只是殷服」)。我聽說,君子
在學術上要博採眾家,在服飾上也要入鄉隨俗。所以,我並
不專著儒服。

我認為孔子對魯哀公的上述答言是合情合理的,也符合孔子的
性格。因為在服飾上入鄉隨俗,符合西周及春秋時期的禮儀。《禮
記·曲禮》云:「入國而問俗。」因為其時諸侯國眾多,所謂千里不
同風,百里不同俗,所以孔子認為在服飾上入鄉隨俗,也合於禮。
他少年居魯時,便着魯國「逢掖之衣」的儒服;長大到宋國娶妻時,
便穿戴殷遺的章甫冠服;居衛時便着衛服。這與君子在學術上博採
眾家的道理是一樣的。所以,孔子晚年自衛返魯,見哀公,以大儒
而不着儒服,「七十而從心所欲,不逾矩。」這就是孔子!

作為洋博士,胡適在國學上顯然欠缺深入的功夫。故在古文的
解詁上屢出謬誤。像他將「其服也鄉」解成孔子的「鄉服」,就把
孔子曲解成只穿鄉服而不穿別國衣服的人。如此狹隘,又怎能與前
文的「君子之學也博」相對應?又怎能解釋上下文和全文之義呢?
如此不通,不僅曲解了全文,而且曲解了孔子的為人和形象,曲解
了歷史。而這種歪曲古文和古人原意以曲就己說的做法,實在是一
種十分要不得的學風,是一種十分拙劣的考證方法。但由此也說明
了由於胡適「其服也鄉」此一點的不成立,反證了他由此而推論的
一系列結論的錯誤。據此而推翻其「儒服只是殷服」之說,推翻其
由此而引申的「最初的儒都是殷人,都是殷的遺民,他們穿戴殷的
古衣冠,習行殷的古禮,這是儒的第二個古義」等一系列錯誤的結
論。胡適抓住一點(按:尤其是錯誤的論點)作無限推論的考證方
法之所以危險和不可靠,這是一個明顯的例證。

不錯,孔子之先是宋公室貴族,是殷人後裔。所以宋國是孔子

的故國，當然沒錯。但是，宋國留給孔子的印象一點都不好。為什麼呢？

原來，孔子的宋國先祖弗父何原為宋湣公的太子，其後在宮廷的權力鬥爭中被搶奪繼承權，居臣位，子孫數世皆任宋卿。至正考父時，宋公室的權力鬥爭更加殘酷，他深知仕途險惡，戒慎戒懼，刻鼎銘以警示子孫必須低調謙卑，「夾着尾巴做人」，以免殺身之禍。其銘文云：

> 一命而僂，再命而傴，三命而俯；循牆而走，亦莫敢余侮。饘於是，鬻於是，以餬余口。[1]

正考父死後，其子孔父嘉（按：他就是孔氏得姓之源）為宋大夫，後任司馬。孔父嘉謹守父訓，凡事低調，不敢張揚。可惜他的夫人太漂亮，遂遭致宋戴公之孫、太宰華督奪妻謀害的殺身之禍。宋殤公聞此事大怒，華督懼，一不做，二不休，竟連宋殤公都殺了，而另立宋莊公。於是大權在握，導致華督及其家族及後執掌宋國朝政達二百餘年之久，可見其兇殘暴戾之程度。孔子先祖在宋國的悲慘遭遇，其事見《左傳·桓公二年》。

在如此形危勢急的情況下，孔父嘉的兒子金父木倉皇逃離宋國，否則會被斬盡殺絕。宋國的殷人同胞對他一家如此寡情絕義，導致他家破人亡，但周公之後的魯國卻收留了他，而且還委任他為大夫。說起來，金父木應該是孔子家族在魯國的開基祖。在魯，他生了夷父睪，睪生防叔，防叔生伯夏，伯夏生叔梁紇，紇生孔丘。算起來，孔氏一族在魯國落籍，至孔子為第六代。孔子在魯的父祖累世為大夫，無一代被罪被罰被殺，孔子更官至魯司寇並代理相國

---

1 《左傳·昭公七年》。

職務，說明魯公室對孔子及其家族確實有深恩厚德。比之宋公室權貴對其祖先的奪妻之恨、且對其家族橫加誅殺謀害的血海深仇，可見周人對其何厚而殷人何酷！這都是鐵的歷史事實，而孔子對自己的家族史當然也心知肚明。他知道自己的祖先是殷商王室和宋公室的後裔，所以客觀而言，在血統上他當然是「故殷」。不過，像俗話所說，出身不能選擇，但道路卻可選擇，故孔子將其人生宗旨和學術宗旨定為「據魯、親周」[1]，屢言「周監於二代，郁郁乎文哉！吾從周」[2]，「吾學周禮，今用之，吾從周」[3]。孔子從來就沒有說過「吾學殷禮，吾從殷」的話，從來沒有過！他一生尊崇魯之先祖、為周王朝制禮作樂的周公，並且對宣傳和推行周禮不遺餘力，這同樣也是鐵一般的歷史事實。

　　因此，大凡讀過先秦史和研究孔子及儒家文化的人，基本上都確認孔子的政治哲學、人生宗旨和學術思想基本是「親周」的，這也是孔子自己所承認的。但胡適就因為孔子具有殷人的血統，而把他說成是殷民族所期待出現的聖人，是殷民族宗教的教士，他學以致用的禮是「殷禮」。胡適拿來說事的主要根據是僅憑《左傳‧昭公七年》中的一段話，主角是孟僖子。

　　原來，孟僖子是魯國國卿，具有周人的血統。《左傳‧昭公七年》有關他的國事活動的歷史背景是這樣的：有一次孟僖子陪魯昭公出訪鄭、楚二國，因不熟悉儀禮，在外事活動中大出洋相，令他尷尬萬分。愧疚之餘，回國後乃痛下決心習禮。臨終時還叮囑家臣務必帶其兩個兒子拜孔子為師以學禮，以免重蹈他的覆轍。他的臨終遺囑是這樣說的：

1　《史記‧孔子世家》。
2　《論語‧八佾》。
3　《禮記‧中庸》。

禮，人之幹也。無禮，無以立。吾聞將有達者，曰孔
丘，聖人之後也，而滅於宋。其祖弗父何以有宋而授厲公；及
正考父佐戴、武、宣，三命茲益共……臧孫紇有言曰：「聖
人有明德者，若不當世，其後必有達人。」今其將在孔丘乎？
我若獲沒，必屬說與何、忌於夫子，使事之，而學禮焉。[4]

就上述記載而言，無論孟僖子和臧孫紇所言，都只說孔丘是聖
人之後，是個「達者」、「達人」，但並沒有說他是「聖人」。因為
魯昭公七年（前 535）孔子三十四歲，事功未大顯，孟僖子本人並
不認識他，對他的事只是「聞」而已。但孔子其時在魯國設帳向眾
弟子講述儒家經學，尤其以熟悉周禮及其禮儀聞名於世。孟僖子因
為自己在外交活動中「失禮」的經歷，深感「無禮，無以立」，故
囑其家臣在自己歿後，務必領其二子向孔子拜師習禮。——通篇的
來龍去脈和主旨清清楚楚，根本就沒有胡適猜想的「當時魯國的殷
民族中一種期待聖人出世的預言的暗示」[5] 這回事。他用這種最糟糕
的考證方法「猜想」生造出根本就子虛烏有的「預言」之後，又用
同樣糟糕的「假定」作考證，推論出胡適自己造出來的「大預言」。
胡氏說：

所以我們可以假定，在那多數的東方民族之中，早已有
一個「將有達者」的大預言。在這個預言的流行空氣裏，魯國
「聖」臧孫紇也就有一種「聖人之後必有達者」的預言。我
們可以猜想那個民間預言的形式大概是說：「殷商亡國後五百
年，有個大聖人出來。」[6]

---

4 《左傳·昭公七年》。
5 胡適《說儒》，載《胡適文存》第四集第一卷，台灣遠流出版有限公司 1986 年。
6 同上。

　　胡適就這樣靠「假定」、「猜想」、「大概」一類考證方法，胡扯出一連串所謂「預言」。其中證據之一，是「魯國「聖人」臧孫紇也就有一種「聖人之後必有達者」的預言。」但臧孫紇說此話時，孔子只有兩歲，顯然並非暗示孔子為「達者」。而臧孫紇本人也並非胡適所說的什麼「聖人」。《左傳‧襄公二十三年》記載他為了取悅魯國的政治強人季武子而助其廢長立少的事，引致公室其他戚貴的不滿，被逼逃亡齊國。「廢長立少」顯然違反周禮的原則。孔子後來批評臧孫紇（即武仲）「作不順而施不恕」，以致無法在魯國容身。其原話如下：

> 仲尼曰：「知之難也。有臧武仲之知，而不容於魯國，抑有由也。作不順而施不恕也。」[1]

　　因為周禮規定王公的君位必須由嫡長子繼承的制度，因此孔子指責臧孫紇助季武子「廢長立少」之舉，是倒行逆施，此即「作不順」；而手段又太殘忍，不行恕道，是謂「施不恕」。因此，像臧孫紇這種做事違背禮制、備受孔子批評的人，在胡適的筆下卻成了預言孔子將成為「達者」的「聖人」，與歷史事實相去遠甚，實在非常諷刺。

　　另外，按照胡適的說法，殷商民族亡國後盼望「有個大聖人出來」，是經過民間預言長期暗示的心理期待，而孔子就是亡國的殷商民族五百年一出的聖人。

　　那麼，殷商王室遺族聚居之國 —— 宋國，是怎樣對待胡適筆下的「殷人傑出代表」——「聖人」孔子的呢？

　　原來，孔子晚年帶領眾弟子南下遊歷各諸侯國時，真的回了一

---

1 《左傳‧襄公二十三年》。

次故國 —— 宋國。如果照胡適封給他的「亡國後殷商民族五百年一
出的聖人」的銜頭，即使當時執政的宋景公沒有親自帶領文武百官
和眾多殷民出來歡迎，至少應派個像樣點的官員以禮相待吧。誰知
孔子入宋境，與弟子習禮於大樹下，他不僅沒有見到夾道歡迎的殷
人同胞，而是見到宋國大司馬桓魋，兇神惡煞地帶着兵馬來殺他。
有關這件事，《史記·孔子世家》有確切記載，如下：

> 孔子去曹適宋，與弟子習禮大樹下，宋司馬桓魋欲殺孔
> 子，拔其樹。孔子去。弟子曰：「可以速矣！」孔子曰：「天生
> 德於予，桓魋其如予何！」

所以，孔子晚年到宋國，被他的殷人同胞追殺，最後被驅逐出
境。這一慘痛的經歷，是千真萬確的歷史事實。胡適口中的「殷商
民族五百年一出的聖人」，回祖家竟然遭受如此殘酷無情的對待，
這個玩笑實在開得太大了！

以孔子的家族史而言，宋厲公搶去孔子祖先弗父何的君位，宋
戴公的孫子華督為搶奪孔子先祖孔父嘉貌美的妻子而殺死孔父嘉，
致使其子金父木逃離宋國，亡命魯國。魯國不僅收留他，而且給他
官做。與魯國的寬厚仁德相反，從歷史事實看來，宋國對孔子家族
及其本人，可謂殘忍至極，極度無情。如此舊仇新恨，必定令孔子
刻骨銘心！可以說，孔子與各諸侯國的關係，與宋國是最差的；在
與周人、殷人、楚人的交往中，他與殷人的關係是最差的。從孔子
在宋國的遭遇看來，殷人不僅沒有視他為本宗族的「聖人」，而是
視他為敵人，否則便不會那樣瘋狂的對他進行追殺驅逐。這些血腥
而殘酷的歷史事實，與胡適及傅斯年胡謅什麼齊、魯、宋、衞是殷
人的天下，孔子是亡國後殷商民族五百年一出的大聖人，以及殷人
民間預言有聖人出來振興殷民族的宗教和文化等謬論，相去何止十
萬八千里！這說明胡適缺乏歷史事實作依據而僅憑「猜想」和「假

定」得出來的所謂「新理論」，實在空疏荒謬，一旦用嚴謹的考證方法將相關的典籍文獻和歷史事實進行細緻詳盡的相參互證，胡適和傅斯年兩文的根本錯誤便無所遁形。只是我萬萬沒有想到，頂着眾多博士銜頭和「大師」光環的胡適，原來竟這樣憑其「猜想」、「假定」做學問，考證方法竟如此低劣，實在令我感到十分意外！

胡適留美多年，對西學下的功夫很多；相反，他的國學根柢不如其西學遠甚。當年胡氏被聘為北大文科教授，老教授們試過他的學問，認為他在國學上不夠格。我認為此乃事實，非為苛論。但是，胡適就憑着他所擁有的不算深厚的國學知識，雜糅了西方的某些觀點，居然要為中國的主體思想體系和重大的學術命題 —— 儒家文化的來源和孔子本人的人生宗旨、思想境界和學術旨趣下定義，作所謂「權威解釋」，自創其「新理論」，這就未免太不自量力了。

然而胡適自始至終對《說儒》情有獨鍾，直至晚年仍然自我感覺良好。原因是在其生前，沒有一篇對其《說儒》和傅斯年《周東封與殷遺民》的批評文章足以動其心魄，因此在其晚年的《口述自傳》中仍然毫不掩飾其自鳴得意之狀。而唐德剛更把《說儒》捧上了天，說「胡氏此篇不特是胡適治學的巔峰之作，也是中國近代文化史上最光輝的一段時期，所謂『三十年代』的巔峰之作，……是三十年代史學成就的代表作。」[1]

但是，學術乃天下之公器，無論誰對自己的作品自視有多高，無論被誰吹捧得如何厲害，任何人的著作最終都要經受時間的考驗，要經過去蕪存菁的歷史沉澱和嚴格的學術檢驗。時至今日，經過本文的客觀分析和反覆考證，結果證明了《說儒》一文在主要結構及採用材料上，主題論述出現嚴重的錯誤，乖謬甚多，甩漏百

1　胡適口述、唐德剛譯注《胡適口述自傳》，第十二章《現代學術與個人收穫》，台灣遠流出版有限公司 2005 年。

出，其所謂「新理論」的支撐點根本不能成立。而以「假定」、「猜想」的研究方法也實在欠科學，一經歷史事實與典籍文獻進行仔細的比勘和嚴謹的考證，猶如摧枯拉朽，使《說儒》這一被唐德剛形容為「不朽」的「巔峰之作」，如八寶樓台，分崩離析，不成段片。學術檢驗的結果，大量史實俱在，客觀地證明了胡適的《說儒》一文無論在結構、材料乃至構建方法上，皆屬差劣。實事求是而言，在中國文化史上，它根本不是什麼巔峰上的殿堂之作，而是一個不折不扣的學術上的「豆腐渣工程」！

回顧歷史，胡適之、傅斯年二先生在上世紀新舊文化交替的大變革運動中領袖羣倫，建樹卓著，事功俱在。作為文化研究的後來者，我當然敬重他們：不僅敬重他們的貢獻，而且敬重他們的胸襟和品格。

但學術歸學術。胡、傅二位挾隆譽以發表學術著作，影響當然極大。如果是好的作品，固然增益文化，光大學術，沾溉後人；但壞的作品則損害國學，混淆視聽，流弊無窮，滋害益甚。很不幸，《說儒》等篇屬於後者。有關問題，本文已經作了詳細的分析，其中對「儒」的真義及其源流的考證，以及闡明孔子為首的儒家學派所從事的「六經」事業，是中華民族傳統文化的木本水源。胡適之先生對「儒」的曲說和謬論，既無益於辨章學術，尤有害於民族文化。這一大是大非，不能不辨。這就是我撰寫這篇文章的主要原因。

2022 年 13 月 12 日

按：拙文原名《古「儒」新說——胡適之、傅斯年二先生論說考正》，曾收進拙著《中國歷史若干重要學術問題考論》一書，國家圖書館出版社 2009 年出版。此篇乃節選增刪其中主要內容而成。

唐德剛《中國郡縣起源考》評議

　　美籍著名史學家唐德剛先生近年出版其近代史巨著《晚清七十年》[1]，洋洋灑灑，共有五冊之多。

　　唐先生的著作以前讀過不少，印象中，與這套《晚清七十年》一樣，都是以宏觀的角度談大歷史見長，有盱衡大勢、縱貫源流的識力。平心而論，考據並非其所長，而他談大歷史實在也不需要太多的考據。

　　但是，偏偏在《晚清七十年》的首卷《中國社會文化轉型綜論》中，卻收入一篇唐德剛先生昔年所寫的考據之作《中國郡縣起源考 —— 兼論封建社會之蛻變》一文。據唐先生在《跋》中說，這篇文章原為 1941 年秋，他就讀國立中央大學史學系三年級，選修顧頡剛先生所授《商周史》時之期終作業。顧先生發還時，曾用朱筆作批，並附一長函，指點文中可議可取之處甚詳，獎掖有加，並囑讀後將原稿寄還，「當為編入文史雜誌也」云云。但唐先生有自己的著作計劃，故此稿終未寄顧先生。及至 1944 年，此文首登於安徽立煌縣之安徽學院院刊《世界月刊》創刊號上，1970 年再發表於台北《史學彙刊》第三期上，如今又將其收入《晚清七十年》之第一冊《中國社會文化綜論》之中，也足見唐先生對此文之珍視了。

　　我多年來研究古史，頗涉考據之學，對唐先生的《中國郡縣起

1　唐德剛《晚清七十年》，台灣遠流出版社，1998 年。

源考》當然甚感興趣。但讀後感到文中主旨出現根本性的錯誤，頗多考據失當之處，研究方法也有問題。因慮及郡縣之起源乃古史的一大重要問題，確有辨正的必要，乃撰此文，以就正於唐德剛先生（按：唐先生其時尚健在）。茲縷述如下：

一、縣並不是中國封建的渣滓

在歷史上，中國行政區劃的名稱，「郡」為後起，一般考證並不難，唐文中所言也無大出入，毋須深論。

但是，令我頗感意外的是，唐文中大字標題：「封建的渣滓 ——『縣』」。給「縣」下這樣的定義，真令我大吃一驚！

那麼，唐先生給「縣」下如此的定義，究何所據呢？下面是他的解釋：

> 周武王既削平諸侯，據天下土地為己有，當然他可任意的宰割，於是他除割出一部最上乘的土地作為王畿外，餘下的率以封人。但為防諸侯的尾大不掉，封地既不能過大，又不願多封異姓。再者為防「不能與老兵同列」的爭執，資望不足者又不能濫封，結果可封之地多而有資格受封者少，因之有許多地方既非王畿又無適當的人可封。則這些待封之地暫時是懸而未決。且看當時的河東丘陵地——唐，即是懸而未決者之一。蓋唐形勢險要逼近王畿。在當時既無適當人選可以封唐，倒不如懸之為愈，至成王即位始封與胞弟叔虞。然則在小弱弟未封以前，則唐不能為無政府狀態，勢必有人暫時負責治理其地。這種既經征服之地，將封予誰尚是懸而未決，故曰「懸之」。是當即「縣」之起源。[2]

---

2 同上。

　　唐先生並引許慎《說文》：「縣，繫也。從系持県。」即以此作為古文字學的依據，以論證「縣」乃西周初年未封之地處於「懸而未決」的狀態，因而成為「封建渣滓」的結論。

　　恕我直言，唐先生對中國古史的研究似乎欠精到。上述這一段話，他開章第一句「周武王既削平諸侯」已經錯誤。事實是，武王伐紂，大會諸侯於孟津，牧野一戰，商紂不得人心，兵士倒戈，「小邦周」終於取「大邦殷」而代之。姬周王朝建立，武王大封功臣謀士，以及古聖王之遺冑。但他於克商二年後，因病而崩。因此，在商周之際，武王有大會諸侯和封贈諸侯的史實，而沒有「削平諸侯」的記載。

　　另一方面，唐先生說周初「可封之地多而有資格受封者少，因之有許多地方既非王畿又無適當的人可封，則這些待封之地暫時懸而未決。」——這種說法實在也缺乏根據。歷史事實是，周初眾建諸侯，屏藩周室，秉持「親親」、「尊尊」之義，封國大小七十一，姬姓就佔五十三國。[1] 那些追隨武王伐紂的邊遠古邦或少數民族部落如庸、蜀、羌、彷、微、盧、彭、濮等，也都各有封國；就連前朝遺冑都封以公爵，故《逸周書·王會篇》有唐公、虞公、夏公、殷公的記載，其時彼等各有封國。如殷紂雖亡，但紂子武庚仍封於宋（按：今河南商丘）。武王崩，武庚叛亂被誅，周公命紂王庶兄微子啟，代殷後，奉湯祀，封公而繼有宋國。可見周禮之縝密，豈有對王土之封「懸而未決」者？說明唐先生上述的說法是缺乏歷史根據的主觀臆測。

　　最令我感到奇怪的是，唐先生為了證明其論點，竟說「且看當時的河東丘陵地 —— 唐，即是懸而未決者之一。蓋唐形勢險要逼近

---

1 《荀子·儒效篇》。

王畿，在當時既無適當人選可以封唐，倒不如懸之為愈，至成王即位始封與胞弟叔虞。」[2] 但唐先生說周初唐地無人可封，因而懸之未決，根本沒有這回事，不符合歷史事實。

說起來，唐姓為貴胄，實出於兩大宗：一為唐堯之後，見《姓源》；一為周成王同母弟叔虞封於唐後，稱唐叔，其後人以為姓氏，見《世本》。

至於追溯古唐之地，當然與帝堯陶唐氏大有關係，史稱唐堯，為帝嚳次子。《逸周書・史記解》有堯奉命伐共工的記載。據《竹書紀年》和《帝王世紀》等典籍的記載，堯因功被封於唐，此即古唐。其地在今河北省完縣（順平）之西，金線河北岸。而堯之所以被稱「唐堯」或「陶唐氏」，即由此而來。至漢代，其地置唐縣。據《漢書・地理志》中山國唐縣注云：「堯山在南，應劭曰故堯國也，唐水在西。張晏曰：堯為唐侯國於此，堯山在唐東北望都界。」但是，漢代所置的唐縣，至南北朝時，為北齊所廢，其故城在今唐縣西北。李唐據有天下，恢復唐縣建制，移至今治，明清皆屬保定府。此即帝堯所封古唐之地的歷史沿革。

那麼，武王克商之後，是否如德剛先生所言因唐地無適當人選可封而「懸而未決」呢？——結論當然是否定的。

如前所述，武王克商，是團結集合天下眾多反殷紂暴政的力量共同努力的結果，成功後踐履諾言，裂土分封諸侯，前朝唐、虞、夏、殷之裔胄都封以公爵。武王崩後，紂子武庚勾結「三監」發動大規模叛亂，在此危急存亡之秋，周公踐阼稱王，東征平叛。期間歷經七年，周公在召公的協助下，先後誅殺武庚，懲處「三監」，踐奄平亂，並建侯衞以護周室，營洛邑以作東都，繼而制禮作樂，

---

2 唐德剛《晚清七十年》，台灣遠流出版社，1998 年。

為西周王朝立政，然後致政成王。這就是當年周初的歷史大勢。

於是，在周公的主導下，成王於洛邑成周大會天下諸侯，其時可謂冠蓋雲集，羣雄會聚，《逸周書·王會篇》詳細敍述了當年的盛況。值得注意的是，其時唐公、唐叔同時出現：

> 天子立南面，絻無繁露，朝服八十物，搢挺。唐叔、苟叔、周公在左，太公望在右，皆絻無繁露，朝服七十物，搢笏，旁天子而立於堂上。堂下之右，唐公、虞公南面立焉；堂下之左，殷公、夏公立焉，皆南面；絻有繁露，朝服五十物，皆搢笏。……[1]

周成王大會諸侯，真正體現了周公所制周禮「親親」、「尊尊」的特色。以上所錄一段，顯示了上下尊卑、內外親疏和主客有別的等級制度。唐叔、苟叔是成王胞弟，周公是成王叔父，皆為成王血親，故立於堂上天子左側；太公望是成王舅父，又是開國元勛，故立於天子右側。他們與成王一樣，皆絻無繁露；而成王朝服八十物，他們四人朝服各七十物。

唐公、虞公、夏公、殷公則皆立於堂下，絻有繁露，朝服各五十物。

由此說明，舉凡堂上堂下，絻有無繁露，朝服物多物少，都體現了周禮「尊尊」與「親親」的原則。其實，此四公說白了，都屬於「統戰對象」，這樣的待遇和封贈，已經天高地厚了。至於唐公之所以受到如此隆禮，一方面固由於朝代在前，另一方面還因為唐在文王的時代早就是周之與國。《文物》1991 年第八期發表了山西曲沃北趙晉公室墓地出土文王玉環，上刻文字，李學勤先生釋為：

---

1 《逸周書·王會篇》。

「文王卜曰：我眾唐人弘戰賈人。」[2] 這是古唐國尚存於殷周之際的確切證據。

但問題在於，唐公與唐叔竟同時出現在成王大會天下諸侯的同一場合，這說明周初唐地絕非沒有適當人選可封，而是有太多適當人選可封。因此，其時古唐之地絕不是像唐德剛先生所說的無人可封而「懸而未決」，而是要解決唐公、唐叔在唐地的權益和歸屬問題。根據《史記·周本紀》的記載，當年武王於克商之後，為謀求團結各方，爭取人心，穩定局面，因此除大封功臣謀士外，也從優封贈先聖王堯、舜、禹、湯之後，皆封公晉爵。唐公為堯後而封於古唐之地，虞公為舜後而封於陳，夏公為禹後而封於杞。至於武庚叛死後，微子啟代為奉湯祀，被封於宋。這就是周初的歷史事實。

但是，古唐之地既為堯之古國，其範圍就比較大。近年考古學家在山西省襄汾縣挖掘出陶寺遺址，經過對出土文物的科學鑒證和多方比勘，最後考定此處為堯之都城。

根據地理形勢分析，山西襄汾北上為太原，太原東出娘子關即河北的石家莊、唐縣、保定一帶，我認為這些地跨兩省的幅員應該屬於古唐之地，應包括在堯時古國的範圍之內。堯稱陶唐氏，史稱唐堯。而「陶寺」、「唐縣」這些古地名是否與「陶唐氏」的帝堯有關？我認為不能排除這一可能。這不是望文生義的問題，而是此中確實隱藏着十分豐富的歷史訊息，同時有相關的考古文物和歷史文獻作為依據。

所以，我認為周初的唐地絕非像唐德剛先生所說的「懸而未決」。當年武王封帝堯的後裔為唐公時，其封地應在山西襄汾至太原一帶的古唐之地，以奉堯祀。至武王崩，周公、召公平定武庚與

---

2 李學勤《文王玉環考》，載饒宗頤主編《華學》第一輯，中山大學出版社，1995 年出版。

「三監」之亂後，河北地始收復。周成王親政時，乃將今河北的石家莊、唐縣、保定一帶之地封予弟叔虞，實也出於安全方面的考慮。蓋此地位於河北中部，南下即可至河南保衞洛邑東都，以屏護周王室。因此處也屬古唐之地，故叔虞稱為「唐叔」。所以《逸周書‧王會篇》記載周成王在洛邑成周大會天下諸侯時，唐公、唐叔同時出現，其來龍去脈如此。

至於唐叔虞其人，並非像唐德剛先生所說的孱弱無能，擁有唐地乃出於周成王的福蔭。據楊伯峻考證：「唐叔以武力封。」[1] 童書業於《春秋史》中也指出：「將武力甚盛的大司馬唐叔虞封於此，正可東呼齊燕魯衞，南屏王都。」[2] 說明唐叔虞其時握有軍權，力量強大。證之《左傳‧僖公十五年》載秦伯曰：「吾聞唐叔之封，箕子曰：『其後必大。』」連孔子對唐叔虞都讚頌有加，據《左傳‧昭公二十九年》記載，孔子說：「夫晉國將守唐叔所受法度，以經緯其民，卿大夫以序守之。」

至於唐公、唐叔的後裔及各自封國的命運，隨着時間的推移和形勢的變化，結果完全不同。據《竹書紀年》記載，唐公於山西古唐之地的封國，於成王時發生變亂，卒被周王室迅速敉平，唐公一族被遷於杜（今陝西省安縣東南），其地乃為唐叔虞所完全控制。至唐叔虁，其子燮父乃把軍政中心移至晉水附近的太原一帶，遂改國號為「晉」。至此，晉逐漸強盛，成為周初至春秋時期的強國。尤其扼華北要地，南屏東都洛邑，西護西都鎬京。其所以能臻於此，溯本追源，乃緣於其祖唐叔虞在周初苦心經營的結果。

綜上所述，說明當年唐叔虞是個獨當一面的雄才偉略之士，是一位有守有為且影響深遠的政治家。但唐先生卻說他是徒託父兄之

1　楊伯峻《春秋左傳注》，中華書局，1998 年。
2　童書業《春秋史》，山東大學出版社，1987 年。

蔭的「小弱弟」，完全與歷史事實不符。實事求是而言，唐先生對周初的人物史事實在研究不精，竟然以周初土地缺乏適當人選可封而「懸而未決」，並以此釋古縣的源頭，完全是缺乏歷史證據的無稽之談。說縣是「封建的渣滓」，尤屬荒謬。

二、古「縣」源頭及其演革之我見

上古時，縣除了是地方行政單位之外，確實還有「懸」字之義，因此其時縣、懸二字通用。觀其金文字形字義，應是以絲繫物於木上，以目觀之。

比如懸布政策法令於都門，使萬民觀之而有所遵循。有關這方面，《周禮·天官冢宰第一》就有所記載：

> 正月之吉，始和，布治於邦國都鄙。乃縣治象之法於象魏，使萬民觀治象。

這裏的「縣治象之法」，就指懸佈法令。
又《周禮·夏官司馬第四》說：

> 大司馬之職，掌建邦國之九法。……布政於邦國都鄙，乃縣政象之法於象魏，使萬民觀政象。……帥以門名，縣鄙各以其名。

請注意，上述一小段出現兩個「縣」，解法完全不同。第一個是「縣政象之法」，其中之「縣」，當然指「懸」，作懸掛公佈解。第二個是「縣鄙各以其名」，「縣」與鄙字相連，則意義完全不同。所謂「五鄹為鄙，五鄙為縣」，[3] 說明此處之「縣」乃指地方行政單

3 《周禮·地官司徒·遂人》。

位。可見彼時一文之中，一字二義同時使用並不相妨。《周禮》一書中有關「縣」字含有上述兩義的記載多不勝數。除具「懸」義外，縣又作為行政單位其實早在先周就已出現，規模比「國」還大，比「郡」還出現得早。而縣、懸二字之間，也確有密切的關係。

在考證古縣源頭的過程中，我發現縣以「懸」字解者，與上古在天子主導下的國家建設、城邦營造有極大的關係。《周禮·冬官考工記下》有一段極其重要的記載：

> 匠人建國，水地以縣，置槷以縣。……匠人營國，方九里，旁三門。國中九經九緯，經塗九軌，左祖右社，面朝後市，市朝一夫。夏后氏世室，……殷人重屋，……周人明堂。……王宮門阿之制五雉，宮隅之制七雉。

上文言及匠人營建國家城邦時，必做「置槷以縣」的測量和規劃設計。這個「槷」字，指木柱；「縣」字，當然作「懸」解。鄭玄《周禮注》說：於平地中央，樹八尺之臬，以縣（懸）正之，以正四方也。林尹《周禮今譯今注》指出：「縣謂懸繩以正柱。」我認為即置木柱懸準繩作測量規劃，以營建邦畿。所以，縣即懸字，以形義言之，顯示有木繫繩，以目觀之，此即測量也。

根據《周禮·考工記》上述關於「夏后氏世室」的記載，可知夏代營建城邦宮室時，就已經使用「置槷以縣（懸）」的建築測量方法。近年，河南偃師二里頭已發掘出學術界公認的夏王朝都城遺址，出土了規模宏大的宮殿式建築和宗廟主體建築，室宇廡廊，配套完備，顯示《周禮·考工記》關於「夏后氏世室」的記載，是有所根據的；也說明這種古代大型的都城宮殿建築的營造，是經過工匠使用「水地以縣，置槷以縣」的精心測量設計，才能達致成功的。夏代的建築測量技術已經如此，商代更不用說。《周禮·考工記》說「殷人重屋」，即屋上加屋，起樓也。這是古代建築技術的

一大進步。河南鄭州的商城遺址已經發掘，作為殷商王朝的都城，其規模更加宏大。至於周代，其都城的建設和宮殿的規制，完全根據《周禮‧考工記》的規定，對中國的古建築產生十分深遠的影響。從夏商周三代的都城宮殿建設看來，「匠人建國」的第一步，首先是要經過「水地以縣，置槷以縣」的建築測量規劃。隨着國家的城邦建設逐漸增多，這種「縣」便逐漸成為「匠人建國」的象徵。所以，「縣」與國在上國時期是緊密相關連的。久而久之，縣便成為上古城邦建設的代稱，成為天子親掌的王畿之地。如《禮記‧王制第五》說：

> 天子之縣內，方百里之國九，七十里之國二十有一，五十
> 里之國六十有三，凡九十三國。

按：「縣內」，是夏朝時天子所居的州界名。古稱邦畿千里之地為縣，也稱天子畿內都邑為縣，到後來諸侯境內之地也稱縣。所以，天子之縣內，即天子邦畿千里之地以內。[1]

就上述考證看來，可見「縣」最初是為天子所壟斷的，這正是《周禮‧考工記》所言的「匠人建國，水地以縣，置槷以縣」為天子所壟斷衍生出來的結果。「縣」，即建築測量，按王命而行，造出新邦畿，此乃「懸而必決」，因為這是天子主導下的城邦建設。所以，古之人每見匠人「水地以縣，置槷以縣」，必有建邦畿之舉。有「縣」必有邦畿，久之「縣」即等同邦畿。當這一概念為古天子所認可時，「縣」所賦予的幅員上的意義就等同於天子的邦畿，而且比國還大。所以才有《禮記‧王制第五》所記載的上古之時：「天子之縣內，方百里之國九，七十里之國二十有一……」的史實。這應

---

[1] 劉方元等注《禮記直解》，江西人民出版社，1993 年。

該是夏朝時的制度。

及後，縣之重要性及幅員逐漸縮小。根據文獻記載所見，至西周初年，縣顯然已置於國之轄下。如《逸周書・作雒解》云：

> （周公）及將致政，乃作大邑成周於土中，城方千七百二十丈，郛方七百里，南繫於洛水，地因於郟山，以為天下之大湊，制郊甸方六百里，國西土為方千里，分以百縣，縣有四郡。

由此可知，周初國已分為百縣，但縣仍是國轄下最大的地方行政單位，郡置於縣之轄下。

隨着歷史的推移，至西周中後期，縣的職能逐漸下降，因為在其上面建置了更大的地方行政單位：都。如《周禮・地官司徒第二》云：

> 九夫為井，四井為邑，四邑為丘，四丘為甸，四甸為縣，四縣為都，以任地事而令貢賦。

及後，縣又置於「遂」之下。《周禮・地官司徒下》云：

> 遂人，掌邦之野，以土地之圖經田野，造縣鄙。形體之法，五家為鄰，五鄰為里，五里為酇，五酇為鄙，五鄙為縣，五縣為遂，皆有地域。

根據上述記載，可見周朝至此一階段，縣已不是國轄下最大的地方行政單位，因為在其上邊，先後有「都」和「遂」等更大的上級地方單位。這說明歷經夏商周三代的歷史演變，至西周末年及春秋時期，縣的幅員及職能在逐漸下降。

那麼，至此一階段，一縣之行政長官的職能究竟又如何呢？據《周禮・地官司徒下》的記載，如下：

縣正，各掌其縣之政令徵比，以頒田里，以分職事，掌其治訟，趨其稼事而賞罰之。

這裏的「縣正」，就是一縣的負責人，相當於後來之縣官、縣令和知縣。中國的封建時代，自西周的「縣正」起，至清朝滅亡，縣一級負責人的職權範圍基本無大變，都是掌一縣之政令、民事，推動農業生產及處理獄訟等。因此可以說，縣政在西周時期已非常成熟。

至平王東遷，進入春秋時期，縣仍然作為國家最重要的地方行政單位。比如《國語·周語中》云：「國無寄寓，縣無施舍。」「國有班事，縣有序民。」等等，說明東周時期，周天子仍守周禮制度，仍十分重視縣在地方行政中的作用。

但是，至春秋中期，各侯國以攻伐稱霸為事，齊桓公首先稱霸，重用管仲，在地方行政制度方面多所建樹。《國語·齊語》中，齊桓公問管子曰：「定民之苦若何？」

管子對曰：「制鄙。三十家為邑，邑有司；十邑為卒，卒有卒帥；十卒為鄉，鄉有鄉帥；三鄉為縣，縣有縣帥；十縣為屬，屬有大夫……是故正政聽屬，牧政聽縣，下政聽鄉。」[1]

據上可知，縣之上有「屬」，應相當於後來的省。春秋時期齊國的地方行政主要是屬、縣、鄉三級建制，民國時期地方行政推行省、縣、鄉三級建制庶幾近之。說明我國春秋時期地方行政制度已非常成熟並且具有高度的政治智慧，並不讓秦始皇的郡縣制專美於後。秦的郡縣制，只是將所滅的其他侯國進行統一的地方行政措施，這是一種必然的趨勢，而且是在兩周以來從周王朝到各侯國地方行政制度經驗積累的結果。

---

1 《國語·齊語》。

其實,「郡縣制」發軔甚早,只不過以前是「縣郡制」,縣大於郡。從《逸周書‧作雒》所言「縣有四郡」可見一斑,這是西周的制度。

至春秋時期,晉國的制度仍然如此。據《國語‧晉語九》說:

「克敵者,上大夫受縣,下大夫受郡。」—— 說明其時仍然是縣大郡小。

但是,至春秋末年,晉國形勢丕變,地方建制也起了變化,出現「郡」置於「縣」之前的情況,說明「郡」開始大於「縣」。如《國語‧晉語》云:

「君實有郡縣,且入河外列城五。」—— 顯示「郡縣制」非自秦始,早在秦滅六國之前數百年的春秋時期已經出現,此點治先秦史或秦漢史者尤須注意。

當然,總體而言,春秋時期北方諸侯國在地方行政的建制上,仍然是縣大郡小,甚至有的未設郡。

至於南方諸侯國,以楚國而論,也是以縣制為主。比如《左傳‧宣公十一年》云:

> 楚子為陳夏氏亂政,伐陳。……因縣陳。(楚王)曰:「諸
> 侯縣公,皆慶寡人,女獨不慶寡人,何故?」

所謂「縣陳」,就是將被征服的陳國變為楚之一縣。所以,其時楚國一縣的幅員很大。故楚王說「諸侯縣公」,把「縣公」與諸侯並列,顯示縣制有很高的地位。

又《左傳‧宣公十二年》云:

> 楚子圍鄭,克之。鄭伯肉袒牽羊以逆(楚王)。……曰:
> 「不泯其社稷,使改事君,夷於九縣,君之惠也,孤之願也。」

是年楚包圍鄭國，並攻克之。鄭伯投降，並說只要楚王不毀其社稷，即使楚將鄭國分拆為九縣，然後自己臣事楚王，也心甘情願。可見春秋時期楚之強盛。同時也顯示地處南方的楚國，其時在地方行政上，與周及北方諸侯國一樣，都實行以「縣」為主的地方建制。

至於同處南方的吳國，在春秋時期，其地方建制顯然較偏重於「郡」。比如《吳越春秋・夫差內傳》云：

> 吳王興九郡之兵，將與齊戰。

這說明其時吳國為了適應戰爭的需要，在地方建制方面，是以「郡」為主的。至戰國時期，侯國之間攻伐兼併的戰爭更加激烈，北方匈奴也趁機南侵，秦、魏、趙、燕諸國紛紛置「郡」以防邊。說明戰爭強化了「郡」的作用，提高其在地方建制上的地位。至戰國末年，秦橫掃六合，以戰爭得天下，當然更重視「郡」的作用，每滅一國則置「郡」。至秦統一中國，乃分天下為三十六郡。自此之後，「縣」遂置於「郡」之下。

由上可知，「郡」的興起，乃緣於戰國以來至秦統一宇內，由於激烈的兼併戰爭逼使各諸侯國在地方建制方面，為了適應戰爭的需要而產生的。至秦亡，劉漢代興，其時「郡縣制」已行之有年。漢高祖聽從謀士的建議，為了穩定政治局面，乃採取黃老無為而治之策，在政體和地方建制上基本繼承秦朝的制度，其中就包括「郡縣制」。因此，秦漢時期的這一制度，尤其是縣制，對其後二千多年的中國社會，產生了極其深遠的影響。

以上就是我對中國郡縣源流的考證，但重點在縣。古代縣先有「懸」之義，根據《周禮・冬官考工記》的記載，原本「縣」是懸準繩以測方圓，與上古時期的城邦建設有關，因此在人們的心目中，

有「縣」便有城，從而成為古代國家建設都城和邦畿的象徵，於是便逐漸賦予了「縣」在地方建制上的意義。這才是縣制的真正來源。歷史事實證明，唐德剛先生以「懸而未決」論說縣，甚至說縣為「封建之渣滓」，是完全錯誤的。唐文多次發表，於今且梓行流播四裔，影響甚大。由於此事關乎中國古代以來地方建制的重大問題，倘明知其謬而不正其誤，任其訛傳，於學術良心，豈能安乎？儘管本人頗欣賞唐德剛先生的文筆文風，但學術上的大是大非，不能不辨。所以，對於他對古縣起源的錯誤說法，本人是務必要予以糾正的。

2021 年 12 月 18 日修訂

　　附：本篇原名《古「縣」新考 —— 與唐德剛教授商榷》，發表於《汕頭大學學報》2005 年第二期，及後收進拙著《兩周史論》，北京圖書館出版社 2006 年出版。因考證文章較枯燥，現稍作增刪，略加潤飾，改為今名，收進本書之中。

略談周策縱所推崇的
「朦朧詩」與唐代詩人李賀

　　說起「朦朧詩」，應該是在二十世紀八十年代內地文壇百花齊
放時，在詩苑綻出的一朵奇葩。但自其問世以來，即引起文藝界的
激烈論爭，一直延至九十年代，仍然餘波盪漾。對於「朦朧詩」，
其時反對的大有人在，如著名詩人艾青即對其持否定的態度，稱為
「畸形的怪胎、毛孩子」。當然，內地支持「朦朧詩」的不乏其人；
海外方面，連著名的華裔美籍學者周策縱先生都憋不住，旗幟鮮明
地以支持者的姿態加入論戰之中。

　　周策縱是美國威斯康辛大學語言文學系的教授，以在海外研究
「五四運動」的歷史和新詩學聞名於世，撰寫了數十萬字的《五四
運動史》巨著，並計劃主編「五四」以來《海外新詩抄》。他舊詩、
新詩都寫，學問和文筆都不錯，還是位很有成就的「紅學」專家，
稱得上多才多藝。

　　毫無疑問，「朦朧詩」屬新詩的範圍，周策縱對「五四」以來
新詩研究有年，成果甚豐，所以自有其看法。恰好那時內地又出現
百花齊放、百家爭鳴的熱鬧氣氛，周氏曾多次飛越重洋，前來中國
進行文化學術交流。在一次訪問北京期間，他曾與幾位著名的教
授、作家、詩人廣泛地討論了詩的問題，其中包括與詩人艾青對
談，並表達自己對「朦朧詩」的看法。毋庸諱言，周、艾兩人對「朦
朧詩」的觀點，無疑是南轅北轍的。

其後香港《明報月刊》發表了署名梅之聞的有關此次對談的一篇特稿，文題為：《周策縱與艾青之爭——「朦朧詩」的懂與不懂的問題》。我是讀了這篇特稿之後，才知道周策縱是支持和提倡寫「朦朧詩」的。

梅之聞在特稿中說：

> 關於「朦朧詩」的爭論，簡單來說，就是「懂」與「難懂」的問題。支持者（按：指周策縱）認為：「朦朧詩」是詩的規律，是新詩發展的方向，即使現代人看不懂，也不要緊，雖然「（周的原話）任何人都希望自己的作品能為同時代的讀者所理解，但是作為一個真正的藝術家、詩人，卻決不會僅僅為了投合讀者傳統的欣賞習慣，而放棄真理，放棄自己的藝術追求。」

我做學問是從文學做起的，年輕時也寫新詩、舊詩，那時古今中外詩人的作品讀得不少，所以對艾、周有關「朦朧詩」的爭論也大感興趣。

老實說，我對艾青有關朦朧詩是「畸形的怪胎、毛孩子」的說法，是不以為然的，因為過於貶低和醜化，全面否定，太絕對了。

對艾青的上述看法，周策縱則持相反的觀點，他認為：

> 有些詩不能讓人讀懂，亦許是因為它更高明、更深刻，現在的人還達不到詩人的思想境界，所以目前還讀不懂，將來可能忽然有人說：咦！這首詩寫得真不錯！

就個人而言，我並不反對人們寫「朦朧詩」，因為它作為一種自具表現手法的詩歌形式存在，有其特色。簡言之，就是詩人不直白其真意，而是用隱晦曲折的手法表達出來，似假還真，如夢如幻，正如女人蒙上一層面紗，讓人看不透，猜不着。好之者謂之

「含蓄」，惡之者則厭其故作高深，艱澀難懂而不屑一顧。但這並不妨礙「朦朧詩」的繼續存在，喜歡的仍然酷嗜，繼續「朦朧」。而我認為中國的詩苑有足夠大，容得下「朦朧詩」這株奇葩。就詩史而言，其實中國在詩歌方面自古以來就百花齊放，古代的「朦朧詩」早就有了。所以現代有人喜歡寫「朦朧詩」，是不足為奇的。

然而，像周策縱那樣獨尊「朦朧詩」，視其為「詩的規律，是新詩發展的方向」，而且帶有「真理」的味道，就過於胡吹亂捧了。這既不符合中國詩歌的發展歷史，與新詩詩壇的現實情況也相距甚遠，而且脫離事實。

尤其令人注意的是，周策縱在對談中，還着重舉了被其目為古代「朦朧詩」的代表人物 —— 唐代詩人李賀為特例，來加強說服力。他說：

> 在早些年代，沒有人知道有個叫李賀的詩人，他的詩大家亦都不大念，現在都說他的詩好了。

我認為周策縱的上述說法不大妥當。他自己對李賀及其作品的了解有多深，我不知道。但中國的讀書人，稍微對中國古詩有些涉獵者，事實上對李賀並不陌生，對其詩句有的甚至耳熟能詳。如其七古《雁門太守行》中的「黑雲壓城城欲摧」；《致酒行》中的「雄雞一聲天下白」；《金銅仙人辭漢歌》中的「天若有情天亦老」等傳世名句，大家都非常熟悉，有的甚至能脫口而出。毛澤東生前就很喜歡李賀的詩，並善加引用，這都是許多人都知道的事。

實事求是而言，李賀不少詩想像奇特，鍛字新奇，空靈崛兀，自具境界，許多詩都可讀可解，並不「朦朧」。當然，他寫的部分「鬼詩」立意詭異，奇巧變幻，真意莫測，難以索解。大概由於這少部分難懂的詩，李賀遂被周策縱等人歸入「朦朧」一派，且作為特

別例舉的代表人物，藉之為「朦朧詩」叫好。

　　對於唐代詩壇，有人將李白、李商隱及李賀並稱唐代詩壇「三李」。他年輕時，韓愈就對其詩才大為賞識，着意薦舉；在李賀受人排斥掣肘時，還特別撰文為其辯誣。所以古今知李賀乃唐代名詩人者甚眾，並非像周氏所言的「在早些年代，沒有人知道有個叫李賀的詩人」，這不符合客觀事實。

　　李賀（790－816），字長吉，河南福昌（今洛陽宜陽縣）昌谷鄉人，遠祖為唐高祖李淵的叔父李亮（封大鄭王）的後裔，屬唐宗室的旁支。不過，至父李晉肅生李賀的貞元年間，距唐初已一百七八十年，實際上與唐室已血統疏淡，世遠名微了。所以李晉肅只做到陝縣令一類的地方小吏，不久且老病去世。所以李賀童年失怙，生活並不好過。但長大後，李賀仍很看重自己出自李唐宗室的這一身份，在其七古《金銅仙人辭漢歌》的詩前小序中，還鄭重其事地自稱「唐諸王孫李長吉」，可見他對自己與李唐宗室沾親帶故的身份（按：儘管已破落）是極為自豪的。但破落貴族的身份並不能當飯吃，李賀一家境況的貧困，從其《送韋仁實兄弟入關》一詩中可證之：

> 我在山上舍，一畝蒿磽田。
> 夜雨叫租吏，春聲暗交關。

　　因此，自己主觀的身份認同並沒有給他帶來什麼好運，願望與現實的落差實在十分巨大。

　　李賀年未弱冠時，詩才為韓愈所激賞，並鼓勵他走科舉之路進入仕途。但沒想到就在他考進士試時，被妒才者以其犯諱而加以阻擋，理由竟是他的父親名晉肅，「晉」字與進士的「進」字同音，為避諱他不得考進士。韓愈對此極為荒唐的理由十分憤怒，特撰《諱

辨》一文為之辯誣，其中說：

> 賀父名晉肅，賀不得舉進士；若父名仁，子不得為人
> 乎？！

　　儘管韓愈為李賀作了有力的辯解，但還是過不了封建制度這一關，李賀仍然必須走人，他懷着極為失望和悵惘的心情離開了考院。那時他十分年青，平素又極為自負，所以，這一打擊對於自認為是「唐諸王孫」的李賀來說，實在太沉重太無情了，令其愁緒滿懷，忿忿不平。從下詩可見一斑：

開愁歌

秋風吹地百草乾，華容碧影生春寒。
我當二十不得意，一心愁謝如枯蘭。
衣如飛鶉馬如狗，臨歧擊劍生銅吼。
旗亭下馬解秋衣，請貰宜陽一壺酒。
壺中喚天雲不開，白晝萬里閒淒迷。
主人勸我養心骨，莫受俗物相填豗。

　　李賀懷着失望和憤懣的心情回到家鄉，但生活還是要過的。及後他經宗人推薦，因父蔭至長安太常寺任奉禮郎，是從九品小官。其時太常寺轄下共有十六名奉禮郎，主要參與朝會祭祀之禮的各種物事。本來，以李賀恃才傲物的性格，他是要憑自己的真本事進入仕途的，沒想到因父名犯諱堵塞了自己的晉身之路，現在落得要宗人的幫助才謀得這個九品芝麻官，所以內心的悒郁不樂，可想而知。而李賀所長者，是活躍的詩思和橫溢的詩才，寫詩是他的真興趣、真本事，而今卻要坐衙門，在朝會祭祀的儀禮上要做進退有序、舉足動步皆十分刻板的奉禮郎差事，這對他來說，顯然無聊至極，悶得要命。這時他想起在河南昌谷老家自由自在的日子，真有

點後悔自己來長安做官。這可從其《始為奉禮憶昌谷山居》一詩可以窺見。詩云：

> 掃斷馬蹄痕，衙回自閉門。
> 長槍江米熟，小樹棗花春。
> 向壁懸如意，當簾閱角巾。
> 犬書曾去洛，鶴病悔遊秦。
> 土甑封茶葉，山杯鎖竹根。
> 不知船上月，誰掉滿溪雲？

詩中的「鶴病悔遊秦」，因長安屬古秦地，所以這句詩表示他十分後悔來長安做官。這時更使他想起家鄉的好，只能寫詩遣懷。從「不知船上月，誰掉滿溪雲」這兩句，就知道他的詩思是何等的奇特，詩才是何等的超卓了！

總之，李賀在長安任職奉禮郎實在很不開心，因為每天幹的不外是照本宣科、奉禮如儀的公事，十分枯燥無味，令其心情「憔悴如芻狗」，所以只能寫詩來排遣內心的苦悶，他的許多好詩都是在長安寫成的。好不容易捱了三年，因為確實沒興趣幹這差事，他的表現實在不怎麼樣，因此不獲調升。功名無成，令他非常失望，故在其詩作中，有「宗孫不調為誰憐」之句，仍然為自己高貴的出身而仕途坎坷表示忿忿不平。於是李賀心情日益抑鬱，哀憤孤激，加上又傳來其妻病亡的訊息，多重打擊之下，其精神和身體終於垮下來，而且病得很重。於是元和七年（812）只好辭職，回籍養病。顯然，奉禮郎這份差事令李賀精神幾乎崩潰，落下了嚴重的抑鬱症。

回昌谷老家後，精神壓力解除，李賀的病也漸漸好起來。但一想起自己「唐諸王孫」的貴族身份，而且還年輕，他不願就此沉淪。於是元和八年（813）夏，李賀南下荊楚，以冀另謀出路。但結果還是令人失望，他慨歎「九州人事皆如此」，可謂天下烏鴉一般

黑。李賀本來就有病，今番長途跋涉，身心俱疲，途中羈旅館舍，想起自己的不幸命運，不禁悲從中來，遂作詩以抒懷。如下：

傷心行

咽咽學楚吟，病骨傷幽素。
秋姿白髮生，木葉啼風雨。
燈青蘭膏歇，落照飛蛾舞。
古壁生凝塵，羈魂夢中語。

　　李賀南來謀事不成，抱病躑躅於荊楚之地，夜宿不寐，青燈之下，吟詠起屈原的楚辭，想起自己的遭遇，他的傷心是可以理解的。對於一個抑鬱病患者來說，苦悶更容易產生幻覺。加上楚俗崇拜鬼神，屈原辭中也不乏對山鬼的描寫，這對李賀是有所影響的。及後他的詩頗涉神仙鬼怪，顯然與此次南來有關。何況他對當時唐代的現實社會和自己的仕途已失望至極，所以他的思想許多時候便逃離現實，更偏向於自己虛擬的世界，在那裏，他可以發泄忿怒和不滿，可以諷刺社會的不公，可以自由地抒寫自己的嚮往。有時借酒澆愁，時醉時醒，詩思時斷時續，不太連貫，不太可解，有些虛幻，有點朦朧，這在他的一些鬼詩中是有所反映的。也正因為這樣的緣故，李賀被一些人目為古代「朦朧詩人」的代表，其中最推崇者非周策縱先生莫屬。

　　再說李賀南遊失望而歸，在昌谷老家過了一段日子，仍不得不對仕途和生計作打算。於是元和九年（814）經人推薦，李賀至山西昭義軍節度使郗士美處作幕僚，負責處理文書案牘，這樣前後幹了三年。沒想到不久郗士美失勢，李賀頓失依傍，一時不知所措，無路可走，只能於元和十一年（816）中扶着病軀返回河南老家，其時與他相依為命的母親已經去世，令其哀慟不已，這可從其相關詩作中窺其悲懷。如下：

假龍吟歌

石軋銅盃，吟詠枯瘁。
蒼鷹擺血，白鳳下肺。
桂子自落，雲弄車蓋。
木死沙崩惡溪島，阿母得仙今不老。
窖中跳汰截清涎，隈壖臥水埋金爪。
崖蹬蒼苔吊石髮，江君掩帳篔簹摺。
蓮花去國一千年，雨後聞腥猶帶鐵。

顯然，李賀此詩表達了椎心泣血的喪母之痛。但世道艱難，自己仕途無成，令母親失望，鬱鬱而終，這是他最感傷心的事。最後，李賀只能這樣安慰自己，說母親仙逝了，脫苦海，離苦難，反能得到永生。這是他感極而至悲的話。至於後面所寫的「窖中跳汰截清涎」等六句，都是他想像或幻覺中神鬼世界的某些片段，斷續不能連貫，真是不知所云，也夠「朦朧」的了。

李賀回昌谷之後，對仕途徹底絕望，身心交瘁，萬念俱灰，此年（元和十一年，公元816）稍後便不幸病亡，年僅二十七歲。我認為他很可能死於抑鬱症。就這樣，李唐詩壇的一代「鬼才」，遽爾擲筆而去，實在令人歎惜！

實事求是而言，我認為李賀的遭遇乃至早亡，一半顯然是唐代的社會問題，另一半應該是他自己的性格所造成的。老實說，他的個性和襟懷遠不如李白的曠達灑脫，視公侯如糞土；也不像杜甫那樣沉穩敦樸，敢於面對艱難的現實。事實上，李賀未能免俗，總想着自己那個早已破落的「唐諸王孫」的貴族身份，而現實又如此的殘酷，於是自步入社會開始，其內心便失去平衡，一直充滿了焦慮和忿懣，這反映到詩歌上，就是滿紙的怨天尤人，憤世嫉俗，格調灰色一片。同時，李賀又顧及自己李唐「宗孫」的身份，不敢過分公開地發泄對唐室和社會的不滿，所以他的一些詩便藉助神仙鬼怪

的世界，隱晦曲折地表達自己自己想要說的話，所以有的詩艱澀難懂，原因在此。另一方面，必須指出，李賀嗜酒，同時還是一個抑鬱症患者，多愁善感，憂傷、疑懼、怔忡、幻覺是常有的症狀，如果在這種精神狀態下寫的詩，思維可能是間歇性或跳躍性的，有時會產生各種奇奇怪怪的幻覺，意念不能連貫，內容不可索解，令人讀不懂。其實，這少部分詩已屬於病態的「朦朧」。研究李賀詩者，對此不可不知。

當然，我承認李賀是唐代詩壇的天才，也很喜歡那些只有他才能寫出來的不朽詩句。但對於他的那些所謂「朦朧詩」，我絕不欣賞，也認為不可學。因此，對於周策縱先生把李賀當特例，鼓勵青年人寫「朦朧詩」，還認為這是「新詩發展的方向」，這種說法實在很不妥當，我是大不以為然的。

就中國文學問題
與夏志清先生商榷
──《在美國教中國文學》讀後

　　夏志清教授近於香港科技大學演講，題目為《在美國教中國文學》，並作為特稿登載在 2001 年一月份《明報月刊》上。夏志清的名字早就聽說，但這篇特稿中關於中國文學的看法，着實令我大感驚訝！

　　這裏引一段夏先生的原文：

　　……除了最傑出的詩人、劇作家和小說家之外，不該把中國古典文學評價得太高，否則會忽略中國文學的一個特點，那就是中國文學的題裁比較貧乏。許多詩人寫仕途坎坷、沉迷醉鄉、與朋友飲酒、去青樓與妓女飲酒等等。我認為相當大部分中國文學不是名副其實的文學……春秋戰國的中國文學和哲學成就都高，在秦始皇、漢武帝以後卻僵化了，不常令人覺得新鮮。

　　夏先生並以漢賦為例，來證明他的看法：

　　我什麼課都教過，可是沒教過漢賦。我害怕漢賦。它列出長長的清單，讀賦蠻有趣，但有什麼意思呢？司馬相如、班固等人寫賦來炫耀自己字彙的豐富，說皇帝的京都如何富麗宏偉，珍奇的動植物應有盡有。除了把它叫做美化了的辭

典以外，還能說什麼呢？

夏先生對漢賦的看法顯然過於片面，他因為「害怕漢賦」而不能對其作深入的研究而難有深入的了解。他將司馬相如、班固等人的賦譏為「美化了的辭典」從而否定漢賦的文學價值，並藉之證明其所認為的「相當大部分中國文學不是名副其實的文學」這一結論。夏先生還將秦、漢二代的歷史文化環境相提並論，認為中國文學「在秦始皇、漢武帝以後卻僵化了」。── 這些看法，我認為都是值得商榷的。

中華民族自古以來就是一個講究「文」的民族，孔夫子認為「言而無文，行之不遠」。因此儒家經學是以文學為基礎的，《詩經》則更是公認的文學作品。《老子》、《莊子》以及其他諸子百家，其作品無論是以哲學政治學為主的，能流傳百世而至於今者，也大都是文質並茂的作品。但是，嚴格地說，中國文學在先秦是並不發達，除了《詩經》和楚辭外，見之於中國文學史，其他純文學作品並不多，這是由於時代環境使然的。我在十餘年前撰寫《略論漢魏六朝文學與韓愈的古文運動》一文[1]時，曾對此問題有較深入的探研。

以中國文學而論，我認為一時代有一時代之文學。王國維稱賦是漢代的「一代文學」，這當然是合乎文學史實的。因為漢賦上承《詩經》、楚辭的文學源流，下啟六朝、唐、宋詩文，是中國文學史不可分割的一個重要組成部分。正如人類社會的不斷進步一樣，人類從口語到書面語言，乃至於各種文學藝術形式，總是不斷向前發展的。人類語言的發展是從簡單到複雜，而文學藝術的形式也由單調逐漸趨向多姿多彩。從殷周至於秦，四言詩在中國詩壇領風騷逾千載，直至西漢，樂府詩才突破四言詩的藩籬；而五言詩之確立，

---

1 載拙著《南陽集》，1993 年深圳海天出版社。

至東漢才形成風氣，才徹底取代四言詩的地位，這在文學形式與內容上不能不說是一大進步。

在賦學方面，從西漢的散體大賦到東漢的抒情小賦，乃是對楚辭騷體的一種發展，而駢文又基本上脫胎於漢賦。至於兩漢的散文，多出於大家手筆，我手頭有南朝梁蕭統的《昭明文選》和清桐城派傳人高步瀛的《兩漢文舉要》，可謂傑構佳章，琳琅滿目。而抒情之散文，建安末已見萌芽，而大盛於六朝。所以，我認為中國的純文學，至漢代始稱繁盛而大放異彩。

為什麼這樣說呢？因為春秋戰國之世，各諸侯國君主所醉心的是土地的兼併和謀求一統天下的大業，讀書人要獲取功名，其最佳出路莫如向各國君王獻「天下計」。所以，先秦諸子所忙的是探討經國濟世之大道，從而縱橫捭闔於各諸侯國之間，以冀晉身於君王之殿堂。這種社會風氣和文化氛圍，可從先秦諸子學說中看出。舉其要者，儒家提倡「修身、齊家、治國、平天下」的一系列主張，倡言以仁義得天下；法家則重刑名之學，主張嚴刑峻法，鼓吹「亂世用重典」；老莊則宣揚「清靜無為」，在政治上主張「無為而治」。諸子學說大部分是向君王獻策謀天下的政治哲學，亦是教導讀書人晉身仕途的敲門磚。後世所謂「半部《論語》治天下」，其功用之所在，可見一斑。因此，先秦的百家爭鳴和諸子學說，大多是所謂經國濟世之宏論，是投君王之所好，也是生徒仕子窮畢生精力奮鬥的目標。事實上，在春秋戰國，縱橫家之言，一旦被某國君所採納而加以重用，倏爾由布衣立變卿相者，又豈止蘇秦、張儀之流哉！這就是當時讀書人所夢寐以求廁身達官貴人的通途坦道。而文學以及文學之士之被不屑一顧以至於受排斥，也就可想而知了。例如秦相商鞅就指責文學「煩言飾辭而章無用」。

韓非子《五蠹篇》則指責文學足以亂法：

夫離法者罪，而諸先生以文學賞。……文學者非所用，用之則亂法。

其《六反篇》又云：

學道立方，離法之民也。而世尊之曰：文學之士。

至秦始皇之世，重用法家之言，以暴力得天下，也以暴力治天下，在掃滅六國後，更焚書坑儒，史稱僅餘種樹書而已，文學之士及文學作品當然更難逃浩劫。所以，在秦代，絕非夏志清先生所說的是文學本身僵化的問題，而是文學備受壓抑和摧殘的問題。

但是，到了漢代，情形就大不同了。漢家之天下，神州一統，寰區大定，先秦策士之流的合縱連橫之術已無所施其技，暴秦之苛政備受朝野之批判，鼓吹以禮制仁義治天下的儒家政治理念，至漢武帝乃被推崇至獨尊的地位。如前所述，儒家向來是崇尚文學的，儒家經典是以文學為基礎的。而秦皇之世，卻貶抑、摧毀儒家而痛詆文學之士，可見二者是緊密關聯的，最後竟至於一併坑殺，並焚毀大量的儒家經典和文學作品。漢武帝反其道而行之，既獨尊儒術，文學也空前活躍，秦代套在文學之士脖子上的枷鎖一經打開，踏入漢代，文學之士得以呼吸自由的空氣而縱情高歌。尤其到了漢武之世，學術大盛，加上劉徹本人雅好文辭，使文人儒士倍加鼓舞，他們盡情抒發自己內心的欣忭和對祖國壯麗河山的衷心讚美。何況漢武之世是中國空前強盛的時代，此時疆域拓展，北定匈奴，南平百越，東至高麗，西通外域，幅員之遼闊，亘古未有。這是中華民族空前輝煌的時代。能文之士，處此盛世，登高騁懷，眼見祖國山河大地，平疇沃野，麥稻金香，花團錦簇，弦歌相接，殿宇連雲，物華天寶，豈能無激情於中？於是詩心大發，狀物抒情，鋪彩摛文，詠歎歌吟，從而產生了不少排比事類、窮極聲貌的散體大

賦，其內容大多是描寫祖國河山的壯麗多姿，謳歌盛世的繁華與人民的歡樂，描繪皇室貴族的宴遊畋獵和宮殿樓台之富麗堂皇，抒發自己內心對自由的追求和暢所欲言的喜悅，可謂豪情恣肆，淋漓盡致。這些散體大賦是時代的產物，是美的頌詩，是中國純文學空前繁盛的象徵，是中國文學中美文的極致。

由於有了漢賦，在中國文學史上，才形成了初次由純文學作品在文壇上佔主體地位之局面，我認為其意義是十分深遠的。因為漢賦之成一代文風，實際上是突破先秦諸子學說以政治哲學論文為主體的風氣，出現了為藝術而藝術的文學思潮，其流風所及，不僅影響魏晉南北朝，即使唐宋元明清諸代，甚至現代的文學，也仍然可聽到漢代純文學源流之餘響。

所以，秦、漢兩代統治者對文學的態度，以及文學之士與文學作品在秦、漢兩朝的處境和發展情況，是截然相反的。但是，夏志清竟然將秦始皇、漢武帝時代的文學狀況相提並論，說「春秋戰國的中國文學和哲學成就都高，在秦始皇、漢武帝以後卻僵化了。」──這是十分無知的話。而此種無知是基於對中國文學史的不了解。其對漢賦的偏見，更證明他對漢代的文學毫無認識。

什麼是賦呢？

左思《三都賦》說得極為明白：

> 蓋詩有六義焉，其二曰賦。揚雄曰：「詩人之賦麗以則。」班固曰：「賦者，古詩之流也。」先王採焉，以觀風土。見「綠竹猗猗」，則知衛地淇澳之產；見「在其版屋」，則知秦野西戎之宅。故能居然而觀八方……發言為詩者，詠其所志七；升高能賦者，頌其所見也。

可見賦本是古詩之流，是各地物俗之採風。漢代的空前強大和繁榮，《二京》、《三都》之賦，排比事類，詠物抒情，令儒士文人

認為即使用盡所有美好的辭句尚不足鋪陳，以表達他們對此一時代的衷心讚頌。故賦之富辭藻，尚綺麗，情豪句美，正是這一時代文學的象徵。而漢賦的內容也極豐富多彩，饒有藝術上的想像力。司馬相如的《子虛賦》、《長門賦》固如是，班固的《兩都賦》，張衡的《二京賦》、揚雄的《甘泉賦》也莫不如此，以淋漓盡致的描繪抒發見長，而寓含個人之寄託。有時流金溢彩，間中也難免有辭藻堆砌之嫌，但不能因此而否定這些西漢大賦的壯麗雄豪和對中華民族此一輝煌時代的歌頌。

至於東漢的抒情小賦，如班彪之《北征賦》、班昭《東征賦》和鮑照的《蕪城賦》等，則大都抒發對戰禍造成家國離亂和民生困頓的悲愴，憂時感舊，弔古傷今，是那個時代深沉的詠歎調。其他如木玄虛的《海賦》，寫大海的波瀾壯闊和大自然的無此威力，極具雄渾之氣勢，足以懾人心魄。張衡的《歸田賦》則以超逸絕俗之風，述其棄其時的黑暗政治而飄然遠引歸隱田園的心境等等。僅以漢賦而論，題裁已如此廣泛，何況數千年歷史孕育出來的整個中國古典文學。但夏志清竟認為：

> 除了最傑出的詩人、劇作家和小說家之外，不該把中國古典文學評價得太高，否則會忽略中國文學的一個特點，那就是中國文學的題裁比較貧乏。

夏志清更將漢賦貶得一文不值，「除了把它叫做美化了的辭典以外，還能說什麼呢？」—— 對漢賦和中國文學極盡嘲諷之能事，而事實卻證明他對漢賦和中國古典文學是如此的無知。

夏志清老實承認他「害怕漢賦」。以他中文的學力和對中國古典文學的認識而論，他實在不足以言賦。他年輕時主修英美文學，比較晚才開始學中國文學。據他說「中國文學教得久，就成為專家，寫中文文章也進步了」。但他此次在香港科技大學卻以英語講

中國文學的問題，登在《明報月刊》的文章也經過別人的翻譯，隔靴搔癢，頗為滑稽。他的中文根基差，這一點可以原諒。據他說過往曾在美國教過唐詩、宋詞、元曲以及小說之類，也就罷了。但他對唐以上的中國古典文學基本上缺乏認識。從他的誇誇其談中，竟然將秦、漢二代的文學相提並論和對漢賦之陋見，足證他對中國古典文學認識之膚淺。然而夏志清卻以其無知之虛妄，侈論中國古典文學，並嘲諷和貶低中國古典文學，實在令人十分驚訝！他的那些缺乏事實根據的批評顯得蒼白無力，根本不能成立。而且謬誤之處也貽笑大方，足為學人論學之誡。

附錄：郭偉川著作名錄

一、國史、經學研究

1、《禮學與歷史研究》，郭偉川著，河南中州古籍出版社 2022 年

2、《周禮制度淵源與成書年代新考》，郭偉川著，國家圖書館出版社 2016 年

3、《中國歷史若干重要學術問題考論》，郭偉川著，國家圖書館出版社 2009 年

4、《先秦六經與中國主體文化》，郭偉川著，北京圖書館 2007 年

5、《兩周史論》，郭偉川著，北京圖書館出版社 2006

6、《儒家禮治與中國學術 —— 史學與儒、道、釋三教論集》（修訂本），郭偉川著，北京圖書館出版社 2002 年

二、地方史及人文研究

1、《嶺南百年家國間》，郭偉川著，香港開明書店 2020 年

2、《嶺南古史與潮汕歷史文化》（列入《嶺南文庫》），郭偉川

著，廣東人民出版社 2012 年

　　3、《南陽集》，郭偉川著，深圳海天出版社 1993

　　4、《揭氏族譜考證》，郭偉川著，汕頭市中華傳統文化研究會 2004 年

三、饒學研究

　　1、《饒宗頤的學術文化》，郭偉川著，廣州花城出版社 2017 年

　　2、《饒學與潮學研究論集》，郭偉川著，藝苑出版社 2001 年

　　3、《饒宗頤的文學與藝術》，郭偉川編（撰序及文章四篇），香港天地圖書出版社 2022 年

四、編撰及譯注

　　1、《二十世紀中國禮學研究論集》。郭偉川編（與人合編，撰序及論文三篇），北京學苑出版社 1998 年

　　2《周公攝政稱王與周初史事論集》，郭偉川編（撰序及論文一篇），北京圖書館出版社 1998 年

　　3、《著名學者散文精選》，郭偉川編，季羨林序，香港容齋出版社 1998 年

　　4、《菜根談》，明・洪應明著，郭偉川譯注，香港容齋出版社 1998 年

近代名家史話詩話

郭偉川　著

責任編輯　蕭　　健
裝幀設計　高　　林
排　　版　林筱晨
印　　務　劉漢舉

出版　　開明書店
　　　　香港北角英皇道 499 號北角工業大廈一樓 B
　　　　電話：(852) 2137 2338　　傳真：(852) 2713 8202
　　　　電子郵件：info@chunghwabook.com.hk
　　　　網址：http://www.chunghwabook.com.hk

發行　　香港聯合書刊物流有限公司
　　　　香港新界荃灣德士古道 220-248 號
　　　　荃灣工業中心 16 樓
　　　　電話：(852) 2150 2100　　傳真：(852) 2407 3062
　　　　電子郵件：info@suplogistics.com.hk

印刷　　美雅印刷製本有限公司
　　　　香港觀塘榮業街 6 號 海濱工業大廈 4 樓 A 室

版次　　2023 年 11 月初版
　　　　© 2023 開明書店

規格　　16 開（230mm×150mm）

ISBN　　978-962-459-336-5